SÉRIE NOIRE

Collection créée par Marcel Duhamel

JOHN BROWNLOW

L'AGENT SEVENTEEN

TRADUIT DE L'ANGLAIS PAR LAURENT BOSCQ

nrf

GALLIMARD

Cet ouvrage a été publié avec le concours
de Marie-Caroline Aubert

Titre original :
SEVENTEEN

First published in Great Britain in 2022 by Hodder & Stoughton
An Hachette UK company
1

Pour ma mère, qui m'a appris
l'importance d'avoir des ennemis.

PREMIÈRE PARTIE

1

Être un agent secret, ce n'est pas ce que tu penses.

C'est chiant.

Je ne veux pas dire chiant dans le sens sans intérêt.

Je veux dire chiant parce que tu te prends la tête, tu serres les fesses et tu grinces des dents. Tu es assis dans un box, au milieu de cent petites boîtes beiges identiques, avec ta chemise de bureau, tes chaussures de bureau et ta cravate de bureau, et tu écoutes le ronron de l'air conditionné en te demandant ce que sera le plat du jour à la cantine, ou en rêvassant à un éventuel café non décaféiné après onze heures et demie, tout en épluchant six mois de presse azerbaïdjanaise dans l'espoir d'y gratter quelques petites infos insignifiantes sur les tensions exploitables dans les échelons inférieurs de la hiérarchie politique de Bakou.

Bakou, c'est fou, à ce qu'on t'a dit. Complètement dingue. Comme un Dubaï sous stéroïdes, mais avec plus de goût pour le bras de fer. Ils mangent de la confiture en buvant du thé avec des matchs en fond sonore. Mais ça, toi, tu ne peux pas le savoir parce que tu n'y as jamais mis les pieds.

C'est parce que tu es un agent – ou plutôt, comme te le rappelle ton intitulé de poste à chaque entretien d'évaluation de plus en plus négatif, un analyste – coincé à un mètre vingt d'un collègue qui n'a pas encore été initié aux merveilles de la technologie moderne en matière de déodorants corporels, coiffé d'un casque merdique fourni par le gouvernement qui t'arrache les oreilles parce que les protections en mousse se sont barrées six mois plus tôt, et qu'en attendant que le Congrès se sorte les doigts du cul assez longtemps pour adopter un budget les dépenses sont gelées.

Et ta vie passe au goutte-à-goutte pendant que tu écoutes les interminables enregistrements au son pourri de discussions entre Omar le Taxi et Hussein le Vendeur de Fruits sur les mérites relatifs du hors-jeu, avec l'espoir de plus en plus ténu qu'ils vont finir par révéler pourquoi le beau-frère d'Omar, qui vit maintenant à Toronto et leur a fait découvrir le monde fabuleux de la ligue de hockey sur glace, a soudain plus d'argent sur son compte que tu n'en gagnes en un an, ou peut-être que tu n'en gagneras dans toute ta vie.

Il y a du bon aussi. Parfois, on te laisse scanner des images satellite du désert mongol ou érythréen jusqu'à ce que tu pleures des larmes de sang. Jusqu'à aujourd'hui, le moment le plus excitant de ta carrière, c'est le jour où tu avais cru repérer un silo à missile en construction dans la péninsule nord-coréenne. Mais quand tu avais apporté la photo à ta superviseuse, elle t'avait expliqué qu'il s'agissait d'une station d'épuration.

Enfin, c'était déjà bien d'essayer.

Ce que je dis c'est que tous ces trucs que tu vois à la télé et au cinéma, les voyages à fond la caisse dans des contrées exotiques dans des voitures de sport voyantes, les fuites par les toits en faisant du parkour pour éviter les rafales d'automatiques, les idylles avec des célébrités glamour aux origines ethniques variées et aux allégeances suspectes, et la suppression à distance avec des armes silencieuses de cibles choisies pour des raisons qui restent opaques jusqu'au troisième acte, quand les méchants réapparaissent en masse pour te botter le cul, rien de tout ça n'existe.

Absolument rien.

Pas même un tout petit peu.

À moins d'être moi.

2

La Bugatti Veyron, c'est un peu exagéré, mais les défraiements pour ce boulot étaient particulièrement généreux et, si j'ai une devise, c'est de toujours aller dans le sens du vent.

Aujourd'hui, c'est un vent jaune citron qui souffle à deux cent quatre kilomètres à l'heure sur la voie de droite de la Bundesautobahn 9 entre Munich et Berlin, juste à la sortie de Nuremberg. Une petite voix me souffle de faire un détour par le Nürburgring pour effectuer quelques tours de circuit, mais on ne peut pas tout avoir. Ce bolide pourrait rouler deux fois plus vite, mais j'essaie de ne pas paraître trop con quand ce n'est pas absolument nécessaire.

Mais aujourd'hui, c'est absolument nécessaire.

En ce qui concerne la visibilité, il y a deux écoles.

Tu peux être visible ou invisible.

Il n'y a pas d'entre-deux.

Invisible, ça veut dire que tu peux devenir cette femme stressée entre deux âges qui jongle avec son sac à main et un gobelet de chez Starbucks, tout en cherchant son badge à l'approche d'un portique de sécurité. Ou cet homme de ménage à moitié chauve qui ne parle pas bien anglais et qui passe la serpillière entre les tables où deux étudiants de Harvard comparent, sans daigner déplacer leurs pieds, les avantages d'un trajet par hydravion ou en yacht. Ou que tu es cet homme grisâtre dans le métro, cheveux gras et veste rapiécée aux coudes, qui ressemble à un antiquaire au chômage, et que tu transportes un sac en plastique rempli de vieux bouquins dans un lieu sûr où, sous un rabat décollé à la vapeur, tu trouveras de nouveaux papiers d'identité.

Tu n'as pas d'empreintes digitales. Tu n'utilises pas de carte de crédit. Tu te sers des téléphones à cartes prépayées, que tu changes chaque semaine, voire plus. Ou encore mieux, tu n'en as pas du tout. Partout où c'est possible, tu privilégies les communications physiques, les boîtes aux lettres dormantes et les services postaux. Tu restes analogique dans un monde fait de un et de zéros.

La sécurité par l'obscurité.

Le seul problème, c'est que ça ne marche pas. Plus maintenant.

Tu vas te faire baiser par les mesures biométriques. Et pas seulement par les systèmes de reconnaissance faciale automatisée, qui sont déjà déployés partout. Tu auras beau te mettre un sac en papier sur la tête, l'intelligence artificielle t'identifiera à ton allure, à ta démarche, à ton pied plat, à ta manière de t'appuyer sur une jambe ou d'avancer voûté, de te déhancher ou de tortiller des fesses. Et bonne chance pour traverser une frontière internationale, à moins d'avoir un passeport délivré par un pays qui n'utilise pas encore la biométrie, comme la Russie, ce qui attirera toute l'attention sur toi.

L'autre école de pensée ?

La sécurité obtenue en en faisant carrément des tonnes.

D'où la Bugatti Veyron.

Quand les gens voient une super-voiture, ils ne regardent qu'elle.

Personne n'en a rien à carrer du conducteur. Au mieux, ils voient un répugnant connard d'un fonds de capital-risque, un faisan de la e-économie, un petit prince saoudien, ou l'épouse potiche et botoxée d'un ancien mafieux d'Asie centrale devenu oligarque. Et dans tous les cas, ils ne veulent pas croiser leur regard. Et ils détournent les yeux.

Je ne ressemble à rien de tout ça, mais le blazer, la Rolex, la chemise ouverte, les lunettes de soleil et les cheveux gominés suffisent pour que les gens s'inventent leurs propres histoires et me jugent en conséquence.

Toi aussi, tu commences à me juger, je le sens. Tu veux regarder ailleurs.

C'est bien.

C'est le but recherché.

Une fois à Berlin, je saisis l'occasion pour voir les vestiges du mur. Aujourd'hui, cette époque de la guerre froide paraît presque désuète, avec ces gens désespérés qui passaient au-dessus du mur en ballon, ou par les égouts avec de la merde jusqu'aux genoux, ou se vidaient de leur sang, allongés dans le no man's land entre les deux enceintes, victimes des snipers est-allemands dans leurs miradors, et dont les cadavres étaient récupérés en hâte dans des voitures banalisées par des agents de la Stasi.

L'ironie, c'était que l'Allemagne de l'Est ne s'arrêtait pas au mur extérieur. La frontière n'était pas là. Les Allemands de l'Est avaient défini une zone tampon de quelques mètres pour garder la main sur l'autre côté du mur s'ils en avaient besoin, qui était aussi ouverte sur l'Ouest. Les autorités ouest-allemandes n'étaient pas habilitées à y intervenir, et ça devint une zone de non-droit où aucune loi ne s'appliquait. On raconte qu'à l'époque c'était là qu'on balançait les cadavres qui avaient reçu une balle dans la nuque. La CIA jetait ses victimes dans la zone française, les Français dans la zone britannique, les Anglais dans la zone américaine, ce qui t'en apprend plus qu'un cursus de quatre ans en sciences politiques sur l'état des relations diplomatiques entre puissances nucléaires occidentales au plus fort de la guerre froide.

Je laisse derrière moi le piège à touristes que constitue Checkpoint Charlie et descends dans le parking souterrain d'un des gratte-ciel de verre et d'acier tout près de Potsdamer Platz. Dès qu'il voit la Bugatti, le voiturier jaillit de sa petite cabine. Il est tellement absorbé par la caisse qu'il me calcule à peine. Il a soixante ans bien sonnés et, quand il s'installe dans le siège baquet au cuir d'une incomparable souplesse, son expression suggère que c'est la première fois depuis une décennie qu'il bande spontanément.

« Gaffe à la carrosserie », je lui dis. En réalité, je m'en fous complètement, mais je veux le faire transpirer pour faciliter le relevé de ses empreintes par la police scientifique. Les miennes, ils n'en trouveront aucune grâce à mes gants de conduite en cuir de veau pleine fleur, mais on n'est jamais trop prudent.

Je prends le ticket qu'il me tend et me dirige vers l'ascenseur.

Il ne voit pas que je le jette dans la poubelle.

Je lance un dernier regard à la Bugatti qui s'éloigne.

Et je me dis que je déteste cette putain de bagnole.

3

Je ne t'ai pas dit mon nom. C'est parce que ce n'est plus le mien. C'est celui d'un autre, quelqu'un qui était moi mais que j'ai cessé d'être il y a longtemps. Il ne reste probablement pas dix individus vivants qui gardent un souvenir de cette personne, pas à cause de moi, mais parce que cette personne était nulle, un zéro, un chiffre, une phrase vide de sens.

Je l'ai laissée derrière. Elle ne me manque pas, et je ne lui manque pas non plus.

Pour les gens que je croise tous les jours, je suis celui qu'il leur convient de penser que je suis. Ce n'est pas plus une question de faire semblant que de jouer la comédie. Il s'agit d'être. Le truc génial quand tu n'as pas d'identité réelle et de personnalité fixe, c'est que tu peux te glisser d'un personnage à un autre comme ces bernard-l'hermite qui changent de coquille chaque fois qu'il y a trop de vaisselle sale dans l'évier.

Pour les gens du métier, je ne suis qu'un mot.

Madonna, Cher, Pelé, Michel-Ange, Platon, Seinfeld, tous réunis en une seule personne.

Je suis Seventeen.

Plus jeune que tu ne l'aurais cru.

Bien entretenu, exubérant, parfois un peu trop bruyant.

Avec un de ces accents américains difficiles à situer.

Un peu antipathique.

En fait, non. *Parfaitement* exécrable.

Et si tu ne m'aimes pas, aucun problème. Dans ce boulot, on s'en fout d'être aimé.

On m'appelle Seventeen parce qu'il y en a eu seize avant moi.

Porter un numéro, c'est comme porter une médaille. C'est comme être le quarante-cinquième président des États-Unis, la douzième Miss Monde, ou le champion du monde de boxe catégorie poids lourds. Ça veut simplement dire que tu es le meilleur. Le plus costaud, le plus beau, le plus résistant, ou, dans mon cas et celui des seize autres qui m'ont précédé, le plus létal, donc le plus craint.

Personne ne sait exactement qui était le numéro Un, mais je mets une pièce sur Zigmund Markovich Rosenblum. Si ce nom ne te dit rien, tu peux le googliser, mais à condition d'avoir quelqu'un sous la main pour ramasser tes yeux quand ils auront jailli de leurs orbites.

C'est le seul que tu trouveras sur Wikipedia. Deux était un orphelin dont les parents avaient été massacrés par les hommes du tsar et qui s'était retrouvé à la rue puis avait été enlevé par les services secrets allemands au début de la Grande Guerre. Une fois formé aux techniques d'espionnage et de sabotage puis renvoyé dans les rues de Saint-Pétersbourg pour renseigner les mouvements de troupes, il trahit en secret ses maîtres allemands et devint agent double. Tout ça avant l'âge de douze ans. Les numéros Trois à Quinze ont tous été confirmés morts. Tu ne seras pas surpris d'apprendre qu'aucun n'est décédé de mort naturelle, sauf à considérer qu'une défenestration ou une chute depuis un Boeing 737 (respectivement numéros Sept et Treize) entrent dans cette catégorie.

Sixteen – le numéro Seize –, mon prédécesseur, est un mystère. Il a tout simplement disparu du jour au lendemain et pris sa retraite au firmament de sa carrière pour des raisons que personne ne comprenait. Raccroché pour de bon et sans laisser de traces.

Et moi ? Je me suis contenté de me glisser dans sa coquille.

4

Je suis dans l'ascenseur panoramique qui monte vers le haut de l'immeuble. Berlin se découvre à mes pieds, changeant de parallaxe au fil de l'ascension : le Reichstag, le Tiergarten, le château de Charlottenburg. La cabine marque un arrêt au septième étage. Une fille entre, vêtue d'une jupe crayon bleue et d'un chemisier blanc. Elle porte une pile de dossiers. Avec ses cheveux noirs attachés en arrière, elle ressemble à une Italienne. Elle me sourit et, l'espace d'une seconde, je la plains de travailler ici, au milieu de tous ces connards concupiscents, dont l'un finira par lui demander sa main et insistera pour qu'elle quitte son boulot afin d'élever une couvée de réplicants dans une de ces grandes demeures prétentieuses qui pullulent à la périphérie de la ville, comme des pièges à ours prêts à se refermer.

Je jette un coup d'œil à la main de la fille. Il s'est déjà déclaré : une grosse bague de fiançailles scintille à son doigt.

Je me demande si son fiancé fait partie des gens que je m'apprête à tuer.

Le ding de l'ascenseur retentit. Son étage. Elle sort.

Je la regarde partir.

Pour son bien, j'espère qu'il est du nombre.

À l'accueil, une autre employée, couverte de maquillage et de fausses perles. Ce genre-là, il faut t'en méfier parce qu'elles sont futées. Elles vivent dans la vraie vie. Elles parlent à tout le monde, du postier aux chefs d'État. Ce sont des proies faciles pour les nouveaux associés qui triment quatre-vingts heures par semaine et élaborent les contrats jusqu'à trois heures du matin, mais ne les présenteront jamais à papa et maman.

Elle me regarde approcher et, avant d'avoir ôté mes lunettes de soleil, je sais déjà qu'elle m'a repéré. Elle sourit, et son sourire annonce qu'elle déteste tout en moi, depuis le cuir de mes chaussures cousues main jusqu'aux plis de mon pantalon, et du motif de ma cravate à mes dents trop blanches redressées à prix d'or.

Je l'aime déjà.

Elle affecte une courtoisie glacée qui lui demande un énorme effort. Je l'informe que j'ai rendez-vous à trois heures avec Gerhard Meyer, ce qui est la stricte vérité. C'est un analyste financier sell-side, c'est-à-dire qu'il reçoit toute la journée dans son bureau des parasites obséquieux de mon espèce. Il pense que je représente un fonds de pension d'enseignants basé à Toronto et compte bien me fourguer un placement foireux dont la commission paiera son troisième divorce, vu qu'il a entamé une liaison avec son assistante de direction.

Je n'ai jamais rencontré cet homme et ne le rencontrerai jamais, mais je connais ce genre de types.

La salle d'attente grouille de mecs en costard-cravate, mendiants à la cour de Mammon avec leur attaché-case sur les genoux, assis en rang et suant des aisselles à cause du stress, entièrement concentrés sur l'espoir que ce rendez-vous, contrairement aux neuf autres qui l'ont précédé, permettra de débloquer la ligne de crédit et d'éviter que le taux de destructions des fonds propres de leur entreprise en difficulté n'aboutisse à un défaut de paiement définitif. Mais Meyer est là pour vendre, pas pour acheter, et moi, il ne va pas me faire attendre.

Son assistant apparaît, un jeune Noir très mince aux pommettes saillantes – Somalien, peut-être ? – moulé dans un pantalon gris qui lui va comme un gant. Il a l'air sympa. Est-ce que Meyer se le tape ? Si c'est le cas, il est plus raffiné que je l'aurais imaginé.

L'assistant s'appelle Bashir. Je n'ai aucune envie de le tuer, donc je change légèrement mes plans, passant devant la salle de conférences où se trouve ma cible et lui emboîtant le pas vers le bureau de Meyer, qui se lève pour m'accueillir, la main tendue. Il a une moustache démesurée, je n'en dirai pas plus. Bashir me propose un café, je lui demande un double expresso macchiato, conscient que ça va l'occuper un moment. Puis je prie Meyer de m'excuser et lui demande où je peux me laver les mains.

Il m'indique la direction des toilettes. J'y laisse mon attaché-case, dans lequel la police découvrira plus tard un exemplaire de *De la grammatologie* de Derrida destiné d'une part à lui donner un poids crédible, mais surtout parce que tant qu'à laisser un indice, autant qu'il soit le plus déroutant et absurde possible.

Je sors de la pièce.

Dans les toilettes, j'aperçois mon reflet dans la glace.

Les types qui font le même métier que moi – pas les femmes, pour elles, c'est différent –, je les repère à des kilomètres. Parfois, à cause de leurs larges épaules qui font que le dos de leur veste paraît trop serré. Ou de leur démarche martiale. Parfois, c'est aussi subtil qu'une ceinture militaire en toile ou aussi évident qu'un nez cassé. Ça peut être une coupe de cheveux réglementaire soigneusement entretenue, ou la barbe et les yeux morts du soldat de fortune qui a un peu trop pris son pied à trancher la gorge d'adolescents dans les bas-fonds crasseux d'Asie centrale. Certains, les plus dangereux, dégagent une sérénité déconcertante. Si tu regardes leurs mains, tu remarqueras qu'ils ne portent presque jamais de bagues. Si tu as l'estomac bien accroché, et si tu veux savoir pourquoi, tu n'as qu'à taper « dégantage » dans Google.

Je ne présente aucun de ces signes.

J'ai l'air moins baraqué que je ne le suis vraiment, mes vêtements hors de prix ont été taillés sur mesure dans le but de dissimuler ma musculature. Tu jugerais que mes cheveux n'ont jamais connu le fil d'un rasoir dans un camp d'entraînement. Je suis assez grand pour te regarder droit dans les yeux, mais pas assez pour t'intimider à moins de le décider. Mon nez a été cassé trois fois, mais ce n'est pas visible parce que chaque fois j'ai payé un chirurgien de Beverly Hills pour me le remodeler. Je m'hydrate la peau, pas par coquetterie, enfin presque pas, mais afin de masquer les effets du désert et du vent polaire sur mon visage.

Au majeur de ma main droite, je porte une chevalière en argent à l'intérieur de laquelle est gravée une inscription.

Quand on se connaîtra un peu mieux, je te dirai peut-être ce qui est écrit.

Je glisse la main sous ma veste et, du holster qui y est dissimulé, je sors le pistolet.

5

Les photographes amateurs adorent parler de leurs appareils. Les pros s'en foutent en général. Évidemment, ils ont leurs préférences, mais un photographe professionnel saurait faire un cliché avec un sténopé en perçant un trou d'épingle dans une boîte de conserve, et sa photo serait meilleure que tout ce qu'un petit amateur dans ton genre pourrait obtenir avec l'appareil le plus cher du monde.

Pourtant, en creusant un peu, tu t'apercevras qu'il y a toujours un boîtier qu'ils vénèrent. Ça peut être le Leica M2 doté d'un objectif Summilux 35/1.4 préasphérique pour essayer d'avoir une lumière à la Cartier-Bresson. Peut-être est-il dépassé par le vieux Rolleiflex TLR, pareil à celui qu'utilisait Hitler. Ou par le Widelux et son mécanisme de balayage à cent cinquante degrés qui permet de faire des panoramiques. Ou… bon, tu as compris de quoi je parle.

La seule chose commune à tous ces boîtiers ?

Ils sont complètement mécaniques. Ils font ce que tu leur demandes, ni plus ni moins. Ils sont les boîtes manuelles dans le monde des appareils photo automatiques.

Ce qui nous amène au B&T VP9 Welrod 9mm.

De fabrication suisse, entièrement manuel, avec sa culasse

mobile et un silencieux intégré, c'est l'un des seuls pistolets à réducteur de son vraiment silencieux. Comme dans les films. Les initiales VP signifient «pistolet vétérinaire», parce qu'à l'origine il avait été conçu pour que les vétos puissent euthanasier des animaux sans effrayer les voisins. Bon sang, la sensation qu'il te procure. Discret, pas tape-à-l'œil pour un sou, noir et parfaitement lisse, il te murmure : Je sais ce que tu dois faire, je vais t'aider à le faire et je ne te jugerai pas.

S'il pouvait prendre des photos, je serais un putain de photographe.

6

Je ressors des toilettes. Je sais où se trouve la salle de conférences, pas seulement parce que Bashir m'a fait passer devant, mais parce que ça fait six semaines que j'ai eu accès aux plans de l'immeuble et que j'en connais chaque mètre carré de chaque étage. En m'approchant, je respire à fond plusieurs fois : inspirer, bloquer, expirer par la bouche. Je veux que mon rythme cardiaque soit le plus lent possible.

Dans les bons jours, j'arrive à le faire baisser sans problème à environ cinquante battements par minute.

Je prends mon pouls, les doigts sur mon poignet. Dix secondes. Huit battements.

Quarante-huit.

Je pousse la porte en verre dépoli.

Je connais déjà ceux qui seront à l'intérieur, et aussi l'ancienneté de chacun dans la boîte, grâce à l'organigramme qui m'a donné en gros la liste des participants. En plus, sur leur site, il n'y a que les photos des dirigeants. Quelqu'un m'a dit un jour qu'il fallait toujours être gentil avec les assistants, ce qui inclut de ne pas les buter quand ce n'est pas absolument nécessaire.

Et je sais aussi qu'il n'y aura pas d'agent de sécurité. Pourquoi ? Parce qu'ils se sentent chez eux.

Tu sais comment l'argent – le vrai, le gros pognon, celui qui tourne sur les comptes des banques suisses, l'argent du trafic d'armes et des coups d'État que l'on n'a pas besoin de blanchir parce qu'il n'apparaît jamais sur les radars des impôts ou de la brigade financière grâce à des sociétés écrans emboîtées les unes dans les autres comme des matriochkas – circule sur la planète ?

Ce n'est pas par les bitcoins.

Je t'explique : tu es un milliardaire avec du sang sur les mains, et tu veux déplacer ton argent d'un point A à un point B. Tu rencontres un de tes gars dans une salle SCIF – une pièce sécurisée enfermée dans une cage Faraday isolée phoniquement et électriquement, et étanche aux radiations électromagnétiques et aux variations atmosphériques.

Tu lui donnes tes instructions. Il appelle un numéro à Zurich, un banquier suisse en costume saute dans un jet privé et, douze heures après, il est dans la salle SCIF avec toi. Tu lui expliques que tu voudrais déplacer de l'argent de A à B, et tu lui dis la somme. Il reprend son jet privé, retourne à Zurich et exécute la transaction sur le système informatique hautement sécurisé qui gère tes comptes.

Ce genre de chiffrement, aucun pirate ne le crackera jamais, simplement parce qu'il n'y a rien à cracker.

Sauf qu'il y a un point faible.

Le banquier. Il revient de l'aéroport de Zurich. Il est sur la route du bureau quand sa limo est violemment percutée par un autre véhicule. Des hommes masqués le traînent dans un entrepôt où ils lui appliquent une « séance de décryptage au tuyau en caoutchouc », comme on dit dans le métier, parce qu'elle implique, dans sa forme la plus crue, de frapper la cible avec un tuyau d'arrosage jusqu'à ce qu'elle te communique le mot de passe.

C'est rapide, violent et très efficace.

Exactement comme moi.

Le truc, c'est que puisque tu es milliardaire, ce n'est pas toi qui prends les risques. Tu es sur ton lieu de travail, dans ta tour de verre et d'acier, tu te sens en sécurité.

Dans ta maison, ton supposé foyer, il y a tes fils oisifs et bagarreurs et tes filles dont la préoccupation principale est de savoir qui va hériter, de quoi et dans quel délai, plus une épouse qui a de bonnes raisons de te détester mais se retrouve ligotée par les termes du contrat de mariage, et dont la préoccupation principale dans l'immédiat, c'est la catégorie d'ardoise que tu devrais faire expédier d'Italie pour couvrir le toit de l'aile sud.

Une zone de guerre, franchement.

Tu te détends un peu quand tu t'enfonces dans le somptueux cuir noir de ta limo blindée, mais tu ne te sens jamais vraiment en sécurité avant de plonger dans la gueule du parking et – enfin ! – à bord de l'ascenseur privé qui te monte au dernier étage, vers le Shangri-La de ton immense bureau caverneux, avec ta table de travail de mauvais goût en cocobolo, ou tes figurines de pacotille de Jetsons datant des années 50, ou ta déco en plaqué or de dictateur, ou tous ces trucs que tu entasses parce que tu penses qu'ils te donneront l'air important, ou plus jeune.

C'est ton château, ta cour, ton royaume. C'est l'endroit où tu es le roi, où ta parole a force de loi.

De temps en temps, tu apparais à une réunion du conseil

d'administration ou pour un discours, et tes serfs font des courbettes sur ton passage. Tu te sens désiré. Apprécié.

Et à cause de ça, tu baisses ta garde.

Juste comme j'aime.

7

Et en fait, il y a un garde dans la pièce. Il devait être à l'intérieur quand je suis passé devant tout à l'heure.

Pas de problème. J'aime qu'on me prouve que j'ai tort.

C'est un énorme type, une montagne de muscles et de testostérone, engoncé dans un costume trop petit, avec des cheveux très courts et, calées derrière ses petites oreilles roses porcines, une paire de ces horribles lunettes de soleil tactiques que tous les types qui bossent dans la sécurité se croient obligés de porter, mais qui clament qu'ils ont des troubles de l'érection et qui restreignent leur champ de vision en intérieur quand ils se retrouvent confrontés à quelqu'un comme moi.

Ils sont donc six dans la pièce et le chargeur du VP9 ne contient que cinq balles, il va donc falloir que je recharge. Je passe devant le garde, puis je m'arrête et me retourne comme pour saluer quelqu'un derrière moi dans le couloir. Il tourne la tête afin de voir de qui il s'agit et je lui tire dans la tempe. Une tache de sang à la Rorschach gicle sur la paroi aux vitres teintées de la salle de réunion. J'ai un peu de peine pour lui, mais si tu es de la partie, tu connais les règles.

Je dois enjamber son corps pour accéder à la salle de conférences dont les occupants sont déjà pris de panique.

Il me reste quatre balles.

Les trois vice-présidents, dans la trentaine, constituent la menace physique principale. Le genre à faire du VTT et du CrossFit pour compenser les dîners interminables et les cocktails qu'ils sont obligés d'endurer pour arracher de l'argent à leurs clients, ou leurs sous-vêtements à des femmes qui ne sont pas les leurs. Ou les deux en même temps.

Clac, clac, clac. Ça, c'est fait.

Dans ma vision périphérique, un collaborateur d'une vingtaine d'années rase les murs en essayant de fuir. Il tremble, terrifié. Je loge une balle dans le mur juste à côté de sa tête pour lui signifier qu'il se comporte comme un complet connard, et parce que, de toute façon, il faut que je recharge. Il en convient et se recroqueville en position fœtale.

Bon gars.

Je change de chargeur, avec des gestes si automatiques que je pourrais les faire en dormant, ce que certaines personnes qui ont partagé mes nuits m'ont confirmé.

J'avance vers les huiles et le sommet de l'organigramme hiérarchique. Le directeur financier est une femme d'une cinquantaine d'années avec un air de maman gâteau. J'aurais scrupule à la tuer si je ne savais pas que les chiffres qu'elle manipule et trafique correspondent à des chars et des hélicoptères, et à des armes automatiques transportées par des tiers avec de faux certificats vers des pays dont les dirigeants, en général, font peu de cas des intérêts et du bien-être de leurs concitoyens.

Je ne dis pas que j'accomplis une mission de service public, mais les actes ont des conséquences.

Le directeur général a dans les soixante ans. On dirait qu'il est en train de faire une attaque, ce qui fera son cinq ou sixième AVC. Mes recherches m'ont appris qu'il a aidé à financer au Brésil une mine qui s'est effondrée sur une centaine de mineurs, dont la plupart sont morts. L'euthanasier avec un pistolet vétérinaire semble curieusement approprié.

Ne reste plus que le vieil homme.

Le boss, je veux dire. Je l'admire presque.

Tu te souviens d'Adnan Khashoggi ? Le trafiquant d'armes qui valait quatre milliards dans les années 80, à l'époque où quatre milliards, c'était encore beaucoup d'argent ? Mouillé dans l'Irangate, proche d'Imelda Marcos ? Il est mort sans le sou. Où est passée toute sa fortune ?

La réponse est en face de moi.

Il a plus de quatre-vingts ans aujourd'hui, il n'a même pas peur. Cela fait des années, des décennies peut-être, qu'il sait que ce moment allait venir un jour.

Il sourit de toutes ses dents jaunes et gâtées. On voit ça chez les hommes riches qui sont partis de rien. Ils arborent leurs mauvaises dents comme un signe de fierté, comme pour se rappeler d'où ils viennent et en signe de doigt tendu à tous ceux qui voudraient les juger.

Je le comprends, vraiment.

« Jeune homme, dit-il en allemand. Quelle que soit la somme qu'on vous donne pour… »

Je lui mets deux balles dans la poitrine avant qu'il puisse finir sa phrase.

Étrangement, ce n'est pas suffisant.

Il bouge encore, du sang jaillit de sa bouche.

Je lui tire ma dernière balle dans la tête.

8

Tout ça dure moins de dix secondes. Je sors mon téléphone et prends une photo du cadavre. Ce faisant, je prends conscience des pleurs et des gémissements de ceux que j'ai laissés en vie. Alors, je quitte la pièce.

Des gens sortent de leurs bureaux. Quelqu'un hurle derrière moi en réalisant ce qui s'est passé. Je garde mon flingue bien en vue, mais pointé vers le bas. Personne ne va tenter de stopper un type armé qui vient de tuer six personnes – non, pardon, sept. Je traverse le bureau en sens inverse, croisant Gerhard qui me regarde sans comprendre. Devant moi, Bashir, béni soit-il, arrive de la cuisine avec mon expresso macchiato. Je le boirais volontiers, mais ce n'est pas le moment. Je me dirige vers l'ascenseur de service, pas pour le prendre, mais parce qu'il y a des escaliers juste à côté, et que c'est de loin le meilleur moyen pour redescendre.

Jusque-là, à l'exception du garde, tout s'est déroulé exactement comme prévu.

Et forcément, ça me rend nerveux.

C'est là que ça se produit. J'entends quelque chose – une voix de femme qui hurle « *Du Bastard* », l'équivalent allemand d'« espèce de salaud ». Je me retourne et la découvre qui fonce vers moi, telle une furie wagnérienne en tailleur éclaboussé de sang. Elle brandit quelque chose – d'abord, je ne vois pas ce que c'est, puis j'identifie un téléphone de conférence qu'elle a littéralement arraché de la table de la salle de réunion. Je me repasse la scène. Elle était assise à la gauche d'un des vice-présidents bodybuildés. Quand je suis entré, elle lui souriait. Sa main gauche n'était pas visible. Merde.

Elle l'avait posée sur sa cuisse.

J'ai tué son amant sous ses yeux.

Conseil de pro : c'est un truc à ne pas faire.

Elle est presque sur moi à présent. D'instinct, je redresse le pistolet, mais elle n'est qu'une employée et je n'ai pas le temps de trouver une bonne raison pour la détester, ni de me repentir, et l'instinct de survie n'entre pas en jeu puisqu'elle n'est armée que d'un téléphone de conférence et de sa légitime colère de femme blessée.

En plus, mon chargeur est vide. J'avais prévu d'avoir encore trois balles, bien plus que nécessaire dans des circonstances ordinaires, mais j'en avais tiré une sur le garde, une autre dans le mur et logé la troisième dans la tête du vieil homme, comme une cerise sur le gâteau.

Je ne vois qu'une chose à faire. En passant par la cuisine, j'attrape le pot de café et le lui jette à la tête. Exactement au même instant, elle lance le téléphone dans ma direction. Les deux objets se croisent en l'air. Le pot la frappe en plein dans la poitrine, et le café se renverse sur elle. Je me dis que c'est du café réchauffé de bureau et que les brûlures ne seront pas trop graves.

De l'autre côté, le téléphone. Je n'ai aucune idée de qui

est cette fille, mais le chagrin et la fureur lui ont donné un bras de lanceur de base-ball de première division. L'objet tourbillonne vers moi comme un énorme shuriken en plastique, les câbles fouettant l'air, et il me frappe pile au milieu du front.

Je ne perds pied qu'une seconde, mais c'est assez pour me retrouver par terre, cerné de gens qui accourent de partout et ne voient plus en moi un tueur vicieux, mais une espèce de mauviette réduite à lancer des pots de café tiède à la tête d'une collaboratrice.

Je me relève comme je peux. Plus question d'utiliser l'escalier à présent, alors je fais la seule chose possible, j'entre dans l'ascenseur de service, appuie sur le bouton, lève le VP9 et prie pour que personne (a) n'ait compté les coups de feu (b) ne connaisse le VP9 et le nombre de balles contenues dans le chargeur.

En voyant l'arme, mes poursuivants se figent devant la porte. Nous nous faisons face. Personne ne sait trop quoi faire.

Pourquoi ces putains de portes ne se referment pas ? J'appuie de nouveau sur le bouton.

Puis une voix s'élève derrière la foule terrifiée et furieuse. C'est une tête de nœud d'assistant au service du courrier. Il est couvert d'acné.

« C'est un VP9, dit-il en allemand. Il n'y a que cinq balles par chargeur, et il a tiré dix fois. »

Ils s'élancent vers moi.

Leurs corps cognent contre les portes qui se referment.

9

Je sors de l'immeuble dans un bleu de travail volé, tamponnant mon front ensanglanté avec du papier toilette rose. On entend déjà les hurlements de la police allemande et les unités antiterroristes sur la Potsdamer Platz.

Quelquefois, le principe de la sécurité par l'obscurité s'impose.

Ça n'a pas été le meilleur moment de ma carrière. Mais la cible est morte, et si, contrairement à moi, tu parviens à oublier le garde de sécurité, il n'y a pas eu de victime collatérale. Quant aux trois adeptes de la gonflette, franchement, j'ai mis fin à leur souffrance. Je prends mon pouls. Quatre-vingt-dix, en baisse.

Tout va bien se passer. Je suis déjà en train de rêver à ma chambre d'hôtel, à la douche, aux vêtements que je vais acheter en chemin, au dîner, au bar et à tous les autres plaisirs et aventures que la soirée pourrait m'offrir, quand la sonnerie de mon téléphone retentit. Je n'ai pas besoin de vérifier l'identité de l'appelant, parce qu'il n'y a qu'une seule personne sur terre qui ait ce numéro. Le problème, c'est que cette personne ne devrait vraiment, vraiment, vraiment pas m'appeler.

Je réponds.

« C'est quoi ce bordel ? Tu sais que tu peux pas…

— Ferme-la et écoute », répond Handler. Alors je l'écoute, parce que quand Handler te dit de la fermer, il est sérieux. « Où es-tu ?

— Berlin. » Je reste volontairement dans le vague. C'est un téléphone prépayé tout neuf. Je l'avais déconnecté du réseau durant tout le temps de mon passage dans l'immeuble. En aucun cas, on n'a pu me tracer. Mais on n'est jamais trop prudent.

« Putain, je sais bien que tu es à Berlin. Où ça, à Berlin ?

— Mitte.

— Bien, dit Handler. Ça vient de tomber, on nous a passé une nouvelle commande.

— Qui ça ?

— Comme si c'était important.

— Non, je parlais de…

— On n'a pas encore de description précise. Mâle, barbu, un mètre quatre-vingts. Origine ethnique incertaine.

— Ça restreint vachement le champ des recherches, je lui dis. Je m'en occupe tout de suite.

— Il doit procéder à un échange en coup de vent dans le Tiergarten entre dix-huit et dix-neuf, heure locale.

— Passeur ou receveur ?

— Receveur.

— La marchandise ?

— On n'en sait rien. En tout cas, le client ne m'a rien dit.

— Des infos sur l'autre équipe ?

— Une femme. Avec des jumeaux dans une poussette. Et une tasse de chez Starbucks dans le porte-gobelet affichant un nom commençant par N. »

Je fais une pause, histoire de jeter un coup d'œil autour de moi. Aucun poursuivant en vue. Pour autant que je sache, je suis tranquille. Mais les sirènes d'alarme continuent de résonner dans ma tête.

« Vas-y, Handler, c'est du grand n'importe quoi. » Parce que ça l'est. « On n'est plus en 1985. Un échange en coup de vent à Berlin et tous ces trucs d'espions ? Tant qu'on y est, pourquoi on ferait pas ça à Checkpoint Charlie dans la brume avec Visage en fond sonore ? »

Le silence me répond. Je l'ai énervé. Ce sont des choses qui arrivent.

« Tu veux ce boulot ou pas ?

— Pas particulièrement.

— Et si je te disais combien c'est payé ? »

Il annonce une somme et je vis un moment que je qualifierai d'intense émotion.

« Tu es toujours là ? demande-t-il.

— Quels sont les paramètres ?

— Le client a besoin de récupérer la marchandise. Point barre. »

Il raccroche. Je regarde ma montre. Il est déjà dix-sept heures trente.

10

Le Tiergarten est le même genre d'immense parc que celui du Retiro à Madrid, un lieu où les familles royales ou impériales pouvaient traiter leurs névroses en chassant le cerf plutôt que la populace. Y fixer rendez-vous à quelqu'un est aussi pratique que lui proposer de se retrouver dans l'Ohio.

Mais un échange, si discret soit-il, nécessite un contact physique. Deux personnes qui se bousculent en se croisant, une note ou un objet glissé dans une poche, un attaché-case qui change de main. Ça ne fonctionne que s'il y a beaucoup de monde autour, des gens qui marchent dans différentes directions, là où un contact fugace n'attirera pas l'attention.

Il y a deux endroits évidents qui s'y prêtent dans le parc. Le premier, c'est le zoo. En milieu de journée, il grouille d'écoliers, de groupes de touristes, d'amoureux et de vieux Berlinois titulaires d'un abonnement annuel. C'est plein de petites niches et de coins sombres, de vivariums et de fosses aux serpents où on pourrait avoir l'intimité propice à un échange. Mais plus j'y pense et moins j'y crois. C'est ouvert jusqu'à neuf heures du soir, mais la fin de journée, c'est l'heure creuse, quand tout le monde s'en va ou est déjà rentré dîner, ou posé dans un bar, en train d'attendre un *date*. Si de vagues soupçons pèsent sur toi – d'où la nécessité d'un échange en coup de vent –, alors, aller au zoo à une heure où tout le monde part est le meilleur moyen de faire s'agiter toutes sortes de drapeaux rouges.

« *Dis-moi Serguei, on t'a suivi toute la journée. Et tu sais quoi ? Tu es allé au zoo. Toi qui n'as jamais éprouvé le moindre intérêt pour dame nature, tu décides tout à coup de changer d'itinéraire pour aller visiter le zoo à six heures du soir. On a aussi vérifié ton historique de recherches sur Internet, et la seule chose que tu as consultée, c'étaient les heures d'ouverture. Tu peux m'expliquer, s'il te plaît.* »

Bien sûr, tu auras prévu une histoire à raconter, mais tu n'as pas vraiment envie d'avoir ce genre de discussion avec les gros bras du Département 5.

L'autre endroit pour une rencontre, c'est la colonne de la Victoire, ce phallus colonial totémique dressé au centre du Tiergarten. Une statue de Victoria, la déesse romaine de la Victoire, émerge de sa pointe, scintillant d'or comme la semence dorée et métaphorique de la Prusse.

Il n'y a aucune garantie que l'échange aura bien lieu là-bas, mais je décide de miser dessus.

En traversant Tiergartenstrasse, j'ai le temps de réfléchir. Pourquoi privilégier une transmission de la main à la main ? Il y a des milliers d'autres moyens pour communiquer en toute sécurité à l'aide d'outils numériques : Protonmail, Tor, Signal... Bon sang, même Zoom offre aujourd'hui un haut niveau de cryptage de bout en bout. Pourtant, il existe encore de bonnes raisons d'opérer un transfert à l'ancienne dans le monde réel.

Pour un trafiquant de drogue ordinaire, un type qui blanchit de l'argent, un marchand d'armes ou un pédophile, les solutions de cryptage qu'on trouve dans le commerce sont probablement suffisantes. Mais si tu prépares un truc vraiment très sale qui menace littéralement la sécurité nationale et les types qui en ont la charge, et si tu fais l'erreur d'apparaître sur leur radar, rien ne va plus. La dure vérité, c'est que toi, en tant qu'individu, tu ne peux pas gagner contre la puissance de l'agence de renseignements d'un pays qui dispose de milliards de dollars à dépenser, des plus brillants cerveaux de ta génération et d'une technologie en avance d'une décennie sur tout ce que tu pourras trouver dans le commerce.

Le moyen le plus facile consiste à installer un logiciel hostile furtif – sur ton téléphone, ton ordinateur ou ta montre connectée – qui leur donne le contrôle total et l'accès à tout. Ou à utiliser un programme complexe extrayant des traces d'information que le code qui fait tourner ton appareil a laissées dans la mémoire. Ou des ordinateurs en réseaux totalement fonctionnels dissimulés dans le câble du clavier. Ou… disons que tout ça n'est que la partie émergée de l'iceberg.

Le simple échange discret d'une note manuscrite permet de contourner tout ça. Génial, vraiment.

Je suis à mi-chemin de la colonne à présent. Et je comprends de mieux en mieux le choix du Tiergarten. Berlin, comme toutes les capitales occidentales, grouille de caméras de surveillance, et la plupart sont connectées à un système central qui enregistre automatiquement des trucs comme les plaques minéralogiques ou les données biométriques.

Pour un usage civil, les contrôles sont stricts, mais les agences de renseignements ne sont pas assujetties à de telles règles. Tu as peut-être du mal à croire que la NSA, qui a mis sur écoute la presque totalité des plus grandes autoroutes d'Internet, a accès à chaque caméra que tu croises et à ton dossier biométrique, mais es-tu prêt à jouer ta vie là-dessus ?

Il n'y a presque aucune caméra de vidéosurveillance dans le Tiergarten.

Tout cela mis bout à bout commence donc à prendre sens. Mais ça signifie aussi que ces gens sont très sérieux, et que ce qu'ils préparent pourrait menacer des centaines, voire des milliers de vies.

Ce qui soulève une autre question, encore plus troublante.

Pourquoi moi ?

Berlin est une des grandes capitales mondiales de l'espionnage. Cette ville était en première ligne pendant la guerre froide. Toutes les grandes agences de renseignements de la planète y ont gardé des antennes. Je connais au moins huit organisations capables de réunir une équipe complète en moins de dix minutes, et trois qui pourraient en plus disposer d'une surveillance aérienne, sans avoir recours à quelqu'un de l'extérieur.

Vu le prix qu'ils me paient, ça leur coûterait sûrement moins cher.

J'y suis presque, à cinq cents mètres du carrefour où un passage souterrain permet d'accéder au monument. J'envisage d'appeler Handler, mais je sais que c'est inutile.

Le boulot, c'est le boulot. Et il faut bien que quelqu'un le fasse.

11

La colonne de la Victoire se dresse au centre d'un rond-point où convergent cinq grandes avenues de Berlin. Les allées s'enfoncent sous les routes par quatre passages souterrains pour piétons et deux sorties desservent l'îlot central, respectivement des côtés est et ouest.

Un échange en coup de vent n'a pas d'horaire précis. Les deux intervenants doivent s'assurer qu'ils ne sont pas suivis, ce qui peut prendre un certain temps. Il y en a toujours un qui arrive avant l'autre et il lui faut trouver un endroit pour attendre sans attirer l'attention.

Et là, le seul endroit possible, c'est la colonne et les marches qui permettent d'y accéder. Des ados et des amoureux s'y prélassent, des enfants tournent autour de son socle en jouant à chat et des touristes rincés soufflent un peu en cherchant sur Tripadvisor un resto pour dîner.

Donc, je m'y installe aussi. Je sors un paquet de cigarettes acheté en chemin, non que je sois fumeur mais parce que avoir une cigarette à la main te donne une excuse pour simplement t'asseoir et regarder alentour. Dans mon bleu de travail volé, je ne suis rien qu'une merde de plus collée sur la culotte de la ville.

J'attends pendant une bonne vingtaine de minutes. Il y a des barbus, mais ils passent rapidement sans regarder autour d'eux. Une femme arrive, flanquée de jumeaux âgés de cinq ou six ans, mais ils ne sont pas en poussette. Il n'y a aucun gobelet Starbucks en vue, et son mari l'accompagne.

Je commence à douter de moi quand il apparaît. La cinquantaine grisonnante, une barbe bien taillée et une étrange frange qui lui donne un look à la Jeanne d'Arc.

Il se dirige vers la colonne et s'assied juste à côté de moi. Malin, le genre de chose que je ferais moi-même, et qui l'autorise à me dévisager tout en m'interdisant de l'examiner en retour sans que cela paraisse trop flagrant. Je lui propose une cigarette. Il décline d'un geste de la main, mais j'en profite pour l'observer. Il est nerveux, il n'arrête pas de frotter son index contre son pouce. Il enlève ses lunettes à monture métallique, les nettoie avec sa cravate, puis les rajuste sur son nez en scrutant les alentours.

S'il attend quelqu'un, il ne sait pas qui c'est.

On reste assis là dix minutes. Je fume deux autres cigarettes. Il regarde trois fois sa montre.

Il l'aperçoit avant moi. Je m'en rends compte parce qu'il cesse d'un coup de se frotter les doigts.

Je suis son regard et je la vois qui débouche du passage souterrain. Trente ans à peine, des cheveux noirs tirés en queue-de-cheval, originaire du Moyen-Orient, ou peut-être du sud de l'Europe. Elle porte un haut orné du mot BÉBÉ en lettres pailletées, un jean, un hijab et des tennis blanches. Et promène des jumeaux dans une poussette double. Elle s'arrête en pleine lumière, prend le gobelet dans son support et le porte à ses lèvres en s'assurant que le logo Starbucks et le nom écrit dessus à la main, *Nasrin*, soient tous deux visibles.

Le barbu – je l'appellerai Moe – se lève. Il descend les marches vers la femme aux jumeaux. Je le laisse faire. C'est bien joué. Elle se tient juste à la sortie du passage souterrain, dont elle bloque à moitié l'accès avec la poussette, l'obligeant à passer tout près d'elle. Et ce faisant, d'un geste vif à peine perceptible, il s'empare du gobelet Starbucks et disparaît dans le souterrain.

J'attends un peu pour ne pas effrayer le gibier. Au bout de quelques secondes, la femme et la poussette s'éloignent et je dévale les marches vers le tunnel. Mes yeux mettent un moment à s'habituer à l'obscurité. L'espace d'un instant, je crois l'avoir perdu, mais je finis par l'apercevoir : il se dirige vers le jardin anglais.

S'il a fait au début son office de camouflage, le bleu de travail du concierge est devenu un handicap. Si j'avais disposé d'un peu plus de temps de préparation, je porterais à présent une casquette de base-ball, un blouson, *un truc* que j'aurais pu sortir d'un sac à dos ou d'une besace de coursier afin de changer d'apparence au débotté. Mais je n'ai rien sous la main et, à moins de dépouiller un passant pour lui piquer ses fringues ou de continuer en caleçon, je suis coincé.

Moe passe devant le salon de thé, toujours en direction du nord. Je le suis à distance. Il connaît son boulot, ne se retourne jamais et ne montre aucun signe de nervosité. Il y a beaucoup trop de monde pour tenter quoi que ce soit, mais il semble se diriger vers la station Bellevue du S-Bahn, qui m'offrira de très nombreuses occasions.

Mais, alors qu'il passe devant le petit cube brutaliste de

l'académie des Beaux-Arts, il fait quelque chose d'inattendu. Il s'arrête devant l'aire de jeux et se retourne pour regarder les enfants qui jouent au cochon pendu dans la cage à poule. Ce qui lui donne surtout la possibilité de vérifier qu'il n'est pas filé. Et j'ai beau être cent cinquante mètres derrière, dans mon bleu de travail, le même que portait le type qui était assis près de lui, il ne peut pas me rater. Nos yeux se croisent, et je sais dans la seconde qu'il m'a repéré.

Merde.

Il ne détourne pas le regard. Au contraire, les yeux rivés sur moi, il ôte délibérément le couvercle du gobelet Starbucks, boit ce qu'il contient et le jette dans une poubelle.

12

Le vrai problème ?

Les ambitieux.

Les connards qui pensent qu'ils ont tout ce qu'il faut pour devenir Eighteen, le numéro Dix-Huit.

Je médite là-dessus dans la pénombre du bar du boutique-hôtel où j'ai réservé une chambre, rhabillé par Gap de la tête aux pieds – je veillerai à rectifier cette faute de goût à la première occasion. Après un bon bain, j'ai pris un repas à peu près correct et m'abreuve d'un troisième martini gin médiocre dont je sens la chaleur se répandre en moi. C'est drôle comme les dix cartouches de 9mm m'avaient paru largement suffisantes au début de la journée.

Le hall s'est transformé en dancefloor animé par un DJ et les basses pulsent sur la piste bondée de joueurs de foot et de supporters, parmi lesquels nombre de jeunes femmes incroyablement minces aux pommettes saillantes de filles d'Europe de l'Est, pourvues de talons hauts de vingt centimètres et de sacs à main griffés. Par la porte, je vois passer, brandies à bout de bras, un train de bouteilles de champagne illuminées par des cierges magiques pendant que, dans le carré VIP, un gogo crétin sort une paire de billets de mille pour en mettre plein la vue à ses amis aussi crétins que lui.

Je ne juge pas. Ça m'est arrivé aussi.

Le bar est tellement sombre que j'arrive à peine à voir mes mains. Elles paraissent toutes blanches dans le halo de lumière noire. Les battements sourds de la boîte à rythmes font vibrer le sol. En temps normal, je me positionne toujours face à la sortie, histoire de parer à toute éventualité, mais la journée m'a épuisé et je suis assis au bar.

Si un prétendant à la couronne veut s'en prendre à moi, rien à foutre.

Advienne que pourra.

La journée a été dure. J'ai encore mal à l'endroit où je me suis pris le téléphone de conférence, et pour d'obscures raisons, le chagrin et la haine gravés sur le visage de cette femme au moment où elle l'a lancé ne me quittent pas, malgré tous mes efforts pour les effacer. Ce qui est surprenant, parce que des choses bien pires se sont passées depuis.

Dans le coffre de ma chambre, il y a une petite enveloppe à bulles cachetée. À l'intérieur de l'enveloppe, un sachet en plastique. Et dans ce sachet, une carte mémoire de 64 gigas, pas plus grosse qu'un ongle. Elle est encore couverte de sang. Et quelque part dans le métro, vers le terminus de la ligne U9, il y a des policiers allemands perplexes devant le cadavre qu'ils viennent de découvrir, celui d'un barbu d'une cinquantaine d'années arborant une coupe au bol à la Jeanne d'Arc. Une rame l'a décapité, et ils auraient pu conclure à un suicide de plus, si le type n'avait pas d'abord été étranglé, éventré, puis éviscéré.

Je pourrais faire comme si je n'y étais pour rien, mais je pense que je te dois la vérité, au moins en partie.

Tout me gêne dans ce contrat. La livraison de la main à la main. La façon dont il m'est tombé dessus à la dernière minute, sans me laisser le temps d'y réfléchir. La coïncidence de ma présence à Berlin au même moment. La folle détermination du type à avaler la carte mémoire, tout en sachant que, si je l'attrapais, il signait son arrêt de mort. La puanteur du sang et des exhalaisons mélangées à l'ozone âcre des rails électrifiés quand je lui ai ouvert le ventre avec mon poignard et ai plongé ma main dans ses entrailles encore chaudes. Mais plus que tout, ce qui me gêne, c'est ce qu'il a dit en reculant, sur le quai, vers les voies du métro, le visage illuminé par les lampes au sodium.

Un unique mot répété plusieurs fois et empreint d'un désespoir croissant tandis que je m'approchais de lui, comme s'il espérait que je comprendrais ce qu'il voulait dire.

Parachute. Parachute. Parachute.

Comme je ne réagissais pas, il m'a tourné le dos et s'est mis à courir. Je l'ai poursuivi sur la voie et l'ai plaqué aux jambes. Je ne pouvais pas prendre le risque de lui tirer dessus, même avec le pistolet vétérinaire, parce que ce que j'avais à faire risquait de me prendre un bout de temps et que je n'avais aucune envie d'attirer l'attention. Alors, je l'ai étranglé.

Et même pendant que je l'étranglais, il a continué à essayer de prononcer ce mot.

Parachute. Parachute. Parachute.

Jusqu'à ce que toute vie quitte son regard.

13

La musique est si forte et le bar tellement sombre que je ne la vois pas avant qu'elle ne s'assoie à mes côtés.

Elle porte un tailleur strict, semble âgée d'une trentaine d'années au maximum et arbore une coupe de cheveux à trois chiffres, à la fois dépouillée et millimétrée. Elle s'est maquillée, mais c'est à peine visible. Elle a de longs doigts fins, dont un ongle est cassé. Elle commande un dirty martini gin, très sec et bien trouble, agrémenté d'une olive.

Je l'aborde en anglais et désigne mon verre.

« Les grands esprits se rencontrent.

— Si vous le dites. » Elle a un accent d'Europe centrale. Tchèque, peut-être ? Mais elle n'est vraiment pas causante, surtout avec un crétin comme moi qui n'a, à l'évidence, qu'une seule chose en tête. Il ne m'en faut pas plus pour insister.

« Sale journée ? »

Pas de réponse. Elle lève son verre et je m'aperçois que sa main tremble légèrement.

« La mienne aussi », dis-je.

Je replonge le nez dans mon verre.

Au-dessus du bar, une télé diffuse un flash d'info muet montrant la façade de l'immeuble de bureaux près de Potsdamer Platz, à présent cerné par des ambulances, des véhicules de police, des camions de médias et même par un QG antiterroriste.

Elle fixe l'écran quelques secondes et dit : « J'aurais dû y être.

— Quoi ?

— La salle de réunion où tous ces gens sont morts. J'étais censée y être. »

Je la dévisage. Sa figure ne me dit rien du tout. Je suis sûr qu'elle n'était sur aucun des organigrammes que j'ai consultés. Et ce n'est pas une assistante, elle n'a pas le bon âge et ses vêtements sont trop chers : toute son apparence suggère une cadre supérieure.

« Comment ça se fait ? Pourquoi vous n'y étiez pas ?

— Je viens d'être mutée. Ils voulaient que je suive un des directeurs. Mais un imbécile a embouti ma voiture en reculant et je suis restée coincée trois quarts d'heure à palabrer avec la police et l'assurance. Le temps que j'attrape un Uber… »

Sa voix s'éteint.

« Merde », je réponds. Pas étonnant que ses mains tremblent. « Vous connaissiez certaines personnes qui ont été tuées ? »

Elle secoue la tête. « Ça fait seulement deux semaines que je suis arrivée de Strasbourg. Je n'ai pas eu trop de contacts avec les dirigeants. »

À la télé, à présent, ils montrent des photos des morts quand ils étaient vivants, en famille.

« Vous avez une idée de la raison pour laquelle on les a tués ? »

Elle me fixe des yeux.

« Le patron, ses fils... ils avaient du sang sur les mains, même si ce n'était pas eux qui se les salissaient. Mais ils l'avaient bien cherché.

— Et pourtant, vous travailliez là-bas.

— J'y travaillais, oui. Je pensais...

— C'était un message divin pour vous faire comprendre qu'il était temps de changer de carrière.

— Je ne crois pas en Dieu, répond-elle.

— Moi non plus », dis-je, puis nous commandons un autre verre.

14

Elle se prénomme Adela et vient effectivement de Tchéquie. Son nom de famille – Nepovim – signifie « Je ne parlerai pas ». Apparemment, les noms de famille tchèques sont comme ça. Un jour, elle a eu un petit copain dont le nom voulait dire « Celui qui roule à l'engrais ». Elle veut savoir ce que je fais, alors je lui ponds une histoire de services gouvernementaux, en laissant le plus de place possible à l'imagination.

À la fin de la soirée, elle me dit qu'elle ne se sent pas de rester seule, alors nous montons dans ma chambre, buvons encore un peu et passons au lit. Plus tard, nous restons allongés côte à côte dans un silence douillet, et je m'interroge sur l'origine de la petite cicatrice dans le bas de son dos.

Elle attend une heure avant de passer à l'action. Je sens un léger mouvement de l'autre côté du lit et la saisis au poignet. Dans sa main, elle tient le couteau en céramique muni d'une lame de quinze centimètres qu'elle a sorti de son sac quand je suis allé dans la salle de bains. J'attrape le pistolet que j'ai placé sous l'oreiller quand elle a pris son tour dans la salle de bains et lui colle le canon contre la tempe.

« Lâche le couteau », dis-je, mais elle n'en fait rien. J'appuie le canon un peu plus fort contre son crâne et elle finit par obtempérer. Je me redresse et la force à s'asseoir sur le lit. Elle tire le drap sur elle, comme pour se protéger.

« Nom ?

— Kovacs.

— Formée en ?

— Biélorussie.

— Donc, tu es de l'équipe d'Osterman ? »

Elle hoche la tête en signe d'assentiment. On reste un long moment assis sans rien dire, moi complètement à poil et elle à moitié drapée. On réfléchit sur nos vies.

« Comment tu as deviné ? finit-elle par demander.

— Je sais à quoi ressemble la cicatrice que laisse une balle en ressortant. »

Et c'est vrai. J'ai failli me faire avoir. Du début à la fin, elle a parfaitement interprété son rôle, en tirant parti de la peur que je lui inspirais pour imaginer une légende emplie d'émotions authentiques. Si je n'avais pas senti la cicatrice, je serais mort.

« Depuis combien de temps tu es dans le grand bain ?

— Presque dix ans.

— Osterman t'a dit quoi ?

— Que je vieillissais. Que bientôt, je ne serai plus capable de faire ce genre de chose. » Elle fait un geste vers le lit, allusion à nos ébats. « En tout cas, plus aussi facilement qu'avant. Mais Osterman a dit aussi que si je le voulais assez fort, j'avais en moi ce qu'il fallait pour devenir Eighteen, le numéro Dix-Huit. »

Je m'aperçois que ses mains tremblent à nouveau.

« Tu ne vas pas me tuer ?

— Je devrais. »

Mais il y a quelque chose en elle, une forme de vulnérabilité qui me porte à hésiter. Ce n'est pas parce qu'on a couché ensemble – pas uniquement en tout cas. Sa peur, peut-être.

« Si j'étais un homme, tu me tuerais. » Elle a probablement raison.

« Si tu étais un homme, on ne serait pas assis sur ce lit », lui fais-je remarquer, quoique, pour être honnête, on ne sait jamais.

Elle tremble à présent de tout son corps, les bras serrés autour de ses genoux.

« Tu as de l'argent de côté ? » je demande.

Elle acquiesce.

« Passeport d'urgence, identité vierge, tout le bordel ? »

Nouveau hochement de tête.

« Facilement accessibles ?

— Je peux les récupérer, répond-elle.

— Alors nom de Dieu, rhabille-toi, tire-toi d'ici et va dans un endroit où personne ne te retrouvera jamais. Pour Osterman, tu auras simplement laissé tomber le job et disparu. Et moi, je n'aurai jamais su que tu étais de la partie. »

Elle hoche la tête, murmure : « Merci. »

Je la regarde s'habiller, vaincue dans chacun de ses gestes.

Elle s'arrête à la porte, hésite, se retourne.

« Écoute, dit-elle. Si jamais tu as besoin de quelque chose… ou de me contacter… »

Elle cherche quelque chose dans son sac.

« Laisse-moi au moins te donner… »

À peine a-t-elle sorti du sac le petit Snubnose Remington .38 de quelques centimètres, que je presse la détente.

15

Je transporte son corps dans la baignoire et contacte Handler pour qu'il envoie une équipe de nettoyage. Il est trois heures du matin quand je quitte la chambre et ils sont déjà dans le couloir, sur le départ. Ils ressemblent à une équipe d'entretien classique, si ce n'est qu'elle est exclusivement composée d'hommes un peu plus baraqués que la normale, et que celui qui ferme la marche pousse un chariot de linge sale. Ce fut une expérience étrange de traîner ses quelque quarante-cinq kilos par les aisselles, alors qu'à peine une heure plus tôt nous étions si proches, et qu'elle était encore en vie.

16

Handler sait y faire, je dois le reconnaître.

Handler n'est pas son vrai nom, tout comme le mien n'est pas Jones. Mais lui, contrairement à moi, se souvient de son vrai nom parce qu'il est inscrit sur le titre de propriété du vignoble de quatre cents hectares en agriculture biologique qu'il dirige à Sonoma, et qui compte plus pour lui que n'importe quel être humain sur terre, qu'il soit vivant ou mort.

Nous sommes à Paris, dans un cliché de terrasse de café de la rive gauche, tables de bistro en fer forgé et nappes à carreaux. Handler s'est déjà rendu antipathique auprès des serveurs en réclamant du lait d'avoine dans son déca crème. Vu leur tête, il aurait aussi pu leur demander d'y ajouter du ketchup, mais il dégage une impression de richesse et de pouvoir qui fait trembler même un serveur parisien.

Handler est un jeune quinqua. Il porte un costume gris italien raffiné, et sa peau rose et lisse atteste un usage répété de crèmes hydratantes et exfoliantes. Il a mis juste assez d'eau de Cologne pour que tu t'interroges sur ce qu'elle a pu coûter. La plupart des hommes de son âge privilégient les cheveux courts qui escamotent leurs tempes grisonnantes, mais

Handler arbore une étrange coupe de page qui virevolte autour de son col de chemise immaculé, comme pour te rappeler que, même si son métier parle de mort et de trahison, il a conservé un côté artiste.

Handler a ce tic d'agent hollywoodien qui consiste à regarder juste au-dessus de ton épaule quand il te parle, au cas où une personne plus importante que toi viendrait à passer. Et en fait, ça ne sert pas à repérer qui que ce soit, mais à te faire sentir que, même s'il te passe la pommade, quelqu'un de plus intéressant pourrait effectivement se pointer à tout moment.

C'est un des deux seuls êtres humains qui me rendent nerveux rien que d'y penser. Avant, il y en avait trois, mais c'était il y a longtemps.

Handler vit dans ce qu'il aime à décrire comme un palais. Je n'y ai jamais mis les pieds – les gens comme moi ne sont jamais invités au domicile de gens comme lui –, mais je peux me le figurer dans les moindres détails. Il est situé quelque part entre Palm Desert et La Quinta, la capitale mondiale du tennis. Il prend ça pour une propriété Art déco italien, mais, en réalité, ça ressemble juste à un centre commercial des années 80 décoré de palmiers chargés de guirlandes lumineuses, cerné de murs de trois mètres cinquante de haut et surveillé vingt-quatre heures sur vingt-quatre par des gardes armés, mais plutôt chics, si tu vois ce que je veux dire. Apparemment, les uniformes ont été dessinés par un ancien de chez Versace.

Quant à ses préférences sexuelles, je n'en ai pas la moindre idée. Je ne suis même pas sûr qu'il ait une sexualité. En fermant les yeux, j'imagine qu'il a fait placer des miroirs au plafond dans sa chambre à coucher, mais seulement dans le but de se regarder lui-même.

Les types chargés de la sécurité de Handler sont surtout là pour faire joli, ou peut-être simplement parce que ça lui plaît de s'entourer d'armoires à glace dotés d'un QI limité, de tatouages tribaux, de Ray-Ban et d'une bonne tonicité musculaire. De par son métier, il évolue dans une bulle étrange d'intouchabilité. C'est la raison pour laquelle on est dehors, en train de boire un café sous le soleil parisien, et non pas serrés dans une salle SCIF à se palper mutuellement pour trouver un micro. Handler garde l'accès à un type de savoir-faire très particulier – le mien – qui se révèle suffisamment utile à ceux qui pourraient le menacer pour qu'ils aient la jugeote de ne pas tuer la poule aux œufs d'or. Si Handler avait l'impression d'être ne serait-ce que surveillé, et même pas menacé, il les priverait de ses services. Cela les mettrait en situation de handicap concurrentiel, et en conséquence, par une espèce de *gentleman's agreement* peu commun dans le monde de l'assassinat et de la trahison, tout le monde le laisse tranquille.

Je suis la priorité numéro un de Handler, mais je ne suis pas assez stupide pour penser qu'il n'a que ça à faire, et il ne manque pas une occasion de me le rappeler. La relation entre le client et l'officier traitant est toujours trouble. Officiellement, l'officier traitant travaille pour le client et prend sa part au passage, mais ce n'est jamais si simple. Parce que sans l'officier traitant, l'expert exécutant – c'est-à-dire moi – se retrouve sans emploi, ou bien réduit à faire un boulot à la con pour le crime organisé qui finit inévitablement par attirer l'attention de la police, genre de complications dont me préservent mes activités actuelles.

Il y a quatre étapes dans la carrière d'un tueur à gages :

1. Qui est Jones ?
2. Trouvez-moi Jones !
3. Trouvez-moi quelqu'un comme Jones !
4. Qui est Jones ?

Là, tout de suite, j'ai le sentiment d'être quelque part entre 2 et 3, mais ça peut évoluer très vite.

Handler finit par obtenir son décaféiné au lait d'avoine.

« Alors ? »

Je lui tends le téléphone. Il fait défiler les photos. Il finit par tomber sur celle du vieil enfoiré. Il zoome avec deux doigts pour être sûr.

« Des problèmes ?

— Rien qui mérite qu'on en parle. »

Le visage plein de haine de la femme en train de me lancer le téléphone à la figure surgit devant mes yeux et je me retiens de me toucher le front à l'endroit où c'est encore sensible.

« Et l'autre contrat ? »

Je sors de ma poche le sachet en plastique contenant la carte mémoire. Je le fais glisser vers lui sur la table. Il le ramasse avec dégoût, conscient de là où je suis allé la chercher.

« Pas de photos ?

— Pas eu le temps. J'avais toute la police ferroviaire de Berlin sur le dos. Mais il reste de l'ADN à extraire sur la carte. Ça ne devrait pas être trop difficile de trouver des correspondances si besoin. »

Il affiche un mince sourire. « Tu es un putain d'animal à sang froid, tu sais ça ?

— C'est pour ça qu'on me paie un max. Et tu touches ta part.

— Je n'étais pas en train de me plaindre.

— Qu'est-ce qu'il y a sur cette carte, d'ailleurs ? »

Handler me retourne un regard étrange. « Qu'est-ce que ça peut te foutre ?

— Je suis curieux, c'est tout. Quand un type préfère se faire ouvrir l'estomac plutôt que d'abandonner la marchandise et que, le soir même, quelqu'un se pointe pour te buter, ça oblige à supputer qu'il s'agit d'autre chose que des photos de famille.

— Je n'en ai aucune idée », dit Handler.

Handler est un ancien de la CIA, et ces gars-là savent comment détecter et dissimuler le moindre tic nerveux. Mais aussi, il est tellement habitué à mentir sur tout et à tout le monde que dire la vérité le plonge dans les affres. C'est pourquoi, contrairement à la plupart des gens, il a un tic quand il dit la vérité : il tape avec son ongle contre sa tasse de café.

Mais là, son ongle ne tapote pas sa tasse de café. Il est dans sa zone de confort. Ce qui veut dire que, même s'il n'est pas en train de mentir effrontément, je peux être sûr qu'il ne dit pas la vérité.

Alors j'en remets une couche. « Tu crois que c'est la raison pour laquelle on m'a envoyé Kovacs ? »

Handler me dévisage avec insistance. « Qu'est-ce qui te fait penser ça ?

— Comme toi, j'ai passé l'âge de croire aux coïncidences. Elle savait que j'étais à Berlin. Elle était au courant du premier contrat de l'après-midi. Si elle était aussi au courant de ce truc, ça veut dire qu'elle avait une visibilité totale sur *tes* opérations. Ça ne t'inquiète pas ? »

Handler hausse les épaules. « Je crois savoir qu'elle était basée à Prague. Le contrat de Berlin portait ta signature du début à la fin. Les chaînes d'info en ont parlé dans la foulée. Et Prague n'est qu'à une heure d'hélicoptère. Elle a pu arriver en début de soirée. Si elle n'était pas trop nulle, elle connaissait le genre d'endroits que tu affectionnes. Alors, elle a fait la tournée des bars d'hôtel par ordre décroissant du tarif des putes dans le hall. Et elle tombe sur toi au, quoi, troisième essai ? »

Soudain, j'ai un goût amer dans la bouche. Handler sait tout de moi. Je ne lui donne pas la satisfaction d'une réponse.

« En plus, poursuit-il, si elle était au courant, elle connaissait aussi le lieu de l'échange. Le gus que tu as exécuté pour récupérer la carte n'était pas de taille. Pourquoi l'aurait-elle laissé passer ? Pourquoi risquer de tout foirer dans un face-à-face avec Seventeen ? »

Il a raison. Ça n'a aucun sens. Mais ses doigts ne tapotent toujours pas. Il jette un coup d'œil par-dessus mon épaule, son œillade hollywoodienne, comme s'il s'attendait à voir quelqu'un qui lui fournisse une excuse pour changer de sujet. Sauf que je n'ai pas encore terminé.

« Parachute. Qu'est-ce que ça veut dire ? »

Son regard retombe sur moi, troublé par une surprise qui paraît authentique. « Quoi ?

— Le receveur. Il a répété ça plusieurs fois avant de mourir. *Parachute. Parachute. Parachute.* Comme si ça devait me suggérer quelque chose. Ça aurait dû ?

— Non. »

Et là, son doigt se met à tapoter sa tasse. Il dit la vérité.

« Mais à toi, ça te parle », j'insiste.

Son ongle s'immobilise.

« Écoute, finit par répondre Handler. Ce putain de contrat t'a mis les nerfs en pelote. C'était bâclé. Il se trouve que tu étais au bon endroit au bon moment. C'est tout. Ça n'avait rien à voir avec Kovacs. Personne n'est au courant de tes opérations, ou des miennes. "Parachute", ça ne veut rien dire. Pour ce qu'on sait, il ne disait même pas "Parachute". C'est toi qui as entendu ça. Ça doit signifier "va te faire foutre" en farsi. Ou "pitié, ne me tue pas." Ou comment tu veux que je sache ce que cela veut dire ? Mais "Parachute" ? Ça n'a aucun sens. Et tout le monde s'en fout. C'est terminé. Le chèque a été encaissé. Tout baigne. N'y pense plus. »

Son air irrité indique que je n'obtiendrai rien de plus. Peut-être est-ce tout ce que je mérite. Dans le monde de Handler, je ne suis que l'homme de main. J'ai beau être Seventeen, nous savons tous les deux qu'il y a quelque part un numéro Dix-Huit qui attend son tour. Les types comme moi sont des actifs interchangeables qui peuvent être liquidés dès qu'ils commencent à se déprécier, ou quand le coût de portage devient trop élevé.

17

Handler m'observe un moment et je comprends pourquoi il est si bon dans son travail. Ce qu'il aime, c'est le côté humain. Bien sûr, il prend en charge les détails opérationnels – équipes de nettoyage, faux papiers, paiements, voyages –, mais ce n'est que de la tambouille interne. Son vrai talent, psychologique, est de savoir jusqu'où on peut pousser quelqu'un, de sentir quand il commence à faiblir, de le rassurer, de le cajoler, et, quand c'est nécessaire, de le laisser tomber.

« Il y a autre chose qui te tracasse ? demande-t-il enfin. À part toutes ces conneries de carte mémoire ?

— Pourquoi je me tracasserais ?

— D'accord.

— Ça veut dire quoi, d'accord ?

— Ça veut dire que nous nous connaissons depuis longtemps et que j'aimerais que tu sois honnête avec moi si quelque chose te pose problème. Parce que c'est le moyen de le résoudre. Et que si jamais c'est insolvable, j'ai besoin de le savoir. »

Il a raison. Effectivement, quelque chose me tracasse. Et pas seulement ce qu'il y a sur cette putain de carte.

« Je lui ai laissé la vie sauve, dis-je.

— À la fille d'Osterman ? J'ai payé pour une équipe de nettoyage.

— Ce que je veux dire, c'est que je ne l'ai pas tuée tout de suite. J'aurais dû, je ne l'ai pas fait. Je savais qui elle était. Mais je voyais qu'elle était terrifiée. Osterman avait dû lui mettre le couteau sous la gorge, lui dire que sa carrière était finie si elle n'acceptait pas cette mission. Je ne comprends pas ce qui lui a pris… elle n'était pas préparée pour ça. J'ai essayé de le lui faire comprendre. J'ai cru qu'elle m'avait écouté. Mais non. J'ai voulu faire le bien et elle a pris ça pour une faiblesse. »

Handler digère l'information.

« Tu as fait une erreur, lâche-t-il enfin. Ça arrive.

— Pas à moi.

— Écoute, l'important, c'est de ne pas te laisser atteindre par tout ça. »

Il se dandine sur sa chaise en parlant, et je sens que cette confidence va laisser des traces sur notre relation, comme un impact de gravier dans le coin d'un pare-brise qui restera là, pendant des semaines ou des mois, avant d'évoluer en une petite fissure qui étendra sa toile tout le long de la vitre et finira par la foutre en l'air.

« Je ne suis même pas sûr que ce soit une erreur.

— Faire le bien est toujours une erreur », répond-il.

Lui aussi, il a senti l'impact et il essaie de le recouvrir d'une résine plastique transparente qui le rendra invisible, stoppera la désagrégation et réparera tout. « Si tu leur laisses la vie, tu sais bien qu'ils reviennent. Plus forts, meilleurs, plus rapides. Si tu l'avais laissée partir, elle se serait repointée.

Et aurait amené des copains avec elle. Et si ce n'était pas elle, ç'aurait été quelqu'un d'autre. Putain, Jones. Je n'ai quand même pas besoin de t'expliquer toutes ces conneries.

— Tu veux la vérité ? J'ai eu pitié d'elle.

— Je ne veux pas entendre ça.

— Ça ne te concerne pas.

— Bien sûr que ça me concerne, putain. » Il se penche vers moi, énervé, sa coupe de balai à franges partant dans tous les sens. « Je suis le type qui se porte garant pour toi. Celui qui dit Seventeen a toujours la niaque. Seventeen a encore faim. Seventeen est le bon numéro pour remplir ce contrat. Je suis celui qui te vend. C'est une performance, bordel, et je dois avoir l'air persuadé du moindre mot que je prononce. Parce que je joue ma réputation là-dessus. Ma *marque.* Si tu merdes, c'est pour ma gueule. Je dois assumer les conséquences. Alors oui, ça me concerne. »

Il recule sur sa chaise en essayant de remettre de l'ordre dans ses cheveux. J'aperçois ses racines trop tirées vers l'arrière et réalise qu'il s'est fait lifter le visage. Ça ne me surprend pas du tout.

« Écoute, reprend-il. Si tu es en train de me dire que tu n'as plus le feu sacré… »

La conversation dérive dans une direction que je tiens absolument à éviter. Comme ces discussions entre époux qui dégénèrent impromptu. Au début, tu essaies de te mettre d'accord sur le menu du dîner et, avant même que tu t'en aperçoives, vous avez tous les deux déterré deux décennies de doléances et vous demandez le divorce.

« Je n'ai pas dit ça.

— … on peut trouver une solution.

— Ce n'est pas ce que je suis en train de dire, putain. Je discute, c'est tout. Tu m'as demandé ce qui me tracassait, je te l'ai expliqué. À qui d'autre tu veux que je parle de ce boulot ?

— Ne prends pas de gants avec moi. »

Des gants ? Bordel. Ce type vit dans un palais et produit du vin bio.

« Je ne te ménage pas. Je regrette d'en avoir parlé.

— Moi aussi. »

Tous les deux, on est comme un vieux couple. Une image me vient spontanément à l'esprit. Moi, je porte un polo, un pantalon de golf remonté jusqu'à la taille, une casquette blanche, et une paire de ces étranges lunettes de soleil panoramiques qu'on met au-dessus des lunettes de vue. Lui est aussi ridé qu'un raisin sec, il a toujours la même coupe au bol, mais ses cheveux ont blanchi et ses ongles sont vernis en violet, comme des griffes.

« Bon. C'est quoi le prochain boulot ? » je demande. Il faut que je me sorte cette image de la tête. « Tu as un truc pour moi ? Donne-moi quelque chose. N'importe quoi. » Je tape si fort sur la table que sa tasse tressaute dans la soucoupe.

J'ai soudain l'impression qu'il est en train de ranger des lettres de Scrabble en bon ordre pour former un nouveau mot. Peut-être pas celui qu'il voudrait, mais un mot malgré tout.

« Oui, finit-il par dire. J'ai un boulot pour toi. »

18

Handler sort de la poche de sa veste une petite enveloppe en papier kraft qu'il fait glisser vers moi sur la table. Il est gaucher, mais il tire l'enveloppe de sa poche droite. Plus tard, beaucoup plus tard, je me repasserai la scène dans la tête, en essayant de visualiser chaque détail. La poche en elle-même est cachée par un coin de la table, mais quand il se lèvera pour partir, je remarquerai que l'autre, la poche gauche, celle dans laquelle il aurait dû mettre naturellement la main, contient aussi une enveloppe. Pour l'instant, cependant, ce détail m'échappe, tout comme l'air faussement peiné qu'il affiche.

Je prends l'enveloppe. Le rabat est ouvert. À l'intérieur, une photographie, comme toujours.

Celle d'un homme au seuil de la soixantaine. Peut-être plus. Un peu flétri. De courts cheveux gris rendus épars par la calvitie. Le genre de gars qu'on imagine en train d'acheter des planches de bois traité de cinq par quinze dans une quincaillerie tout en discutant des avantages des vis à tête plate avec une femme au tablier orange. Tu sais déjà qu'il possède un compresseur et une clé dynamométrique.

Je remets la photo dans l'enveloppe et la renvoie vers Handler.

« Certainement pas.

— Ce n'est pas toi qui choisis, répond Handler.

— Tu m'as entendu.

— C'est un vieil homme, bon sang. Ça fait des années qu'il est à la retraite.

— Peut-être que je devrais y penser aussi. »

Je lâche ça sur le ton de la conversation. Mais c'est la vérité. J'ai assez d'argent planqué sur des comptes numérotés pour vivre confortablement jusqu'à la fin de mes jours, et Handler le sait. Il m'observe.

« Qu'est-ce qui déconne chez toi, Jones ? »

Je reprends l'enveloppe, sors la photo et la lui mets sous les yeux.

« Tu sais qui c'est ?

— Évidemment que je sais qui c'est.

— Tu sais comment il s'appelle ?

— Bien sûr.

— Dis-le. Vas-y. Dis-le-moi. »

Les serveurs et plusieurs femmes *bon chic bon genre**[1] aux autres tables commencent à se retourner vers nous. S'il y a une chose que déteste Handler, c'est qu'on lui fasse une scène, surtout quand ce n'est pas lui qui mène la danse.

« Tu sais comme moi de qui il s'agit, siffle-t-il en se penchant vers moi.

– *Dis-le.* »

Handler pousse un soupir. « Il s'appelle… »

Je le coupe.

« La mort. Cet homme s'appelle la mort. »

---

1. Les mots en italique suivis d'un astérisque sont en français dans le texte. *(N.d.É.)*

19

Ce n'est pas son vrai nom. Je pourrais te citer une douzaine d'alias qu'il a utilisés au fil des ans. Peu importe sous lequel il circule à présent, car cette photo est à l'évidence, sans aucun doute et sans conteste, celle de mon prédécesseur, Sixteen.

Vingt ans au sommet de son art. Plus longtemps que n'importe qui. Il n'a jamais raté sa cible, jamais merdé une mission, ni montré un moment de mauvaise conscience ou de faiblesse. Et puis, il a disparu du jour au lendemain, en coupant tous les liens. C'est comme s'il avait quitté la terre, sans laisser de traces, comme une pierre qui s'enfonce sans faire de remous dans l'eau noire d'un lac au milieu de la nuit.

Si je suis qui je suis, c'est à cause de lui. Je l'ai étudié. J'ai étudié les autres, aussi, jusqu'aux anciens. Mais Sixteen pour moi, c'était Hendrix, les Beatles, Public Enemy, Sleater-Kinney, Tupac, Bacharach, Marvin Gaye et Kendrick Lamar réunis. Les influences, tu t'y confrontes, tu les dépasses, tu les renies, tu finis par les aimer ou les haïr, mais tu ne leur échappes jamais. Elles font partie de toi, comme la peau et les os.

Handler me prend la photo des mains et la range dans l'enveloppe.

« Je croyais que tu étais le meilleur.

— Je suis le meilleur, dis-je. À l'heure où je te parle.

— Tu as peur de lui », dit Handler. Il recommence à tapoter la tasse avec ses ongles. « C'est ça, il te fait peur ? »

Je ne réponds pas, parce que c'est évident qu'il me fait peur. Il faudrait être dingue pour ne pas être effrayé par ce type. Quand je pense à Sixteen, je suis comme la fille d'Osterman avec son ongle cassé, debout à la porte du bar, quand elle cherchait en elle le courage de venir s'asseoir à côté de moi, profondément consciente qu'elle ferait mieux de partir et de se fondre dans la nuit pour y tenter sa chance avec ce qui se présenterait.

« La vérité, reprend Handler, c'est que tu as eu de la chance. Tu n'as jamais dû gagner tes galons.

— Je me suis battu pour y arriver.

— Bien sûr. Pour monter des ligues amateurs jusqu'à la première division. Mais tu ne l'as jamais affronté, pas vrai ? Quand il s'est volatilisé, tu as mis tes pieds dans ses pantoufles comme si tu étais son héritier légitime. Mais ce sont toujours ses pantoufles. »

Je m'agite, mal à l'aise, tel un bernard-l'hermite dans une coquille squattée.

« Pendant sept ans…

— Huit.

— Huit, si tu veux. On s'en fout. Pendant huit ans, tu te l'es coulée douce. Pendant huit ans, tu as marché dans les pompes d'un autre. Il est temps de t'en payer une paire. Tu prends le boulot, ou…

— Ou quoi ?

— Ou alors je trouverai quelqu'un d'autre qui l'acceptera.

— Qui, par exemple ?

— Dykstra. Il est bon. Une étoile montante. »

Il est sciemment en train de me provoquer.

« Dykstra est un boucher. Un amateur. Il n'aurait pas une chance.

— Mais au moins, il n'aurait pas les foies. »

Nous y voilà. C'est sorti. Handler ne m'a jamais parlé comme ça. J'ai entendu des histoires sur son côté rancunier et la manière dont il traite ceux qui l'ont déçu. Mais c'est la première fois que j'y suis confronté. Ça a la saveur du métal, ou du sang, et je n'aime pas ça du tout.

« À ton avis, il va se passer quoi, quand la rumeur se répandra que tu as la trouille ? Là, tout de suite, tu te crois intouchable. Et tu l'es, parce que tu l'es aussi dans la tête de Dykstra et de tous les autres. Mais si tu refuses le job, ils vont se mettre à causer. *Seventeen a perdu la main.* Tu auras moins de boulot, mais ce n'est pas le pire. Le pire, c'est que des gens venus de nulle part vont débarquer pour te faire la peau parce que tu ne leur feras plus peur. »

Ce goût dans ma bouche. J'ai envie de le recracher.

« La fille d'Osterman. Tu sais ce qu'elle valait ? Calibre mondial. Aussi bonne que toi ? Peut-être, peut-être pas. On s'en fout, parce que c'est la peur qui a causé sa perte. Et si elle flippait, ce n'était pas parce que tu étais meilleur qu'elle, mais à cause de ta réputation. Mais si elle avait entendu des rumeurs disant que tu as refusé ce job ? Si le bruit avait couru que Seventeen n'était qu'un être humain après tout ? L'histoire aurait pu prendre une tout autre tournure. »

Je repense à Kovacs, assise près de moi. Ses nerfs à fleur de peau, son ongle cassé.

« Et ce n'est pas tout. » Il enchaîne les coups comme un marteau-pilon. « Si tu montres de la faiblesse, les gens vont commencer à s'inquiéter. À cause de tout ce que tu sais et de tout ce que tu as là-dedans. » Il se tapote la tête de l'index. « Et tu sais ce qui arrive quand ils s'inquiètent, les gens ? Ils te font glisser de la colonne "actif" à la colonne "passif". Et ils se mettent à te considérer comme un risque. Un risque majeur. Et tu sais ce qu'on fait avec les risques majeurs ? On les limite. Tu as bien gagné ta vie. Moi aussi. Mais la roue tourne. »

Quand je m'aperçois que je suis en train de triturer ma petite cuillère, c'est trop tard. Handler sait qu'il me tient.

« C'est ce que tu veux ? Regarder par-dessus ton épaule chaque fois que tu vas pisser pour le cas où Dykstra serait derrière toi ?

— Dykstra ne me fait pas peur.

— Andersen. Kurzweil. Bernier. Talman. Harkonnen. N'importe qui dans l'équipe de LeBrun. Et les autres. Tu crois que tu peux tous te les coltiner ? Parce que c'est ce que tu vas devoir faire. Et un jour, tu en auras marre. Et tu baisseras la garde. Pas longtemps. Peut-être juste un dixième de seconde, comme avec la fille d'Osterman. Mais ça suffira. »

Il se tait, conscient de s'être fait comprendre.

Je reprends l'enveloppe.

« Alors, il est où ? »

20

On déambule dans le Quartier latin jusqu'à une rue bordée de librairies avec des boîtes de livres d'occasion installées sur le trottoir. Chacune a sa spécialité – humanités, géographie et cartes, matières techniques. Il y en a même une entièrement consacrée aux échecs. On finit par s'arrêter devant une petite échoppe décrépie. Suspendue sur la porte vitrée, une pancarte en forme de revolver et, dans la vitrine, des dizaines de romans policiers.

Je suis Handler à l'intérieur. Il y plane une odeur de moisi qui rappelle à la fois le chien mouillé et une valise de vieux. Le type pas tout jeune assis derrière son bureau doit l'avoir déjà vu parce qu'il se contente de hocher la tête en signe de reconnaissance tandis que Handler me conduit à l'arrière, vers la section Espionnage.

« Donc, il s'est évaporé il y a huit ans, dit-il, coincé entre des rayonnages de livres qui semblent prêts à s'écrouler au moindre courant d'air. Disparu sans laisser de traces. J'ai activé tous mes contacts. Tous ses comptes en banque avaient été proprement vidés et clôturés. Et depuis, pas une seule alerte biométrique. Je me dis qu'il est sûrement déjà mort, mais…

— Aucun risque. Personne ne se donne autant de peine pour disparaître sans prévoir de vivre encore un bout de temps.

— C'est vrai, dit Handler.

— Donc tu n'as rien trouvé. Ensuite ?

— J'ai fait savoir à certaines personnes que j'étais à sa recherche. Et un jour, j'ai reçu un colis au vignoble. Déposé par coursier, sans adresse d'expéditeur. Assez lourd. Et tu sais ce qu'il y avait à l'intérieur ? »

Il tend la main vers une étagère et tire un roman plutôt bas de gamme et assez épais comme on en vend dans les aéroports. Lettres dorées sur une couverture gaufrée, faux impacts de balles et traces de sang : tu vois le genre.

Il me tend le livre. Je lis le titre. *Violation de protocole*, par Sam Kondracky.

Je fais la moue. « Un roman d'espionnage. Pas trop ma tasse de thé.

— Fais-moi confiance », dit Handler.

21

Kondracky sait écrire.

Sa prose est aussi brutale et dénuée de sentiments qu'un pied-de-biche.

Il me faut quatre jours pour avaler les six romans que le vieil homme a empaquetés pour moi sur son bureau, mais je n'en ai lu que la moitié quand je prends conscience du problème : je connais déjà toutes les histoires.

Il est malin. Il change les dates, les lieux, le sexe des personnages. Il écrit Islamabad au lieu de Karachi, Prague à la place de Vienne. La cryptographe accro à la coke de l'antenne de la CIA à Beyrouth se métamorphose en traducteur alcoolo à Phnom Penh une décennie plus tard. Et il recouvre tout d'un vernis épais de connerie bien grasse et d'imaginaire macho pour obtenir une mièvre création à la mode Hollywood propice à faire passer en douceur les huit heures de vol. Mais sous le maquillage de clown, on a toujours l'impression d'être face à un crâne grimaçant.

Quelque part dans un container du côté de Rhode Island, dans une caisse qui est restée fermée depuis presque dix ans, se trouve une pile de classeurs farcis de coupures de presse, de rapports des services secrets, tout ce que j'ai pu récolter au fil de ces années. Je n'ai pas besoin d'aller les chercher parce que je les ai tous mémorisés. Je pourrais les réciter par cœur. Et les voilà, transmutés, métamorphosés, déterrés, reproduits dans des niaiseries pour cadres d'assurances en escale.

Donc, comme j'ai dit, il sait écrire. Aucun risque de le confondre avec Margaret Atwood. Mais il sait écrire.

J'appelle Handler.

« C'est lui. Kondracky, c'est Sixteen.

— Félicitations, dit Handler. Maintenant, mets-toi en chasse et tue-le. »

DEUXIÈME PARTIE

22

Le prénom de ma mère était June. Les gens l'appelaient Junebug. Ses cheveux étaient blond cendré et sa taille fine, mais elle n'avait jamais eu de chance. Son père était un bigot qui la battait et, j'imagine, lui faisait d'autres choses dont elle ne m'a jamais parlé. Elle était alcoolique depuis l'âge de treize ans et trouva vite le répit grâce à d'autres substances. Quand elle est morte, elle avait un an de moins que moi aujourd'hui, et encore de l'allure, mais j'ai fini par comprendre que sa mort n'était que le dernier acte d'une tragédie commencée bien avant ma naissance.

Junebug ne m'a jamais dit qui était mon père. Peut-être qu'elle n'en savait rien ou, alors, elle hésitait sur son identité, ou, tout simplement, elle pensait qu'il valait mieux que moi, je n'en sache rien. Mais elle s'accrocha à moi pendant la longue et vicieuse série de batailles juridiques l'opposant aux services de protection de l'enfance de San Joaquin qui s'évertuaient à vouloir me séparer d'elle sous prétexte de maltraitance. Et elle finit par l'emporter grâce à ses larmoyantes promesses de se faire désintoxiquer, de suivre des thérapies et de ne plus côtoyer aucun criminel. Elle en pensait sincèrement chaque mot, j'en suis sûr, mais sa vie ressemblait à des sables mouvants : plus elle se débattait pour se libérer, plus elle s'y enfonçait.

Vers la fin, elle parla de déménager dans l'Oregon, ou dans un coin où elle n'avait jamais mis les pieds, mais qui pouvait encore la faire rêver. Elle allait économiser l'argent qu'elle gagnait grâce à la ribambelle d'hommes qui lui rendaient visite dans tous les motels et les meublés pouilleux où nous vivions à l'époque. Elle parvint à arrêter la came pendant une semaine ou deux, et me raconta de sacrées histoires sur notre vie future, une fois qu'on aurait dégagé de Stockton en particulier, et de Californie en général. Je suis sûr qu'à ce moment-là elle y croyait dur comme fer, mais je savais aussi qu'un jour viendrait où elle ne pourrait plus regarder sa propre existence en face, et que tout ce qu'elle avait mis de côté serait dilapidé en une beuverie mémorable de trois jours et quatre nuits, durant desquels je me nourrirais de sachets de pop-corn chauffés dans le micro-ondes à la poignée jaune craquelée qui nous suivait de chambre en chambre. Et que ce serait reparti pour quelques mois de plus.

Je ne peux pas la détester. Je ne peux même pas lui en vouloir. Junebug était en morceaux, et elle m'aimait éperdument à sa manière brisée. Même à l'époque, je crois que je comprenais qu'elle essayait de réparer, et que c'était la seule manière qu'elle connaissait.

23

Les bureaux de Friedman & Franklin sont situés juste en dessous de Central Park, dans une des tours carrées de Manhattan entre lesquelles rebondit Spiderman. Le nom est écrit en lettres de laiton au-dessus de la porte, en caractères Bank Gothic, et au rez-de-chaussée se trouve une librairie où, je peux te l'assurer, on ne vend pas les fonds de stocks de Friedman & Franklin.

Je patiente calmement, mon sac de coursier sur les genoux, vêtu d'un pantalon de treillis et d'une chemise à carreaux, des baskets sans chaussettes aux pieds, le temps qu'une assistante me conduise au bureau de Henry Chu, l'éditeur de Kondracky. Je lui répète ce que j'ai écrit dans mon mail : je prépare un master en édition et publication à l'université de New York et je m'intéresse particulièrement au processus par lequel le matériau brut d'un premier jet est pétri et façonné par le savoir-faire d'un éditeur pour obtenir un roman de gare.

Henry demande à voir ma carte d'étudiant. Il s'excuse, mais par les temps qui courent, on n'est jamais trop prudent. Je la lui tends. Il l'examine attentivement et me la rend. Il a environ trente-cinq ans. Encadrée sur son bureau, une photo que je suppose être celle de son mari et de leur fils adopté ou né d'une mère porteuse. Difficile à dire avec certitude. Je l'aime bien et je veux lui plaire en retour, alors je le laisse jacasser une demi-heure sur le business de l'édition, les données démographiques, les pourcentages, l'impression, le marketing, les à-valoir, les corrections de texte et le marketing. Il est sincèrement fier de ce qu'il publie, et même si ce ne sont que des romans de gare, qui suis-je pour juger ?

Je garde un œil sur ma montre. Il va me falloir un quart d'heure pour obtenir ce dont j'ai besoin, et il m'a fait poireauter cinq minutes de plus pour régler un problème de petit à récupérer à l'école, alors, à la quarantième minute, je glisse dans la conversation mon intention de prendre Sam Kondracky, l'auteur de romans d'espionnage, comme cas d'école.

Henry se fige d'un coup.

« Sam ? »

Je réponds du tac au tac. « Kondracky, c'est ça. Je me disais que je pourrais peut-être l'interviewer afin de recueillir sa vision du processus.

— M. Kondracky ne donne pas d'interviews.

— Par téléphone, ce serait aussi très bien. » J'ai tellement la pêche qu'on pourrait me mettre en bouteille. « Ou même par e-mail. Si vous pouviez simplement lui faire passer quelques questions pour mon mémoire. » Je tire de mon sac à dos une liste dactylographiée. De bonnes questions, ma parole. « Je vous en serais très reconnaissant.

— Non, vous n'avez pas compris. Il ne donne aucune sorte d'interview. »

Je fais le type déçu, mais je suis déjà au courant parce que Internet existe et que j'ai lu à peu près tous les articles jamais écrits à son sujet. Le mot « reclus » ne donne pas une description assez précise du personnage. C'est un fantoche, un complet inconnu, un zéro.

« Je vais être honnête avec vous, dit Henry. Mon expérience personnelle m'oblige à vous conseiller de choisir quelqu'un d'autre.

— Expérience personnelle ? Alors, vous l'avez rencontré ?

— Non. C'est ce que j'essaie de vous dire. »

Je dégaine l'arme secrète de tous les interviewers. Je ne dis rien, laisse retomber le silence. Ça met mal à l'aise parce que l'inclination de tout être humain à remplir le silence est irrésistible. Henry craque au bout de dix secondes. Il se lève et va fermer la porte.

« On reçoit un manuscrit. Par la poste, par UPS, par Fedex, jamais deux fois pareil. Toujours une copie papier dactylographiée. Pas d'adresse, pas de numéro de téléphone, pas d'e-mail. »

Je fronce les sourcils. « Il doit bien y avoir des contrats.

— Bien sûr, dit Henry. Je ne peux pas entrer dans les détails, mais il y a un cabinet d'affaires dans le Delaware, un contrat de répartition des droits et un accord de confidentialité. On ne lui donne pas d'à-valoir et ses éventuelles royalties sont reversées à une œuvre de charité pour la lutte contre le cancer. Quand on a reçu le manuscrit, libre à nous de faire des coupes à hauteur de cinq pour cent du nombre de mots total. Quelquefois, on fait appel à une plume confirmée pour ajouter du rythme. Si on a un problème, nos avocats discutent avec ses avocats pour les droits. S'ils avaient le moindre doute, on ne publierait pas. Mais ça n'arrive jamais, et on publie. La vérité, c'est que je ne sais pas plus que vous qui est Sam Kondracky.

— Allons, vous devez bien avoir une idée. Les cachets de la poste sur les paquets, le traçage sur le colis UPS. Il doit y avoir un indice quelque part. Ne me dites pas que vous n'avez pas essayé de découvrir qui c'était. »

Henry sourit. « Évidemment nous avons essayé. Mais les manuscrits proviennent toujours d'États différents. Wisconsin, Dakota du Nord, Nebraska, Minnesota…

— J'imagine que vous n'avez pas gardé les enveloppes.

— Désolé », dit Henry. Pourtant, il ne devrait pas être désolé, parce que s'ils les avaient gardées, j'aurais dû repartir avec, ce qui aurait entraîné l'usage du pistolet dissimulé dans mon sac de coursier, et tous les désagréments afférents. Je me doute qu'avec son mari et son fils Henry ne ferait pas beaucoup de difficultés, mais il y a toujours le risque que ça parte en vrille et que ça se retrouve dans le journal, ce qui alerterait Sixteen, et me priverait de mon seul avantage : la surprise.

Je reste encore assis un moment pour me persuader qu'il dit la vérité. Si Kondracky est réellement paranoïaque, il aura laissé des alarmes dans le process pour que Henry puisse le prévenir qu'un jeune geek sans chaussettes s'était pointé pour poser des questions. Et là, il faudra bien qu'il sorte de sa tanière.

Henry prend mon silence pour de la désillusion. Il se penche vers moi, aussi paternel que le lui permettent ses quatre ou cinq ans de plus que moi. « Écoutez. J'aimerais bien vous aider. Mais quand quelqu'un déploie autant d'efforts pour qu'on le laisse tranquille, même si vous arriviez à le retrouver, il est probable que ça ne se passerait pas bien. »

Henry est de bon conseil, et je ferais bien de l'écouter, mais il m'a déjà donné tout ce dont j'ai besoin.

24

Aucun panneau n'indique qu'on quitte le Minnesota, rien qu'un subtil changement de bitume. Avant, le slogan du Dakota du Sud, c'était « La Terre de l'Infinie Variété », ce qui montrait au moins qu'ils avaient le sens de l'humour. Car si je me fie à ce qui s'étend devant moi et qui correspond à l'idéal platonicien de la platitude, « La Terre aux Horizons Infinis et Super Chiants » semblerait un slogan plus approprié.

La renommée du Dakota du Sud vient principalement du mont Rushmore, ce regrettable tatouage sur la peau de l'Amérique, alors je me dis que ça doit être plus excitant, géologiquement parlant, dans l'ouest de l'État. Il faut du cran pour sculpter la tête d'un homme qui possédait six cents esclaves, a eu six enfants avec l'une d'entre eux et en a affranchi deux en tout et pour tout dans sa vie. Et il en faut aussi pour la sculpter sur une montagne sacrée promise aux Sioux Lakota dans un traité jamais respecté par le gouvernement des États-Unis, avant de la renommer « le Temple de la Démocratie ». Mais l'Amérique est bizarre.

Tu pourrais penser que l'Office du film se situerait à Sioux Fall, qui ressemble au moins à une vraie ville, et tu te tromperais. Il se trouve à Pierre, la capitale de l'État – tu as appris quelque chose –, encore quatre heures plus à l'ouest, qui affiche une population proche de zéro.

C'est une construction étrange, un cube en brique moderne qui fait penser à un château médiéval à cause du drôle de pont-levis enjambant une ravine qui relie le parking au hall d'entrée situé inexplicablement au deuxième étage. Mary Petty, la personne que je viens voir, est une sympathique jeune femme noire que je soupçonne de conduire une Subaru Outback et de n'écouter sur son autoradio que les stations du service public. Elle m'emmène dans un bureau couvert d'affiches des films importants qui ont été tournés dans le Dakota du Sud, tels que *L'Histoire sans fin III,* (je suis sérieux), *Starship Troopers.* Je la questionne sur *La Balade sauvage*, de Terrence Malick, qui était jusqu'à présent le seul coin de cet État qui m'intéressait, mais c'est un sujet sensible parce qu'ils ont tourné tout le putain de film dans le Colorado.

On papote un moment, on échange des ragots sur l'industrie cinématographique — je me suis renseigné sur le site branché *Deadline* —, pendant que je sirote un infect café tiède dans un gobelet en plastique. Je lui raconte que le film est financé par un conglomérat de dentistes qui s'embêtent dans la vie et cherchent un investissement à haut risque et à rendement élevé. Apparemment elle gobe tout, car elle finit par me demander en souriant, un soupçon d'étonnement dans la voix : « Alors, pourquoi avoir choisi le Dakota du Sud ? »

C'est une bonne question, mais elle ne peut pas le savoir, puisque le Dakota du Sud est le seul État d'où Sam Kondracky n'a jamais envoyé de manuscrit. Autour, les autres forment comme un donut, et je me suis dit qu'instinctivement Kondracky est du genre à ne pas chier devant sa propre porte. En plus, si tu prévois de disparaître de la surface du globe, la Terre de l'Infinie Variété – dont Google Maps continue à ignorer de larges zones – est l'endroit idéal.

« On est encore en repérages, je lui réponds. Nous sommes aussi en contact avec le Nebraska et le Wyoming. Et on ira peut-être jeter un coup d'œil vers le Montana. Mais ce qu'on cherche, j'ai l'impression qu'on va le trouver ici.

— Et que cherchez-vous ? demande-t-elle.

— Le trou du cul du monde. »

Son sourire se congèle. Bien sûr, « trou du cul » n'est pas le genre de mots qu'on utilise dans le service public.

« Je vous demande pardon ?

— Le trou du cul du monde.

— Il va falloir être plus précis. »

Alors, je précise. Parce que j'ai tout calculé. Je connais Kondracky – appelons-le comme ça –, j'ai étudié ses schémas de pensée, ses manies, ses zones de confort. Je connais sa manière d'anticiper et son mode opératoire. Et parce que je sais tout ça, je peux dire dans quel genre d'endroit il vit. À quoi ça ressemble, comment c'est situé, le style de la maison. Je peux presque te dire la couleur du papier peint, ce qu'il y a dans le frigo et les magazines qu'il lit aux toilettes.

Les seules choses que je ne connais pas, ce sont ses coordonnées GPS.

Je décris à Mary mon image mentale, elle m'écoute et prend des notes.

« Vous avez des exigences assez spécifiques, remarque-t-elle, perplexe.

— Si vous pensez que vous ne pouvez pas m'aider…

— Non, au contraire. Je suis sûre de pouvoir vous aider», dit-elle. Apparemment, attirer un tournage serait un gros coup pour elle. «Nous disposons d'un grand nombre de décors dans nos dossiers si vous voulez les…

— Je suis désolé, dis-je. J'ai dû mal me faire comprendre. Cet endroit, où qu'il soit, ne va pas sortir d'un dossier. On ne l'aura pas déjà vu dans un film ou une série. Ce n'est pas ce qu'on cherche. Il nous faut quelque chose de jamais-vu. Le dernier lieu auquel on penserait. Le trou du cul du monde.

— Je comprends, dit Mary. Et la maison, vous la construirez, ou…

— Non. Il faut qu'elle soit réelle.

— Eh bien, nous avons deux régisseurs d'extérieurs très dévoués…

Bingo.

Les régisseurs d'extérieurs sont les héros et les héroïnes inconnus du monde de la production cinématographique. Ils connaissent chaque mètre de leur territoire et, si ce que tu cherches n'est pas archivé dans leur tête ou leur ordi, ils vont prendre leur voiture et finiront par te le dégoter. Si tu en as deux ou trois qui bossent pour toi, tu peux t'éviter six mois de crapahutage, sans aucun risque de griller ta couverture. Je vais les mettre sur le coup.

«Il me faut juste quelques détails et je ferai passer l'info. C'est bien pour un film ?

— C'est ça.

— Quel genre ?

— J'imagine que vous appelleriez ça un thriller.

— Et c'est là que l'action se déroule ?

— Une partie, au moins.

— Vous avez un scénario ?

— Pas pour l'instant. L'intrigue dépendra beaucoup du décor. Il y aura pas mal d'improvisation.

— Oh, ça a l'air passionnant », s'enthousiasme Mary. À l'évidence elle a pris des cours de théâtre. « Et le titre du film ? »

Je lui fais un grand sourire.

« Bien sûr », reprend-elle. Et elle se met à écrire.

Je vois bouger son crayon.

Le trou du cul du monde.

25

Junebug ne faisait jamais parler d'elle et, pour des raisons qui me paraissaient obscures à l'époque, les flics la laissaient tranquille, même quand le motel où nous vivions avait été fermé parce que c'était un lieu de prostitution.

Les flics n'ont jamais été le problème. Le problème, c'était moi. Nous n'avions jamais plus d'une chambre, et la dernière chose dont elle avait besoin, c'était d'un spectateur de neuf ans. Pendant la journée, quand je n'étais pas à l'école, c'est-à-dire la plupart du temps, elle m'envoyait pendant une heure dans la rue muni de quelques dollars pour m'acheter ce que je voulais au 7-Eleven. J'avais appris à écouter à la porte et, si j'entendais des voix, ou d'autres bruits, à attendre le départ du client près de la machine à glaçons.

Je devins un expert en machine à glaçons.

Mais la nuit, un minot de neuf ans errant dans les rues malfamées de Stockton avait de fortes chances d'attirer l'attention pour telle ou telle raison, toutes désagréables. Du coup, elle me gardait à l'intérieur. Au début, je traînais près de la machine à glaçons, mais ce ne fut plus possible quand un autre client me dénonça à la police. Il était hors de question de les laisser m'attraper – s'ils faisaient preuve d'indulgence pour les passes, un second cas de maltraitance se révélerait probablement décisif dans le conflit opposant Junebug aux services de protection de l'enfance. Alors je m'enfuis et me cachai dans les toilettes d'une station-service jusqu'à ce que je sois sûr que la voie était libre, plusieurs heures plus tard.

Lorsque je rentrai vers trois heures du matin, Junebug était folle d'inquiétude. Elle pensait qu'on m'avait kidnappé pour me faire endurer ce que son propre père avait dû lui faire subir. L'idée de ma disparition sembla provoquer une fracture en elle. C'est mon seul souvenir où elle me frappe. Je revois ses mains qui battaient l'air tandis que j'essayais de me protéger derrière mes bras levés. Mais elle n'avait pas le cœur à me taper et on finit par se prendre dans les bras, en pleurant tous les deux.

Après ça, quand un homme venait, elle me mettait dans la penderie à porte coulissante près du lit en attendant que ça soit terminé. Elle m'avait fait jurer de ne pas regarder, et je ne m'y risquai jamais. Par contre, j'entendais tout.

Quand c'était terminé, après une douche ou pas, et à n'importe quelle heure, elle m'emmenait dans un *diner* ouvert vingt-quatre heures sur vingt-quatre pour prendre une glace, un granité, un hot dog et du Coca, ou d'autres cochonneries.

Assis à une table en Formica, sous la lumière grésillante des néons, on regarde le va-et-vient sur Walter Way. Toutes les autres chaises sont retournées sur les tables pour la coupure de nuit et un ado boutonneux passe la serpillière autour de nos pieds. Dehors, près de la porte, un SDF fait la manche et les putes plus âgées prennent leur poste nocturne. Junebug ramène ses longs cheveux blonds derrière ses oreilles. Elle babille sur l'Oregon, Winnipeg ou Poughkeepsie, des endroits dont elle ne sait rien, si ce n'est qu'ils ont de jolis noms. Je sirote un truc gluant et sucré avec une paille en plastique rouge… À ce jour, ce sont les meilleurs moments de ma vie.

26

La ville de Pierre possède un échantillon de chaque chaîne de motels et de restaurants connue. Les possibilités d'hébergement vont du Days Inn du groupe Wyndham au Baymont du groupe Wyndham en passant par le Super 8 et l'AmercInn du groupe Wyndham. Les options de restauration comprennent McDonald's, Subway, China Buffet, Dairy Queen, Arby's, Burger King, Taco Bell et Pizza Hut. Il y a aussi un endroit appelé Chez Bob, mais non merci, sans façon.

Je me réfugie au Days Inn et tourne en rond pendant deux jours, branché sur CNN. L'Amérique tente d'obtenir le soutien de la communauté internationale pour atomiser l'Iran, ou l'envahir, au choix, en se fondant sur des communications interceptées sur Internet entre des groupes terroristes soutenus par les Iraniens qui prévoiraient une attaque radiologique sur les États-Unis – une arme de destruction massive, peut-être ?

Je suis plus que sceptique.

Le secret le plus dégueulasse concernant le renseignement, c'est qu'il s'agit de politique. La manière dont ça *devrait marcher* consisterait à ce que les différentes agences recueillent des renseignements factuels et non partisans et que les leaders politiques les utilisent pour prendre des décisions éclairées et raisonnables en matière de politique étrangère.

La manière dont ça *fonctionne vraiment*, c'est que les meilleurs services de renseignements sont utilisés par des responsables politiques pour favoriser toutes les aventures militaires qui font bander le pouvoir. Au pire, des officiers de carrière produisent des analyses sur mesure qui justifient l'action de leurs maîtres politiques, parce que s'ils ne le font pas très vite, un rival le fera à leur place.

Peut-être qu'il se fomente réellement un complot iranien. Ils sont capables de tout. Mais ce n'est pas la vraie raison. Les États-Unis veulent envahir l'Iran parce que ça les démange. Le renseignement moderne, si tant est qu'il existe, n'est qu'un outil rhétorique pour donner envie au reste du monde de s'éclater.

La dernière fois qu'ils ont tenté ce coup-là, en Irak, entre cent mille et un million de civils, selon l'origine de l'estimation, y ont laissé la vie. L'Afghanistan, ça ne s'est pas beaucoup mieux passé et tu as vu comment ça s'est terminé.

Je ne suis pas sensible. C'est tout le cinéma qui m'irrite. Si tu as envie de foutre la merde pour le plaisir, pourquoi ne pas le dire simplement ?

Votez Seventeen ! Foutons tous la merde ! Surtout les gens de couleur !

Je suis en train d'envisager de me reconvertir dans la politique quand une pensée sourde surgit du fond de mon cerveau. *Frappe nucléaire – Iran – une femme voilée.* Est-ce que l'échange en coup de vent que j'ai intercepté à Berlin pourrait avoir un rapport avec tout ça ? Je me creuse la tête pour retrouver le nom qui était écrit sur le gobelet. *Nasrin.* C'est un prénom persan et, quand je le googlise, la première page de résultats ne propose que des femmes iraniennes.

Est-ce la raison de la réticence de Handler à discuter de l'opération ?

Les liens sont ténus. Mais les événements de Berlin continuent à me tracasser – j'ignore toujours comment Kovacs savait que je serais au bar ce soir-là, et pourquoi Handler était si désireux de me persuader que c'était une coïncidence –, alors, je me suis mis à lire la presse allemande. Le décès de Moe a été relaté le jour même où on a découvert son corps. Et nulle part, il n'était fait mention de Kovacs – les nettoyeurs de Handler étaient des professionnels. Mais pendant ma seconde nuit à Pierre, en faisant défiler le *Berliner Morgenpost* sur mon téléphone, je repère un entrefilet qui signale la découverte d'un cadavre de femme dans un secteur boisé en dehors de la ville. Dans le but évident de retarder son identification, on lui a coupé la tête et les mains. Pourtant je sais dans la seconde de qui il s'agit, parce que le torse décapité est vêtu d'un T-shirt portant l'inscription BÉBÉ en lettres pailletées.

Le passeur et le receveur sont morts. Kovacs est morte. Ce qu'il y avait sur cette carte a donc causé la mort de deux ou trois personnes. Et je commence à me demander si c'est aussi la raison de ma présence à Pierre dans un hôtel merdique, à la recherche du type sur terre sans doute le plus à même de me faire la peau.

Tu penses probablement que si j'avais été futé, j'aurais examiné le contenu de la carte avant de la donner à Handler, exact ?

Exact.

27

Alors que je m'éloignais de l'hôtel où le corps de Kovacs rafraîchissait dans la baignoire, il m'apparut que me tuer n'était peut-être qu'un moyen d'arriver à ses fins, c'est-à-dire à la carte mémoire.

Je devais savoir ce qu'il y avait dessus. Si ça se trouve, elle était bourrée de logiciels industriels malveillants. Alors je payai en liquide un ordinateur portable dans un dépôt-vente berlinois et pris une chambre à l'heure dans un sexhotel de Kürfurstenstrasse, le genre d'endroits où on ne pose pas de questions. Après avoir débranché la caméra et les haut-parleurs, j'exécutai un formatage de bas niveau sur le disque dur et installai un système d'exploitation Linux renforcé, téléchargé avec un VPN. Ensuite, je me déconnectai manuellement du Wi-Fi. Et là seulement, j'insérai la carte mémoire dans le lecteur.

Je ne suis pas sûr de ce que je m'attendais à trouver. Des rapports de renseignements. Des bleus. Des câbles diplomatiques. Des failles d'exploitation « zero-day ». De l'imagerie satellite. D'autres conneries à la James Bond. Ou juste un tas de fichiers cryptés impénétrables avec des noms comme SJ627E.R07 qui ne me diraient rien du tout.

J'avais tout faux.

Du porno.

La carte dégorgeait littéralement de porno.

Et même pas du bon. Du porno soft commercial conventionnel, sans positions originales, mais plein de livreurs de pizza sous hormones et de ménagères à gros seins filmés sur le même plateau suréclairé avec un ficus poussiéreux, scindé en deux par une simple feuille de décor. Rien pour te filer la trique, rien qu'on pourrait utiliser plus tard pour faire chanter quelqu'un et, surtout, rien qui justifie que Moe et Kovacs aient perdu la vie pour l'obtenir.

Ça signifiait que, quelles que soient les infos contenues sur la carte mémoire, on ne les voyait pas à l'écran, mais qu'elles étaient cachées *à l'intérieur* du porno comme un message laissé dans une bible en perçant de minuscules trous d'épingle au-dessus des lettres qui composent les mots.

Je n'avais ni les outils ni le temps de cracker des codes stéganographiques de qualité militaire, ce dont il s'agissait sûrement. Alors j'ai créé une copie de la carte en mode bit-perfect, je l'ai cryptée, j'ai rebranché le Wi-Fi, je l'ai transférée via un anonymiseur sur un site de stockage gratuit et j'ai envoyé le lien à Vilmos.

Vilmos est gay, il a une centaine de kilos de trop et souffre de troubles du spectre autistique. En plus d'être une des sommités mondiales sur la saga *Star Wars*, son principal fait d'armes fut de découvrir une faille dans la bibliothèque cryptographique de la NSA qui est devenue une référence en matière de hackage. La NSA déclara que cette vulnérabilité était accidentelle, mais en profita pour contourner les systèmes de sécurité des routeurs et commutateurs qui font fonctionner Internet, et siphonner le trafic des principaux centres de réseaux de la planète.

Peut-être que toi, tu crois aux coïncidences. Moi pas.

La NSA essaya de réduire Vilmos au silence en lui proposant un boulot, mais il les envoya se faire foutre. En conséquence, les fédéraux eurent une autre grande idée : ils l'arrêtèrent précisément à cause de sa preuve de concept qui démontrait la faille logicielle et impliquait de se connecter à un serveur situé à Long Island et d'entrer le texte entier de l'ouvrage de Lénine *Le gauchisme : maladie infantile du communisme* dans le syslog.

Il fit deux ans dans une prison de haute sécurité, mais, à sa sortie, il partit s'installer dans un pays sans accord d'extradition avec les États-Unis, et reprit ses activités où il les avait laissées.

Son art d'emmerder le monde couplé à sa surcapacité de concentration Asperger lui permet de résoudre des problèmes auxquels personne d'autre n'oserait s'attaquer. Il le fait pour le plaisir et refuse de se faire payer : ses revenus proviennent d'un minage massif de bitcoins grâce auquel il consacre de drôles de puissances de calcul à des problèmes sans retombées potentielles, et accessoirement chauffe une petite ville. Le seul hic, c'est qu'on ne doit pas le déranger. Parce que si on interrompt sa concentration, c'est terminé, et il va passer à autre chose. Tout ce que tu as à faire, c'est lui envoyer le problème, et attendre. Et à la fin, ça pourra prendre un jour, une semaine ou une année, mais tu auras ta réponse.

Je ne sais toujours pas ce que dissimulaient tous ces arpents de chair flageolante.

Pas encore. Mais ça va venir.

28

Durant mon troisième jour à Pierre, je reçois enfin par coursier un gros paquet de l'Office du film, concocté par Mary et son équipe de régisseurs d'extérieurs. Mais alors que je l'ouvre dans l'intimité de ma suite sur la table ronde branlante, mon cœur chavire. Le Dakota du Sud a beau manquer de style, il fourmille de coins perdus. Il y a des pelletées de trous du cul du monde. J'attaque le minibar pour me donner des forces, m'empare de la pile de propositions et active l'option topographique sur Google Earth. Ça me prend jusqu'à trois heures du matin – à la fin, j'ai les yeux comme des billes –, mais il ne reste plus que sept candidats.

Je siffle la dernière mignonnette du minibar et planifie un itinéraire.

Le lendemain, je pars à l'aube. Les trois premiers lieux sont des ruines. Le premier, c'est une ville fantôme avec une station-service abandonnée dont les portes battent au vent, une enseigne qui ne tient plus que par une unique charnière et des prix sur la pompe qui datent de quatre ans avant la dernière crise économique. Le deuxième est un patelin minuscule mais animé au centre d'une communauté agricole prospère, doté d'un lotissement en construction en bordure d'une petite ville. Trop grand, trop habité. Le troisième trou perdu, c'est vraiment n'importe quoi : un genre de communauté religieuse peuplée de femmes portant des robes de jadis et d'hommes en bleu de travail assis dans leur véranda, qui me regardent passer avec des regards glauques, vitreux et consanguins, et me donnent l'impression d'être sur le point de rejouer *Délivrance*.

Le quatrième pourrait faire l'affaire, mais ce que la carte ne montre pas, c'est qu'il est situé sur des terres tribales et quelque chose me dit que Kondracky n'est pas exactement de la bonne lignée.

Le cinquième et le sixième se rapprochent de ce que je cherche, mais ce n'est pas encore ça. Ils pourraient coller, mais la topologie de l'un ne correspond pas du tout, et, bien que celle de l'autre soit parfaite pour le coup, la maison en elle-même, une ruine gothique pas restaurée, ne dispose pas du champ de vision exigé par Kondracky.

Ce qui laisse le septième trou du cul du monde.

Quand j'y arrive, j'ai déjà parcouru plus de mille cinq cents bornes, une boucle complète au cœur du Dakota du Sud, et le soleil plonge sous l'horizon. Rien ne l'annonce, même pas un vieux panneau de signalisation cassé, mais dès l'instant où je découvre Milton, et le seul réverbère à lumière vacillante du Dakota du Sud, j'ai la conviction absolue et inébranlable de tenir à la fois l'endroit et le type qui y vit.

29

Mon enfance prit fin un vendredi, par une nuit d'été caniculaire.

Junebug avait coché Portland sur la liste des destinations possibles. L'ambiance hippie de cette ville l'attirait – elle adorait colorier des marguerites et d'autres fleurs, et portait un parfum qui s'appelait patchouli comme je l'appris plus tard, et que je ne peux toujours pas sentir aujourd'hui sans être télétransporté dans notre chambre de motel. Elle me montra l'argent qu'elle avait économisé – deux cents dollars, je dirais. À cette époque, ça nous semblait une fortune.

Ce soir-là, elle était nerveuse. Je ne savais pas vraiment pourquoi et ne savais pas comment le lui demander. Vers dix heures et demie, elle m'installa dans la penderie avec une lampe de poche et un *Spiderman* que je n'avais pas encore lu. La porte ne fermait pas très bien, mais si Junebug laissait la lumière dans la chambre, ce qu'elle faisait la plupart du temps, personne ne remarquait le faisceau de la lampe.

Je tournai le dos à la porte et me plongeai dans *Spiderman*. C'était l'épisode où Fusion brise la nuque de Spidey, et j'étais tellement absorbé que je perdis non seulement la notion du temps, mais aussi de ce qui se passait à côté, seulement conscient d'entendre vaguement une voix d'homme, plus de parlotte et moins de gémissements ou de craquements de sommier que d'habitude.

Les voix montèrent d'un cran. Ça arrivait parfois. Il fallut que Junebug pousse un cri de douleur pour que je lève enfin la tête de ma BD. Quand elle cria à nouveau, j'éteignis ma lampe torche et entrouvris la porte. À cette période de ma vie, je n'avais pas encore les mots pour expliquer ce qu'il était en train de faire, mais aujourd'hui, je sais qu'il la violait, et qu'en même temps il lui martelait le visage à coups de poing. Elle essayait de se défendre, mais il était trop fort. Il se retira, la repoussa sur le lit et dit quelque chose comme « Tu ne t'en vas nulle part, salope ».

Puis il l'étrangla sous mes yeux.

Pendant qu'il remettait son pantalon, un détail me frappa. C'était un tatouage, un squelette hilare coiffé d'un vieux casque allemand de la Seconde Guerre mondiale et qui portait un flingue. Dans toute cette scène d'horreur, c'est ce squelette qui m'effraya le plus.

Pourquoi n'ai-je pas réagi ? Pourquoi je n'ai pas hurlé, ou quitté la chambre en courant pour appeler à l'aide ? Ou attrapé une lampe pour l'assommer ? Pourquoi ai-je laissé ma mère se faire tuer devant moi ?

Tout ce que je peux répondre, c'est que j'avais neuf ans, j'étais mort de peur et je n'arrivais pas à concevoir, même alors qu'il l'étranglait, que j'assistais au meurtre de ma mère. Junebug me disait souvent : « Tous les deux, on est des survivants», et je la croyais parce qu'elle avait déjà survécu à tellement de choses.

Je pense que j'ai dû croire qu'elle survivrait à ça aussi.

Alors m'enfuir en courant dans le couloir, puis dans la rue ? Ça ne ferait qu'attirer la police, et cette fois, ils ne pourraient pas étouffer l'affaire. S'ensuivrait un nouveau round avec les services de protection de l'enfance, qu'on ne gagnerait pas ce coup-ci. Et Junebug et moi, on se perdrait.

Donc, je ne bougeai pas.

L'homme au tatouage boucla sa ceinture et abandonna ma mère, encore tiède et à moitié nue.

Des années plus tard, j'ai retrouvé le rapport de police. Ils avaient reçu un appel anonyme pour signaler du tapage dans l'hôtel. À leur arrivée, les flics trouvèrent un petit garçon de neuf ans environ qui refusait de les laisser pénétrer dans la chambre. Ils durent le menotter pour pouvoir passer et tombèrent sur le corps d'une prostituée déjà connue des services de police qui semblait avoir été étranglée. Sur place, ils découvrirent également du matériel pour se shooter, un four à micro-ondes, environ deux cents dollars en liquide et des dizaines de sachets de pop-corn. Le garçon fut placé sous la garde des services de protection de l'enfance.

Personne ne fut jamais arrêté pour le meurtre de ma mère. Personne ne fut même suspecté. Rien qu'une pute junky de plus qui s'était fait buter. Les risques du métier. Après l'autopsie, ils l'incinérèrent et répandirent ses cendres dans une fosse commune. J'y suis allé une fois. Il n'y avait qu'une petite dalle en béton avec son nom et ses dates de naissance et de décès. Sauf que ce n'était pas son nom. Son vrai nom, c'était Junebug. Je n'y suis jamais retourné.

Si tu penses que j'ai oublié tout ça, tu te mets le doigt dans l'œil. Mais il m'a fallu huit années de plus pour pouvoir y faire quelque chose.

30

Je roule au pas dans la petite ville par un de ces soirs parfaitement clairs, quand le bleu du ciel tourne à l'indigo sombre alors que l'horizon flamboie d'orange incandescent. Je dis ville, mais Milton n'est même pas le début d'une ville. Tu pourrais la traverser sans t'en rendre compte. La même route pour y entrer et en sortir, mais à une trentaine de kilomètres au nord et au sud, il y en a d'autres plus rapides qui couvrent les mêmes directions.

Ce n'est pas un endroit où on arrive par hasard.

Le réverbère au halo vacillant éclaire une station-service modèle familial flanquée d'une supérette qui vend juste ce qu'il faut pour rester en vie, plus de la lecture, du tabac, de l'alcool, et de quoi se laver ou nettoyer sa maison. Rien d'autre.

Je croise un motel décrépi dont l'enseigne délabrée annonce TV COULEUR DANS TOUTES LES CHAMBRES. Il semble abandonné, mais j'aperçois de la lumière à la réception, et une silhouette féminine de dos qui ressemble à s'y méprendre à une de ces âmes naufragées dans un tableau d'Edward Hopper.

À l'angle de la station-service, il y a aussi quelques

constructions en plaques de tôles rouillées où on peut faire réparer sa voiture, changer une durite, acheter un sac de graines ou encore faire usiner un pivot de remplacement pour un attelage trois points. Et c'est à peu près tout.

Enfin, c'est à peu près tout si l'on excepte, de l'autre côté, cette autre route qui serpente à l'assaut d'une petite colline vers un ranch de plain-pied des années 50. Ses grandes baies vitrées offrent une vue imprenable sur le patelin en contrebas et sur la totalité du chemin d'accès s'achevant en cul-de-sac une centaine de mètres plus haut. Les bas-côtés ont été tondus de près, les broussailles, plus loin, arrachées par souci de visibilité. Un grillage plus haut qu'il n'y paraît à cause de la déclivité cerne la propriété. Un portail électrique est le seul indice visible d'une sécurité accrue, mais j'imagine que les niches aménagées sous la terrasse en bois abritent quelques molosses. La maison est située assez loin de la ville pour être à l'abri des regards, mais suffisamment près pour que l'occupant du ranch puisse garde un œil sur tout ce qui se passe.

Cet endroit est exactement comme je l'imaginais.

Un endroit où tout le monde se connaît.

Où il n'y a nulle part, absolument nulle part, où se cacher.

Et où l'arrivée d'un étranger est un événement dont on parle pendant plusieurs semaines.

Bref, un endroit où tout le putain de bled fonctionne comme un système d'alarme avancé.

Il n'y a qu'un truc qui me dérange, c'est la forêt.

Elle s'étend sur un côté du ranch, à droite de la grand-route, et couvre une butte escarpée qui se termine en falaise de l'autre côté de la route d'accès, un peu au-dessus de la maison. Si c'était moi, et si c'était chez moi, cette forêt me mettrait mal à l'aise. Elle offre trop d'abris, trop de cachettes possibles. Ça pourrait être pire, mais ce n'est pas non plus l'idéal.

Et ça me tracasse parce que Kondracky ne fait pas d'erreurs.

Donc, ça ressemble à une erreur, mais ce n'en est pas une.

C'est délibéré.

De sorte que soit c'est un piège, soit ça répond à d'autres impératifs ou à d'autres facteurs dont je n'ai pas encore connaissance.

Et ce que tu ne connais pas peut t'être fatal.

J'ai volontairement consommé la presque totalité du réservoir. J'ai un jerrycan de secours dans la remorque, mais je préfère aller faire le plein à la station-service. Je descends de la Jeep et fais quelques pas, comme pour me dégourdir les jambes.

C'est une station à l'ancienne et un vieux pompiste se pointe pour me servir.

« Le plein de super », je demande. Il hoche la tête et s'attelle à sa tâche. Il porte un pantalon remonté trop haut, une chemise écossaise avec des boutons en moins et une casquette de camionneur rouge à l'effigie d'une marque de viande fumée.

« Vous avez fait une longue route ? dit-il.

— Un bon bout de chemin, je réponds.

— Vous faites que passer alors ?

— Je suppose. »

Il hoche à nouveau la tête et retourne à sa pompe. Je lui tourne le dos et jette un coup d'œil à la vitre illuminée de la boutique. Il y a une femme à l'intérieur, blonde, la cinquantaine peut-être, je n'en vois pas plus. En sourdine, une radio passe de la country des années 70. Elle chante sur la musique.

Les chiffres défilent sur le cadran de la pompe à essence. Je scrute les alentours. Deux pick-up, un Ford Ranger et un Chevrolet Jimmy rouillé, sont garés à proximité. Les caisses du vieux pompiste et de la blonde, à mon avis. Je mémorise tout ça.

Et lorsque je lève les yeux, j'aperçois une paire de phares sur la route qui descend de la colline.

Ils ne peuvent arriver que d'un seul endroit : le ranch.

Mon rythme cardiaque monte en flèche.

Si je ne me suis trompé ni sur ce lieu, ni sur Kondracky, ni sur la maison, le conducteur ne peut être qu'une seule personne.

31

Je garde le pick-up à l'approche dans ma vision périphérique. C'est un vieux Ford cabossé sur le plateau duquel une paire de monstrueux molosses à la mâchoire carrée semblent tout droit sortis d'une casse automobile. Il s'engage direct sur l'aire de la station-service et s'arrête de l'autre côté de la pompe en faisant retentir la sonnette d'appel.

J'essaie de rester de glace. *Il ne peut pas savoir qui je suis. C'est impossible. Aucune chance.*

Quand ils voient le vieux pompiste, les bêtes deviennent dingues et se mettent à aboyer à tue-tête, dressés sur le rebord du plateau du pick-up. Il lève la tête et sort de sa poche deux biscuits pour chien qu'il leur présente, la paume bien à plat. Ils s'en emparent goulûment. Il essuie la bave sur son pantalon au moment où le conducteur descend de voiture.

C'est lui. Sixteen. Numéro Seize en chair et en os.

Il est un peu plus grand que moi, un mètre quatre-vingt-dix au moins. Son visage paraît plus âgé que sur la photo, tanné comme du cuir par la vie au grand air, avec une barbe grisonnante. Il doit approcher les soixante ans. Quand il soulève sa casquette de camionneur pour se gratter le crâne, je remarque ses cheveux clairsemés, et un peu gras.

« Salut Mack », dit le vieux pompiste. Apparemment, c'est comme ça qu'on l'appelle par ici.

« Salut Vern, répond Kondracky.

— Comme d'habitude ? »

Kondracky acquiesce. Il porte une chemise de flanelle, des bottes de sécurité et un pantalon de travail. Sa démarche est un peu raide, mais il n'a pas un poil de graisse. Tout en muscles et en ligaments tendus. Si tu ne le connaissais pas si bien, tu aurais pu le prendre pour un connard de plus au volant d'un pick-up de bouseux.

Il ne me calcule pas, mais je suis sûr qu'il m'a déjà toisé de la tête aux pieds, et a vu que je ne portais pas d'arme. Enfin, il m'accorde un regard et me salue d'un minuscule hochement de tête. Puis il s'éloigne tranquillement vers la boutique, impénétrable.

La vieille pompe à essence continue de cliqueter. Je fais le tour de la voiture pour observer le pick-up de plus près.

La carrosserie est bosselée et rouillée par endroits, mais c'est du camouflage, de la poudre aux yeux – quand Kondracky est arrivé, le V8 ronronnait à la perfection, les gros pneus, comme le pare-buffle et les amortisseurs haut de gamme, semblent faits pour l'attaque. Un fusil de chasse Savage récemment nettoyé est accroché à l'arrière de la cabine. À l'image du pick-up, c'est une bien meilleure arme qu'il n'y paraît – tu peux t'en trouver un pour moins de cinq cents balles, mais il est précis comme un fusil de tir sportif olympique, surtout quand il est assorti d'une lunette Schmitt & Bender qui vaut presque dix fois le prix du flingue.

J'ai dû trop m'approcher du pick-up. Les chiens bondissent vers moi d'un coup, faisant claquer leurs crocs à quelques centimètres de mon visage. Je bats en retraite, choqué. Vern frappe sur la carrosserie du pick-up en hurlant « Ici, bande d'enfoirés ».

Les chiens reculent.

« Désolé, l'ami, dit Vern. Ils sont un peu nerveux quand ils rencontrent un étranger. »

Dans la boutique, Kondracky discute avec la blonde. « Je vais faire deux, trois courses. »

Vern hoche la tête. Il rengaine le pistolet dans la pompe à essence et revisse le bouchon de réservoir. « Vous pourrez payer à l'intérieur. »

Je récupère mon portefeuille dans la boîte à gants. Vern s'éloigne vers le pick-up de Kondracky et j'en profite pour prendre mon flingue, que je glisse à l'arrière de mon jean.

La sonnette de la porte retentit quand j'entre. Kondracky et la blonde papotent pendant qu'elle tape les prix du lait, des œufs, du pain, du pack de Corona et de quelques journaux sur sa caisse enregistreuse. Dans le creux des reins de Kondracky, sous sa chemise, je distingue aussi la forme d'un pistolet.

Je pense que je pourrais le tuer ici. Le hasard m'a offert une fenêtre de tir. Il me tourne le dos, il ne saurait jamais ce qui l'a frappé.

C'est là que je m'aperçois qu'il est en train de m'observer dans le miroir convexe au-dessus de la caisse.

Je me replie derrière le présentoir des journaux, des sucreries et des babioles, faisant mine d'hésiter. Dans un autre miroir au bout de l'allée, je repère à nouveau Kondracky qui m'observe, les yeux levés. Je me redis qu'il ne m'a pas repéré, que c'est juste le résultat de l'entraînement, de l'habitude, d'une connaissance situationnelle programmée qui se traduit par la nécessité absolue et constante de savoir où sont les gens autour de lui. Je connais, je fais pareil.

Kondracky paie et retourne vers son pick-up sans m'accorder un regard.

J'avance vers la caisse, un gros paquet de Hot Doritos à la main.

« Trouvé votre bonheur, mon chou ? » demande la blonde d'une voix de fumeuse. Elle sourit. Un tatouage fait main apparaît sous la manche de sa blouse, laissant deviner un passé plus intéressant qu'attendu.

Je lui renvoie son sourire. « Tout ce qu'il me fallait. »

Je paie. En sortant, je me cogne presque dans Kondracky qui revient sur ses pas.

« Les dames d'abord », dit-il en me tenant la porte.

L'enfoiré. C'est un parfait traquenard. Il a des doutes sur moi, alors il a voulu y regarder de plus près. En me laissant passer, il peut me jauger d'assez près pour sentir mon odeur.

« Merci. »

Je sens mon flingue dans mon dos, et je sais qu'il va essayer de le repérer. Mais je porte une veste en duvet assez épaisse pour le dissimuler, je le croise donc avec mon paquet de Doritos et me dirige vers la Jeep.

« Hé, petit, dit-il. Tu t'es perdu ? »

Je me fige, jouant les innocents. « Qu'est-ce qui vous fait dire ça ? »

Il désigne la Jeep. « Tes plaques de l'Arizona. C'est pas la porte à côté.

— C'est une location. Je l'ai récupéré à Milwaukee.

— Tu transportes quoi, là-dedans ? »

Il parle de la remorque qui ploie sous la charge.

« Un piano, je réponds.

— Sérieux ? » Il referme la porte et reste près de moi, tout sourire, amical, intéressé. « Une sacrée route pour un piano. C'est quel genre ?

— Un quart de queue Chickering de 1911 en acajou clair. Je l'ai eu pour cinq mille dollars dans une vente aux enchères. Une fois bien nettoyé, il vaudra cinq fois plus. Encore deux ou trois affaires comme ça et je fais mon année. Vous jouez ?

— Je jouais, répond Kondracky. Mais je ne joue plus. »

Sur ce, il rentre dans la boutique, déclenchant le grelot de la porte. Je remonte dans la Jeep et l'observe un instant. Il montre une boîte de munitions sur l'étagère. La blonde la lui tend. Je démarre et quitte la station. Il me regarde partir, de l'autre côté de la porte vitrée.

M'a-t-il repéré ? Je ne crois pas. Un jeune gars qui remorque un piano à travers le Dakota du Sud. C'est juste assez stupide pour être vrai. S'il vérifie mon histoire, il découvrira que la semaine dernière, un quart de queue Chickering en mauvais état a été adjugé pour quatre mille huit cents dollars dans une salle des ventes de Milwaukee.

Sauf que ce n'est pas moi qui l'ai acheté.

32

Je reprends la grand-route dans la même direction qu'avant. Au bout d'environ trois kilomètres, sans véhicule en vue dans un sens ou dans l'autre, je tourne à gauche et enchaîne différents chemins de terre afin de contourner le patelin. Il n'y a rien autour, à part une ferme de loin en loin. Après trois quarts d'heure, deux mauvais choix de bifurcations et un demi-tour compliqué, je retrouve la route.

Je ne l'avais pas remarqué à mon premier passage, mais quelques centaines de mètres avant le motel, je trouve ce que je cherche : un chemin forestier qui grimpe dans la forêt faisant face à la maison de Kondracky. J'envisage un instant de m'arrêter au motel – j'ai le dos cassé à force de conduire, je prendrais bien un petit remontant et autre chose que des Hot Doritos pour dîner, et mon cerveau reptilien est intrigué par la silhouette féminine que j'ai aperçue par l'unique fenêtre éclairée – mais c'est trop risqué.

Alors, au lieu de ça, je m'engage sur la piste boueuse et passe devant le panneau PROPRIÉTÉ PRIVÉE. La Jeep et la remorque cahotent dans les ornières. Quand je suis assez loin et à l'abri des regards, je coupe les phares et le moteur, bascule mon siège et me laisse envahir par l'envie de dormir.

33

L'alarme de mon iPhone me réveille peu de temps avant l'aube. L'habitacle de la Jeep est moite de condensation. J'essuie le pare-brise : du sol de la forêt s'élève de la brume, qui paraît bleu argenté dans les premières lueurs.

La remorque est chargée à bloc, mais tout ce qu'il me faut est à portée de main. Environné par le parfum de l'humus et des aiguilles de pin, et par les croassements de corbeaux, je range ce dont j'ai besoin à l'arrière de la Jeep. Puis je pousse la remorque dans une petite clairière et la recouvre d'un filet de camouflage et de feuillages. Pour les traces de pneus, il n'y a rien à faire, cependant il faudrait vraiment tomber dessus pour les voir.

Bien que j'aie emporté des cartes d'état-major de toute la région, seule celle incluant Milton et ses environs m'est nécessaire. Tu peux trouver tout ça sur Google Earth, par contre quand tu es sur le terrain, une version papier est indispensable. Je fais une marque pour localiser la maison de Kondracky, une autre à l'endroit qui me paraît idéal, et cherche jusqu'où je peux aller en voiture avant de continuer à pied.

Je roule encore pendant deux kilomètres sur la piste avant

qu'elle ne disparaisse complètement. Personne n'est passé par ici depuis des mois, peut-être même des années. Seules traces de présence humaine, hormis la piste, quelques cartouches de fusil de chasse. J'ouvre mon sac à dos et en sors un autre filet de camouflage que j'installe sur le pick-up. Puis je m'oriente à la boussole vers le second point que j'ai repéré sur la carte.

Une demi-heure plus tard, j'atteins le sommet d'une butte. L'aube se lève avec le chant des oiseaux, pourtant il fait encore assez sombre pour que j'aperçoive les lumières du ranch de Kondracky qui scintillent au loin. Je trouve l'endroit idéal : à environ sept cents mètres, assez haut pour surplomber la maison, mais assez planqué dans la brousse pour ne pas me faire griller si je ne commets pas d'erreur.

Je pose mon sac à dos et en retire une lunette d'observation très puissante ainsi qu'un trépied. Je colle mon œil au viseur et je découvre Kondracky qui déambule en caleçon et T-shirt, se prépare du café et fait le plein de croquettes dans l'écuelle des chiens.

Je vide le contenu du sac. Un duvet de bivouac, deux bâches de camouflage, de la corde, des rations de survie, des vêtements imperméables, un carnet de notes et un crayon. Ensuite, je monte le camp, masquant mes traces avec des branches et des feuillages. Et je m'installe pour observer.

34

Je l'observe pendant cinq jours, et chaque matin me semble un peu plus froid, humide et inconfortable.

Les journées se déroulent presque à l'identique.

Il se fait du café, nourrit les chiens, va aux chiottes. Avant le petit-déjeuner, il fait son sport au sous-sol dans une salle de gym que je ne peux qu'entrevoir en contrebas de la terrasse, alternant des exercices de cardio et de musculation sans charges. Puis il enchaîne avec une demi-heure de punching-ball. Et va prendre sa douche.

Après le petit-déjeuner, il se met à écrire, tapant lettre après lettre avec une lenteur d'agonie. Les mots ne lui viennent pas facilement. Parfois, il reste assis une demi-heure sans frapper une seule touche, ou alors il se lève pour regarder dehors. Avant midi, il avale ses deux pots de café. Au déjeuner, conforme à l'approche nutritionnelle contradictoire de sa génération, il ingurgite des pilules, du jus de carotte et un sandwich pain complet-saucisse-luzerne-mayonnaise.

L'après-midi, il essaie encore un peu d'écrire, mais abandonne généralement au bout d'une heure. Ensuite, il bricole ou joue avec ses chiens. Et quand la lumière tombe, il s'ouvre une canette de bière, se prépare à dîner et s'installe pour regarder la télé. Principalement Fox News – chaque soir, il y a un nouveau reportage sur la situation en Iran, qui semble évoluer vers un dénouement militaire inutile qui coûtera cher en sang et en dollars et ne résoudra rien –, mais parfois, il se lasse et passe deux bonnes heures devant un concours de pâtisserie en Angleterre.

Vers dix heures, il se sert un Jack Daniels. Et à onze heures et demie, il est au lit. Les chiens couchent dehors, libres de vagabonder sur la parcelle autour de la maison. Il ne les nourrit pas le soir. Il aime les savoir affamés quand il s'endort.

Les journées se déroulent *presque* à identique, parce que entre sa douche et le moment où il se met au travail, il ramasse le gobelet blanc posé sur la table de la cuisine et lance un dé.

Au bout de trois jours, je comprends ce que ça veut dire : le dé lui permet de conserver une part d'aléatoire dans sa routine.

Le premier jour, il passe une heure de plus sur le tapis de course.

Au jour deux, il nettoie les armes qu'il va chercher, l'une après l'autre, dans ce que j'imagine être une armurerie bien remplie, planquée à l'arrière, là où la maison s'enfonce dans la colline.

Jour trois. À nouveau, tapis de course.

Jour quatre. Il sort de la maison, accompagné par ses chiens, une tronçonneuse à la main. Il part à pied sur la route, je le perds de vue, mais quelques minutes plus tard, j'entends vrombir la tronçonneuse, de plus en plus lointaine.

Au bout d'une heure, il revient, l'engin à la main, et rentre dans la maison.

Le cinquième jour, il se produit un truc bizarre. Quand il regarde la face du dé qu'il vient de lancer, il se fend d'un sourire. Ensuite, il fait monter les chiens sur le plateau du pick-up, accroche son fusil au râtelier de la cabine où je l'ai vu le premier jour, actionne le portail électrique et s'éloigne vers le bas de la colline.

À nouveau, je le perds de vue, mais cette fois, j'ai besoin de savoir où il va. Je bondis hors de ma planque et m'élance dans la pente au-dessus des souches de bois, des rochers et des ruisseaux. Histoire de maintenir un dénivelé supportable, la route se déroule en épingle à cheveux vers la vallée. Moi, je coupe tout droit dans l'espoir de garder le contact visuel. Soudain, quand je passe à travers un buisson, le sol se dérobe sous mes pieds. Je plane un instant, léger, puis m'écrase dans la pente escarpée, continuant en culbutes jusqu'à ce que j'arrive à me cramponner à un arbuste. Je reste accroché au tronc le temps de déterminer si j'ai quelque chose de cassé. Comme ce n'est pas le cas, je lâche et me laisse glisser jusqu'à la route.

Le temps que je me remette debout, le pick-up de Kondracky a disparu.

Je suis en sueur, couvert de boue et de bleus.

Sauf que ça n'a pas l'odeur de la boue. Et pour cause. Ce n'est pas de la boue qui me recouvre. C'est de la merde.

Je me suis littéralement roulé dans des déjections animales.

J'essaie de l'essuyer, découvrant au passage qu'elle contient des petites baies, des ailes de papillons de nuit et quelque chose qui ressemble à de la fourrure. Si j'étais plus au fait du monde des bêtes, cela constituerait sûrement un indice de première importance, mais je n'y connais rien et ça ne me dit rien du tout.

Encore maculé d'excréments, j'en profite pour inspecter la route. Les vitres de la maison sont peut-être à l'épreuve des balles, ou pas, mais je ne peux pas prendre le risque. Quand il passe de la maison au pick-up, il est à découvert un court moment, mais mon bivouac est trop éloigné pour tenter un tir sur cible dynamique, et là encore, je ne peux pas courir le risque de le rater.

De plus près, je comprends tout de suite ce que Kondracky fabriquait avec sa tronçonneuse. Près de chaque point d'observation possible, aux abords de chaque virage ou rétrécissement de chaussée forçant un véhicule à ralentir, il a dégagé la vue et débroussaillé le terrain sur plusieurs dizaines de mètres jusqu'au sous-bois afin de rendre toute dissimulation impossible.

Ce qui laisse supposer que Kondracky considère la route comme une faiblesse.

Ce qui laisse supposer que c'est le cas.

35

Sur la route qui descend vers Milton, les trois virages serrés où il est forcé de ralentir dans un sens comme dans l'autre pourraient m'offrir un tir facile. Mais les abords ont été nettoyés pour décourager une attaque et je cherche autre chose. Une position plus subtile, presque invisible. Une faille que Kondracky l'infaillible aurait pu laisser passer.

Pendant trois heures, j'arpente les buissons et les ronces avant de trouver le bon endroit.

C'est le quatrième virage sur la route. Subtil, presque invisible : rien qu'un tout petit zigzag. La zone autour n'a pas été débroussaillée, probablement parce que Kondracky ne l'a pas jugé nécessaire. À force d'errer dans le sous-bois, d'escalader des rochers et de contourner des troncs morts, je tombe par hasard sur une position qui pourrait fonctionner. Trente centimètres à gauche ou à droite, ça ne marche pas. Alors que là, de ce point précis, un peu en aplomb de la route au-dessus du dernier virage, il y a, peut-être, une fenêtre de tir.

Tout dans ce tir est extrêmement complexe.

La distance – un peu moins de deux cents mètres – est ce

qui pose le moins de problèmes. Dans des circonstances ordinaires, je peux dégommer une mouche sur un pare-brise à cette distance. Mais ce ne sont pas des circonstances ordinaires.

Premièrement, parce que le véhicule se déplacera de gauche à droite, ce qui signifie que je devrai le suivre. Dans le sens de la descente, son pick-up roulera vite, ralentissant à peine à l'abord du virage avant de remettre les gaz et de plonger en ligne droite vers la route. Il conduira moins vite en remontant, en revanche l'angle ne fonctionnera pas parce que son toit bloquera la vue.

Deuxièmement, parce qu'à soixante kilomètres à l'heure il restera moins d'une seconde à découvert. C'est le temps que j'aurai pour verrouiller la cible en mouvement, viser et tirer une seule balle sans espoir de seconde chance.

Ensuite, et c'est le facteur décisif, il n'y a aucune visibilité sur la cible jusqu'au moment précis où elle surgit entre les arbres. La route est complètement masquée du côté nord. Ça veut dire qu'il est impossible de prévoir exactement quand le pick-up va apparaître. Le seul indice, c'est le bruit du moteur, mais c'est insuffisant.

Et enfin, il y a l'itinéraire de dégagement ou, plus précisément, son absence. Si les choses tournent mal et si, Dieu m'en préserve, je le rate ou ne fais que le blesser, je dois me taper un sprint de trois cents mètres vers la crête puis une descente de douze minutes en pick-up sur une piste forestière creusée d'ornières boueuses, qui ne débouche sur la grand-route qu'en un seul point.

Alors que lui, il n'a qu'une ligne droite à parcourir jusqu'au patelin pour me prendre à revers.

Je chronomètre mon itinéraire et utilise Google Earth afin d'évaluer son temps de trajet.

Dans toutes les hypothèses, il arrive avant moi.

Alors, pas de pression.

Il me faut vingt minutes pour regagner le haut de la crête et j'y suis presque lorsque j'entends un bruit de moteur familier. C'est Kondracky qui revient. Je me jette à plat ventre quand le pick-up passe à ma hauteur, son moteur grondant dans la pente. Sur le plateau, les deux chiens bondissent en aboyant frénétiquement. J'aperçois Kondracky, qui regarde dans ma direction du siège conducteur, un sac de courses et quelques journaux posés près de lui. Il n'a pas pu me voir et le pick-up poursuit sa route vers le sommet. Le bruit du moteur s'estompe jusqu'à ce qu'il ne reste plus que moi, la forêt et le son de la pluie.

Un murmure au début, qui évolue en un martèlement de plus en plus violent de grosses gouttes qui tombent en rafales et transpercent les feuilles comme des balles. Le temps d'arriver au bivouac, je suis trempé comme une souche.

36

Il pleut sans discontinuer pendant un jour et une nuit, et puis ça recommence.

J'ai froid, mes vêtements sont trempés et je ne suis pas à l'aise, mais j'ai connu bien pire et mon cerveau entier est concentré sur le tir. Kondracky a eu des années pour se préparer. Je ne dispose que d'un jour ou deux pour réfléchir.

Je l'observe pendant qu'il prépare son petit-déjeuner, son déjeuner et son dîner, et quand il nourrit ses chiens, picole, se gratte les couilles, nettoie ses armes ou se gave d'infos sur les chaînes câblées.

En prime time, on ne parle que de l'Iran. Les sous-titres sont éloquents.

L'Iran nie tout projet d'attaque nucléaire.

L'ONU réunie en séance à huis clos.

La Russie soutient l'Iran et met en garde l'Otan.

Les messages des terroristes ont utilisé un cryptage à usage militaire.

La marine place la Sixième Flotte en état d'alerte.

Entre les flashs d'info, des tables rondes d'experts s'engueulent vertement sur fond d'images d'archives de chars, d'hélicoptères, de porte-avions, de missiles, de mollahs, de puits de pétrole enflammés en plein désert et de temps en temps, d'un champignon atomique.

On voit ce qui nous pend au nez.

De manière inexorable, mon cerveau me ramène à Berlin et au rôle potentiel que j'ai joué dans tout ça.

Je ne sais toujours pas ce que signifie « parachute ».

Je ne sais toujours pas comment Kovacs a pu savoir qu'elle me trouverait au bar.

Je ne comprends toujours rien au jeu de Handler.

J'ignore toujours ce qu'il y avait sur la carte mémoire.

Et je n'ai toujours pas la moindre idée de ce que Sixteen vient foutre là-dedans, ni s'il y est mêlé d'une manière ou d'une autre.

Je fais le vide. Je suis ici pour abattre Sixteen. Je ne peux me permettre aucune distraction.

Et pourtant.

Kondracky vient d'éteindre sa télé quand j'entends craquer une branche morte derrière moi.

Je roule vivement sur le dos en dégainant le pistolet que j'ai pris dans la Jeep.

Mes yeux mettent un moment à assimiler ce qu'ils voient.

C'est un ours.

Un putain d'enfoiré d'ours.

Énorme, brun, dégueulasse, avec une fourrure épaisse luisante d'humidité, et de petits yeux porcins. Il est à une quinzaine de mètres, dressé sur ses pattes de derrière pour mieux m'observer.

Je me dis qu'au moins maintenant je sais à quoi ressemble de la merde d'ours.

Et il charge.

37

Une balle de .38 Special entre les yeux stoppera net un ours dans sa course, même le plus énorme et le plus vicieux des plantigrades, mais Kondracky sait forcément faire la différence entre une détonation d'arme de poing et celle d'un fusil de chasse. Il viendra fouiner, ses chiens le conduiront à l'ours mort et la balle me privera de mon seul avantage tactique : la surprise.

Alors, je fais la seule autre chose qui me vient à l'esprit : je détale.

Bon, tu as peut-être entendu dire que c'est impossible de semer un ours, mais celui-ci pèse trois cents kilos minimum, et j'ai déjà repéré le terrain quand je courais en essayant de ne pas perdre Kondracky des yeux. Malgré le plantigrade qui galope en grognant derrière moi et mes semelles glissantes qui dérapent sur les rochers humides, je fonce droit vers le dévers où j'ai fait mon vol plané un peu plus tôt. Juste avant de l'atteindre, je m'agrippe à un tronc et évite la chute in extremis. Ce qui n'est pas le cas de l'ours. Il déboule lourdement, si proche que je sens son haleine, balance un coup de patte qui balafre ma veste et essaie de s'arrêter, mais, emporté par son énorme élan, il bascule dans le vide.

Ce n'est pas une falaise, seulement un à-pic de trois mètres vers une pente escarpée, et pourtant ça suffit pour l'envoyer rouler comme une boule de bowling poilue. Je me rue dans l'autre sens vers la crête, mobilisant tous mes réflexes et mon expérience de parkour. Je dégaine mon poignard et le plante dans la terre pour m'aider à grimper. Et pour affronter ce gros enfoiré d'ours si nécessaire. Plus bas, il est parvenu à mettre un terme à ses roulés-boulés et repart aussi sec à mes trousses, ses immenses griffes lacérant le sol de la forêt. J'utilise autant mes pieds que mes mains, je me sers des troncs, des rochers, des arbustes, de tout ce qui peut me permettre de progresser plus vite, je zigzague, à bout de souffle, muscles et corps en feu, mon cœur bat à tout rompre. Je risque un coup d'œil derrière moi. L'ours gagne du terrain, ses yeux noirs brillent de fureur ursine.

J'arrive à la Jeep une seconde avant lui. Il fait une dernière tentative pour m'atteindre quand j'ouvre la portière, ses énormes mâchoires claquent dans le vide et il s'écrase sur le capot. Il frappe de plus belle, arrache un des phares, et ses griffes se prennent dans le filet de camouflage qui se déchire alors que je démarre frénétiquement le moteur, enclenche la marche arrière et recule à fond de train sur la piste forestière.

L'ours s'élance encore une fois, toujours à moitié empêtré dans le filet de camouflage, mais le cœur n'y est plus et la dernière image que j'ai de lui, c'est son ignoble postérieur qui se dandine vers ce qu'il reste de mes rations de survie.

38

Je m'arrête quelques kilomètres plus bas sur la piste. Je reste un bon moment sans bouger, la tête dans le volant, encore à court d'oxygène, me demandant si je ne suis pas en train de faire un infarctus.

Mais non. J'ai juste froid, je suis trempé, je n'ai pas dormi ni mangé convenablement depuis cinq jours et je tremble encore après l'attaque de l'ours dont je sens toujours sur moi la puanteur fécale.

La pluie martèle le capot et déferle en torrents sur le pare-brise. La remorque contenant les provisions est à peine à deux kilomètres, n'empêche que je ne vais pas risquer un deuxième round avec le plantigrade. Je pourrais dormir dans la Jeep, mais je me souviens de vidéos montrant ce qu'un ours affamé peut faire à un pick-up. Celui-là m'a reniflé de près et me considère clairement à présent comme de la nourriture.

Je suis tenté de simplement tailler la route : conduire jusqu'à une ville située à une heure de là, trouver un motel et reprendre des forces. Mais il est tard, l'ours a arraché un de mes phares et je risquerais de me faire arrêter par un flic susceptible de poser des questions auxquelles je suis très mal placé pour répondre.

La vérité, c'est que je me sens décalé. Ces dernières nuits, quand je fermais les yeux, il m'est arrivé de revoir le visage déformé par la haine de cette stupide femme quand elle m'a lancé le téléphone à la tête. D'autres fois, c'était un homme aux yeux écarquillés, les tripes à l'air. Ou bien j'avais les mains couvertes de sang, et les phares d'un métro me fonçaient dessus. Ou encore j'observais le corps d'une femme recroquevillé dans une baignoire d'hôtel, sa main ballante au-dessus du rebord et son ongle cassé.

Une partie de moi voudrait faire la même chose que Kondracky : disparaître. Mais quand il a raccroché, Kondracky était le premier, et moi, je suis derrière. Si je pars maintenant, j'aurai une étiquette de loser qui fera de moi une cible pour le restant de mes jours, qui risqueraient de se compter en mois, sinon en semaines.

Donc : je ne peux pas rester dans la forêt, je ne peux pas me rabattre sur un autre patelin et je ne peux pas abandonner.

Il reste une dernière possibilité : la pire de toutes. Après dix minutes de réflexion, lorsque mon rythme cardiaque est retombé sous les cent battements par minute, je redescends vers la route, bifurque vers la droite au croisement et me dirige vers une enseigne au néon de traviole qui proclame : TV COULEUR DANS TOUTES LES CHAMBRES.

39

Le parking est désert. Préférant éviter qu'on voie la Jeep depuis la route, j'avance vers l'arrière entre les flaques et les nids-de-poule. Le seul autre véhicule est un SUV Isuzu Trooper délabré, garé près des poubelles. Je contourne le bâtiment vers l'entrée principale. Une pancarte suspendue à la porte vitrée annonce « FERMÉ », mais il y a de la lumière à l'intérieur, alors je frappe au carreau.

Après un moment, une jeune fille apparaît. Enfin, je dis jeune fille, mais elle doit avoir vingt-cinq ans. Elle porte ses cheveux noirs au carré et une espèce de robe à fleurs qu'elle a dû dégoter dans une friperie. Mais ce qui me frappe, quand elle arrive et me découvre de l'autre côté de la vitre – débraillé, crasseux et clairement dans la merde –, ce sont ses yeux vert émeraude et sa peau qui paraît à la fois sombre et pâle.

Elle montre la pancarte et articule « FERMÉ » en bougeant trop les lèvres.

« Pitié », je mime le mot en retour. Je lui montre mon état dégoulinant, ouvre ma veste pour lui faire voir que je ne cache rien. Alors que je cache tout.

Elle n'imagine pas que je sais lire sur les lèvres – tout le monde devrait apprendre – parce qu'elle se murmure « Bordel de merde », déverrouille la porte et l'entrouvre de quelques centimètres.

« Quoi ?

— J'ai besoin d'une chambre.

— Et alors ?

— Ça dit que vous avez des chambres libres. » Je désigne l'enseigne au néon sur la route.

« On est fermé.

— S'il vous plaît. J'en ai vraiment besoin.

— Revenez demain, vous aurez le choix. »

Elle veut refermer la porte mais j'introduis ma botte boueuse dans l'ouverture.

« Cette nuit, dis-je. J'ai besoin d'une chambre cette nuit. Tout de suite.

— Écoute mon pote, dit-elle. Si tu ne veux pas que j'appelle les flics, tu retires immédiatement ton putain de pied de ma porte.

— Combien ?

— Quoi ?

— Je vous paierai ce que vous voulez. Dites votre prix.

— En cash ?

— En cash. »

Elle rouvre un peu la porte pour mieux me regarder.

« Qu'est-ce qui vous est arrivé ?

— J'ai été attaqué par un ours. »

Elle regarde le parking vide derrière moi. « Vous êtes arrivé comment ? Je veux dire, vous êtes venu… à pied ?

— Je me suis garé à l'arrière. Il y a du matériel dans la Jeep que je ne voudrais pas perdre.

— Personne ne pique des trucs quand il pleut, répond-elle, ce qui est parfaitement exact.

— Je suis un type de la ville. De vieux réflexes, j'imagine. » Je me fends de ce que j'espère être un sourire de citadin.

« Deux cents dollars.

— Pour une nuit ? » je m'indigne, incrédule, alors que je suis prêt à dépenser dix fois plus avec joie.

Elle fait mine de refermer la porte.

« D'accord, d'accord. Deux cents dollars. Peu importe. »

Elle ouvre en grand et me laisse enfin entrer.

Le bureau est miteux : les stores de travers, aux fenêtres, ne ferment plus et il manque une plaque dans le sous-plafond taché d'eau. Elle m'observe pendant que je signe le registre, puis le retourne et lit le nom que j'ai inscrit.

« Jones ? » Elle lève le regard vers moi en soufflant une mèche de cheveux qui lui tombe dans les yeux.

Je n'ai pas un type de filles préféré. Mais si j'en avais, ce serait les filles qui soufflent les mèches de cheveux qui leur tombent dans les yeux.

« Vous avez besoin d'une pièce d'identité ? » J'en ai une, suffisamment proche d'une vraie pour qu'on ne distingue pas la différence.

Elle hausse les épaules. « Pas pour les paiements en liquide. »

Je lui tends vingt billets.

Elle les compte. « Deux jours ?

— Peut-être plus, peut-être moins. C'est pour m'assurer que vous ne me jetterez pas dehors après le petit-déjeuner. »

Elle se retourne vers le casier à clés. Dans chaque

compartiment, un porte-clés en bois à l'ancienne. Il n'y a évidemment pas d'autres clients puisque toutes les clés sont là. Elle en choisit une au hasard. « Tenez. »

Je jette un coup d'œil au numéro. Le nombre dix-sept est pyrogravé sur le porte-clés.

« Le dernier bungalow dans cette aile, dit-elle avec un geste du bras. Près de l'endroit où vous êtes garé.

— Dix-sept ? Je n'ai compté que huit bungalows.

— À l'origine, il y en avait seize, mais il y en a un qui a brûlé, alors on l'a démoli. Ce qui nous laissait du neuf au seize. Mais comme personne ne voulait louer le treize, le treize est devenu quatorze, le quatorze quinze, le quinze seize et le seize dix-sept. De sorte que le dix-sept est en réalité le seize, si vous voyez ce que je veux dire. »

Ce soir, c'est l'univers entier qui a décidé de se foutre de ma gueule.

40

La chambre est dans le pur style des motels faussement chics des années 80. Une télé à tube cathodique, un matelas queen size recouvert d'un couvre-lit jaunasse élimé, au mur, le portrait cucul d'un enfant aux yeux tristes, le boîtier de clim installé dans la fenêtre, une porte branlante qui ne se ferme qu'à coups d'épaule et une moquette criblée de brûlures de cigarettes. Dans le tiroir de la table de nuit, il y a même une bible des Gédéons agrémentée de dessins de bites.

Moi et les motels, tu sais bien, c'est une longue histoire. Inutile de te dire que celui-ci provoque des flash-back.

Le matelas s'enfonce quand je m'assieds dessus, mais au moins, les draps sont propres.

J'allume la télé, toujours curieux de ce qui se passe en Iran. Mais sur chaque chaîne, la même image neigeuse. Je sors mon smartphone : aucun réseau, ni signe de Wi-Fi.

Je retourne au bureau sous la pluie battante. La porte est de nouveau fermée. Je frappe à la vitre et la fille finit par réapparaître. Elle tourne le verrou à contrecœur et ouvre de quelques centimètres.

« La télé ne marche pas, je lui dis, en retenant ma capuche pour me protéger des trombes d'eau.

— Désolée, j'ai dû prendre du retard sur la facture du câble.

— Et Internet ? Il faut un mot de passe ? » Je sors mon smartphone.

— Dans la chambre, il y a une prise à côté du téléphone pour vous brancher.

— Brancher quoi ?

— Le câble.

— Vous en avez un ?

— On n'en a plus. Les clients les ont tous volés.

— Bordel de Dieu. » Je suis au bord du craquage.

« Écoutez, Jones, reprend-elle. Ce n'est pas moi qui suis venu quémander une chambre parce que je m'étais fait courser par un ours. Si nous ne correspondons pas à vos standards, libre à vous de trouver un autre hébergement.

— D'accord. Désolé. La journée a été longue. Je dois seulement passer un putain de coup de fil et il n'y a pas de réseau, et… »

Elle lève la main pour que je me taise. « Retournez dans votre chambre. Composez le 1 pour vous connecter à la ligne extérieure, attendez la tonalité et vous pourrez appeler qui vous voudrez. Les communications longue distance, c'est douze dollars la minute. Et c'est gratuit pour les appels locaux.

— Encore une chose. Il y a quelque chose à manger ?

— Le restaurant est fermé, dit-elle. Et le bar aussi.

— Cinquante dollars pour un burger avec une bière.

— Soixante. »

41

Il y a peu de pression dans la douche, mais au moins, l'eau est bouillante. Quand j'en ressors, j'ai la peau rose et, pour la première fois depuis des jours, je ne grelotte pas. Récuré de près, je compose le 1 pour me connecter à la ligne extérieure.

Composer, comme dans le temps. Le téléphone vert avocat est constitué d'un combiné, d'un fil en tortillon et d'un cadran rotatif. Au début, je ne sais même pas comment ça marche mais je finis par prendre le tour de main, me sentant dans la peau d'un personnage de film des années 70. À la fin, j'obtiens la tonalité et forme laborieusement le numéro de Handler. Le premier coup, je fais un faux numéro et l'*abuela* de quelqu'un me répond en espagnol. Je m'excuse, je recommence. Cette fois, c'est lui qui décroche.

« Handler.

— C'est moi, je dis.

— Tu es où ? C'est quoi, ce bordel ? Pourquoi la ligne est tellement pourrie ? Tu as déjà fini ?

— Je suis dans un endroit qui s'appelle, laisse-moi juste vérifier... Ah oui, le trou du cul du monde

— Il y a vraiment un bled qui s'appelle comme ça ? »

Handler est de Californie. Il n'a pas un sens de l'humour hyper développé.

« Non, je réponds. Ça ne s'appelle pas vraiment comme ça. Et non, je n'ai pas encore fini.

— Qu'est-ce qui coince ?

— Je me suis fait courser par un ours.

— C'est de l'humour ? »

Qu'est-ce que je disais ?

« Non, je réponds. C'était un bon gros ours bien réel.

— Alors ça, c'est une première. »

J'entends une autre voix au bout du fil. Garçon ou fille, je n'en suis pas certain, et je soupçonne Handler de ne pas attacher d'importance à ce genre de détails, du moment qu'ils sont jeunes. La voix lui dit de se retourner, et je me rends compte qu'il est en train de se faire masser.

« Alors, comment ça se présente ? » demande-t-il.

La ligne filaire m'oblige à être encore plus prudent que d'habitude. Je fais de mon mieux pour expliquer la situation, en restant le plus vague possible.

« Arrête tes conneries, dit Handler. Tu peux le faire ou pas ?

— J'essaie seulement de t'expliquer que ce n'est pas une mission de tout repos.

— Hum », grogne Handler en mettant tellement de sous-entendus dans cette seule syllabe que je suis surpris qu'elle n'ouvre pas sur un trou noir. S'ensuit un long silence, et j'aimerais bien comprendre le cheminement mental qui conduit à sa prochaine phrase.

« Si tu veux tout annuler, tu n'as qu'à le dire.

— Quoi ?

— Tu n'as plus beaucoup de temps, dit Handler.

— On n'avait pas parlé de date butoir.

— Certaines personnes commencent à penser que tu n'es pas à la hauteur. Que tu fais traîner les choses.

— Putain, je fais traîner que dalle.

— Je dis seulement que si le contrat n'est pas bientôt exécuté, mes clients vont commencer à explorer d'autres options. C'est comme ça.

— Attends, tu en as déjà discuté avec eux ?

— Termine ce boulot, dit Handler. Et il n'y aura aucun souci.

— Va te faire foutre. » Je hurle à présent.

« Écoute, mon gars, dit Handler, sur un ton que je ne lui ai jamais entendu. Tout ça, c'est du business. Mon business. Trente ans dans le bain et je suis toujours là. Pourquoi ? Parce que j'apporte des solutions, pas des problèmes. Et là, tout de suite, tu coches toutes les cases d'un problème en devenir. Je t'aime bien et je te considère comme un ami. Mais à la fin, ça ne reste que du business. Que tu vives ou que tu crèves, je m'en branle complètement du moment que le travail est fait et que mes clients vont s'endormir contents. Suis-je assez clair ? »

Mon cerveau est tellement saturé par l'envie de lui piétiner la figure que j'ai du mal à respirer. Mais je parviens à me maîtriser.

« Tout est sous contrôle. Personne n'a besoin d'explorer d'autres options. Tes clients vont pouvoir dormir tranquilles, je te le garantis. Dis-leur la vérité. Je ne t'ai jamais déçu. Demain, je retourne étudier la route. Il y a un endroit d'où c'est possible. OK ?

— OK, dit Handler.

— On a fini ?

— Tu as intérêt à te magner le cul. » Et il raccroche.

Je reste assis un moment, le combiné dans la main. Handler ne m'a jamais parlé comme ça. Ça veut dire quelque chose, mais je ne vois pas quoi. C'est là que je prends conscience de la friture sur la ligne, sans doute le résultat conjugué du combiné pourri datant des années 50, du fil bouffé par les rats qui court à travers tout l'hôtel et du standard téléphonique hors d'âge dans le bureau d'accueil.

Mais il y a autre chose. On dirait une respiration. J'écoute sans rien dire un moment. Un léger clic, et ça s'arrête.

42

Les cheveux encore humides, je retourne à l'accueil, d'abord parce que j'ai toujours faim, ensuite parce que j'ai besoin de savoir si la fille était, ou pas, en train de m'écouter.

Malgré la pancarte tournée côté « Fermé », la porte est ouverte. La sonnette retentit, et je suis le son d'une musique d'ambiance jusqu'à une petite salle de restaurant lambrissée, décorée de gravures de chasse et d'un massacre de cerf, et meublée de deux tables et d'un bar en Formica simili-bois encombré de bouteilles poussiéreuses. Il y a de la Coors à la pression et quelques bières de qualité supérieure dans la glacière.

Un seul couvert est dressé. Je prends place et la fille m'apporte un cheeseburger et une Sam Adams. Elle pose tout ça sans un mot sur la table. Puis elle va s'asseoir sur un tabouret haut près du bar et me regarde manger. Du rock californien suinte par une enceinte au plafond.

Je sors un livre et l'ouvre d'une main, tout en mangeant de l'autre.

C'est elle qui finit par briser le silence. « Il est comment le burger ?

— Je vous assure que c'est le meilleur bon Dieu de burger que j'aie mangé dans toute ma vie. » Je mens. « Et ça… », j'avale une goulée de Sam Addams éventée, « c'est un nectar.

— Peut-être que je devrais augmenter les prix, alors. »

Je retourne à ma lecture, mais elle continue de m'observer.

Je ne sais pas si elle a écouté ma conversation. Mais je l'intrigue, et elle a l'air futée.

Et parce qu'elle est futée, sa curiosité m'est utile. Tout cet ersatz de ville sert de signal d'alarme à Kondracky. Mais plus elle passe de temps avec moi, plus elle en perd pour l'alerter, et ça me pose question. Il n'y a pas trace d'autres personnes habitant ici avec elle, ou même y travaillant, et son air bravache n'est qu'une carapace, le tissu cicatriciel d'une personne habituée à vivre seule.

« L'ours, dit-elle soudain. Il était noir ou brun ?

— Brun.

— Alors, vous étiez vers le haut de la crête ?

— Comment vous pouvez le savoir ?

— C'est là qu'elle vit. Elle s'appelle Martha. Vous avez eu de la chance. Elle a eu des oursons l'année dernière. Elle ne vous aurait pas laissé filer si vous étiez passé entre eux et elle.

— Vous la connaissez ? »

Elle hausse les épaules. « Notre clientèle, c'est surtout des chasseurs. Pendant la saison, du moins. Le reste de l'année… bref. Martha est une espèce de mascotte. Les chasseurs réguliers la laissent tranquille. Alors, qu'est-ce que vous fabriquiez là-haut ? »

Je lui montre la couverture de mon livre : *Guide pratique des oiseaux du Dakota, Troisième édition.*

« On m'a signalé la présence d'un tyran quiquivi dans le coin.

— Un quoi ?

— Un tyran quiquivi. *Pitangus sulphuratus.* Il y en a beaucoup dans le sud du Texas et au Mexique, mais c'est très rare d'en trouver par ici. Un oiseau élégant, au poitrail jaune vif, avec une bande noire sur sa tête blanche. De la famille des gobe-mouches. Quand on l'a observé dans la région pour la première fois en 2016, ils en ont parlé dans tous les journaux, mais on n'en a plus revu depuis. Et moi, j'essaie de le photographier. »

Je mime le photographe en train de déclencher.

« C'est ça qu'il y a dans mon pick-up. Du matos photo. Les optiques à grande ouverture valent des sommes à quatre chiffres. Je suis assuré, mais les assurances ne me couvrent que quand je rapporte des photos. Je me suis pris la tête avec mon agent, tout à l'heure. C'est pour ça que j'avais besoin de téléphoner. Il a peur qu'on se fasse souffler le scoop sous le nez.

— Votre agent ?

— Je bosse pour *Bird Life* magazine. Le rédacteur en chef a peur que *Bird Watcher's Digest* n'obtienne le cliché avant nous. Un putain de parano, c'est tout ce qu'il est. Il refuse même que je prononce le nom du volatile au téléphone. »

Elle me dévisage, incapable de décider si je me paie sa tête ou si je dis la vérité. Ce qui est exactement le résultat recherché. Si elle a bien écouté ma conversation, elle doit être en train de repasser la bande dans sa tête. C'est donc de *ça* qu'ils parlaient ? Et si elle va fouiner autour de la Jeep pour vérifier, elle verra des exemplaires cornés des deux magazines sur le siège passager et, à l'arrière, une couverture jetée sur ce qui pourrait ou pas être du matériel photographique.

Je termine ma bière, m'essuie la bouche avec une serviette en papier que je dépose dans l'assiette vide. Puis je fais claquer mon livre et me lève de table.

« Enfin, la journée a été longue. Merci pour le repas. Ça vous va si je vous le règle demain matin ? »

Elle hoche la tête.

Je sors sur le parking et retourne à mon bungalow. Au bout de dix minutes, je ressors et contourne le motel vers la seule fenêtre éclairée sur l'arrière. Par les stores entrouverts, je découvre un bureau encombré de piles de BD. J'aperçois un *Spiderman.* La fille est en train de taper sur un vieux PC. Son navigateur affiche une page entière de résultats de recherche. Elle tape une nouvelle requête. À l'écran apparaît le plumage caractéristique du tyran quiquivi.

43

Le tir n'est pas seulement difficile. Il est impossible.

Je suis en position, dissimulé derrière un écran de feuillages, le fusil posé sur son trépied, la lunette ajustée, sans balle ni dans la culasse ni dans le chargeur. Ça fait quatre heures et demie que je suis là, à attendre une occasion de vérifier la faisabilité du tir en temps réel. Quand enfin, elle se présente sous la forme d'un camion-citerne jaune vif transportant du propane qui remonte la côte pour remplir la cuve de la maison de Kondracky. À l'évidence, le conducteur n'est pas pressé de tailler le bout de gras avec lui, car ça fait un bon moment que j'entends se rapprocher le bruit du moteur. Je cale la crosse sur mon épaule et ralentis mon rythme cardiaque.

La carrosserie jaune apparaît dans ma ligne de mire une fraction de seconde plus tôt que je ne l'avais prévu. Je corrige la mire aussi vite que possible, en tâchant de concentrer la tête du conducteur dans le réticule, mais le temps que je presse la détente et – *clic* – que je tire à vide, le camion est masqué par un rocher.

Le problème, c'est le temps de réaction. L'homme réagit beaucoup plus vite au toucher et au son – un insecte qui se pose sur toi, ou le bruit d'un coup de feu – qu'à un stimulus visuel. J'ai de bons réflexes – l'étudiant en psycho qui les as mesurés a dit que c'étaient les plus rapides qu'il ait jamais vus –, mais le temps de retard suffit à rendre le tir quasi impossible.

Si je pouvais m'entraîner pendant une semaine, apprendre comment le vrombissement du moteur se répercute sur les rochers avant qu'il apparaisse, ça augmenterait mes chances. Mais je n'ai pas une semaine devant moi et, quand bien même, je ne crois pas que j'arriverais à faire mieux que du cinquante-cinquante.

Et cinquante-cinquante, c'est loin du compte.

Je fouille dans la remorque pendant une dizaine de minutes avant de trouver ce que je cherche : un ensemble de caméras de surveillance, de jolis petits gadgets de la taille d'un paquet de cigarettes. Ainsi qu'un routeur Wi-Fi à alimentation USB, un jeu de batteries au lithium-polymère, du matériel de varappe et une trousse à outils contenant un fer à souder sans fil.

Assis dans la Jeep, je vérifie que les accus externes sont bien chargés avant de les relier aux caméras pour préserver leur batterie intégrée. Ça devrait permettre de les faire tourner pendant au moins quarante-huit heures. Le dernier accu sert à alimenter le routeur, via un câble USB. Je mets tout sous tension et vérifie que je peux connecter mon iPhone aux caméras en utilisant le routeur comme répéteur pour booster le signal faible. Les caméras sont étanches, pas le routeur. Je l'emballe donc dans un sac-poubelle noir que j'entoure de ruban adhésif.

Je profite de la dernière lumière du jour et retourne près de la route afin d'installer les caméras. Grace à mon équipement de varappe, je les fixe à une dizaine de mètres de hauteur dans trois arbres situés dans chacun des trois premiers virages débroussaillés. Je positionne le routeur dans la cime d'un autre arbre à un endroit où il reçoit les signaux de toutes les caméras, et je retourne à mon poste de tir pour m'assurer que mon téléphone capte bien. Grâce à une application conçue pour la surveillance domestique, je peux scroller d'une caméra à l'autre. La première est étiquetée « SALON », la deuxième « ENTRÉE » et la troisième « CHAMBRE À COUCHER ».

Ça fonctionne.

Il me reste encore une chose à faire.

Je remonte dans la Jeep, sors de la forêt, retourne en ville, éteins mes phares et prends la petite route venteuse qui mène au nid d'aigle de Sixteen. Je m'arrête avant la fin, à environ deux cents mètres après la deuxième caméra. Ensuite je fais demi-tour et parcours le trajet entre l'ENTRÉE et la CHAMBRE À COUCHER. Puis je compte les secondes nécessaires pour arriver au dernier petit virage.

Onze exactement.

Je retiens mon souffle en passant à l'endroit précis, m'attendant presque à le trouver à l'autre bout du fusil, prêt à prendre le tir à ma place.

Quand je constate qu'il n'y est pas, je suis presque déçu.

Peut-être que ce type est humain, après tout.

44

La première règle d'une légende, c'est de la rendre crédible. Alors je retourne au motel pour passer aux chiottes, prendre une douche, me raser et me débarrasser de la puanteur du répulsif antimoustique dont je me suis aspergé.

Tout frais, vêtu de propre, muni de l'exemplaire des *Oiseaux du Dakota* et de l'énorme porte-clés, je me dirige vers l'accueil. La porte n'est pas fermée. L'air de soft rock en sourdine me conduit jusqu'à la pièce du fond, où je la trouve, assise en train de lire de l'autre côté du bar, une bière ouverte posée à côté d'elle. Elle lève les yeux à mon entrée et fait glisser sur le comptoir une autre bouteille glacée, déjà ouverte à mon attention. J'ai les mains pleines, manque de la rater mais parviens à la saisir au vol.

Elle fait un signe de tête vers la table, où un burger attend sur une assiette.

« Je vous ai vu rentrer après votre séance "ornithologique". » Elle ne dessine pas des guillemets en l'air avec ses doigts, mais ses sourcils s'en chargent. « Je me suis dit que vous ne deviez pas avoir beaucoup d'options pour dîner. Sans compter que j'ai besoin d'argent.

— Merci », dis-je en m'installant devant le burger.

« Alors, vous avez trouvé votre tyran quiviquoi ?

— Le tyran quiquivi », je corrige. Est-ce qu'elle me ferait passer un test ? « Je l'ai entraperçu, l'espace d'une seconde. Jaune vif, mais il volait trop vite pour que j'aie le temps de le shooter. »

J'abandonne le burger qui est limite aussi immangeable que celui de la veille. « Qu'est-ce que vous lisez ? »

Elle me montre son livre et je suis surpris de découvrir un exemplaire corné de *L'Art de la guerre* de Sun Tzu.

« Vous l'avez lu ? »

Je fais non de la tête.

« N'importe quoi, dit-elle en souriant. Tout le monde l'a lu. C'est tellement devenu un cliché qu'ils l'ont mis sur la liste du MBA pour que des connards en costume puissent se prendre pour des samouraïs quand ils arnaquent quelqu'un lors de la répartition des parts. C'était écrit dans *Vogue ado.*

« Pour des *shi*, je dis.

— Quoi ?

— L'auteur était chinois. Les samouraïs sont japonais. L'aristocratie guerrière chinoise s'appelait *shi.*

— Je croyais que vous ne l'aviez pas lu. »

Je lève les mains en signe d'aveu. « Le monde de l'ornithologie est un secteur hautement concurrentiel.

— Le lycée aussi, rétorque-t-elle. Sun Tzu et Machiavel sont les seuls qui m'ont permis de tenir le coup. Vous voulez entendre mon passage préféré ? » Le livre s'ouvre naturellement à la bonne page. « "Si tu sais attendre assez longtemps près de la rivière, tu verras passer le corps de tes ennemis." Il a raison. Charlene Brady, reine du lycée et garce alpha, s'est fait mettre en cloque un mois avant les examens à l'arrière de la Camaro de Jimmy McIvor, quarterback star de l'équipe de foot. Le gros lot. Mais un jour où il était bourré, il a fait des tonneaux avec sa Camaro et s'en est sorti avec une lésion cérébrale traumatique. Et par la suite, il a pris une peine de quinze ans à perpète pour cambriolage, l'abandonnant dans un mobile home avec quatre mômes, une permanente hideuse et une addiction à la méthadone. Il n'y a aucune honte à vivre en mobile home ou à finir toxico, mais parfois les cadavres refont surface. Vous avez assez mangé ? »

Je fais signe que oui. Elle débarrasse ce qui reste du burger et revient avec deux autres bouteilles de bière qu'elle claque sur la table. Elle s'assied face à moi.

« C'est la maison qui régale, ou bien… ? je demande.

— Ça dépend, répond-elle.

— De quoi ?

— De la qualité de votre conversation.

— Je ne peux rien promettre.

— Ça ira, dit-elle. Je n'attends pas grand-chose. »

45

« Vous avez déjà entendu parler de Sarkis Soghanalian ?

— Je devrais ?

— Un trafiquant d'armes dans les années 80. On l'appelait le “marchand de mort”. La CIA louait ses services pour fourguer de l'armement à Saddam Hussein pendant la guerre Iran-Irak. Il vendait des armes à tout le monde, toujours avec le soutien et la protection de la CIA. Il gagnait des millions et menait la grande vie. Puis, quand la guerre du Golfe a éclaté, il s'est retrouvé exposé au point d'attirer l'attention du magazine *60 Minutes*. Et les Américains lui ont tourné le dos, comme ça, d'un coup. Il a été arrêté et condamné, puis a fini par négocier des informations sur les autres marchands d'armes contre une remise de peine. Mais le temps qu'il soit relâché, le monde avait changé. La guerre froide était terminée et la plupart de ses contacts n'étaient plus d'aucune utilité. Il a continué à flamber comme un marin bourré. Et il est mort dans la dèche.

— Et comment un ornithologue amateur en sait tellement sur lui ? »

Je hausse les épaules. « J'ai trouvé ça en fouinant sur Wikipédia.

— D'accord. Et alors ?

— Il répétait souvent que le secret d'une bonne conversation consiste à parler avec ses oreilles et à écouter avec sa bouche.

— C'est censé vouloir dire quelque chose ?

— J'imagine que ça signifie qu'on en révèle beaucoup sur soi-même en posant les bonnes questions. »

Elle pèse le pour et le contre un moment, puis me regarde droit dans les yeux.

« Très bien, Sarkis. Vous commencez.

— Prénom ?

— Kat. »

Ça lui va bien, ce monosyllabe aussi soudain et insondable que le cri qu'on pousse quand on se cogne le petit orteil.

« C'est le diminutif de quoi ?

— De rien du tout. Kat. C'est mon nom.

— D'accord. Alors voilà ce que je veux vraiment savoir. Qu'est-ce que vous foutez ici ?

— Ici, dans cette pièce ? Dans ce motel ? Ou dans ce trou du cul du monde ? »

Le trou du cul du monde. Est-elle en train d'avouer qu'elle a écouté ma conversation avec Handler ?

« J'imagine que les trois questions ont la même réponse. »

Elle regarde autour d'elle. Le lambris, les gravures, les massacres de cerf. « Cet endroit… appartenait à ma mère. C'était une hippie, une espèce d'enfant sauvage, sauf qu'elle était née quinze ans trop tard pour assister à Woodstock. Ses grands-parents avaient déjà cette petite affaire dans les années 50. Après leur mort, personne dans la famille n'a voulu la reprendre, et on décida que pour ce qu'on en tirerait, ça ne valait même pas la peine de la mettre en vente. À cette époque, elle vivait à Marin County dans une espèce de communauté, mais la vie n'était pas si belle que ça... Les derniers soubresauts du mouvement n'étaient pas une partie de plaisir, avec ces types perchés à l'acide qui perdaient leurs cheveux, regardaient les filles comme un bien collectif et considéraient le mot "non" comme une posture bourgeoise. Alors, elle a laissé tomber la vie en commun, empaqueté ses affaires dans une valise, sauté dans un bus et elle s'est installée, a fait le ménage et commencé à faire tourner l'hôtel.

— Et votre père ?

— Un type qui passait dans le coin. »

Elle essaie de la jouer désinvolte. Ça sonne faux.

« Vous n'avez jamais essayé de le retrouver ?

— Elle ne m'a jamais donné aucun indice pour démarrer. Elle m'a bien fait comprendre que ça ne l'intéressait pas que je sache qui il était. À mon avis, elle regrettait toute l'histoire. On s'entendait bien, je n'ai jamais crevé de faim, mais être une mère ne faisait pas partie de son plan de vie. Je pense qu'elle aurait été aussi heureuse sans moi. Plus, probablement.

— Bon sang, c'est violent.

— Non, c'est comme ça. Je me suis toujours sentie une étrangère ici. Dès que j'ai fini le lycée, j'ai quitté ce patelin. J'étais fan de BD à l'époque, alors je me suis inscrite en arts plastiques à l'université, je me suis cassé le cul pour payer mes études et j'ai accumulé les mauvais choix. Au bout de deux ans, Maman est tombée malade. Un cancer du sein qui s'est lentement propagé au cerveau. Elle ne pouvait pas tenir le motel toute seule, elle n'avait pas d'assurance, si bien que j'ai laissé tomber les cours et je suis revenue pour prendre le relais. Et pour m'occuper d'elle. Elle est morte quatre ans plus tard.

— Je suis désolé.

— C'est ça. Je suis vraiment touchée, merci. Et donc, je suis restée ici. Ça fait deux ans maintenant.

— Comment ça se passe ?

Elle regarde autour d'elle. « À votre avis ?

— Vous n'avez pas pensé à vendre ?

— Ça ne m'appartient pas. Elle n'a jamais eu de titre de propriété. Et j'ai retrouvé un copain de lycée qui avait hérité de sa grand-mère une maison dans le coin. Avec le prix de la vente, il a pu se payer un matelas. En plus... »

Elle jette un nouveau coup d'œil autour d'elle.

« C'est un taudis, mais elle y a passé presque la moitié de sa vie. Tout ça, c'est à elle. Qu'est-ce que je peux faire. Tout laisser pourrir ?

— Vous vous sentez seule ? »

Elle sourit. « Vous croyez que sinon je discuterais avec vous ? » Son sourire s'évanouit. « Après mon départ pour l'université, je revenais de temps en temps. Pour Noël, ou Thanksgiving. Je revoyais des filles que je connaissais d'avant. Elles avaient un ou deux ans de plus que moi et commençaient déjà à ressembler à leurs mères. Comme si c'était obligatoire, comme un genre de vocation. Et je me jurais à moi-même que je ne suivrais jamais le même chemin. Et voilà où j'en suis. »

Elle montre son livre à la couverture jaune. Certaines pages détachées en dépassent, d'autres sont cornées. « "Pour connaître ton ennemi, connais-toi toi-même." Super.

— Parfois, il faut savoir lâcher prise, dis-je.

— Plus facile à dire qu'à faire. »

Je secoue la tête. « Le plus difficile, c'est d'être la personne que tu as toujours été et qui est devenue cet autre toi en fonction des circonstances. Celle à qui on t'a assimilée pendant toute ta vie, tu ne l'as pas choisie. Tu peux décider de devenir quelqu'un d'autre quand tu veux.

— Vous parlez de moi, ou de vous ? demande-t-elle.

— Moi, j'ai choisi depuis longtemps.

— C'était un bon choix ?

— Je me sens mieux que celui que j'étais avant. »

Elle hoche la tête. Elle ne dit rien pendant un moment, réfléchit.

Puis elle plante ses yeux dans les miens.

« Vous êtes venu pour le tuer, hein ? »

46

Le coup bas parfait. Et elle observe ma réaction.

Écoute avec ta bouche.

« Qu'est-ce que vous venez de dire ?

— Vous faites semblant de vous intéresser à l'histoire de ma vie pour une seule raison : vous voulez savoir ce que je sais. Alors allons-y. Oui, j'ai écouté votre conversation avec votre petit copain. Et non, vous n'étiez pas en train de parler de photographier un putain de volatile. Et oui, il y a bien eu un tyran quiquivi dans le Dakota du Sud il y a quatre ans, mais c'était exceptionnel, un truc qui n'arrive qu'une fois dans toute une vie. Aucune raison d'espérer en voir un à nouveau, et aucun commentaire sur les forums spécialisés. Aucun crédit photo au nom de "Jones" dans les revues ornithologiques. Vous m'avez raconté des histoires de samouraïs et de trafiquants d'armes. Vous avez dormi cinq nuits dans la forêt alors qu'il y a un motel en ville, et vous n'y êtes venu que parce que vous vous étiez fait courser par un ours. Vous vous êtes garé à l'arrière, pour que personne ne sache que vous étiez là. Le coup des magazines sur le siège était plutôt bien vu, par contre vous avez oublié les autocollants de clubs ornithologiques sur le coffre. Une erreur de débutant. Et non seulement vous payez en liquide, mais vous disparaissez avant l'aube après avoir nettoyé votre chambre. J'ai raté un truc ?

— La Jeep est une voiture de location, je rétorque. Les autocollants sont sur le combi Volkswagen, mais j'avais besoin de quatre roues motrices.

— Et le reste ?

— Je n'ai aucune idée de ce que vous racontez ni de qui vous parlez. »

Elle fait un signe vers l'arrière du bar et le téléphone mural beige au long fil tire-bouchonné comme dans les vieilles séries. « Alors, ça ne vous pose pas de problème si je l'appelle tout de suite ?

— Qui ça ? » J'essaie de garder une voix calme, mais je sens la tension dans ma gorge.

« Le type que vous êtes venu tuer. Parce qu'il m'a promis mille dollars pour le prévenir si quelqu'un de louche se pointait. Vous voulez que je vous explique tout ce que je pourrais faire avec mille dollars ? »

Elle constate mon silence. « OK alors, appelons-le. »

Elle lève la main vers le téléphone, je lui saisis le poignet d'un geste sec.

Elle me fusille du regard. « Ôtez vos sales pattes de moi.

— Asseyez-vous.

— Lâchez-moi. »

Je la lâche. Les marques blanches laissées par mes doigts sur son poignet s'effacent progressivement.

« Alors, on arrête de se raconter des craques ? demande-t-elle.

— Si c'est une question d'argent…

— Si je voulais de l'argent, je l'aurais déjà appelé.
— Pourquoi vous ne l'avez pas fait ?
— Comment vous pouvez savoir si je l'ai fait ou pas ?
— Je le sais, parce que je suis toujours vivant, je réponds.
— Ah, vous voyez ? dit-elle. Maintenant on va pouvoir avoir une vraie conversation. »

47

Elle part chercher deux autres bières.

La chose la plus sensée à faire serait de mettre les bouts illico. Le temps qu'elle appelle Kondracky, je serai déjà sur la route. Et il ne va pas se lancer à ma poursuite au risque de se découvrir. Peut-être que je me ferai arrêter à cause de mon phare cassé, mais je m'en tape. Je prendrai du recul. Je reviendrai avec un plan B. Plus fort, meilleur et plus rapide.

Mais cela voudrait dire que je renonce à mon seul avantage : la surprise. En plus, il y a aussi le compte à rebours de Handler à ne pas négliger. À ce stade, le repli ressemblerait beaucoup à une défaite.

Il y a une autre option.

Je suis l'unique client, et rien n'indique que d'autres vont arriver bientôt. Si j'en crois l'histoire qu'elle vient de me raconter, personne ne s'inquiéterait si elle partait du jour au lendemain, et elle ne manquerait à personne non plus. Avec un peu de chance, on ne signalerait pas sa disparition avant plusieurs mois.

J'en suis là de mes réflexions quand je me souviens du poids de Kovacs lorsque je l'ai portée dans la salle de bains, et du parfum de ses cheveux quand je l'ai mise dans la baignoire. Et Kovacs était une professionnelle, dans la partie depuis des années. Elle savait ce qu'elle faisait et elle avait essayé de me tuer. Alors que cette fille est une civile. Et en plus…

En plus quoi ?

Je l'observe. Elle me tourne le dos pour décapsuler les bouteilles. Sa silhouette élancée me ramène soudain à une table en Formica sous les néons grésillants d'un *diner* sur Walker Way, quand j'observais Junebug en train d'acheter des granités avec l'argent qu'elle avait gagné une heure plus tôt, et qu'elle aurait mieux fait d'économiser pour s'enfuir.

Et je sais que je ne vais pas choisir cette option.

48

« La vérité, dit-elle en me servant une bière. Vous êtes ici pour le tuer, ou… ?

— Il n'y a pas de "ou", je réponds.

— Pourquoi ?

— Parce que certaines personnes veulent sa mort et qu'elles pensent que je suis le seul à pouvoir m'en occuper.

— Et c'est le cas ? »

J'acquiesce d'un hochement de tête.

« Mack, il a tué des gens ? »

J'opine du menton.

« Et vous ? »

J'opine à nouveau du menton.

« C'est votre métier ? Vous tuez pour gagner votre vie ? »

Un dernier signe pour confirmer.

« Ça vous dérange ? » je demande.

Elle prend son temps pour répondre. « Ça devrait ?

— La plupart des gens, ça les dérange.

— Est-ce que je ressemble à la plupart des gens ?

— Non, je vous l'accorde. »

Elle hausse les épaules. « Alors, comme disait l'autre, "celui qui veut partir au combat doit en connaître le prix". »

Je la regarde boire sa bière, sentant qu'il me manque quelque chose, un truc qui me permettrait de la comprendre. Mais je n'ai aucune idée de ce que ça peut être. Et si ça se trouve, elle ne le sait pas non plus.

« Écoutez, dis-je. Si Kondracky apprend que vous êtes au courant…

— Kondracky ? C'est qui ?

— Le type que vous appelez Mack. Il écrit des romans sous le nom de Sam Kondracky. Jusqu'à présent, pour lui, vous n'êtes pas dans le coup. Mais si vous savez quelque chose qui vous implique, comme sa véritable identité, vous devenez une cible. Il n'a pas la réputation de laisser des témoins derrière lui. »

Elle se tait un moment, en essuyant du doigt le cercle de buée sur son verre.

« Alors, Mack est un tueur, hein ? Ça ne m'étonne pas. Je ne l'ai jamais aimé.

— Il vous a fait quelque chose ?

— Quoi ? Non. Quand maman est tombée malade la première fois, il passait la voir de temps en temps, la nuit. Il venait d'arriver en ville à l'époque. Ils restaient assis ici comme vous et moi, sauf qu'elle ne pouvait pas picoler à cause de la chimio.

— Ils avaient une histoire ensemble ?

— Que je sache, il ne passait jamais la nuit ici. Je ne pense même pas qu'elle l'aimait tant que ça. Elle le traitait de connard dès qu'il avait le dos tourné. Mais elle se sentait seule parfois, elle avait peur de ce qui l'attendait, et je crois que ça l'aidait de parler à quelqu'un, même si ce n'était que lui.

— Et vous, pourquoi vous avez un problème avec lui ?

— Il était bizarre en ma présence. Il ne me regardait pas dans les yeux. Il passait par-derrière pour éviter d'avoir à me croiser au bureau. Quand elle est morte, il est venu aux obsèques, mais il ne m'a pas dit un mot. Il ne m'a pas présenté ses condoléances. Il ne m'a même pas saluée. Deux semaines plus tard, quand il a compris que j'allais rester ici, il m'a proposé mille dollars pour lui servir d'indic. Toujours sans me regarder dans les yeux. Sincèrement, je suis incapable de dire si je lui fais peur, s'il essaie de me serrer, ou si ma vue l'insupporte.

— Ou peut-être, tout simplement, vous lui rappelez trop votre mère. »

Elle me regarde, amusée. « Et en plus, vous êtes romantique ? »

J'imagine que tu as déjà saisi que personne ne m'a jamais accusé d'un truc pareil.

« Peu importe, dit-elle. Pour faire court, qu'il aille se faire foutre. »

On boit d'autres bières. Curieusement, la vérité sur mon métier ne l'intéresse pas plus que ça. Et autant que je sache, malgré ses menaces, elle n'a aucune intention d'alerter Kondracky. Mais ce n'est pas suffisant. Je dois en être sûr. Alors je décide de vider mon sac en me persuadant que c'est juste une tactique pour établir une connexion émotionnelle. Rien de plus.

Je lui parle de Junebug, des chambres de motel, des nuits sous le néon grésillant d'un 7-Eleven, de mon expertise en matière de machines à glaçons. Des projets fous de Junebug, voués à l'échec, de la penderie, de la BD *Spiderman*, du tatouage et du flic moustachu. Et aussi des services de la protection de l'enfance, de la maison de redressement, de David, des séances de prières nocturnes et de ce qui venait ensuite. Je ne lui dis pas tout, mais quand même beaucoup de choses.

Elle écoute, silencieuse et concentrée, n'intervenant que pour clarifier certains détails. Et ce que je voyais comme une tactique, une tentative pour l'amener à croire en une loyauté douteuse et à une connexion émotionnelle factice, se transforme en autre chose. Je me rends soudain compte que ce flot irrésistible de paroles raconte des vérités que j'ai enterrées, oubliées ou rangées, hors d'atteinte, dans des coins de ma mémoire que j'ai choisi de ne plus visiter.

Que je lui confie des choses que je n'ai jamais dites à personne.

Quand j'ai fini, elle reste un moment silencieuse.

Alors elle dit : « Pauvre petit chou. Je comprends que vous ayez voulu devenir une autre personne. »

Pendant une heure ou deux, je ne pense presque plus à Kondracky. Mais peu avant minuit, je fais une blague débile qui parle de se transformer en citrouille. J'ai besoin de dormir, de m'aérer la tête, de me préparer à affronter tout ce que les deux prochains jours me réservent.

Kat débarrasse la table, l'essuie, puis me raccompagne à l'entrée. Quand elle ouvre la porte, un courant d'air glacé s'engouffre, l'intuition d'une possibilité qui me fait m'attarder un peu plus longtemps que nécessaire.

« Alors, dit-elle. Vous allez vraiment le faire ? »

Je hoche la tête.

« Et vous, vous allez le prévenir ?

— Non », répond-elle, et je la crois.

Je m'apprête à ajouter quelque chose, mais elle ferme la porte et pousse le verrou.

49

Dans l'état brumeux qui sépare l'éveil du sommeil, je déroule ce que je dois faire dans les prochains jours, m'efforçant de tracer un sillon dans mon inconscient comme un basketteur qui visualise un tir à trois points, et de juguler les souvenirs qui continuent à déferler par vagues depuis que je me suis confié à Kat.

Je suis à deux doigts de m'endormir quand un bruit dehors me fait bondir du lit, pistolet au poing. L'adrénaline remonte en flèche. Je me précipite vers la porte, courbé en deux pour éviter les fenêtres. Mes pieds nus ne font aucun bruit sur la moquette. La clé tourne dans la serrure, le battant s'ouvre doucement.

Je suis tout prêt à mettre une balle dans la tête de Kondracky, mais ce n'est pas lui qui entre.

C'est Kat, une bouteille de bière à moitié vide à la main.

Elle repère mon arme et l'endroit où je me trouve, puis traverse la chambre sans un mot, pose la bouteille sur la table, enlève son T-shirt et sa jupe et se glisse sous les draps.

Ma règle a toujours été d'éviter toute attache quand je suis en opération. Avec Kovacs, c'était différent : j'avais fini le boulot. Mais c'est trop tard. Je ne suis qu'à la moitié de ma mission, et nous sommes liés l'un à l'autre. Pour des raisons que je ne parviens pas à expliquer, nous sommes *foutrement* liés.

Elle en sait déjà plus sur moi que n'importe qui sur terre.

Si ça lui chantait, elle pourrait signer mon arrêt de mort d'un seul coup de téléphone.

Je m'allonge à côté d'elle. Ma main caresse la chute de ses reins.

Je cherche une cicatrice de sortie de balle. Je n'en trouve pas.

50

J'enfile plusieurs couches de vêtements, en m'efforçant d'ignorer le nœud qui me serre l'estomac.

Handler avait raison : je n'ai jamais vraiment fait mes preuves. Je me suis hissé jusqu'au sommet, mais je n'ai jamais vaincu le champion. Le moment est venu de payer la facture.

Il fait encore nuit, pourtant je suis réveillé depuis une heure. Aucun signe de Kat, son côté du lit est soigneusement refait. Pendant une seconde, je me demande si j'ai tout imaginé, mais il reste une bouteille de Coors Extra Gold à moitié pleine sur la table, un cheveu noir sur l'oreiller et des traces de son parfum qui me collent à la peau.

Je m'assieds sur le lit pour prendre mon pouls. Même en respirant lentement et profondément, je ne parviens pas à le faire baisser à moins de cinquante battements par minute. J'essaie de me rassurer en me disant que cette adrénaline est nécessaire, qu'elle aiguisera ma vigilance. Mais je n'arrête pas de penser à Kat et à la sensation de sa peau sur et sous la mienne.

Je m'efforce de chasser ces pensées. J'enfile mon manteau et tâtonne dans la poche en quête des clés de la Jeep.

Elles n'y sont pas.

Je fais l'expérience d'un moment de chute libre mentale – comme quand on arrive en bas d'un escalier et qu'on se rend compte qu'il y a encore une marche. Puis j'aperçois les clés sur la table de chevet. Je les ramasse et sors de la chambre avec mes affaires.

Je monte dans la Jeep. Le ciel s'éclaircit peu à peu et je recommence à penser à Kat. Je n'ai pas l'intention de repasser dans le coin un jour, ni de lui laisser la moindre possibilité de me retrouver. Mais en tournant le contact, j'ai de nouveau cette sensation de chute dans le vide. Je jette un coup d'œil vers l'accueil du motel. La pancarte indique toujours FERMÉ et il n'y a pas de lumière, ni aucun signe de vie. Sur la route, l'enseigne est encore allumée, mais aujourd'hui elle annonce COMPLET.

Il est en train de m'arriver quelque chose. Ça a commencé à Berlin. Les clés sont un symptôme, un signe. La femme qui me jette le téléphone à la figure était un signe. Kovacs, avec ses mains tremblantes et son ongle cassé était un signe. Le parfum de Kat qui me colle à la peau est un signe. Mon pouls est un signe.

Même ce putain d'ours était un signe.

Et d'un coup, sans avoir la moindre conscience d'agir de mon plein gré, je me retrouve dehors, en train d'avancer vers la porte du motel. Je frappe au carreau. Comme dans une expérience de sortie de corps, je m'observe moi-même. *Putain, Jones, tu fais quoi, là ? Tu crois que cette fille va te sauver ? Pourquoi tu essaies de l'entraîner là-dedans ? Qu'est-ce que ça peut apporter ?*

Il n'y a pas de réponse.

Je toque une nouvelle fois à la vitre. Toujours rien.
Encore.
Rien.
Je repars vers la Jeep.

51

Je quitte la route principale, rejoins la remorque par le chemin forestier et décharge ce dont j'ai besoin. Puis je conduis la Jeep le plus près possible de mon pas de tir près du dernier virage. Le jour se lève déjà et j'ai perdu de précieuses minutes à regarder dans le vide sur le parking du motel.

J'ai le choix entre deux tenues de camouflage et enfile la plus légère. Ce n'est pas la plus efficace, mais l'autre, plus épaisse, est monstrueusement lourde et difficile à enlever. Comme arme, j'opte pour un fusil M107 classique, la version allégée du Barrett .50 BMG, pas aussi précis à longue distance, mais je ne suis pas ici pour repousser les limites, au moins en ce qui concerne l'armement. Au cas où, je sangle un pistolet à ma cuisse. Et c'est tout.

Je laisse les clés dans la boîte à gants et parcours l'itinéraire de dégagement. J'aurais pu le débroussailler pour rendre plus aisée une fuite éventuelle, mais cela aurait risqué de trahir ma présence. Les ronces me griffent le visage et s'accrochent à ma tenue de camouflage.

J'arrive à mon pas de tir. Rien n'a bougé. Bon.

J'installe le fusil sur son trépied, ajuste la mire et vérifie l'angle. Je chambre une munition. J'allume mon iPhone, le pose contre un rocher et me connecte aux caméras de surveillance. Je vérifie qu'elles fonctionnent toutes et que les batteries sont bien chargées.

Je bascule sur la caméra SALON qui cadre la maison de Kondracky et les issues.

Il est là, dans sa cuisine. Il se prépare des œufs au plat. Le dé est posé sur la table, près du coquetier blanc. Il a déjà dû le lancer. Il se trémousse bizarrement et je m'aperçois qu'il est en train de danser, probablement au son d'une station diffusant un morceau de country à la con, la seule qu'on capte dans le coin avec les radios chrétiennes, d'autres qui ne passent que des vieux tubes de soft rock et une dernière qui émet depuis la réserve voisine, et qui personnellement aurait ma préférence. Pour la première fois, j'ai l'impression qu'il est heureux.

Je vérifie mon pouls. Il tourne autour des cinquante pulsations à la minute. Le nuage d'angoisse existentielle qui me nimbait tout à l'heure commence à se lever comme les lambeaux de brume qui s'effilochent entre les arbres. C'est ton boulot, je m'encourage. Ton domaine, ta spécialité.

Je cale la crosse contre mon épaule.

Il est en train de faire la vaisselle, ganté de caoutchouc rose, récure les assiettes sales avec une brosse en plastique blanc, puis les essuie au torchon et les range. Ses chiens lui tournent autour, affamés comme toujours après une nuit dehors. Pourtant, curieusement, il ne les nourrit pas. Je le vois qui se penche et cause à l'un des deux en lui grattant le crâne entre les oreilles, mais à ce niveau de grossissement, l'image est trop floue pour que je puisse lire sur ses lèvres.

Ensuite, il regarde un moment par la fenêtre, enfile une

veste, empoche son trousseau de clés. Et je comprends que je n'ai pas de souci à me faire concernant la longévité des batteries.

J'efface la sûreté.

Le portail automatique s'ouvre et le pick-up apparaît. Les chiens sont sur le plateau arrière, leurs bajoues flottent au vent. Kondracky passe devant la première caméra, je bascule sur la suivante. À présent, j'entends au loin les rugissements du V8 que les arbres et les rochers répercutent jusqu'à moi. Il y a un autre bruit que je ne parviens pas à identifier avant que le pick-up n'entre dans le champ de la deuxième caméra. Un son qui se fait plus aigu quand Kondracky aborde le virage, la vitre baissée aux deux tiers.

Et je percute enfin : il s'agit des Eagles. *Take it Easy.* Il chante tout seul. Est-ce qu'il se moque de moi ? Je colle une nouvelle fois mon œil au viseur. Mon rythme cardiaque s'accélère. J'inspire profondément, bloque ma respiration. Boum, boum, boum.

Kondracky sort du cadre et je bascule sur la troisième caméra. Les Eagles chantent de plus en plus fort.

Mon doigt glisse vers la détente.

L'intervalle le plus long est entre la deuxième et la troisième caméra. J'essaie de rester concentré sur ma respiration, mais des images non voulues viennent parasiter mon cerveau : le visage haineux de la femme qui me lance son téléphone à la figure, le poids mort du cadavre de Kovacs, sa joue encore tiède contre la mienne. Ma main qui fouille à l'aveugle les entrailles du barbu à la recherche de la carte mémoire. Le corps de Kat serré contre le mien. La sensation d'apesanteur quand je n'ai pas trouvé mes clés.

Ma main gauche est moite de sueur. Je l'essuie sur ma manche droite. Le pick-up apparaît dans le cadre de la troisième caméra.

Je le vois net et clair à présent, ainsi que le fusil derrière lui et les chiens qui bavent, tout en muscles, en langues frémissantes et en crocs. Il continue à chanter tout seul. Il a l'air parfaitement décontracté.

Il aborde le troisième virage et sort du champ. Le grondement du moteur est de plus en plus fort. Il approche. J'arrête de regarder le téléphone, ferme un œil. Je concentre mon regard dans la lunette, commence imperceptiblement à presser la détente, respire une dernière fois profondément et démarre le compte à rebours que j'ai répété dans la Jeep.

Onze.

52

J'avais dix-sept ans quand j'ai tué un homme pour la première fois.

Après la mort de Junebug, j'avais complètement vrillé. Dans les comptes rendus médicaux, un diagnostic me collait aux basques – trouble de la personnalité antisociale –, un nom de code pas très subtil pour éviter de prononcer « psychopathe », le mot interdit. Mais j'ai connu suffisamment de psychopathes pour savoir que ce n'est pas mon cas.

Des tas de pédopsys surmenés essayèrent de me faire parler de mes sentiments, mais à l'époque, je n'avais pas le vocabulaire, ni le moindre intérêt à m'expliquer. Et la vérité, c'est que je ne ressentais rien. Plus rien. La seule manière de ne plus souffrir de la perte de Junebug, c'était de devenir insensible. Et si le monde était capable de me faire un truc pareil, je pouvais me comporter de la même façon avec lui.

C'était un raisonnement puéril, mais j'étais encore un enfant.

Les axiomes de ma nouvelle logique étaient à la fois simples et puissants.

Si je décelais une faiblesse, je l'exploitais.

Si je sentais de la force, je la sapais.

Si je voyais quelque chose qui me faisait envie, je m'en emparais.

Si quelqu'un me frappait, je le frappais encore plus fort.

Il n'y avait pas de place pour les émotions dans ma nouvelle existence. Rien que des sensations. Je les traquais comme si ma vie en dépendait. Et d'une certaine manière, c'était le cas. Adrénaline, drogues, alcool, sexe, je prenais tous les risques. Les médecins et les travailleurs sociaux conclurent à un comportement autodestructeur, mais ils se trompaient. Ce sont le sexe, les drogues et les bagarres qui m'ont *sauvé* parce que la seule autre option qui me venait à l'esprit, c'était d'aller sur Walker Way, de dire une prière pour Junebug et de me jeter sous un bus.

Et donc, fatalement, à quinze ans, je finis en maison de redressement, rempli de rage et précédé d'une solide réputation et d'un dossier assorti. C'est là que j'ai rencontré David.

Dix.

53

David était l'un des gardiens. Pas une armoire à glace, mais il se maintenait en forme en soulevant de la fonte, la nuit, dans son sous-sol. C'était un chrétien « régénéré », un évangéliste et un prédicateur laïc dans la paroisse qu'il fréquentait deux fois par semaine. Il s'agissait d'une de ces grandes églises évangéliques peintes en blanc où l'on prêche l'Évangile de la prospérité, qui consiste à te permettre de faire tout ce que tu veux à qui tu veux, du moment qu'il est plus petit ou moins puissant que toi, parce que Jésus t'a déjà octroyé toute une série de passe-droits.

David avait des cheveux roux coupés court et une mine joviale et resplendissante qui semblait rassurante. L'encadrement le considérait comme un employé modèle, qui créait des liens avec les détenus – on ne nous appelait pas comme ça, bien sûr, mais c'est bien ce qu'on était. Ils pensaient qu'il avait une bonne influence et pouvait nous servir de modèle.

Bon, dans un sens.

Ce qu'ils n'avaient pas saisi, ou feint de ne pas remarquer, c'est que certains d'entre nous avaient peur de lui, à juste titre. Pendant la journée, il n'y avait rien à craindre, mais quand venaient les deux semaines où il était de service de nuit, il attendait que les autres gardiens soient endormis, bourrés, en train de baiser les uns avec les autres, ou simplement collés à la télé, pour quitter la salle de garde et arpenter les couloirs vers la chambre sur laquelle il avait porté son dévolu, où il s'introduisait, muni d'une bible, d'une matraque et d'un Taser, afin de pratiquer ce qu'il appelait une séance de prière.

Les séances commençaient quand il s'asseyait face à toi sur le lit, la bible ouverte sur ses genoux dissimulant à peine son érection, et avaient deux conclusions possibles. Soit tu le suçais ou tu te laissais violer – un choix difficile –, soit il te tapait dessus et t'envoyait une décharge de Taser avant de déclencher l'alarme pour appeler des renforts. Après quoi une demi-douzaine de ses potes débarquaient et te cassaient méthodiquement la gueule.

J'étais arrivé dans le centre de Sacramento depuis deux semaines seulement quand David pénétra pour la première fois dans ma chambre. Pas seulement parce que j'étais nouveau, mais aussi parce que j'étais petit et mince pour mon âge – au début de ma dernière poussée de croissance – et que j'étais son type. Depuis le début, je l'avais grillé : je savais exactement ce que laissaient présager ses manières amicales et sa bonne mine. Quand il me prit ma main, la posa sur la bible et commença à réciter le Notre Père, je la retirai vivement et lui dis d'aller se faire foutre. Sur quoi, il m'envoya tellement de décharges de Taser que je chiai dans mon froc. Puis il appela ses collègues et, quand je sortis de la chambre sur un brancard, j'avais un testicule éclaté, plusieurs côtes cassées, un décollement de la rétine et une commotion cérébrale qui me fit voir double pendant six mois.

Une semaine après, j'étais de retour au centre, et encore une semaine plus tard, il revint dans ma chambre, et ainsi de suite chaque semaine, jusqu'à ce qu'ils finissent par me libérer à la fin de l'année suivante, après un mois et demi de rab dû à mon « agression » sur David lors de notre première séance de prière.

Neuf.

54

Sans le savoir, David m'avait appris quelque chose.

À force de rester ainsi chaque nuit assis sur mon lit à épier le bruit de ses pas dans le couloir, j'eus le temps de réfléchir. Je compris que je laissais ma colère prendre le dessus. Je compris qu'une fois qu'une institution avait le pouvoir sur toi c'était la mort. Que l'institution, le système et les gens qui y travaillaient pouvaient toujours frapper dix fois plus fort que toi, et dans la plus totale impunité.

Je compris que le seul moyen de les combattre, c'était de ne pas se battre.

À la place, je développai une technique. J'appris à sortir de moi-même, à résister à la torture en m'évadant ailleurs jusqu'à ce que ça soit fini. Jusqu'à ce qu'il ait fini. Et au lieu de me débattre, je me chargeais de colère. Je la considérais comme un placement, je l'accumulais, la cultivais et la regardais croître en attendant de l'utiliser.

Je fêtai ma libération de la maison de redressement, et de David, en m'offrant une glace dans un Slurpee sur Walker Way. Là, sous les tubes fluorescents, je portai un toast à Junebug et me jurai de ne plus jamais remettre les pieds en taule, de ne plus jamais me retrouver dans une situation où une autre personne aurait le contrôle sur mon corps ou sur mes actes. Les gens s'étonnent toujours que je n'aie pas fait l'armée, mais pour moi, ça n'a jamais été une option. Je savais que je trouverais un autre moyen.

Une semaine plus tard en ce mois de janvier, c'était mon dix-septième anniversaire, et j'utilisai mon petit pécule pour acheter un pistolet à un môme rencontré au centre. Je n'y connaissais rien en armes à feu, mais ça n'avait pas d'importance. J'appris à m'en servir, le démontai, le nettoyai et tirai un millier de coups à blanc. Les vidéoclubs étaient déjà en train de mourir à petit feu, pourtant je trouvai un boulot dans l'un des derniers survivant et, toutes les nuits, je matais des films qui ne parlaient que d'une seule chose. De vengeance. Mon préféré, de loin, c'était *Le Point de non-retour* réalisé par Boorman en 1967 avec Lee Marvin et Angie Dickinson, celui où il se fait tirer dessus au début et où on ne sait pas s'il est vivant ou mort jusqu'au dénouement. Il s'en dégageait une espèce de logique onirique et brutale qui résonnait en moi parce que ma vie jusque-là avait suivi une trajectoire similaire.

Il y a un plan dans ce film, le plan dont tout le monde se souvient, où Lee Marvin marche dans un couloir. Il n'aspire qu'à une chose : toucher ce qu'on lui doit. Il progresse dans le couloir. Il avance, et avance encore, les bouts ferrés de ses chaussures claquent sur le sol. On ne peut pas l'arrêter, il est implacable et terrifiant. Et tout ce qu'il fait, c'est marcher dans un couloir.

Je voulais être Lee Marvin.

Huit.

55

Le boulot au vidéoclub me permit de louer une piaule, dans une pension de famille, où je faisais de la musculation. Du fait de ma poussée de croissance, j'avais pris quinze centimètres en un an. J'étais toujours mince, mais j'avais installé une barre au chambranle de la porte pour faire des tractions. Vers la fin du mois de mars, mes muscles avaient toujours la même taille, mais au moins, rien qu'en les contractant, je pouvais faire sauter des pièces dessus.

Le dernier vendredi de mars, je m'achetai de beaux vêtements. Un pantalon à pinces, une chemisette à carreaux, des chaussures de ville. Le samedi, je me fis couper les cheveux court. Et le dimanche matin, j'allai à l'église qui comptait David au rang de ses paroissiens. Je chantai tous les cantiques et récitai toutes les prières. Après l'office, je restai dans le coin et demandai au vieil homme qui m'offrait un gobelet de café si la paroisse proposait des groupes de prière ou de séances d'études bibliques. Mais bien sûr, s'exclama-t-il en pointant le doigt vers David, debout à l'avant au milieu d'un groupe de jeunes gens.

Près de lui, une femme effacée qui ne pouvait être que sa légitime.

Sept.

56

En entendant son nom, David se retourna et me vit marcher vers lui.

Il ne savait vraiment pas à quoi s'attendre, mais je me contentai de sourire et lui serrai la main.

« Vous ne vous souvenez probablement pas de moi, lui dis-je. Mais vous avez été très gentil quand j'étais au centre de Sacramento.

— Oui, bien sûr, bredouilla-t-il. C'est… » Et il prononça mon vrai nom, cet ancien nom qui n'était plus le mien. Ce fut l'une des dernières fois que quelqu'un le prononça devant moi. Il me présenta aux autres, et à sa femme. Il leur dit quel excellent élève j'avais été, et m'invita à leur séance d'études bibliques du mercredi, qui se tenait dans une salle annexe de l'église.

Je ne sais pas si David goba mon petit numéro ou si c'est lui qui jouait la comédie. J'y ai repensé souvent et, à mon avis, il n'avait rien vu venir. Il était sournois, mais pas intelligent et avait une très haute opinion de lui-même. Après ma révolte initiale, je l'avais laissé faire tout ce qu'il voulait de moi, parce que je savais qu'il n'y avait pas moyen de le buter sur-le-champ, mais aussi parce que j'avais compris que, si je parvenais à stocker en moi toute la haine et la colère que je lui vouais, elles deviendraient plus tard une force redoutable et indomptable, au service du même genre de vengeance titanesque que j'associerais ensuite à Lee Marvin.

Donc, d'après moi, ce qui s'est passé, c'est qu'il a pensé que j'étais revenu, que je ne pouvais pas me passer de lui, qu'il m'avait transformé, que j'étais devenu son caniche. Un truc comme ça.

Six.

57

Les deux premières semaines, je lui parlai à peine. Au début, il avait le trac, mais je l'abreuvais de sourires et parfois, quand on était supposés prier, je relevais les yeux et croisais son regard posé sur moi, et je lui renvoyais un petit sourire timide. Je laissais le pistolet dans ma chambre parce que je n'étais pas sûr de pouvoir me contrôler si je l'emportais, et que je voulais d'abord que David me fasse confiance.

La troisième semaine, à la fin de la réunion, pendant que les autres jeunes mettaient leurs manteaux et s'en allaient par petits groupes en discutant, je m'approchai de David au moment où son épouse, qui animait la séance avec lui, ne pouvait pas nous entendre. Posant ma main sur la sienne, je lui demandai s'il serait possible de lui parler en tête à tête. Je lui dis que certaines choses qui nécessitaient son aide avaient resurgi pendant le temps de prière – des choses que je ne me sentais pas d'aborder devant les autres.

Il retira vivement sa main et me regarda dans les yeux, comme s'il n'arrivait pas à décider si j'étais sérieux ou pas. Je me contentai de sourire niaisement. Il jeta un coup d'œil vers sa femme, passa nerveusement sa langue sur ses lèvres et dit que oui, peut-être il y aurait une possibilité. Il lui fallait d'abord s'assurer que la sacristie serait libre, mais… lundi prochain ?

La semaine s'étira en longueur. Au vidéoclub, je me repassai à l'envi le film avec Lee Marvin. Le dimanche, j'allai à l'église, mais on se contenta d'échanger un regard sans s'adresser la parole. Au moment de partir, je sentis qu'on me touchait le bras. Je me retournai. Il transpirait. Il me dit que la sacristie était disponible, et qu'il m'y retrouverait à sept heures le lendemain soir.

Cinq.

58

Le lundi, je me fis porter pâle au vidéoclub. J'entassai tout ce que je possédais dans une valise, ça ne prit pas beaucoup de place. Je démontai, nettoyai et remontai le pistolet, le chargeai et empochai des munitions supplémentaires. Puis je me rendis à l'église à pied, quarante-cinq minutes de marche par un itinéraire détourné, non seulement pour ne pas faciliter la tâche des flics quand ils chercheraient à déterminer par où j'étais venu, mais aussi parce que, dans ma tête, j'étais devenu Lee Marvin, et j'avançais dans un couloir pour assouvir ma vengeance.

Clic-clac, clic-clac.

J'arrivai cinq minutes en avance. Je m'apprêtais à attendre à l'abri des regards, mais David était déjà là. J'imagine qu'il devait être encore plus nerveux que moi. Je frappai. Il me fit entrer et referma la porte derrière moi en poussant le verrou. Je le suivis dans la sacristie qui ressemblait à un salon confortable avec une table basse, des posters et des étagères de livres. Et aussi un canapé et deux fauteuils. Je m'installai sur le canapé, mais il choisit un fauteuil, et commença à se frotter les mains l'une contre l'autre comme s'il avait besoin de soulager sa conscience.

« Écoute, dit-il. Avant qu'on commence… je veux te dire… je suis désolé. »

David en train de demander pardon était la dernière chose à laquelle je me serais attendu. J'avais conscience du poids du flingue dans le creux de mes reins, sous ma chemisette à carreaux, par contre je sentais peu à peu disparaître le Lee Marvin en moi. Non, hurlai-je intérieurement, ne t'excuse pas. Ne dis pas que tu es désolé. Je ne veux pas que tu sois désolé.

Quatre.

59

Je n'aurais pas dû m'en faire. Quel est le dicton, déjà ? C'est le caractère d'un homme qui fait son destin. Peu importe ce que David avait voulu dire, ni s'il était sincère ou pas, il ne pouvait simplement pas se retenir.

« Je suis désolé que tu aies mal réagi cette première nuit. Il faut que tu comprennes… J'avais peur. Je n'avais pas le choix. Je sais que les gars t'ont pas mal tabassé, mais ils ne faisaient que se protéger. Enfin, je suis heureux que nous ayons réussi à dépasser tout ça. Quand tu as marché vers moi dans l'église, ça m'a surpris, je l'admets. Mais je suis heureux que tu sois venu. J'ai toujours senti que nous étions… connectés.

— Sinon, je ne serais pas là.

— Alors, tu voulais me parler de quelque chose en particulier ?

— Comme je vous l'ai dit, c'est assez intime », dis-je en lui faisant une place sur le canapé.

Il se leva et vint s'asseoir à côté de moi, sa jambe droite touchant la mienne.

« Ça va aller. Tu peux tout me dire. »

Une petite tente familière commençait à se dresser dans son pantalon.

« Peut-être qu'on devrait d'abord dire une prière », proposai-je.

Il acquiesça, baissa la tête et prit ma main gauche dans sa main droite.

Trois.

60

« Notre Père… », commença-t-il. Puis il rouvrit les yeux, surpris. Parce que ma main broyait la sienne et lui retournait douloureusement les doigts. Je crois que c'est à ce moment-là qu'il vit dans mon regard ce que j'avais l'intention de faire. Il tenta de me balancer un crochet de son poing gauche poilu, mais il n'était pas assez rapide. Le flingue était déjà dans ma main droite et je l'en frappai avec toute la force de ma rage à la Lee Marvin, lui cassant le nez, les dents et peut-être aussi la mâchoire. Il porta les mains à son visage en hurlant de douleur. Je me levai et pointai le pistolet sur lui.

Depuis cette première fois, à une exception près, j'ai mis un point d'honneur à tuer les gens rapidement. Je ne prends aucun plaisir à faire souffrir. Mais avec David, ce fut différent. Je ne perdis pas mon temps à lui parler. Les balles étaient devenues mon langage. Je le tuai lentement. Une première dans la cheville gauche pour l'empêcher de fuir. Une autre dans la droite. Puis une dans chaque genou. Ensuite, je redressai le canon vers sa tête. Il leva la main pour se défendre, alors je lui tirai dans la paume, le marquant de ses propres stigmates personnels. L'autre main, celle qui m'avait touché, subit le même sort. Enfin, je lui plantai une balle dans les couilles. Pour la dernière, je lui enfonçai le flingue dans la bouche jusqu'à la gorge et lui fis sauter le haut du crâne.

Je ne sais pas s'il avait compté les balles, mais il y en avait une pour chaque fois qu'il m'avait violé.

Deux.

61

Ça ne m'a jamais dérangé qu'il soit gay. J'ai couché avec des hommes et avec des femmes. David fut mon premier mec, mais je m'intéressais déjà aux garçons avant. Comme la plupart des hommes, même s'ils ne veulent pas l'admettre. Peut-être qu'il s'en était rendu compte et que c'est pour ça qu'il s'est pointé ce premier soir. Mais non, ça n'avait rien à voir. C'était à cause de l'abus de pouvoir, de sa certitude sadique de pouvoir s'en sortir, de sa foi inébranlable qu'il n'y aurait pas de conséquences et qu'on lui avait accordé l'impunité et les clés du royaume du sexe. C'est pour tout ça que je le tuai.

Je regardai son corps sans vie. Comme Junebug, des années plus tôt, ce n'était déjà plus une personne, rien qu'une masse inerte. Et à ce moment, je sentis ma colère s'évanouir. C'était fait, et tout ce que je ressentais se résuma à un haussement d'épaules. J'hésitai à le ligoter sur un crucifix, surtout pour égarer les gens, mais ç'aurait été agir en amateur, et s'il y avait une chose que je savais, la seule dont j'étais absolument sûr, c'est que ça ne m'intéressait pas d'être un amateur. Je voulais être un professionnel.

Un.

62

Pas de pick-up en vue.

63

Pendant une fraction de seconde, je me dis que je me suis planté dans le décompte. C'est alors qu'il surgit, un peu plus haut dans la lunette que je ne l'attendais. Je recadre la tête de Kondracky au centre du réticule.

Après le meurtre de David, j'ai changé de nom et filé vers d'autres horizons. Montréal, en l'occurrence, via le nord du Vermont, où la frontière est poreuse. J'avais gâché des années à nourrir ma colère et mes sensations. Maintenant, avant toute autre chose, j'avais besoin de m'instruire. Je passai des mois dans l'immensité de la *Grande Bibliothèque** à lire des centaines de livres, dont un en particulier qui m'apprit à ne pas appuyer brutalement sur la détente, mais à la presser progressivement jusqu'au moment où le mécanisme commence à mordre, tout en se laissant absorber dans une sorte de vide zen où l'on n'est plus en train de viser, mais où on fait partie d'un système complexe dans lequel l'arme et la cible sont intriquées. Et si on s'y prend bien, l'instant précis du tir est presque involontaire, comme une surprise, comme si le coup était parti tout seul.

J'ai passé le stade de la première pression, le doigt crispé sur la détente, dans cette zone limite où le coup peut partir n'importe quand. Mais le coup ne part pas, comme si mon inconscient prenait les rênes, engourdissait les muscles de ma main et gagnait du temps.

Il se peut que mon inconscient sache des choses que je ne sais pas.

Peut-être que je ne vais pas tirer. Que je vais juste le laisser disparaître hors de vue. Peut-être que je déchargerai le fusil avant de remballer mon matériel dans la remorque et de retourner au motel pour voir si Kat est rentrée. Quant au reste… on trouvera bien une solution.

Et soudain, je l'entends. Le doux déclic du cliquet poli pour diminuer la friction qui se relâche. Les ressorts – avec deux spires en moins afin de réduire la pression de la queue de détente – propulsent le percuteur contre l'amorce, embrasant la charge principale. Le claquement assourdissant, la secousse du recul contre mon épaule, la balle qui file loin de moi, autonome, comme un électron libre.

Un tir parfait.

Il n'y a qu'un problème.

Cet enfoiré baisse la tête.

TROISIÈME PARTIE

64

La balle s'engouffre par la vitre ouverte du côté conducteur, passe derrière la nuque de Kondracky et ressort de l'autre côté en fracassant la vitre passager.

J'ai besoin d'un peu de temps pour assimiler ce qui vient de se produire. Je m'écarte du viseur, stupéfait. Kondracky est hors de vue à présent, mais je l'entends prendre un virage au frein à main en faisant hurler les pneus du pick-up et remettre les gaz.

Il revient vers moi.

Mais par où ? C'est alors que je repère un vieux chemin forestier à flanc de colline, tellement envahi par les fourrés qu'il est presque invisible. Impossible à repérer si tu ne le cherches pas. Et je ne l'avais pas cherché.

La forêt juste à côté, les abords du chemin pas débroussaillés. Il ne s'agissait pas d'erreurs, d'oublis ou de risques assumés. C'étaient des atouts. Une faille intentionnelle destinée à diriger quiconque voudrait chercher des noises à Kondracky vers un goulot d'étranglement. Un point faible dans ses défenses qui ne pouvait que l'attirer. De sorte que, croyant prendre des décisions, il ne faisait que suivre une route tracée par Kondracky. S'imaginant prédateur quand il n'était qu'une proie.

Tout ça, je le savais dans mon ventre. Je n'en avais pas conscience, mais mes tripes, si.

Son 4 × 4 surgit, lacérant la colline dans ma direction. Les pneus boue surdimensionnés et le pare-buffle sont soudain parfaitement justifiés. Je lève le Barrett M107 mais, avec le trépied, il pèse beaucoup trop lourd et je n'aurai pas une autre chance d'ajuster mon tir, tant le pick-up rebondit dans tous les sens sous un écran de feuillage. Alors je baisse le canon et loge deux balles dans le bloc-moteur. Des geysers de vapeurs jaillissent du capot. Au moins, j'ai touché le radiateur, mais ce n'est pas ça qui va le stopper net.

Je me retourne et m'élance sur l'itinéraire de dégagement vers le haut de la crête, abandonnant le fusil. Tout en courant, je sors le HK45 de mon holster de cuisse. Le sol est encore gorgé de pluie, et je perds pied deux fois sur la pente de plus en plus abrupte. Derrière moi, son moteur est à l'agonie et ses énormes pneus font gicler des fontaines de boue en patinant sur le chemin.

Je cours vers la Jeep en zigzag pour désorienter Kondracky.

Au moment où je retrouve de l'adhérence, son pick-up part en dérapage, heurtant des ornières profondes parcourues de racines et dissimulées sous des années de broussailles. Depuis ma rencontre avec l'ourse, mes quadriceps me font toujours souffrir, pourtant je gagne du terrain.

C'est alors que je l'entends ordonner en hurlant à ses chiens : « Attaque ! Attaque ! »

Les deux énormes molosses bondissent du plateau du pick-up et se lancent à ma poursuite. Ma vareuse de camouflage se prend dans les ronces. Je la laisse tomber comme une mue de serpent, ça donne le temps à Kondracky de viser.

Un coup de feu, une balle file dans le feuillage pas loin de moi. Deux autres suivent. Plié en deux sous un écran de feuilles, je continue de grimper vers le haut de la colline. Dans mon dos, les aboiements se rapprochent, mais la pente est trop raide pour eux, alors ils se séparent pour faire le tour, chacun de son côté. Plus loin, les rugissements du moteur s'apaisent lorsque les roues mordent à nouveau dans la terre et le pick-up fait bondit en avant.

Plus que deux cents mètres jusqu'à la Jeep. Je tente un sprint désespéré à travers la forêt. Les branches et les ronces fouettent mon visage. Les chiens resurgissent sur mes flancs, se rapprochent en montrant les crocs, les oreilles plaquées en arrière. Je lance un bref coup d'œil derrière moi et aperçois le museau du 4 × 4 de Kondracky à l'assaut de la côte. S'il atteint le sommet et un terrain plat, plus rien ne pourra l'arrêter. J'arrive à la Jeep, me jette à l'intérieur et claque la portière. Les deux molosses se jettent sur les vitres et sur le capot en aboyant sauvagement, essayant de me mordre à travers le pare-brise dans des torrents de bave.

À mon tour, je fais rugir le moteur. Kondracky fonce vers moi à travers les broussailles. J'enclenche la marche arrière, la boue projetée par mes pneus gicle sur son pare-brise. Je recule à fond de train en me tordant le cou pour me diriger sur la piste étroite.

Et c'est à ce moment que je la vois.

Kat.

Elle est assise sur la banquette arrière.

65

« Hé, ça va bien ? » demande Kat, comme s'il s'agissait d'une rencontre tout à fait normale.

Sur ses genoux, le roman de Kondracky *Manquement au protocole*. Nous dévalons la pente en marche arrière. Ma main tressaute sur le volant tant le chemin est défoncé. L'autre est agrippée au dossier du siège passager.

« Il n'est pas mauvais, ce Kondracky. Pas trop de descriptions, une bonne dose d'action…

— Qu'est-ce que tu fous là ? » Plus loin, j'aperçois une trouée dans les arbres où des bûcherons ont aménagé une zone pour stocker les grumes en attente de transport. Si je pouvais seulement…

« Tu as vraiment cru que j'étais le genre de filles qu'on saute sur un coup de tête et puis qu'on largue ? »

Je pourrais lui raconter que j'ai passé une partie de la nuit à frapper à sa porte, mais je préfère tirer à fond le frein à main. La Jeep opère un cent quatre-vingt degrés chaotique, projetant dans tous les sens et sur le pare-brise une boue tellement épaisse que je suis obligé d'activer les essuie-glaces. Je passe la première et écrase l'accélérateur.

« Tu l'as tué ? »

Le pick-up de Kondracky n'est plus derrière moi, mais ses chiens me poursuivent toujours. Je ne sais pas si c'est une bonne ou une mauvaise nouvelle.

Je hurle. « Bordel, tu trouves qu'il a l'air mort ? »

À cet instant, le pick-up de Kondracky surgit des fourrés sur le côté.

On le percute par le travers. Mon front heurte le pare-brise. Le Ford pivote sous le choc, et on se retrouve capot contre capot. Kondracky se baisse pour ramasser quelque chose sur le tapis de sol. C'est un Glock 18, avec son imposant magasin de 33 balles.

Il ouvre le feu depuis le siège du conducteur, explosant son propre pare-brise.

Je hurle « Baisse-toi ! » et enclenche à nouveau la marche arrière. Je recule en dérapant tandis qu'une pluie de balles de 9 mm s'abat en claquant dans le bloc-moteur de la Jeep.

Demi-tour au frein à main suivi d'un coup d'accélérateur dans la zone de débardage, d'où part une autre piste noyée sous les broussailles. Des arbustes fouettent les vitres, les pneus bataillent dans les ornières.

La jauge de température du moteur monte en flèche. *Merde.* J'ai dû flinguer le radiateur en éperonnant Kondracky. Je regarde dans le rétro. Il est juste derrière moi, mais un nuage de fumée noire s'échappe de son capot, ce qui veut dire que j'ai touché une durite d'huile tout à l'heure. La seule question, c'est de savoir lequel des deux moteurs va se gripper le premier.

« Où mène cette piste ?

— Nulle part », répond Kat, allongée sur le tapis de sol, au pied de la banquette arrière.

« Écoute-moi. Il faut que tu te tires à la première occasion. Tu plonges dans les buissons et tu restes à plat ventre tant qu'on n'a pas disparu. Et quoi qu'il arrive, tu ne te fais pas voir par Kondracky, ou tu es morte. »

Elle m'ignore, se redresse assez pour regarder par la vitre latérale.

« Prends à droite.

— Quoi ?

— Dans cent mètres, la piste se sépare en deux. Prends à droite. »

À la fourche, le chemin de gauche descend vers la vallée. Celui de droite semble continuer à s'élever vers la crête.

« À gauche, ça redescend. Peut-être que ça arrive sur une route.

— Il y a un barrage de castor. C'est un marécage, tu vas t'embourber. Je te dis de prendre à droite. »

Je braque à droite. Je ne vois même pas dans quoi je m'engage, ça se trouve être une autre piste encore plus touffue. Kondracky est loin derrière à présent, dans un panache de fumée noire. On a peut-être une chance.

« Je croyais que ça n'allait nulle part ! gueulai-je vers la banquette arrière.

— Ça ne mène nulle part, dit Kat. Mais il y a une aire de stockage. »

Au sommet, j'aperçois un parc à grumes abandonné qui ne sert plus que pour le stockage. Des piles de bois pourrissant, des engins de chantiers rouillés, un camping-car aux vitres éclatées posé sur des cales. Et au milieu, une grange délabrée centenaire au toit de tôle rouillé mais intact, avec des bardeaux délavés par les intempéries et cassés par endroits.

Et absolument aucune issue.

Le champ de vision de Kondracky est momentanément masqué par une courbe du chemin. Je crie : « Reste allongée et accroche-toi ! » et lance encore une fois la Jeep en marche arrière, juste au moment où il débouche du virage. Il pile à mort, mais va beaucoup trop vite pour s'arrêter et s'empale contre l'arrière de la Jeep. Il a dû désactiver les airbags parce que son visage s'écrase contre le volant. Il relève la tête, le nez ensanglanté, juste à temps pour découvrir le H&K que j'ai sorti de sous le siège. Je tire par la lunette arrière, l'obligeant à se jeter sous le tableau de bord. Les douilles rebondissent dans l'habitacle.

Kat est roulée en boule, les mains sur les oreilles. Je lui en décolle une et dis : « Prépare-toi à courir. »

Je repars vers l'avant sur une vingtaine de mètres en faisant hurler le moteur et vire à fond à quarante-cinq degrés, bloquant l'entrée du parc à grumes.

« MAINTENANT. »

Je saute dans la boue, ouvre grande sa portière et la tire à l'extérieur. Pliés en deux, nous fonçons vers la grange, nous servant de la Jeep comme d'un écran. Kondracky l'éperonne comme avec un bélier, essaie de la dégager du chemin. Mais après deux tentatives, son moteur lâche.

On arrive à la grange. Kat se réfugie derrière la carcasse rouillée d'un camion à plateau Chevrolet. Sur le devant du bâtiment, un grand portail coulissant. Je m'efforce de l'ouvrir, il refuse de bouger. Je m'abrite à mon tour derrière le Chevrolet tandis que des balles tailladent les bardeaux pourris de la façade. Kondracky est à couvert, protégé par le capot de la Jeep.

« Je n'arrive pas à ouvrir la porte. Il y en a peut-être une autre sur le côté. Quand je commence à tirer, tu cours. »

Je sors en roulé-boulé et canarde la Jeep. Kondracky se jette au sol. Kat s'élance et disparaît à l'angle de la grange. Il ne l'a pas encore vue. Je lâche une autre rafale pour qu'il reste par terre et je la rejoins.

Kat secoue frénétiquement une petite porte latérale cadenassée. Je fais sauter la serrure et l'ouvre d'un coup de pied. Kat plonge à l'intérieur. Je tire une dernière salve vers le coin de la grange et m'y engouffre à mon tour, en refermant la porte derrière moi.

Dans la grange, l'obscurité est trouée par des rais de lumière filtrant à travers les bardeaux manquants de la façade et une fenêtre couverte de mousse verdâtre. Je fais rouler un énorme pneu de tracteur contre la porte et me jette au sol quand des balles commencent à traverser les bardeaux. Je rampe vers le pilier central qui monte jusqu'au toit près duquel Kat est recroquevillée.

Kondracky secoue la porte, mais elle est bloquée par le pneu et il ne va pas risquer de se faire tirer comme un lapin en tentant de forcer le passage.

Je m'assieds près de Kat sur le sol en terre et sors un des chargeurs de rechange que j'ai pris dans la Jeep. Nous sommes encore en vie. Mais nous sommes pris au piège, et je ne sais absolument pas comment on va se tirer de là.

66

Les chiens tournent autour de la grange, haletant, grognant et aboyant de temps en temps. Ils doivent accompagner Kondracky dans sa quête d'un point faible.

Kat est assise, adossée au pilier central, enserrant ses genoux de ses bras.

« Tu peux me dire ce qui t'a passé par le crâne ?

— Je n'ai pas de comptes à te rendre, répond-elle sans me regarder.

— Tu croyais qu'on allait bien rigoler ? C'est ça ?

— Va te faire foutre.

— Il faut qu'on sorte avant qu'il n'arrive à entrer. Et surtout, surtout, il ne faut pas qu'il te voie. »

Elle lève enfin les yeux vers moi. « C'est toi qui as essayé de le tuer, pas moi.

— Trop tard. Tu es dans le bain, maintenant. Tu sais qui il est et tu sais ce qu'il a fait. S'il me tue, tu es un témoin. Et s'il ne me tue pas, tu es un moyen de pression. Si on ne peut pas s'attaquer frontalement à quelqu'un, on s'en prend à quelque chose qui lui tient à cœur. Ce n'est pas le cas en ce qui me concerne, mais il ne peut pas le savoir.

— Alors, qu'est-ce que tu en as à faire de ce qui m'arrive ?

— Je déteste voir des innocents se faire avoir par leur propre bêtise. »

Dehors, le calme est retombé. Soudain, un grincement métallique vient briser le silence. Le panneau de son vieux pick-up qui bascule. Il cherche quelque chose. Mes yeux se sont accoutumés à la pénombre. Je me relève et regarde autour de moi. La grange est remplie de vieilles machines, d'outils rouillés, de meubles délabrés, de vieux ballots de foin pourrissants, de chaînes et de lames de scie circulaire. Certains sont recouverts de bâches que j'essaie d'arracher, le plastique tombe en miettes entre mes mains.

Les chiens recommencent leur ronde bruyante autour de la grange. Kondracky est de retour. Et un nouveau son vient s'ajouter aux autres : celui d'un liquide dont il asperge la base des bardeaux pourris.

« Qu'est-ce qu'il fabrique ? » Elle grimace en reconnaissant l'odeur.

Je hoche la tête. « De l'essence. Il va nous foutre le feu.

— Pourquoi on ne s'enfuit pas ? Si on part chacun dans une direction opposée, il ne pourra en chasser qu'un seul.

— Il a deux chiens. Et un fusil qui tire dans les deux sens.

— Alors qu'est-ce qu'on fait ?

— Je ne sais pas. Il doit y avoir… putain de merde. »

Je retire la bâche posée sur une énorme machine-outil, à moitié dissimulée dans un box transformé en atelier de maintenance. C'est un débardeur Kobuta des années 80, dont la peinture orange est recouverte de poussière. À l'avant, il y a une lame de deux mètres, comme sur les bulldozers et, à l'arrière, un tambour de treuil entre des plaques d'acier renforcé de deux centimètres d'épaisseur destinées à protéger le conducteur si le filin venait à lâcher. La cabine est entièrement encastrée dans une cage métallique pour se prémunir contre les chutes de branches.

Kondracky progresse posément, sans se presser. Il a déjà parcouru la moitié du bâtiment.

Je monte dans le débardeur, les manettes de commandes ne me sont pas familières. La clé a rouillé dans la serrure. Je force un peu, elle finit par tourner, mais rien ne se produit.

« La batterie est morte.

— Peut-être qu'il y a une batterie de secours quelque part pour la relancer », dit Kat, et j'ai soudain le sentiment qu'elle connaît ce genre d'endroit. Il ne lui faut que quelques secondes pour dégoter une autre vieille batterie, assez grosse pour démarrer un train, ainsi qu'un faisceau de câbles d'allumage crasseux. Elle la tire sur le sol – elle arrive à peine à la déplacer.

« Tu sais comment on branche ce truc ? »

Elle détache le panneau de la batterie et connecte les bornes. « Truc de bouseux basique. J'ai passé des étés à bosser dans une ferme, comme tout le monde. Sexy, non ? »

Soudain, un grand WHOUFF à l'extérieur. Kondracky a mis le feu aux bardeaux imbibés d'essence. Après des décennies sous le soleil et sous le vent, ils sont parfaitement secs. Et la grange bourrée de vieux ballots de paille, de bâches graisseuses et de jerrycans à moitié remplis de mélange pour tronçonneuse va partir en fumée en quelques secondes.

« Essaie », dit Kat.

Je tourne la clé. Le tableau de bord s'illumine, mais rien d'autre ne se produit. « La batterie est chargée, mais le démarreur ne tourne pas. »

Une lueur de flammes lèche le bas des cloisons de bardeaux. La fumée roule vers nous par vagues, au ras du sol.

« Vérifie que tu es au point mort et relâche l'embrayage. »

Je dois avouer qu'elle s'y connaît plus que moi en débardeurs. Je fais ce qu'elle dit. « Ça ne marche pas. »

À présent, les flammes lapent les murs de la grange. Je sens leur chaleur sur ma peau, et des nuées de fumée noire qui montent autour de nous. Un tas de ballots de paille a pris feu dans un coin, des langues de feu rampent vers une cuve de carburant horizontale à buse jaune. Encore une minute, peut-être moins, avant de brûler vif.

« Vérifie la prise de force. »

Je finis par la trouver, débraie et relâche la pédale. Cette fois, le démarreur se met à tourner, mais il mouline à vide en hoquetant. Au-dessus de nous, la charpente s'est embrasée. Des brandons tombent du toit qui s'affaisse par endroits et allument d'autres foyers autour de nous.

« Le démarreur est grippé. »

Kat ramasse une longue clé anglaise et frappe sur le démarreur. Je tourne la clé encore une fois. Rien qu'un nouveau cliquetis. Elle frappe de plus belle. Le démarreur tourne, hoquette encore deux ou trois fois, mais le moteur ne démarre pas.

La chaleur devient étouffante. C'est presque insoutenable et la fumée attaque les yeux.

Kat monte à côté de moi. La batterie se vide. Le démarreur tourne de plus en plus lentement.

Et là, juste au moment où une partie du toit s'effondre, le diesel démarre enfin. La cabine blindée du débardeur nous sauve la peau quand une lourde poutre s'écrase dessus, mais elle va rebondir sur la cuve de carburant qui se fend en deux sous son poids. C'est du diesel, pas de l'essence, sinon on serait déjà morts, mais une rivière de mélange huileux se déverse, formant un lac, puis un mur de feu devant nous.

« Tu sais conduire ce truc ? »

Kat me pousse et s'assied à ma place. Je sors le HK, elle embraie d'un coup. Le débardeur fait une embardée vers l'avant. Kat actionne plusieurs manettes et relève la lame pour s'en servir comme d'un bélier. On franchit le mur de feu en vrombissant et on percute de front le grand portail en bois. Les bardeaux enflammés tournoient dans l'air quand nous faisons irruption dans la zone de stockage.

Le cerveau de Kondracky prend un moment pour percuter qu'un tracteur Kubota a jailli hors de la grange et lui fonce droit dessus. Mais le vieux finit par ouvrir le feu.

Kat bascule la lame comme un bouclier cette fois, et continue d'avancer. Les chiens se dispersent en aboyant, fous de rage. Je canarde à mon tour à travers la grille métallique qui entoure la cabine. Kondracky est obligé de se réfugier derrière un tas de traverses de cèdre en décomposition et d'y rester quand on passe devant lui. Les protections en acier renforcé à l'arrière nous servent de rempart contre les balles. Un petit guichet est découpé dans le métal, je l'utilise comme une meurtrière.

Un peu plus loin, la Jeep et le pick-up. On leur roule dessus comme avec un char. Je m'accroche à la cage. Kat fait basculer brutalement la Jeep sur le flanc et plante le capot du Ford de Kondracky dans un fossé de drainage.

Il se relève et tire encore, mais les balles rebondissent en tintant sur la plaque d'acier. Kat passe à la conduite routière.

Le débardeur tangue comme un manège de foire, et je n'ai rien d'autre à faire que m'accrocher. Kondracky court derrière nous en vidant son chargeur, mais on le distance et il ralentit peu à peu, conscient d'être battu. Les chiens courent encore à nos trousses pendant une centaine de mètres, puis il finit par les rappeler.

67

Un peu plus de deux kilomètres plus bas sur le chemin forestier, le Kubota s'arrête, à court de carburant.

Kat voudrait retourner à l'hôtel, mais Kondracky l'a vue, et s'il y arrive avant nous, nous allons droit à l'abattoir. Idem s'il nous prend à revers et nous tend une embuscade. Notre seule option, c'est de continuer à travers bois vers une zone de terres agricoles indiquée sur la carte détaillée.

Ce plan déplaît à Kat et elle ne se gêne pas pour le dire. Je finis par perdre mon calme.

« Bon Dieu, je ne t'ai pas demandé de me suivre. Tu savais dans quoi tu mettais les pieds et tu es venue quand même. Tu veux que je te laisse comme appât pour ce psychopathe ? Super. Je n'ai pas le temps de jouer les nounous chaque fois qu'il faut prendre une décision. On doit trouver un véhicule, on doit trouver de l'essence et, surtout, on doit se tirer d'ici. Compris ? »

Elle me frappe au visage. Un bon crochet du droit dans la mâchoire.

« Non mais t'es dingue ?

— Espèce de connard ingrat, hurle-t-elle en me repoussant. Je viens de te sauver la peau. Sans moi, tu ne serais plus qu'un bout de viande calcinée. Ce n'est pas ma faute si tu n'as pas été capable de lui régler son compte.

— D'accord, donc tu sais conduire un débardeur, amorcer la batterie et lancer un démarreur. Et puis quoi ? Si ce type t'attrape, tu es niquée d'une façon que tu ne peux même pas imaginer. Là, tout de suite, si je ne suis pas avec toi, tu es morte. Alors prends ça en compte la prochaine fois que tu veux me taper. »

Elle reste sans rien dire un moment. « Alors, c'est quoi ton plan ?

— Couper par la forêt.

— Dans quelle direction ? »

Je tends la main vers ce que je pense être l'est, en me repérant par rapport au soleil.

« OK. »

Ma parole, je n'ai jamais vu quelqu'un capable de passer aussi facilement du mode agressif au mode passif.

« Tu as une meilleure idée ? »

Elle tend le bras, une quinzaine de degrés plus à l'ouest. « Là-bas, à environ deux kilomètres, il y a une vieille ferme. Le type qui vivait là tout seul a foutu le feu en brûlant des ordures il y a un mois et demi et il y est resté. Il laisse trois fils, qui se détestent tous, et aucun testament. Ils n'ont pas encore réglé la succession. En attendant, aucun d'eux n'est autorisé à toucher à son bordel. À dix contre un, je te parie que presque tout est encore là. Même sa voiture.

— Comment tu sais tout ça ?

— Ragots de bouseux basiques. Ici, tout le monde sait tout sur tout le monde. »

68

La ferme date du début du siècle. Elle est située au bout d'un chemin de terre, entourée d'une grange et de quelques dépendances. Kat déniche la clé dans un pot de fleurs près de la porte de derrière («connerie de bouseux basiques»). J'inspecte la grange – un vieux canapé, deux tracteurs rouillés, une charrue, des arrosoirs et tout le toutim. Aucune utilité. Kat pensait que le type avait un pick-up : il n'est plus là – un des frères a dû se l'approprier.

Il ne reste plus qu'un Dodge Charger.

Je ne parle pas du bolide iconique bleu et rouge avec lequel Richard Petty a remporté les 500 miles d'Indianapolis en 1974. Je parle d'un paquebot roulant de la fin des années 70, une daube marron bouffée de rouille de six mètres de long, à toit en vinyle crème et tapis de sol à longs poils de série.

Une chance : la portière s'ouvre. Je me glisse sur le siège conducteur au skaï rouge craquelé et trouve les clés derrière le pare-soleil. Je mets le contact, et, à mon grand étonnement, le moteur toussote une fois ou deux comme pour expulser une boule de poils avant de démarrer. Un quart de plein, pas terrible.

Kat arrive avec une brassée d'esquimaux glacés, tout ce qui restait dans les frigos.

« Il y a un râtelier à fusils au sous-sol, me dit-elle. Vide. »

J'imagine que les frangins ont emporté ça aussi. Je suis pratiquement à court de munitions pour le H&K – plus qu'un chargeur. Il reste bien encore la moitié du matériel dans la remorque, mais Kondracky a pu la découvrir. Auquel cas, soit il a déjà tout pris, soit il est en train de surveiller la planque en attendant mon retour.

C'est l'un ou l'autre.

« Voilà ce que je pense, dis-je à Kat, alors qu'on est assis à la table de la cuisine et qu'on suce des esquimaux de part et d'autre d'une nappe à carreaux pendant que de grosses mouches noires bourdonnent contre la fenêtre. On reste ici jusqu'à la tombée de la nuit et puis on trace plein est. Comme ça, on évite de repasser par la ville.

— Et ensuite ?

— Ensuite, on verra. »

Quand le soleil plonge vers l'horizon, on empile des couvertures et des coussins dans le Charger au cas où on devrait dormir dedans, et on part. C'est Kat qui conduit : je suppose qu'elle est meilleure avec un volant dans les mains qu'avec un fusil-mitrailleur. Ce qu'elle ne remarque pas, c'est le marteau et le gros tournevis que j'ai posés au pied du siège passager. Si elle pose des questions, je lui dirai qu'on ne sait jamais quelle porte on va devoir forcer. Mais ce n'est pas pour ça que j'ai emporté ces outils. Pas du tout.

69

On suit le chemin de terre qui mène de la ferme à la grand-route et on s'arrête à un peu moins de cent mètres de l'intersection. Le pick-up de Kondracky est complètement détruit et je n'ai aucune idée du véhicule qu'il peut conduire. Mais la chaussée est dégagée.

On enquille sur le bitume. Tout danger imminent semble passé, pourtant je reste sur le qui-vive. Mais il fait nuit noire et, à part les barres de phares des camions qu'on croise de loin en loin, nous sommes seuls.

On roule en silence pendant un moment, avec seulement le frottement de la gomme sur l'asphalte pour nous tenir compagnie. Une fois ou deux, je lui lance un coup d'œil quand elle regarde ailleurs. Elle est enfoncée dans le siège, ses chaussures crottées de boue posées sur le tableau de bord.

« Est-ce que tu vas enfin m'expliquer ce que ça signifie ?

— De quoi tu parles ?

— Tu te pointes dans ma chambre sans y être invitée…

— Tu n'as pas eu l'air de t'en plaindre.

— Puis tu prends mes clés, tu ouvres ma caisse, tu les rapportes et… quoi ? Tu passes le restant de la nuit sur la banquette arrière ? Tu n'as pas l'impression d'être un peu collante ?

— Peut-être que je veux juste me barrer.

— Ce n'est pas comme ça que ça marche.

— Ah oui ? Rappelle-moi comment tu t'y es pris, toi ? »

Je pense à David, allongé dans la sacristie, sa cervelle éparpillée sur le dossier du canapé et son sang sur les coussins et le tapis, qui avait giclé jusqu'au plafond crépi et sur l'unique ampoule au globe rempli de mouches mortes.

Elle entend mon silence. « Tout ce que je dis, c'est qu'il vaut mieux ne pas porter de jugement. »

À son tour de se taire, puis elle enchaîne : « Alors, "Jones". J'imagine que ce n'est pas ton vrai nom ?

— Tu imagines bien.

— Et ton vrai nom, c'est ?

— Je n'en ai pas. J'en ai plus.

— N'importe quoi.

— Quand tu abats quelqu'un pour la première fois, tu ne tues pas juste une personne. Tu flingues aussi la partie de toi-même qui n'était pas un assassin. Tu avais la vie devant toi, c'est terminé. *Elle a disparu.* Tu es aussi mort que la personne que tu as exécutée. Et le nom… ce n'était pas le tien, c'était celui qu'ils t'avaient donné. Tu n'as plus le droit de le porter. Il ne t'appartient plus. »

Elle n'a pas l'air convaincue. « Alors, pourquoi tu essaies de tuer Mack ?

— Parce qu'on me paie pour ça.

— Suffisamment ?

— Non.

— Alors, pourquoi le faire ? »

J'hésite. Mais elle est suffisamment mouillée dans cette histoire pour que je lui fournisse une explication. Alors je lui donne les détails. À la fin, elle dit : « Tu sais que tu racontes des conneries ?

— Tu crois que c'étaient des balles à blanc, tout à l'heure ?

— Non. » Elle se rassied correctement au fond de son siège. « Je pense simplement qu'il y a un gros paquet de questions que tu devrais te poser.

— Par exemple ?

— Kondracky, peu importe son nom. Un jour, il raccroche, d'accord ? Il disparaît du jour au lendemain en laissant un vide que tu t'es empressé de combler. »

Un bernard-l'hermite s'insinuant dans une coquille. « OK.

— Pourquoi ?

— Écoute, on fait beaucoup de trucs horribles. Des choses que les gens ne veulent pas faire eux-mêmes. Et qu'ils pourront nier avoir fait, c'est ça le but. Alors imagine : c'est une année d'élections. Nouveau type à la Maison-Blanche, nouvelle meuf à Downing Street. Le premier jour, quelqu'un les amène dans une salle en sous-sol et les laisse seuls avec une boîte. Et devine ce qu'il y a dans la boîte ?

— Toi.

— Moi et des gens comme moi. Sixteen et tous les autres. Une armée de corps enterrés qui attendent de sortir de leurs tombes anonymes. Et à partir de ce moment-là, le type et la meuf deviennent impliqués parce qu'ils sont au courant. Et ils doivent choisir. Est-ce qu'ils laissent les morts dans leur tombe au risque qu'ils ressuscitent ? Ou est-ce qu'ils font le ménage ?

— Quand Mack a disparu, c'était une année d'élections ?
— C'est toujours une année d'élections quelque part.
— Donc, il a disparu parce qu'il avait compris qu'il devenait gênant et que ce n'était qu'une question de temps avant qu'on lâche quelqu'un comme toi contre lui ?
— C'est ce que je pense.
— Mais ça n'explique pas pourquoi il a choisi ce moment. Il a dû se passer quelque chose. Un truc qui l'a fait se sentir vulnérable.
— Vulnérable ? Tu as vu le type. Il est fort comme un taureau. Alors imagine à l'époque.
— Qui parle du physique ? »
L'idée fait son chemin en moi.
« Ce que je veux dire, continue-t-elle, c'est que vous êtes des nazes, les gars. Tous autant que vous êtes. Tu l'as dit toi-même… la première fois que tu as tué quelqu'un, tu as tué ton toi d'avant. Déjà là, c'était foutu. Comme tous ces types qui sont revenus bousillés du Vietnam, d'Irak ou d'Afghanistan. Ils ont tué des gens, ils en ont vu mourir, ils ont vécu sur le fil, craignant de se faire buter à chaque instant et ça les a démolis. Alors bien sûr que c'est un naze. Et toi aussi. Sans même parler de toute cette merde que tu m'as racontée au bar. »
Voilà ce qu'on récolte quand on vide son sac.
« Je ne suis plus la même personne.
— Qui tu essaies de convaincre ? » conclut-elle avant de reposer ses pieds sur le tableau de bord.
Je l'observe un moment. Son intrépidité est une bravade, mais la mienne aussi.
Et ça marche peut-être aussi pour Kondracky.

70

Après quelques kilomètres, elle brise à nouveau le silence.

« Donc, on a un plan ?

— Déverrouille ton téléphone.

— Pourquoi ?

— Parce que ça fait partie du plan. »

Elle s'exécute. J'attrape le portable, tape un numéro d'une main et le lui rends.

« C'est mon numéro. Il n'y a que deux autres personnes au monde qui le connaissent. Tu ne m'appelles sous aucun prétexte sauf en cas d'urgence. Quand je serai sûr qu'on est assez loin, dans le Wisconsin je dirais, je te déposerai quelque part avec du cash pour tenir six mois. Tu iras dans une grande ville, à l'autre bout du pays. Quelque part où tu n'as même jamais pensé à mettre les pieds. Tu prendras une chambre dans le motel le plus banal que tu pourras trouver. Pas sous ton vrai nom. Et tu y resteras.

— Combien de temps ?

— Jusqu'à ce que Kondracky soit mort. Ou moi. »

Elle me regarde, interloquée.

Je m'explique. « C'est par toi qu'il peut m'atteindre. Tu as voulu jouer, et c'est le seul moyen de quitter la partie. »

Elle se hérisse.

« Je sais me débrouiller toute seule.

— Non. Tu sais te débrouiller dans un bar louche quand tu te fais draguer par un péquenaud. Ce n'est pas pareil.

— Tu es heureux ? »

Et bing. Encore un coup sous la ceinture. « Qu'est-ce que le bonheur vient foutre là-dedans ?

— Si tu n'es pas heureux, à quoi ça sert ?

— Dans l'immédiat, ça sert à rester en vie.

— Et après ? »

C'est une bonne question.

« Écoute, lui dis-je. C'était une aventure d'un soir. On a couché ensemble. Fin de l'histoire.

— Je comprends. Tu as peur.

— Je n'ai pas peur.

— Tu flippes à mort.

— Pour toi.

— Oui. Mais pas que, dit-elle. Lève le pied.

— Quoi ? »

Elle désigne du menton la route devant nous : un carrefour avec quelques maisons, et un éclairage public encore plus succinct qu'à Milton.

« Il y a un radar un peu plus loin. En fin de mois, quand ils doivent faire leur quota d'amendes, les flics planquent dans la deuxième allée. Tu as envie de te faire arrêter au volant d'une voiture volée ? »

Je ralentis en dépassant un panneau de limitation de vitesse à moitié dans l'ombre. Quelques secondes plus tard, nous croisons le pare-buffle d'une voiture de patrouille planquée dans une allée comme un barracuda qui attendrait sa proie. Je regarde dans le rétro. Elle ne bouge pas.

« Ne me remercie pas », dit Kat. Elle reste un moment assise en silence, puis se ravise et tend la main vers l'autoradio, surfant entre les talk-shows de sport hachés de parasites et les vieux tubes soporifiques. Je coupe la radio.

« Tu ne comprends toujours pas ce qui se passe, hein ?

— On essaie de lui échapper.

— Il n'y a pas de "on". *Tu* essaies de lui échapper. *Moi*, j'essaie de lui faire la peau. Pour Kondracky comme pour moi, il n'y a pas d'échappatoire. Et plus ça dure, plus il est probable que d'autres vont se pointer, des ambitieux qui veulent entrer dans la partie. Et là… je ne veux même pas y penser. Mais dans tous les cas, tu es le talon d'Achille, le point faible dans l'armure. Je ne sais pas si je survivrai à tout ça. Mais toi, tu n'as pas une chance sur cent mille de t'en sortir.

— Et si je veux la tenter quand même ? » demande-t-elle.

Je la regarde. Est-elle sérieuse ? Nos yeux se croisent. Évidemment qu'elle est sérieuse.

« D'accord, je dis.

— Vraiment ?

— Tu creuses ta tombe. Ne viens pas te plaindre plus tard. »

Je reprends ma surveillance de la route à la recherche de Kondracky.

Elle me lance plusieurs regards en coin. J'imagine qu'elle espérait plus de combativité de ma part, mais peu importe.

Quinze minutes plus tard, le voyant rouge de la jauge d'essence commence à clignoter. Et après encore dix minutes, une station-service apparaît dans la nuit, avec un petit *diner* pour routiers et deux ou trois camions sur l'aire de stationnement.

« Tu fais le plein, je lui dis. Pas besoin de m'afficher sur les caméras de surveillance. Et on paie en liquide. »

Je lui tends une ceinture antivol, le genre que les grands-parents portent quand ils partent en voyage.

Kat me regarde avec toute la méfiance du monde, puis s'empare ostensiblement de la clé de contact.

J'attends qu'elle ait rempli le réservoir et soit partie payer à l'intérieur. Puis je récupère le marteau et le tournevis sur le tapis de sol. Le bon côté de ces vieux Dodge, c'est qu'ils sont super faciles à voler. Le tournevis dans le barillet, trois coups de marteau, et il est à toi. Le moteur ronronne déjà quand Kat ressort de la boutique et s'aperçoit de ce que je suis en train de faire. Elle se précipite, mais c'est trop tard : j'appuie sur le champignon, débouche sur la route et repars dans la direction par laquelle je suis arrivé.

Kat me court après pendant une centaine de mètres avant d'abandonner. Je regarde sa silhouette qui se découpe au bord de la route dans la lumière des enseignes au néon, les bras encore chargés de trucs à grignoter, quand les phares d'une autre voiture fusent sur elle en passant, comme un projecteur de théâtre. Les pleins phares sont tellement puissants qu'elle cache ses yeux derrière son bras, aveuglée. Elle ne voit pas le conducteur, mais reconnaît la carrosserie rouge et défoncée d'un 4 × 4 Chevrolet Jimmy, avec sa portière jaune récupérée dans une décharge. Elle fait un signe, dans l'espoir d'être prise en stop, la voiture ralentit.

Un instant, elle pense qu'il va s'arrêter. Mais au lieu de ça, le Chevrolet fait un large demi-tour et repart à fond de train en sens inverse, vers les feux arrière du Dodge qui s'éloignent, encore visibles à près d'un kilomètre de distance.

Mais tout ça, ainsi que pas mal d'autres choses, je l'apprendrai plus tard.

71

Je sors mon portable. Pour une fois, il y a du réseau. Je choisis un numéro en mémoire, presse la touche d'appel.

Trois sonneries dans le vide. Quatre.

C'est tout sauf une bonne nouvelle.

Enfin, ça décroche.

« Qu'est-ce qui s'est passé ? s'exclame Handler.

— Ça veut dire quoi ?

— Dis-moi comment ça s'est passé, bordel ! »

Il hurle. Ce qui n'est pas non plus un bon signe.

« Il a baissé la tête.

— Tu l'as manqué ?

— Je ne l'ai pas manqué. Il a baissé la tête. Je le sais, j'y étais.

— Comment c'est possible ?

— Comment tu veux que je le sache ? C'est Sixteen.

— Et après ?

— Tout est parti en couilles. Il m'a poursuivi. Mais j'ai réussi à le semer. J'y retourne avant qu'il n'ait le temps de se réorganiser. Mais il va me falloir des renforts.

— Pas de renforts, décrète Handler.

— Du matériel, je précise. Il a peut-être grillé ma planque.

— J'ai dit : pas de putain de renforts. » Il recommence à hurler.

Je croise une paire de phares. Je jette un coup d'œil au véhicule. Il me rappelle vaguement quelque chose. Je regarde dans le rétro, au cas où. Les feux arrière s'éloignent.

Rien ne va dans la réaction de Handler.

« Qu'est-ce que tu ne me dis pas ? je demande.

— Kondracky. Il m'a appelé.

— Quoi ? Comment il a pu... ?

— Un vieux numéro. Il avait dû le garder. Le problème, Jones, c'est que tu as merdé. Tu as merdé et tu dois rectifier le tir. Et jusqu'à ce que ce soit fait, tu n'obtiendras plus rien de moi.

— Écoute-moi... »

Handler m'interrompt. « Non, toi, tu m'écoutes. Je ne suis pas ta putain de nounou. Pas de matériel. Pas d'assistance. Que dalle. Reviens vers moi quand Kondracky sera mort. D'ici là... »

Fin d'appel.

Je regarde un moment l'écran, incrédule. Ça n'a pas de sens.

Il est possible que Kondracky l'ait menacé, mais malgré tout son cinéma, Handler n'est pas du genre à se laisser facilement effrayer, ni à revenir sur un contrat en cause au risque de se mettre un client à dos.

En tout cas, il est en train de me lâcher.

De m'abandonner à mon triste sort.

Et il n'y a que deux raisons pour qu'il agisse ainsi.

La première, c'est parce qu'il ne me croit plus capable de mener à bien ma mission.

Et la seconde…

La seconde, je ne veux même pas y penser.

J'hésite à le rappeler. Il ne décrochera pas, mais ce n'est pas grave. Je laisserai un message.

Te fais pas de bile, je lui dirai. *Je vais revenir, tu peux y compter. Quand Kondracky sera mort, je reviendrai pour m'occuper de toi. J'aurai un flingue à la main, et on verra bien qui bosse vraiment pour qui dans cette affaire.*

Mais je ne laisse pas de message. Parce que je regarde dans le rétroviseur.

Je devrais encore apercevoir les feux arrière du véhicule qui m'a croisé.

Mais au lieu de ça, je vois une paire de phares qui se rapprochent rapidement.

72

Kat descend du semi-remorque. Ben, le chauffeur, est canadien et elle connaît à présent tout le déroulé de sa vie ; ses débuts comme styliste sur des clips vidéo, l'ouverture du salon de coiffure qu'il a dirigé pendant vingt ans avec sa femme, sa violente crise de la quarantaine et sa découverte du CrossFit, son divorce et son voyage en Amazonie où il a acheté à prix d'or des drogues médicinales favorisant l'éveil spirituel, avant de revenir plein du désir brûlant de réaliser son rêve d'enfant : devenir convoyeur de l'extrême sur les routes de glace. C'est son nouveau métier, et bien qu'il n'y ait pas de route glacée pendant l'été, il fait des allers-retours entre la Californie et les Grands Lacs, son VTT et son kayak sanglés à l'arrière de la cabine, et dort sous la tente dans des parcs nationaux dès qu'il en a l'occasion.

Aujourd'hui, il transporte un chargement mixte de mobilier de jardin et de lave-vaisselle destinés à une plateforme Amazon de Salt Lake City.

Ben a l'air sympa, mais il se révèle un brin excessif dans sa croyance que nous sommes tous reliés spirituellement par un genre de bla-bla d'autochtones d'Amazonie. Kat est à la fois reconnaissante qu'il la ramène à Milton et soulagée que ça se termine.

Elle regarde le camion de Ben disparaître dans la nuit et retourne au motel. Dès l'instant où elle a vu Jones au volant du Dodge Charger, elle a compris ce qu'il manigançait. Qu'il aille se faire foutre. Ce n'est pas la première fois qu'un homme la laisse tomber, et ce ne sera probablement pas la dernière.

Elle va suivre son conseil, pendant quelques semaines au moins, mais il y a des choses dont elle aura besoin dans sa fuite. Elle ouvre la porte et referme au verrou derrière elle. Le bureau est froid et sombre, et elle s'y sent soudain étrangement vulnérable. Pourtant, elle n'a pas l'intention d'être une victime, même pour un supposé psychopathe comme Kondracky. Alors, plutôt que d'allumer, elle fouille dans un placard, trouve une lampe torche en plastique jaune et des piles, et détache d'un crochet un jeu de clés rouillées.

Elle baisse les stores dans le bureau et se dirige vers le sous-sol. Il lui faut du courage parce que le petit nom du sous-sol, c'est la fosse aux serpents, depuis que des reptiles ont pris l'habitude de venir s'y reproduire à certaines périodes de l'année. Trois ans plus tôt, elle était descendue vérifier un disjoncteur et, quand elle avait allumé, elle avait découvert un nœud frémissant de serpents venimeux enchevêtrés.

Kat n'a pas peur de grand-chose, mais elle n'y est plus redescendue depuis.

Heureusement, on n'est pas en période de ponte… Elle respire un grand coup et s'engage dans l'escalier branlant. Après la chaudière et les cartons de décorations de Noël mises au rebut, les vieilles enseignes lumineuses, les chaises dorées, les piles de menus, les panneaux électriques et les ustensiles de cuisine, elle trouve ce qu'elle est venue chercher. Une armoire à fusils, couverte de poussière. Il lui faut un moment pour trouver la bonne clé, mais le panneau finit par s'ouvrir sur un fusil calibre 12 monocoup. Elle connaît son existence, parce que sa mère l'avait prévenue qu'en cas de besoin il était rangé là depuis qu'un chasseur l'avait oublié au milieu des années 90 et n'était jamais revenu le chercher. Sur une étagère à côté, une boîte de cartouches.

Elle s'empare du fusil. Elle sait charger une arme et tirer, parce que c'est des conneries de bouseux basiques. Elle met le fusil en position cassée et inspecte la chambre. Elle est vide. Elle insère une cartouche, rebascule la culasse. Puis elle met en joue, vise et imagine ce que ça doit faire de tuer des gens pour gagner sa vie.

73

Je roule pied au plancher. Le gros bloc V8 du Dodge Charger répond au quart de tour, et, pendant un moment, les phares s'éloignent dans mon rétroviseur, mais le moteur commence à hoqueter et à avoir des ratés, ce qui m'oblige à ralentir pour appauvrir le mélange. Je jette un coup d'œil au compteur kilométrique. Ce truc a parcouru une fois et demie la distance de la Terre à la Lune. Je vais lui en vouloir.

Je remets graduellement les gaz, accélère en douceur. L'aiguille de vitesse monte dans les tours, mais derrière moi les phares regagnent du terrain. Une traque, c'est une chasse au long cours, or je n'ai presque plus de munitions et, si c'est Kondracky qui me poursuit, il est équipé pour le gros gibier.

Plus qu'une centaine de mètres d'avance. Il franchit la ligne blanche pour remonter à ma hauteur sur la voie opposée. Il comble rapidement la distance entre nous. J'écrase la pédale de frein. Le vieux fermier devait être un maniaque de l'entretien, parce que les freins ont un sacré mordant. En me dépassant, Kondracky arrose le Dodge par la vitre passager. Les balles déchirent la carrosserie, mais elle a été fabriquée aux beaux jours de Detroit avec des tôles d'acier américain. C'est pratiquement un blindage.

Un camion qui déboule en sens inverse l'oblige à se rabattre devant moi. Le poids lourd passe en grondant dans un hurlement de klaxon. Kondracky donne un coup de patin pour tester mes réflexes, je laisse le Dodge le percuter à pleine vitesse. Il chasse un peu des roues arrière, ce qui m'apprend qu'il a les pneus lisses et que son coffre est vide.

Bon. À mon tour de déboîter. Ses feux arrière rougeoient quand il essaie à nouveau de me barrer la route. Mais je m'engouffre sur la droite en arrachant son pare-chocs au passage. À deux doigts de perdre le contrôle, il part en dérapage, bataillant avec la direction, et parvient à rester sur la route, mais au moins maintenant, il est obligé de garder les mains sur le volant. J'adresse une prière aux dieux de chez Chrysler et propulse une nouvelle fois l'énorme poids mort du Dodge dans son train arrière. Un craquement comme un os qui se fracture, et son 4 × 4 fait en bond en avant, part en vrille, puis en tonneaux. Dans le rétroviseur, je l'aperçois qui finit par s'immobiliser dans un champ. En ne me fiant qu'à ses phares, je ne peux pas dire s'il est retombé sur les roues ou sur le toit. Mais quelques secondes plus tard, je les vois qui s'animent et regagnent la route en ballottant.

Bordel. Peut-être que ce type n'est pas humain, finalement, juste une forme de vie végétale semi-sensible, une espèce invincible de plante vénéneuse à forme humaine.

Ses phares se rapprochent de nouveau. Il faut que je tienne encore deux ou trois kilomètres. Il comble la distance à plusieurs reprises, mais je tire vers l'arrière par ma vitre, l'obligeant à garder ses distances. Devant moi, je ne discerne que le ruban d'asphalte qui disparaît dans l'obscurité. Ai-je pris la bonne direction en quittant la station ? Ai-je raté un virage ? Ou mal évalué la distance ?

Non. Là devant j'aperçois la pauvre lumière d'un réverbère au sodium.

C'est parti.

J'écrase la pédale d'accélérateur. Ça doit décrasser d'un coup les carburateurs du Dodge qui fait rugir les quatre cents chevaux de son moteur. L'aiguille bondit – cent soixante, cent quatre-vingts, cent quatre-vingt-dix kilomètres à l'heure. Le Charger tremble comme une machine à laver en mode essorage – l'avant était déjà pourri et je ne l'ai pas ménagé –, mais je le maintiens sur la chaussée. Les phares de Kondracky s'éloignent, puis s'approchent encore quand il met les gaz.

Je lève le pied juste assez pour lui laisser croire qu'il me tient. Il déboîte pour se porter à ma hauteur, faisant chauffer le moteur du Jimmy. Je peux presque le voir préparer son tir, équilibrant le Glock sur l'avant-bras de sa main agrippée au volant.

Crétin.

Je pile et coupe les phares du Dodge.

Kondracky me double à fond la caisse, dépassant le réverbère et le pare-buffle de la voiture de patrouille toujours tapie dans l'ombre, en attente de proie. Je m'arrête, invisible dans l'obscurité, et observe les flics qui se lancent à sa poursuite, gyrophare allumé et sirène hurlante.

Kondracky maintient son allure pendant quelques secondes mais il n'a aucune chance de les semer et ne doit pas avoir envie de se lancer dans une poursuite à travers quatre comtés qui se soldera par une fusillade et lui vaudra les gros titres aux infos du soir. Il se gare sur le bas-côté.

Je laisse au flic le temps de descendre de voiture et je rallume mes phares. Puis je reprends ma route en roulant à une vitesse respectueuse de la limite autorisée. Quatre cents mètres plus loin, j'arrive à leur hauteur. Une femme flic un peu forte, sûrement une mère de famille, avance vers lui en me tournant le dos. Kondracky ne bouge pas, assis, les mains posées sur le volant, bien visibles. Il me regarde passer, le regard noir de haine.

Je résiste à l'envie de lui faire un signe. Pas parce que je ne suis pas un enfoiré arrogant, mais parce qu'il a l'air décidé à épargner la policière, et que je ne veux pas le pousser à bout.

Orphelin moi-même, je déteste en créer davantage qu'il n'est strictement nécessaire.

74

Kat vide le tiroir-caisse sans allumer la lumière. À cet instant, des phares venus de la route balaient le parking. Entre deux lattes de store, elle aperçoit une longue silhouette masculine qui s'extirpe d'un Chevrolet Jimmy défoncé. L'homme tient quelque chose dans la main. Il jette un coup d'œil autour de lui et marche droit vers le bureau.

Kat se recroqueville sous le comptoir, près d'un vieux radiateur.

Il frappe à la porte. Elle retient son souffle.

Une vitre vole en éclats. Brisée d'un coup de crosse, probablement.

Elle ferme les yeux. Il fait tourner le verrou et ouvre la porte. Bruits de pas et de respiration. Il fouine dans la pièce. Elle peut presque entendre battre son propre pouls dans son oreille.

Il se rapproche. Se tient juste de l'autre côté du comptoir. Bruissement de pages qui tournent – il consulte le registre et le retourne pour lire les inscriptions.

Débris de verre écrasés sous ses semelles. Il repart, laissant la porte ouverte.

Elle attend d'entendre ses pas au milieu du parking pour

s'autoriser à respirer à nouveau. Elle regarde ses phalanges, blanches dans la pénombre, et se rappelle ce que serrent ses mains. Le fusil. Un doigt pressé sur la détente.

Elle aurait pu l'abattre.

Elle pouvait encore le tuer.

De l'autre côté du parking lui parvient le craquement d'une porte de chambre enfoncée d'un coup de pied.

Ça lui fait quelque chose. Cet endroit est peut-être merdique, mais c'était celui de sa mère, et maintenant, c'est à elle. Un homme armé qui s'introduit dans un motel tenu par une jeune femme solitaire ? Légitime défense. Du coup, plus besoin de fuir. Ou de disparaître.

Rien de plus qu'une ou deux portes à réparer.

Elle se relève, s'approche de l'entrée en évitant les débris de verre. La porte de la chambre 17 est ouverte. Un faisceau de lumière s'abat sur le sol du parking. Elle voit bouger une ombre à l'intérieur.

Elle sort en évitant les débris de verre. En inspirant profondément pour apaiser le martèlement de son cœur, elle avance sous les arcades, collée au mur pour rester dans l'obscurité. Le doigt sur la détente.

Il pourrait ressortir n'importe quand, mais elle se persuade qu'il ne s'attendrait jamais à tomber nez à nez avec une fille avec un fusil.

Elle se rapproche. Elle l'entend se déplacer dans la chambre, ouvrir les tiroirs, bouger les meubles.

Elle s'arrête près de la fenêtre. Elle risque un œil dans l'interstice entre les rideaux tirés. Mack est debout près du lit. Il a enlevé la literie. Il est en train de…

Bon sang, il est en train de *renifler* les draps.

75

Le Dodge gravit péniblement la pente du chemin forestier en direction de la remorque. La policière m'a donné un peu d'avance, mais je ne sais pas combien. D'abord, quand j'arrive, je ne vois rien et me dis que Kondracky a dû la tracter ailleurs, quand l'unique phare qui me reste illumine un fragment de carrosserie dissimulée sous des feuillages et un filet de camouflage. Elle est toujours au même endroit.

Rien n'a bougé. Le coffre du Dodge est vaste comme une caverne et j'y entasse plus de matériel que nécessaire. Pas seulement des armes, des munitions et des explosifs, mais aussi, avec ma trousse de cambrioleur, un kit de soins médicaux et un pistolet hypodermique. Je m'apprête à reprendre le volant quand je sens vibrer mon téléphone. Je le sors de ma poche, espérant presque qu'il va renvoyer Kat sur boîte vocale, mais l'écran indique un autre identifiant.

BINKS, J.J.

Je prends l'appel immédiatement.

« Va te faire foutre, dit Vilmos.

— Vilmos, le moment est mal choisi pour…

— Quarante-sept heures de porno hétéro à l'eau de rose ? Sérieux ?

— Vilmos…

— Tu veux savoir ce que j'ai trouvé ou pas ? »

Je scrute le chemin forestier qui descend vers la route. Aucun signe de Kondracky.

« Très bien. Qu'est-ce que tu as découvert ?

— J'ai appris que j'étais gay à cent pour cent.

— Quoi d'autre ? Qu'est-ce qu'il y avait dans les fichiers ?

— Rien.

— Quoi ? Tu veux dire que tu n'as pas réussi, ou que…

— Il n'y a rien à trouver dans les fichiers. Ils n'ont pas été modifiés. On retrouve ces vieilles vidéos partout sur Internet. La moitié sur Pornhub, le reste en téléchargement. J'ai installé un bot pour les passer au crible et j'ai comparé les deux fichiers. Ils sont identiques au bit près. La plupart circulent depuis des années. Ils n'ont pas été manipulés. Aucun d'entre eux.

— Alors c'est peut-être planqué ailleurs.

— J'ai cherché des fichiers cachés dans le système, j'ai scanné l'espace non partitionné, j'ai fouillé l'enregistrement d'amorçage maître secteur après secteur. Il n'y a rien. »

Je m'appuie sur le capot du Dodge. « Allons, Vilmos, il y a forcément quelque chose. Ce n'est pas ton genre d'abandonner.

— Qui dit que j'ai abandonné ? »

Je reprends espoir, me redresse.

« Alors tu as trouvé quelque chose ? Où ça ?

— Quand tu ouvres un dossier sur ton ordi, qu'est-ce que tu vois ?

— Une liste de fichiers.

— Exact, dit Vilmos. Parce que tu es un geek et que tu

utilises l'affichage par liste. Mais qu'est-ce que voient les gens normaux ?

— Des icônes. Des onglets.

— Et au fond, un onglet, c'est quoi ? C'est un bon vieux JPEG. Ce qui signifie que tu peux encoder un message dans les coefficients TCD.

— Tu as réussi à l'extraire ?

— Bien sûr.

— Et…

— C'est une chaîne de 154 caractères hexadécimaux. A2100FE2FD2…

— Vilmos, je t'adore, mais est-ce que tu pourrais aller droit au but ?

— 154 caractères de quatre bits chacun, ça fait 616 bits. Et tu sais ce qui fait aussi 616 bits ?

— Vilmos !

— Une clé de cryptage de 512 bits plus l'en-tête du format. »

Je mets quelques secondes à digérer l'info. « Putain…

— Tu sais à quoi elle peut servir ? demande-t-il.

— Dis-moi un truc. Tu as dû examiner les métadonnées sur les fichiers ?

— Évidemment.

— Est-ce que certaines avaient des sous-titres ?

— Une ou deux.

— Et ils étaient écrits dans quelle langue? »

76

« J'ai baisé avec lui, si c'est ça que tu cherches », dit Kat.

Kondracky se retourne vivement, le drap à la main, et la découvre debout dans l'encadrement de la porte, braquant sur lui un vieux fusil au canon encore couvert de poussière. Il est trop lourd pour elle et elle sent déjà ses bras qui se tétanisent, mais l'adrénaline lui fournit un surcroît de force.

« Ne fais pas ça, dit-il.

— J'appuie sur la détente et je deviens une héroïne, répond Kat. Il m'a raconté qui tu étais. Sixteen, c'est ça ? Ou tu préfères que je t'appelle Kondracky ? Ma mère avait tous tes livres. Maintenant, je sais pourquoi. »

Kondracky attrape son pistolet sur la table de toilette.

« Donne-moi ce fusil et tu sortiras de tout ça saine et sauve. »

Elle épaule le fusil, qu'elle serre un peu plus fort. « Si tu t'imagines que je suis comme ces meufs dans les films qui n'ont pas le cran de tirer, autant te le dire tout de suite : tu me connais bien mal.

— Tu l'as chargé ?

— Tu me prends vraiment pour une demeurée ?

— Tu as baisé avec ce petit connard, alors qui sait ? Tu as ôté le cran de sûreté ?

— Pas de cran de sûreté.

— Oh-oh, dit Kondracky. Une détente de compétition. Donc, ce fusil n'est pas le tien. Tu as tiré quand, la dernière fois ? Au lycée ? Pendant une soirée de défonce débile avec des garçons de ferme où tu acceptais de te faire peloter s'ils te laissaient tirer ? »

Le fusil devient plus lourd à chaque seconde. Elle sait que c'est ce qu'il espère. Elle sent son doigt sur la détente. Il lui suffirait de la presser, mais elle repense aux paroles de Jones lui expliquant qu'on se flingue soi-même quand on bute quelqu'un.

Le truc, c'est qu'elle n'a rien à perdre.

« Légitime défense, Mack. Ne fais pas un pas de plus. »

Kondracky hésite. Cette fille est une crâneuse, mais il trouve au moins une bonne raison de ne pas la sous-estimer. Pourtant, il repère le tremblement musculaire du bras qui supporte le canon. Peut-être causé par la fatigue, ou la peur, ou un mélange des deux.

Mais dans tous les cas.

« Donne-moi ce fusil », dit-il en avançant vers elle.

Elle presse la détente.

Kondracky avait raison sur un point. Cela fait bien dix ans qu'elle n'a pas tiré au fusil. Et elle a oublié la force du recul. Elle le tient fermement, la crosse calée contre l'épaule, bien campée sur ses jambes, pourtant ses mains sont moites de sueur et l'arme lui échappe et lui percute le front.

Trébuchant en arrière, elle lâche le fusil, mais aperçoit Kondracky qui se prend le crâne entre les mains. Elle ne l'a pas raté. Pas complètement. La balle a fait un trou dans la cloison au-dessus et à droite de sa tête, et lui a arraché un gros bout d'oreille en passant. Du sang coule entre ses doigts.

« Putain, espèce de conne ! » hurle-t-il en se jetant sur Kat. Il repousse le fusil d'un coup de pied et la saisit avec ses mains ensanglantées. « Écoute-moi bien. La seule raison pour laquelle je ne t'ai pas tuée sur-le-champ quand je t'ai vue, c'est parce que tu m'es utile. À la seconde où tu ne serviras plus à rien… » Il braque le pistolet sur son visage. « Tu piges ?

— Va te faire foutre », répond Kat, et elle cogne de toutes ses forces sur ce qui reste de son oreille.

Kondracky hurle de douleur, l'attrape par les cheveux et la tire dans la salle de bains. Elle pense qu'il va la tuer, mais il se contente d'arracher une serviette pour étancher le sang qui s'écoule toujours. Puis il la traîne dehors, sur le parking, jusqu'au Jimmy. Elle le martèle à coups de poing et de pied, mais elle pourrait tout aussi bien frapper une bûche. Il entrave ses mains et ses chevilles avec un collier de serrage et la bâillonne avec du ruban adhésif.

Au moment de la jeter à l'arrière du 4 × 4, il marque un temps d'arrêt. Kat voit son regard sur l'Isuzu Trooper de sa mère. C'est un tas de boue – c'est elle qui le conduit à présent –, mais le Jimmy est à moitié démoli. Elle lit dans ses pensées. Il arrache le ruban adhésif et lui enfonce le canon du pistolet dans la joue.

« Ta caisse. Où sont les clés ? »

Elle lui crache au visage.

Kondracky scelle à nouveau sa bouche. Il la jette au sol et retourne vers le bureau.

Elle est ficelée comme un saucisson. Mais elle a

suffisamment regardé la télé pour savoir que changer d'endroit avec un kidnappeur s'apparente souvent à une condamnation à mort. Les clés du Trooper sont accrochées à un clou près de la porte du bureau. Il va les trouver en moins d'une minute. Dès qu'il pénètre à l'intérieur, elle se met à ramper, telle une chenille humaine, entre les nids-de-poule sur le parking boueux, des graviers s'incrustant dans ses coudes, ses genoux et ses épaules.

Plus que quelques mètres avant les arbres. Une fois qu'elle sera à couvert…

Des mains agrippent ses chevilles. Kondracky la ramène au Trooper en la traînant par un pied.

77

Les sous-titres étaient en farsi.

Le farsi est la langue que l'on parle en Iran.

J'avais vu juste. Les événements de Berlin étaient liés à l'Iran. Et désormais, je sais par quel biais.

Il y a deux sortes de cryptage : par clé publique et par clé privée.

Une clé publique sert à chiffrer de l'information. Tu te moques qu'elle soit volée parce qu'elle sert juste à encoder, pas à décoder. Tu peux la refiler à tes complices pour qu'ils encryptent des données volées et qu'ils te la renvoient, avec la certitude que tu seras le seul à pouvoir les lire.

Une clé privée, c'est ce qui te sert à décoder. Et là, tu ne te moques carrément pas qu'elle soit volée. C'est celle qu'on confie aux agents sur le terrain pour décrypter les instructions du centre, afin qu'ils soient les seuls à pouvoir les déchiffrer.

La carte mémoire que j'ai interceptée ne contenait pas des messages terroristes, ni le flux de communications cryptées décrivant un complot nucléaire que les États-Unis utilisent pour justifier leur entrée en guerre contre l'Iran.

Ça n'a jamais eu aucun sens.

Elle contenait la clé permettant de les lire.

Pas étonnant que Moe ait été prêt à mourir pour la protéger.

Pas étonnant que Kovacs ait été prête à se mesurer à moi pour l'obtenir.

Si les États-Unis se lancent dans une guerre terrestre avec l'Iran en se fondant sur leur décryptage, Moe et Kovacs ne seront pas les seuls que j'aurai tués ce jour-là à Berlin. J'aurai sans le savoir contribué à la mort d'une centaine de milliers de civils, et probablement beaucoup plus si les choses dégénèrent.

Bien sûr, je tue des gens. Cependant, on peut dire que la plupart d'entre eux le méritent. S'ils ne sont pas exactement de la partie, ils n'en sont vraiment pas loin. Mais des civils qui n'aspirent qu'à une vie normale, qui vivent sur un autre continent, que je n'ai jamais rencontrés, ni même croisé du regard et qui ne savent même pas qu'il y a une partie en cours ?

C'est une tout autre histoire.

J'essaie de chasser cette pensée. Ce n'est pas le moment d'avoir un cas de conscience, même sommaire. Je ne suis qu'un rouage d'une grosse machine déglinguée. Si ce n'avait pas été moi, il y en aurait eu un autre. En outre, si les Iraniens concoctent vraiment un complot nucléaire, les Américains ont le droit de les stopper par tous les moyens. Tout ça, et les détails en suspens – Handler qui me met la pression, Kovacs qui savait où me trouver, la mélopée désespérée de Moe, *parachute, parachute, parachute* – ne fait que me distraire de la seule tâche que je dois accomplir : tuer Sixteen et éviter qu'il me tue.

Et pourtant…

78

Cahin-caha, je descends le chemin jusqu'à la grand-route, passe devant la station-service et roule jusqu'au croisement avec celle qui monte en lacets vers la maison de Sixteen.

Je m'arrête près du portail électrique. Les chiens dévalent la pente à ma rencontre en aboyant et se jettent contre la clôture, ce qui m'indique qu'elle n'est pas électrifiée. Dans le sac en nylon contenant le pistolet hypodermique, j'ai aussi emporté des biscuits pour chiens, mais ils ne me seront d'aucune utilité avec ces deux molosses qui connaissent mon odeur depuis la course-poursuite de tout à l'heure et m'ont identifié comme un ennemi, ou une proie. Ça dépend du point de vue.

Je tire une fléchette tranquillisante sur chacun d'eux. Je dois remettre une dose au second, qui est plus massif. Ce serait plus facile de les tuer carrément. Je ne fais pas de sentiment avec les animaux, humains ou canins, qui ont essayé de me faire la peau, mais si j'ai appris une chose en regardant les films d'action hollywoodiens, c'est qu'il ne faut jamais tuer le chien de quelqu'un d'autre.

Quand je suis sûr qu'ils sont endormis, je cisaille la clôture et me faufile à travers les barbelés. Puis je traîne ces deux connards ronflants jusqu'à la maison, où il y a des chaînes attachées aux poteaux de la véranda.

Toutes les issues sont renforcées de cadres en acier et dotées de charnières invisibles. Les serrures haut de gamme seraient longues à crocheter et je me contente d'en faire sauter une avec un petit bout de plastic. Le bruit de l'explosion se répercute vers la ville, mais on n'en est plus au stade d'une opération sous couverture.

79

Je suis dans la maison de Kondracky, mais j'ai la sensation d'être à l'intérieur de sa tête et que ma lampe torche éclaire les recoins de son crâne, ses amygdales et son bulbe rachidien. J'ouvre les tiroirs et les placards. Je trouve des relevés bancaires, des piles de courrier, des bibelots, des épluche-légumes et de vieilles photos de famille datant des années 40. Un oncle à la pêche, un mariage, quelqu'un dans un jardin qui joue avec un clebs. Rien que des choses banales, anodines. Rien qui puisse trahir celui qu'il est vraiment.

Tu peux dire ce que tu veux, ce type sait cloisonner son existence.

Sur la table de cuisine, un coquetier et un seul dé indiquant le chiffre six. Je résiste à la tentation de le faire rouler.

Dans la salle de séjour, un improbable canapé vert citron est encastré dans une fosse de conversation. Sans déconner, ce type est resté bloqué au milieu du XXe siècle. Avec son énorme écran large à tube cathodique, la télé Sony, haut de gamme mais hors d'âge, doit peser trois cents kilos et coûter autant qu'une voiture neuve. La chaîne stéréo qui lui est associée comprend un ampli British Quad 33-303, de bonnes grosses vieilles enceintes Klipsch et une platine disque. Et je le jure, il y a des disques de Johnny Cash un peu partout. Je passe en revue sa collection de vinyles. Des albums de Cheap Trick et de Nilsson sont ce qui se rapproche le plus des temps modernes.

Un vrai paradis pour hipster branché, sauf que ce type serait incapable de reconnaître un hipster, même s'il se faisait rouler dessus par un vélo à pignon fixe.

Ce dont on ne trouve aucune trace dans la maison, c'est une connexion Internet. Il n'y a même pas d'ordinateur. Les seuls appareils à peu près numériques sont un micro-ondes et un magnétoscope. Tu as bien lu : il a un putain de magnétoscope. Le logo m'enseigne que c'est un VHS. Je suis presque surpris que ce ne soit pas encore un Betamax.

L'horloge clignote sur 12:00.

Il est resté à l'analogique. *La sécurité par l'obscurité.*

Près du canapé encastré, une machine à écrire mécanique, une grosse Remington noire toute en courbes, est posée sur un vieux bureau bancal. Et à côté, une bibliothèque remplie d'ouvrages de référence : des traités sur l'écriture romanesque, des dictionnaires, deux thésaurus différents, des catalogues d'armes, des livres sur les grands escrocs, des manuels d'histoire ou de médecine d'urgence, et des romans de Kondracky soigneusement empilés. J'imagine que, sans Internet, il a besoin de toutes ces merdes. En tous cas, c'est clair, il prend son boulot d'écrivain au sérieux.

Dans le tiroir du bureau, je trouve un tapuscrit. Je fais tourner les pages. Par endroits, des notes, des corrections, des ratures. Et pas encore de titre. Juste *Sans titre, par Sam Kondracky* sur la page de garde. Mais en dessous, écrite au stylo en pattes de mouche, je finis par déchiffrer une inscription :

Le Seizième Homme. Pas génial, comme projet de titre, à mon avis. Ces notes manuscrites et les quelques griffonnages à visée éditoriale me suggèrent que ce pourrait être le seul exemplaire de son dernier roman. Du coup, je le glisse dans une enveloppe à bulles que je trouve au fond d'un autre tiroir et le garde comme un moyen de pression, certes modeste mais potentiellement non négligeable.

Je descends au sous-sol, où ses armes sont entreposées dans une pièce fermée à clé. Je m'apprête à faire sauter la porte avec mon restant de plastic, quand mon portable se remet à vibrer.

Je le sors de ma poche. O'CONNOR, KATHERINE.

Alors, c'est comme ça qu'elle s'appelle.

J'hésite à laisser l'appel basculer sur boîte vocale. Mais elle sait qu'elle ne doit utiliser ce numéro qu'en cas d'urgence et, malgré son côté excentrique, elle n'a pas l'air du genre à dramatiser. Alors, je réponds

« Kat ?

— Essaie encore », dit Kondracky.

80

L'afflux d'adrénaline inonde mon système limbique, comme ces injections qui provoquent une sensation de chaleur avant une IRM. S'il a son téléphone, la détient-il aussi ?

Faussement cool : « La fliquette t'a laissé repartir ?

— Disons plutôt que c'est moi qui l'ai laissée partir, répond Kondracky.

— N'empêche, elle t'a quand même collé une amende.

— Va te faire foutre », dit-il.

Je l'ai énervé. C'est bien. Je suis tendu, mais à l'entendre, lui aussi a l'air à cran.

« Je parie que tu te crois très intelligent, lâche-t-il avec une suffisance de *boomer*.

— Assez pour connaître la raison de ton appel. Tu veux me faire une offre. On annule tout. On reprend tout de zéro. Comme si toutes ces conneries ne s'étaient pas passées. Toi, tu retournes dans ta maison sur la colline. Et moi, je vais me faire foutre où ça me chante. Tu n'entends plus jamais parler de moi. Je n'entends plus parler de toi. Et personne n'entendra plus jamais parler de nous.

— C'est ça, dit-il en jouant les innocents. Et tu crois que ça pourrait vraiment marcher ?

— Aucune chance.

— Moi non plus. On sait tous les deux ce qui t'attend si tu n'achèves pas ta mission. Et moi, si je ne t'achève pas, je sais aussi que je vais retrouver d'autres crétins dans ton genre sur mon paillasson, et qu'ils laisseront tellement de merde que je devrai gratter mes semelles pour les ravoir. En plus, tu as essayé de me tuer. Tu diras que je suis soupe au lait, mais j'en fais une affaire personnelle.

— Alors quoi ? Qu'est-ce que tu proposes ?

— C'est à toi de le dire, petit futé.

— Pour l'instant, tout ce que je sais, c'est que tu as son téléphone. Peut-être que tu n'as rien d'autre. »

Il s'éloigne du micro ; sa voix me parvient étouffée. « Chérie, dis bonjour au monsieur.

— Allez-vous faire foutre, éructe Kat. Tous les deux. »

Bon, au moins, elle est vivante.

« Allons Mack, dis-je. Tu connais les règles. Pas de civils.

— Elle a cessé d'être une civile quand elle a commencé à traîner avec toi. En plus… » Il fait une pause, sa voix baisse d'une octave, empreinte d'une noirceur que je ne lui connais pas. « En plus, on a arrêté de jouer selon les règles à l'instant où tu as décidé de t'en prendre à moi.

— Qu'est-ce qui te fait croire que j'en ai quelque chose à foutre ?

— Tu l'as laissée derrière toi. Autrement, tu l'aurais utilisée. Comme appât, comme bouclier humain, pour qu'elle fasse des courses à ta place, pour ressembler à Monsieur et Madame Tout-le-monde. Mais tu n'as pas fait ça. Tu l'as larguée. Et la seule raison pour que tu aies fait un truc pareil, Jones, on la connaît tous les deux. Dans trois heures, je la flingue.

— Tu veux que je te dise, Mack ? Tu vieillis. Peut-être que dans le temps, ça donnait des résultats quand tu te frappais le torse comme un homme des cavernes. Mais le monde a changé, et aujourd'hui, on prend les menaces pour ce qu'elles sont : des signes de faiblesse. Un type sûr de ses forces ne menace pas, parce que ce n'est pas nécessaire. Mais tu n'es pas sûr de pouvoir me battre en combat régulier, alors tu joues la vie de cette fille sur un coup de dé en supposant que je tiens à elle. Mais la vérité, c'est que tu n'en sais rien. Et si tu te trompes, il faudra que tu la tues pour me montrer que tu as des couilles, ou que tu la laisses partir en admettant que tu en es dépourvu. Et dans les deux cas, ça ne t'aura servi à rien. »

Un long silence au bout du fil. Peut-être qu'il a mordu.

« D'un autre côté, imaginons que tu aies raison et qu'on est vraiment liés, elle et moi. Mais ce n'est pas une relation à la vie, à la mort. Si on laissait le temps à notre histoire de s'épanouir, on en arriverait peut-être là. Mais en deux jours ? C'est peu probable. Donc, tu finis par la tuer. Et ensuite ? »

Toujours rien, sinon le souffle de sa respiration.

« Ensuite, je vais te dire ce qui se passera. On peut mourir de bien des façons différentes et j'ai beaucoup de balles en réserve. Celle qui tue peut être la première ou la dernière. Laisse-la partir et, pour toi, ce sera la première. Mais si tu touches un seul de ses cheveux, tu auras droit à la dernière. Comprends-moi bien, ce n'est pas une menace. C'est une promesse. »

Encore une longue pause. Puis Kondracky éclate de rire à l'autre bout du fil.

« Tu causes bien, Jones, je te l'accorde. Il te reste trois heures. »

81

J'ai manqué quelque chose, mais je ne sais pas quoi.

Je fais sauter la porte de l'armurerie. Elle ne contient rien qui ne soit déjà stocké dans la remorque. Je repère un coffre-fort, mais je suis à court de plastic et je n'ai ni le temps ni la patience de le fracturer. En plus, je sais déjà ce que j'y trouverai. Des petites coupures en différentes devises, des valeurs sûres comme des diamants bruts qui peuvent être avalés ou cachés quelque part sur le corps. Ainsi que des passeports, des permis de conduire et d'autres documents, avec différentes identités et pays d'origine. Et probablement d'autres papiers pouvant servir d'assurance-vie, et peut-être quelques algorithmes de chiffrement à usage unique.

Exactement les mêmes conneries que j'ai déposées dans plusieurs coffres autour du monde.

Mais rien qui m'intéresse ou qui puisse m'être utile dans l'immédiat.

Je dois trouver autre chose.

Je n'ai aucune idée de ce que c'est, mais je le saurai une fois que j'aurai mis la main dessus.

Je remonte au rez-de-chaussée.

Ce que je cherche ne se trouve pas dans la cuisine ou dans

le salon. Je me rends à la salle de bains. Je fouille les placards, l'armoire à pharmacie, les poubelles, ses tiroirs à sous-vêtements et sa penderie. J'ouvre ses vieilles valises. Je regarde sous les lits. Je sonde les poches de manteaux qui n'ont pas été portés depuis des années. J'examine même les semelles de ses chaussures.

Rien. Je suis crevé, en sueur. Je jette un coup d'œil à ma montre. J'ai perdu plus d'une heure à explorer la maison. Sans aucun résultat.

Pire, en plus de la transpiration, je commence à ressentir une sensation de moiteur. La même qu'à la maison de redressement, quand j'attendais dans ma chambre à minuit passé, sachant que David était dans les murs. Une sensation que je n'ai plus éprouvée depuis mes dix-sept ans et ce jour où j'ai décidé de me reconstruire, et de rendre les coups. Depuis que j'ai entrepris le voyage qui m'a conduit ici.

Rien à foutre de ce type, de Handler ou de la fille. Rien à foutre de rien.

L'angoisse me prend aux tripes, comme toujours. Je songe à vider mon intestin douloureux sur le tapis à longs poils vert citron de la fosse de conversation, histoire de montrer mon mépris pour cet homme de la manière la plus viscérale possible. *Et ça, ça te plaît comme conversation, enfoiré ?*

Mais je ne suis pas un animal et je préfère utiliser les toilettes.

Et c'est là, assis sur la lunette, que je repère un tout petit triangle de film métallique bleu derrière la poubelle. Il me rappelle quelque chose. Je m'essuie et me mets à genoux pour le ramasser. Je sais immédiatement de quoi il s'agit et ce qui en découle.

Je retourne à l'armoire à pharmacie. Parmi les flacons de pilules orange, il y en a un que j'avais laissé passer. *Citrate de sildénafil 25 mg.*

Je sais maintenant ce que je cherche, et où j'ai des chances de le dénicher.

J'entre dans la douche, sors mon couteau et dévisse la bonde d'évacuation. Je la retire et passe le doigt autour. Rien. J'enfonce ma main le plus loin possible dans le siphon. J'ai l'impression de me broyer les os, mais enfin, je le sens.

Je le retire avec un doigt et le lève dans la lumière.

C'est un cheveu. Un unique cheveu.

Pour ce qu'il lui en reste, Kondracky a les cheveux courts, mais celui-ci est long d'une trentaine de centimètres.

Et ceux de Kondracky sont grisonnants, quand celui-ci est d'un faux blond à la racine décolorée.

Je sais à qui il appartient.

82

Le Chevrolet Jimmy cabossé avec lequel Kondracky m'a poursuivi. Je me souviens maintenant où je l'avais déjà vu. Garé à côté de la station-service. Après qu'on avait démoli sa voiture, il a dû prendre la sienne.

La seule question qui compte, c'est est-ce qu'il tient à elle ? Mais le soin qu'il a mis à faire disparaître toute trace de son passage me suggère qu'elle est plus qu'une maîtresse occasionnelle. Si je devais deviner, je dirais qu'ils ont des années de pratique derrière eux. Et que c'est probablement elle qui poste ses manuscrits.

Mais quelle que soit la nature de leur relation, elle est la seule dont je peux tirer parti dans cette situation. En priant pour que ce soit suffisant.

Je laisse les chiens attachés au cas où je devrais revenir et redescends la colline. Je me gare au milieu d'autres vieilles bagnoles et de semi-remorques du même âge sur un parking situé en face de la station-service. Dans l'obscurité, le Dodge défoncé devient presque invisible, épave parmi les épaves.

Pendant une heure, je surveille la station.

Kondracky ayant emprunté son pick-up, Barb – c'est ainsi

qu'il l'a appelée le premier jour – se fait raccompagner chez elle par Vern dans son vieux Ford Ranger.

Je les suis à bonne distance, tous feux éteints.

Vern la dépose sur un chemin de terre à un peu moins de deux kilomètres de la ville, au bout d'une allée menant à une maison en demi-niveau des années 70. Je passe devant pendant qu'elle s'y engage et que Vern retourne vers la vieille ferme à côté de la station. Je fais demi-tour à la première intersection, gare le Dodge sur le bas-côté et retourne à pied vers la maison de Barb. Le voisin le plus proche est à plus d'un kilomètre. C'est parfait.

Je remonte l'allée. Autre coup de chance : pas de chiens, ni d'enfants. Sur la gazinière de la cuisine, des pommes de terre dans une casserole d'eau bouillante. La télé est allumée dans le séjour, et je découvre qu'il reste des gens qui regardent encore le journal télévisé. Aucun signe de Barb. Je me dirige vers le demi-niveau d'où provient un morceau de country music. Que ce soit Dolly, Patsy, ou Tammy[1] – personnellement, je ne vois pas beaucoup de différences, mais on m'a expliqué qu'elles étaient importantes.

J'entre dans la chambre à coucher, aussi propre et bien rangée que les autres pièces.

Elle chantonne sous la douche.

Je la laisse gazouiller et me place devant la porte, arme au poing.

Elle sort de la douche, les cheveux devant les yeux, cherche une serviette à tâtons et me découvre en se retournant. Elle

---

1. Dolly Parton, Patsy Cline et Tammy Winette : les trois reines de la country music. *(N.d.T.)*

couvre sa nudité, mais, à ma surprise, ne crie pas et ne montre aucun signe de panique. Elle se contente de me jauger du regard, et je me dis que ça ne va pas être aussi facile que je l'imaginais.

« C'est à vous ? je demande en exhibant le cheveu que j'ai trouvé chez Kondracky.

— Je n'ai pas mes lunettes. » Elle tend la main vers la coiffeuse.

« *Tout doux** », je lui dis. Elle les attrape au ralenti.

Je peux déjà affirmer que le cheveu correspond parfaitement à ses racines.

« On dirait bien, confirme-t-elle.

— Vous n'avez pas l'air surprise de me voir.

— Il m'a prévenue que je risquais d'avoir de la visite », dit-elle en ajustant la serviette.

Apparemment, Barb n'est pas du genre à se laisser facilement impressionner.

« Et dans ce cas ? »

Elle hausse les épaules. « De faire tout ce qu'on me demandait. »

Je la laisse se sécher et passer un T-shirt et un jean, ce qu'elle fait rapidement et sans bruit. Je sors un rouleau de chatterton double épaisseur de ma poche – bien plus résistant que le scotch – et entreprends de lui attacher les mains dans le dos, mais elle m'explique qu'elle est incapable de faire ce genre de mouvement parce qu'elle souffre d'arthrose dans les épaules. Du coup, je lui lie les poignets par-devant avec six tours de chatterton. Même moi, j'aurais du mal à m'en libérer rapidement.

Je la suis vers le rez-de-chaussée, le canon de mon pistolet planté dans son dos. On s'apprête à sortir quand je remarque un jeu de clés avec un logo Pontiac dans un bol, sur une table près du téléphone. Je l'empoche. J'ai fini par prendre goût au Dodge Charger, mais les impacts de balles dans la carrosserie et le phare explosé le rendent trop suspect.

« Vous avez une autre voiture ? »

Elle hoche la tête. « Une Pontiac Grand Am. Dans le garage.

— Elle roule ? »

Elle acquiesce à nouveau.

« Faites voir. »

On passe par la cuisine. Barb veut éteindre le feu sous les pommes de terre, mais je m'en charge, parce que même avec les poignets attachés, je ne lui fais pas confiance avec une casserole d'eau bouillante dans les mains.

Une porte ouvre sur un garage obscur.

« Où on allume ?

— Par ici. » Barb presse un interrupteur. Un cabriolet Grand Am rouge du début des années 90 apparaît dans la lumière des néons.

« Vous allez probablement avoir besoin de ça », dit Barb. Je me retourne pour voir ce qu'elle tient dans sa main.

« Qu'est-ce que c'est ?

— Un spray anti-ours », répond Barb. Et elle m'asperge le visage de gaz poivré.

83

Un essaim d'abeilles tueuses déferlent dans mes yeux, mon nez, ma bouche et le long de ma gorge jusque dans mes poumons. Barb me décoche un coup de pied dans les couilles et, quand je tombe à genoux, un second en pleine face.

J'explose de douleur comme une supernova.

Je cherche à tâtons le flingue, que j'ai laissé tomber.

Honnêtement, j'ai déjà eu des moments plus brillants.

J'entends Barb passer en courant devant moi en direction de la cuisine et me lance à sa suite en titubant. J'ouvre les yeux pendant une fraction de seconde, juste le temps d'apercevoir le fait-tout de pommes de terre qu'elle me lance à la figure. Je mets instinctivement mes mains en écran pour me protéger de l'eau bouillante, et une nouvelle supernova me pète à la gueule.

Barb, toujours pieds nus, s'enfuit par la porte d'entrée.

Je me cogne contre les murs, trébuche sur les pots de plantes, m'oriente au son de ses pas dans l'allée. J'ai beau être quasi aveugle, Barb n'a probablement pas couru dix mètres en dix ans, et avec ses bronches de fumeuse, je comble rapidement ses quinze mètres d'avance. Soudain, elle s'arrête, se plie en deux en crachant ses poumons et tombe à genoux, à bout de souffle.

Je n'ai franchement pas besoin qu'elle me claque entre les doigts.

« Respire » je lui dis, encore essoufflé moi aussi. Des glaires coulent de mon nez et de mes yeux enflés. « Contrôle ta respiration. Inspire à fond. Bloque l'air dans tes poumons. Compte jusqu'à quatre. Et relâche doucement, comme un pneu qui se dégonfle. Recommence. »

Son souffle s'apaise peu à peu.

Quand on revient dans le garage, je vois à nouveau clair. Je lui rajoute une couche d'adhésif pour coincer ses mains contre sa taille et refais un tour autour de ses chevilles. Elle insiste pour que je ferme la maison à clé et que je nourrisse son chat. Sur la route, je transvase le chargement du Dodge dans la Pontiac, et nous partons dans la nuit.

Ce qu'il y a de bien avec Barb, c'est qu'elle maîtrise ses nerfs. Pas hystérique pour un sou. Je sens qu'elle n'a pas eu une vie facile et qu'elle en a vu d'autres. Et tant qu'elle ne va pas le crier sur les toits, je ne lui tiendrai même pas rigueur pour le spray anti-ours.

Je m'apprête à appeler Kondracky sur le téléphone de Kat quand elle se tourne vers moi.

« Un cheveu ? C'est vraiment comme ça que tu as compris ?

— D'abord, un petit morceau de film d'emballage de capote. Ensuite les cachets de sildénafil. Et puis le cheveu. Pas besoin d'être Einstein. Mais il faisait attention. Il faisait tout son possible pour te protéger.

— S'il avait fait tout son possible, je n'en serais pas là », rétorque Barb. Si Kondracky se sort de tout ça, il devra présenter des excuses de qualité.

« Qu'est-ce que tu sais de lui ? je demande.

— Ce qu'il y a dans ses romans.

— Alors, tu as compris qu'il ne s'agissait pas juste d'histoires inventées.

— Il s'est toujours comporté comme s'il y avait quelqu'un qui lui collait aux basques. Toujours à regarder par-dessus son épaule, tu vois le genre ?

— Que t'a-t-il dit quand il a pris le Jimmy ?

— Que quelqu'un risquait de se pointer et qu'il faudrait que je fasse ce qu'il dirait. Et qu'il vaudrait mieux que je m'absente quelque temps. Mais on ne peut pas tout laisser derrière soi. »

Elle se tait un moment, puis se tourne vers moi.

« Il a dit aussi que Kat, la fille du motel, serait peut-être avec toi.

— Je l'ai laissée partir. Mais il l'a retrouvée.

— Alors moi, je suis quoi ? Un appât ?

— Non, pas un appât. Un moyen de pression. »

À ma surprise, elle éclate de rire. « Oh, mon lapin, tu es tellement mignon.

— Quoi ? »

Elle détourne la tête en souriant pour elle seule.

« *Quoi ?*

— Tu es allé chez lui, n'est-ce pas ? C'est là que tu as trouvé mon cheveu. »

Je hoche la tête

« Et tu as trouvé autre chose ? demande-t-elle.

— Comme quoi ?

— Comme ce sur quoi il était en train de travailler.

— Tu veux dire son nouveau bouquin ? »

Je désigne l'enveloppe contenant le tapuscrit sur la banquette arrière.

« Tu l'as lu ? demande-t-elle.

— J'ai été pas mal occupé à rester en vie.

— Tu ferais bien de le lire.

— Pourquoi ?

— Parce que tu as tout faux. Premièrement, entre lui et moi… il n'y a pas grand-chose. Je l'aime bien, mais nous ne sommes pas amoureux. Alors à ta place, je ne compterais pas là-dessus comme moyen de pression.

— Et deuxièmement ? »

Elle fait un signe de tête vers le manuscrit. « Le deuxièmement est dans le livre. »

84

L'aire de repos est située sur une ancienne boucle de la route. La nuit est tombée et nous attendons, dissimulés derrière une rangée d'arbres, près de l'édicule en brique des toilettes. Barb est assise sur le capot, éclairée par le plafonnier de la voiture. Je lui ai détaché les mains, mais pas les chevilles. Elle a calé la radio sur la station qui diffuse les vieux tubes de country et chantonne doucement en chœur avec Dolly-Patsy-Tammy. Elle connaît les paroles.

Il y a plus de sang-froid dans le petit doigt de Barb que chez la plupart des hommes que j'ai connus, moi compris. Je ne lui fais absolument pas peur, ou alors, elle ne le montre pas. On ne leur a pas érigé des masses de statues, mais ce sont des femmes comme elles qui ont construit l'Amérique. Des femmes de toutes croyances et de toutes les couleurs qui savaient endurer la neige et la canicule, manier la charrue, traire les vaches, scier le bois, faire des enfants, les élever et les nourrir avant de les regarder partir, et qui se faisaient frapper par des maris infidèles ou bourrés sans pourtant jamais laisser s'éteindre tout à fait la flamme de la bonté qui brûlait en elles.

Je suis installé sur la banquette arrière, portière ouverte.

Je lis le premier jet du roman de Kondracky que j'ai piqué dans son bureau. Les insectes virevoltent autour de ma lampe frontale alors que je tourne les pages.

Ce livre est complètement différent des autres. Le ton est différent. Triste, mélancolique, bourré de regrets, de chagrin et d'occasions manquées, de moments de rédemption ou de grâce qu'il a laissés passer sans s'en apercevoir. Je comprends pourquoi il ne l'a pas envoyés à son éditeur : parce que chaque mot de ce texte sonne vrai. La partie confession, la partie histoire d'amour, la partie justification. L'autobiographie d'un serial killer récalcitrant.

Quand j'arrive au passage dont Barb m'a parlé, je relève les yeux.

« Nom de Dieu.

— Je t'avais prévenu, mon lapin. »

Je pose le manuscrit pour compter sur mes doigts, mais je ne suis même pas sûr d'arriver à faire le calcul. Comment tu fais pour intégrer l'amour ? Et comment tu extrais la racine carrée de la solitude ?

« Alors, tu la connaissais ?

— Bien sûr. Depuis qu'on était petites. On a pratiquement grandi ensemble.

— Et ses yeux ? »

Barb incline la tête. « À ton avis ? »

85

Je laisse Barb près de la voiture et m'éloigne assez loin dans l'obscurité pour être hors de portée de voix. Personne n'a besoin d'entendre que l'on est en train de marchander pour sa survie.

Je compose le numéro de Kat. Il y a un blanc quand ça décroche. Du coup, j'ai l'impression d'entendre un feu crépitant dans un lieu isolé où je ne les retrouverai jamais.

« Kondracky, c'est Jones. Il faut qu'on parle.

— C'est fini, la parlotte. Le temps est écoulé.

— Tu l'as déjà butée ?

— Peut-être. Peut-être pas », répond-il. Une réplique à la Clint Eastwood qui serait plus drôle s'il n'était pas capable de passer à l'acte.

« Cette fille n'est pas le chat de Schrödinger, je lui rétorque. Soit tu l'as tuée, auquel cas tu n'as plus de moyen de pression, soit tu ne l'as pas tuée et ça veut dire que tu n'as jamais eu l'intention de le faire. Tu comprends maintenant pourquoi les menaces sont débiles ?

— Arrête de déconner, Jones ! » Je sens de la colère dans sa voix. C'est bien. « Peut-être que je suis en train de presser la détente.

— Dans ce cas, moi aussi.

— De quoi tu parles ?

— Je suis passé chez toi, tout à l'heure. Tes chiens ne se sont pas montrés très accueillants, mais ils seront d'attaque demain matin. Bref, j'ai mis un peu de temps, mais j'ai fini par trouver ce que je cherchais.

— C'est-à-dire ?

— Disons que tu aurais dû mieux nettoyer le siphon de la douche. »

Il reprend après un silence. « Qu'est-ce qui te fait croire que j'en ai quelque chose à foutre d'elle ?

— Elle m'a sorti le même pipeau. Et ça aurait pu prendre si tu n'avais pas tellement voulu la cacher. Sérieux, tu récures ta maison de fond en comble chaque fois qu'elle en repart. Tu changes les draps, tu passes l'aspirateur, tu vides les poubelles. Tu t'assures qu'elle n'a pas laissé de trace de rouge à lèvres sur une tasse ou un verre. On ne fait pas tout ça pour un simple plan cul.

— Elle n'est pour rien dans toute cette histoire.

— Pas de règles. C'est toi qui me l'as dit. »

Impasse. Je reprends :

« Le truc, c'est que j'aime bien Barb. Je comprends qu'elle te plaise. Je ne veux pas être obligé de la tuer. Mais même si je le fais, tu ne tireras jamais sur cette fille.

— Et on peut savoir pourquoi ?

— Parce que j'ai trouvé ton bouquin. Celui que tu n'as pas envoyé. Je sais qui elle est.

— Tu n'en sais foutre rien.

— Alors prouve-moi que j'ai tort. Flingue-la. »

Silence. Seulement sa respiration au bout du fil. Dans

l'autoradio de la Pontiac, on vient de jeter quelque chose du pont de Tallahatchie[1], mais Barb ne chantonne plus. Elle me regarde.

Je lui tourne le dos. « Tu vois ce que je veux dire ? On les laisse partir, toutes les deux. Pas de vainqueur, pas de perdant. On échange les prisonnières et elles s'en vont. À partir de là, il n'y aura plus que toi et moi. »

Encore un long silence.

« D'accord, grogne-t-il.

— Une dernière chose.

— Quoi ? demande-t-il, sur ses gardes.

— Ça te dirait de prendre un café ? »

---

1. Ode to Billie Joe, célèbre morceau de Bobbie Gentry.
« She and Billy Joe was throwing somethin' off the Tallahatchie Bridge. » *(N.d.T.)*

86

Après la construction du mur de Berlin en 1961, le seul point de passage contrôlé par les Soviétiques, et non par la RDA, était un pont sur la rivière Havel entre les lacs de Jungfern et de Glienicker. Un an plus tard, Rudolf Abel fut convaincu d'espionnage dans une affaire étrange impliquant un livreur de journaux, une pièce de monnaie creuse et un Finnois bigame. Puis il fut échangé sur ce pont contre Gary Powers, dont l'avion-espion U2 avait été abattu à 70 000 pieds, au-dessus de l'Oblast de Sverdlock.

Il devint connu comme le pont des Espions. Spielberg en a tiré un film.

Kondracky et moi, nous avons aussi trouvé notre pont des Espions, mais il est moins glamour : un misérable snack dans un centre commercial, décoré de vieilles plaques d'immatriculation, de posters de Marilyn et d'Elvis, et d'une réplique de capot de Chevrolet vintage en fibre de verre. C'est à la fois instantanément familier et suffisamment inconnu que pour ni lui ni moi n'y trouvions un avantage. Les règles ont été établies au préalable. On se retrouve à deux heures, sans armes, et on discute jusqu'à ce que nos otages soient en sécurité. À partir de là, les paris sont ouverts.

Quand j'arrive avec Barb, Kondracky et Kat sont déjà assis derrière des menus plastifiés et des verres en plastique éraflé. Kondracky s'est installé dans l'axe de la porte, ce qui pourrait m'inquiéter s'il était susceptible d'avoir un complice pour assurer ses arrières, mais si quelqu'un doit me tuer, c'est bien lui, alors je prends place en face, et Barb à mes côtés.

Il a une espèce de pansement improvisé sur l'oreille droite, ce qui lui donne l'air d'un Van Gogh cul-terreux. Je suis presque certain de ne pas l'avoir touché, j'en déduis donc que la capture de Kat était loin d'être une partie de plaisir. Ce qui ne me surprend pas le moins du monde.

Une serveuse enjouée affligée d'un appareil dentaire nous apporte du café et dit qu'elle prendra notre commande quand on sera prêts.

Kat a le teint plus pâle que dans mon souvenir, et je me rends compte qu'en dépit de son air bravache elle est effrayée. Ses grands yeux verts dardent de gauche et de droite pour essayer d'anticiper l'évolution de la situation. Sait-elle déjà qui est Kondracky par rapport à elle ? A-t-elle même le moindre doute ? Aucune idée.

Barb, de son côté, bout d'une colère silencieuse, mitraillant Kondracky d'œillades assassines. Il évite de croiser son regard et je m'aperçois que, bizarrement, c'est elle qui lui fait peur. Et à sa place, moi aussi j'aurais peur.

« Tu vas bien ? » Kat hoche la tête en se frottant les poignets, sur lesquels je remarque les marques d'un collier de serrage.

« Et toi, ça va ? demande Kondracky à Barb.

— Va te faire foutre, Mack, répond-elle. Comme si tu en avais quelque chose à branler.

— Tu savais qui j'étais, répond-il, agacé. Tu pouvais tout arrêter quand tu voulais.

— OK, dis-je, désireux d'éviter une dispute de couple. Et si on tirait un trait sur tout ça ? »

À nouveau, Kondracky hoche la tête. Il cherche quelque chose dans sa poche, en en faisant des tonnes pour me montrer que ce n'est pas une arme, et en ressort deux billets de car Greyhound, un dépliant où figurent les horaires et du cash.

« C'est pour vous deux, dit-il. Un taxi attend dehors pour vous conduire à la gare routière. Vous êtes tirées d'affaire. À partir de maintenant, ce n'est plus qu'entre lui et moi. »

Il pose tout sur la table. Les filles ne font pas le moindre geste.

« Alors c'est ça le plan, dit Kat. On monte dans le car et on vous laisse vous… »

Kondracky lui prend la main pour la faire taire.

Barb tapote la table nerveusement. Elle a les ongles jaunis par la nicotine et je me rends soudain compte qu'elle n'a pas fumé une seule cigarette durant les dix-huit dernières heures.

« Écoutez, dit-elle. Je ne prétends pas connaître toute l'histoire. Mais vous ne pourriez pas régler vos différends ?

— Que crois-tu qu'on est en train de faire ? » rétorque sèchement Kondracky.

S'il en sort vivant, Barb va le lui faire payer cher.

« Et si on appelle les flics ? demande Kat.

— Tu passeras le restant de tes jours avec leur sang sur tes mains. » À sa manière de détourner la tête, je vois qu'elle abandonne l'idée.

Barb consulte les horaires de car. On dirait qu'elle a fait

une croix sur Kondracky. « Il y en a un bientôt si on se dépêche. »

Pas encore prête à abandonner, Kat lui retourne un regard courroucé.

« Je sais ce que tu penses, mon chou, dit Barb. Mais tu n'as pas le don de murmurer à l'oreille des trouducs. Laisse ces abrutis se faire ce qui leur chante. Le monde sera meilleur sans l'un des deux. »

Je n'ai rien à redire, et Kondracky non plus.

Mais Barb n'a pas fini. Elle se tourne vers nous. « Je le jure devant Dieu, si ça ne tenait qu'à moi, j'abrégerais vos souffrances illico. » Sur ce, elle ramasse les billets de car et l'argent sur la table et se dirige vers la sortie.

Kat reste encore quelques secondes à me fusiller du regard.

« Alors ? »

Je me contente de hausser les épaules. Je veux qu'elle me déteste et, à l'évidence, j'y parviens assez bien.

« Tu m'as abandonnée, poursuit-elle.

— Tu ne m'avais pas dit que tu savais te débrouiller toute seule ? »

Pour toute réponse, elle saisit la tasse de Kondracky et me jette son café tiède au visage.

Puis elle pivote vers lui, la main tendue.

« Mon portable, dit-elle. Je veux mon portable. »

Kondracky lui rend son téléphone. Elle l'empoche et rejoint Barb dans le centre commercial. Je me tords le cou pour les suivre jusqu'aux grandes portes vitrées ouvrant sur le parking. Un minivan cabossé gris métallisé marqué ACE TAXI les attend.

Je me demande si c'est la dernière fois que je la vois.

87

Kondracky me regarde, amusé, pendant que j'éponge le café sur ma figure avec une serviette en papier.

« Alors, dit-il. Tu sais que je t'avais repéré depuis le début, non ? »

Je n'ai pas envie de lui donner la satisfaction d'une réponse. Il prend mon silence pour un encouragement.

« La Jeep, la remorque et tes bobards sur le piano. Vern m'a dit que tu étais reparti vers l'ouest en sortant de la station. Mais un pote fermier t'a aperçu sur un chemin de terre qui contourne la ville, comme si tu ne voulais pas qu'on te repère.

» Je me suis dit que j'allais te laisser un jour ou deux pour t'installer. Puis je suis allé faire un tour en forêt et les chiens ont flairé ton bivouac en moins de dix secondes, sans parler de ton camouflage à deux balles pour planquer ton pick-up et tes tentatives pour effacer tes traces de pneus. En voyant les merdes d'ours, j'ai compris tu étais parti en vitesse. Je parie que cette bonne vieille Martha t'a foutu la trouille de ta vie, cette méchante fille. Moi aussi, elle m'a obligé à décamper plusieurs fois.

» Quand j'ai repéré ton pick-up sur le parking à l'arrière

du motel, là encore il ne m'a pas fallu dix secondes pour comprendre que la fille était plus intéressée par toi que par les mille dollars que je lui avais promis pour m'avertir. À partir de là, c'était facile de deviner ce que tu mijotais. Alors, je suis allé jeter un coup d'œil à toutes les zones que j'avais dégagées et, évidemment, à tes caméras de surveillance. Qui m'ont appris que tu avais l'intention de tirer d'en dessous, et comme on le sait toi et moi, il n'y a qu'un seul endroit possible. J'avais compris ce qui se tramait, alors j'ai affamé les chiens. Ce matin-là, mon dé n'est pas tombé sur "descendre à la station-service", pourtant j'y suis allé quand même. J'étais presque désolé pour toi quand tu as tenté de me tirer dessus. J'aurais pu continuer jusqu'à la route et couper ta retraite, mais tu aurais pu essayer de te barrer à pied plutôt qu'en voiture, et je ne voulais pas prendre ce risque.

» Tu as pigé que, sans la fille, je t'aurais buté dans la scierie ? »

Ce monologue merdique commence à me lasser.

« Pourquoi tu continues à l'appeler comme ça ?

— Qui ?

— La fille. On sait tous les deux qui elle est.

— Tu peux être plus clair ? dit-il, la voix en alerte.

— Mille neuf cent quatre-vingt-treize, je précise. Tu arrives de Billings, Montana, pour exécuter un contrat à Milwaukee, sauf qu'une tempête de neige t'oblige à faire étape dans un motel pour chasseurs. Où tu rencontres une femme avec, je cite, "des yeux verts délirants". »

Ses yeux d'un bleu délavé me regardent fixement et, soudain, je comprends.

« Tu ne l'as jamais oubliée, c'est ça ? »

Il met un temps à répondre. Et se contente de dire : « Il y a des femmes qu'on n'oublie pas.

— Vas-y, crache le morceau. Tu la rencontres. Tu restes trois nuits, et puis quoi ?

— Tu as lu ce putain de bouquin. Alors, dis-le, toi. »

Je secoue la tête. « Ça s'arrête. Tu n'as jamais fini l'histoire.

— Qu'est-ce qui te permet de croire que je vais te raconter la fin ?

— Peut-être parce que je suis la seule personne au monde qui pourrait la comprendre. »

Ce n'est qu'une impression, mais on dirait que la dureté de son regard s'adoucit quelque peu. Il fait tambouriner ses doigts un moment, puis se penche vers moi.

« Qu'est-ce que tu crois ? Je suis reparti, certain que je ne pourrais plus jamais la revoir sans lui coller une cible dans le dos. Alors, j'ai laissé mon boulot combler les trous et, vingt ans plus tard, je continuais à me demander "et si ?". Bien sûr, je ne voyais pas son visage chaque nuit avant de m'endormir, mais très souvent quand même. Alors un jour, je me suis pointé, me persuadant que je ne ferais que passer, qu'elle avait déménagé, s'était mariée, qu'elle avait commencé une nouvelle vie et mis le putain de fantôme aux oubliettes. Sauf que pas du tout. Elle était toujours au même endroit. Dans son putain de motel. Elle n'avait même pas changé les putains de rideaux.

— Et quoi ? Tu t'es arrêté ?

— Non. J'ai trouvé ma maison. Pas parfaite mais pleine de potentialités. Et c'est là que m'est venue l'idée de prendre ma retraite. De disparaître. Personne ne saurait jamais où j'étais parti. Comprends bien, je ne me suis pas monté la tête. Je ne savais pas ce qu'elle pensait de moi, ni même si elle se souvenait de nous. »

Il s'arrête le temps de laisser passer un train tonitruant d'émotions long d'un bon kilomètre.

« Enfin bref, j'ai tout mis en place. Ça m'a pris deux ans pour arranger la maison et tout préparer. Et puis, j'ai éteint la lumière et le rideau est tombé sur Sixteen. Et ce jour-là, je suis retourné au motel. Elle a levé les yeux, toujours ces mêmes yeux verts, et elle m'a reconnu. Et tu sais ce qu'elle a dit ?

— Quoi ?

— "Tu arrives trop tard."

— Ce qui veut dire ?

— Que j'arrivais vraiment trop tard. Dans tous les sens du terme. D'abord parce qu'elle souffrait d'un lymphome de stade 4. L'hôpital ne lui avait donné qu'un an à vivre. Elle a tenu dix-huit mois. Ensuite, parce qu'elle avait déjà arpenté toutes les phases du chagrin. Au début, elle était restée au motel parce qu'elle espérait mon retour. Après, pour me dire d'aller me faire foutre au cas où je serais revenu. Et à la fin, elle y est restée, non plus à cause de moi, mais parce que c'est la vie.

— Et Kat ?

— Putain, tu parles d'une prise de tête.

— Elle lui ressemble ? Je veux dire, à part les yeux verts ?

— Bien sûr, répond-il. Mais elle est différente aussi.

— Différente comment ?

— Sa mère laissait les gens l'utiliser. Kat, c'est une battante. Une survivante. »

Des survivants. C'est comme ça que Junebug nous appelait. Jusqu'à ce qu'elle arrête de survivre.

« Au moins, vous avez eu dix-huit mois ensemble. C'était comment ? »

Kondracky hausse les épaules. « Une nuit, on a picolé et fricoté ensemble. Mais ça ne menait nulle part. Nous n'étions plus les mêmes personnes. Elle avait raison, j'arrivais trop tard. J'avais tout foiré. »

Il repousse sa tasse de café.

« Maintenant, toi, tu vas m'expliquer un truc. Si tu savais déjà qui était Kat et que je n'allais pas la tuer, pourquoi tu t'es fait chier à monter tout ce bordel ? L'échange des prisonnières, ça servait à quoi ? Juste à m'entendre débiter une putain d'histoire triste ?

— Non. J'espérais que tu me dirais la vérité. »

Kondracky me dévisage d'un regard glacial et hostile.

Je continue. « La mère de Kat. Ce n'est pas à cause d'elle que tu as disparu. D'accord, tu ne l'as jamais oubliée. Ça a dû te ronger, je n'en doute pas. Mais il n'y a pas que ça. Tu fais le mort pendant vingt ans, et soudain tu décides que le temps est venu de rallumer la flamme ? Mais en faisant ça, ce n'est pas seulement elle que tu mets dans la ligne de mire, mais aussi ta propre fille dont tu viens de découvrir l'existence. Je comprends pourquoi tu as traité Kat comme de la merde parce que si qui que ce soit avait suspecté le lien entre vous, elle serait devenue une cible. Mais tu ne serais jamais revenu à moins d'y être obligé. »

Les billes qui remplacent ses yeux se sont transformées en granit.

Je continue. « Tu sais le plus drôle ? C'est Kat qui a vu

clair en toi mieux que moi. Tu n'as pas pris ta retraite parce que tu étais nostalgique d'une femme avec qui tu avais couché dans ton jeune temps. Tu as tout quitté parce que quelque chose t'a effrayé. Parce que tu avais les foies. Ça nous arrive à tous de connaître la peur de temps à autre, mais la tienne s'était emparée de toi et ne t'a plus lâché. Et tu n'avais pas seulement la trouille de ce qui te hantait : tu flippais encore plus que ça s'ébruite. Tu étais terrifié. Et tu sais quoi ? Je pense que tu l'es encore. »

Après un temps, son visage se fend d'un rictus.

« C'est une pensée qui te plaît, hein ? "Kondracky a chopé la *trouille.* Il est *terrifié.*" Parce que dans ton histoire, ce n'est pas toi qui meurs à la fin. Pourtant, c'est bien toi qui vas rester sur le carreau, Jones, parce que tu as tellement la tête dans le cul que tu ne t'es jamais posé la seule question qui compte.

— Et c'est ?

— Qui est vraiment ta cible ? »

88

« Je sais très bien qui est ma cible, dis-je, en le regardant droit dans les yeux. Mes instructions étaient plutôt claires là-dessus.

— Hum. Et ils t'ont expliqué pourquoi ils voulaient ma peau ?

— Et toi, tu sais pourquoi tu as exécuté chacun de tes contrats ?

— Bien sûr. Et je mettais un point d'honneur à le savoir. Si tu tues un homme sans raison, très vite, les choses risquent de dégénérer. Il faut forcer les enfoirés d'en haut à rester honnêtes, sinon des gens vont se faire descendre sans la moindre raison. Quand on ne voulait pas me le dire, je me débrouillais pour le découvrir tout seul. Et si je ne savais pas exactement pourquoi, au moins, j'en avais une idée assez précise. »

Il se cale au fond de sa chaise et entreprend de se nettoyer les dents avec un cure-dents pioché dans un petit pot sur la table.

« Alors, essaie de deviner. »

Je hausse les épaules. « Je me suis dit qu'ils voulaient faire le grand nettoyage. Tu en savais trop sur beaucoup trop de coups tordus.

— Bien sûr, bien sûr, dit Kondracky avec un geste dédaigneux. Tôt ou tard, tout le monde bascule de l'état d'actif à celui de passif qu'il faut réduire. Ou simplement, ils en ont marre de voir ta tête. Mais la question, c'est pourquoi ?

— Je te l'ai dit, ils ne m'ont pas donné de raison.

— Et s'il n'y avait pas de raison ? »

Je sens ma patience s'épuiser. « Putain, mais qu'est-ce que tu racontes, vieil homme ?

— Peut-être que la raison, c'est qu'il n'y a pas de raison.

— Et pourquoi ils m'enverraient te buter sans raison ? »

Kondracky soupire comme si j'avais cinq ans et mis mes chaussures à l'envers.

« Bon sang, il faut que je te fasse un dessin ? Toi, Jones, tu es Seventeen, l'enfoiré ultime, selon tes propres dires. Personne ne peut s'en prendre à toi et l'emporter. Il n'y a qu'un type sur terre à qui tu ne fais pas peur. Un seul connard qui pourrait faire le job sans problème. Seulement, il n'est pas disponible parce qu'il a raccroché. Et nul ne sait où il est. »

Il retire de ses dents un truc qu'il examine attentivement.

« Tu vois où je veux en venir ? Le seul moyen de te tuer, c'est que je sorte de ma retraite. Et le seul moyen de me faire sortir de ma retraite, c'est de te missionner pour me buter, en sachant que tu vas foirer. Et que c'est moi qui vais te traquer et t'abattre. Tu commences à piger ? Tu penses que je suis ta cible. Mais ce n'est pas moi ta véritable cible. Je ne l'ai jamais été.

» La vraie cible, dit-il en pointant son cure-dents vers moi, c'est *toi*. »

QUATRIÈME PARTIE

89

Après avoir tué David, je savais de quoi j'étais capable et ce que je voulais faire de ma vie, mais avant ça, j'avais encore un problème à résoudre.

Je devais découvrir qui avait tué ma mère.

Les jours suivant la mort de Junebug ne sont pas flous dans ma mémoire. Ils n'existent pas. Il y a un nom pour ça – l'amnésie traumatique. C'est pour ça que des enfants retrouvent parfois la mémoire d'années d'abus sexuels après un stimulus sensoriel. Un parfum, une couleur, ou le fait de se retrouver dans la chambre où ça s'était passé.

Le premier détail que je me rappelle avec netteté date peut-être d'une semaine après le décès de ma mère. Je suis assis dans une pièce impersonnelle. Comme une salle de classe, sauf que c'était probablement dans un centre des services de protection de l'enfance. Tu vois le genre, avec des peluches et des posters pour que tu te sentes comme à la maison, mais qui ne suffisent pas à faire oublier le lino d'hôpital, la peinture grise, les tables et les chaises en plastique rigide, l'odeur écœurante et les relents de désespoir qui imprégnaient chaque chose.

Je suis assis à une des tables, mes jambes sont trop courtes pour toucher le sol. À ma gauche se tient une dame de la protection de l'enfance. Une travailleuse sociale, ou une psy, probablement. On appelle ça un adulte référent. Elle a des cheveux courts et bouclés, de gros bras et des fleurs sur sa blouse. C'est tout ce dont je me souviens. Face à moi, un policier en civil, la cinquantaine, une figure rougeaude et une moustache de morse. Il me pose plein de questions sur la nuit où ma mère est morte, et je lui raconte tout. La penderie, la lampe de poche, la BD *Spiderman*, le tatouage du crâne qui rigole sur la cheville de l'homme.

Ce n'était pas énorme, mais c'était le signe qu'il y avait eu au moins un début d'enquête, et plus tard, avec l'aide d'un avocat, et malgré le travail de sape des flics de Stockton, j'ai fini par mettre la main sur le dossier classé. Mais ma déposition avait disparu.

À cette époque, l'inspecteur à grosse moustache, Giller – son nom figurait dans le dossier –, avait trouvé la mort en encastrant sa Mustang dans la pile d'un pont en pleine nuit, après un divorce difficile et une longue nuit au club de strip local. J'appris qu'il était de la brigade des mœurs, pas de la criminelle, ce qui était étrange. Et aussi que ce n'était pas lui qui dirigeait l'enquête, ce qui était encore plus bizarre, vu que j'étais le seul témoin, mais je n'en saisis pas l'importance.

Quant aux filles qui avaient côtoyé Junebug dans le boulot, la plupart avaient raccroché, ou n'étaient plus de ce monde. Au bout de quatre jours à traîner sur le trottoir de Walker Way, j'en trouvai une qui se souvenait d'elle. Sous les mêmes néons grésillants où, une décennie plus tôt, je m'étais assis avec Junebug pour déguster un granité vert dans un gobelet géant, elle m'expliqua deux choses qui permirent à tous de s'emboîter.

D'abord, que les flics des mœurs prenaient une commission sur les filles pour fermer les yeux sur leurs activités et qu'ils se faisaient payer en liquide, mais aussi en nature. En échange de leur protection, si un mac devenait trop violent avec une fille, lui pétait le nez ou l'envoyait à l'hôpital, ils intervenaient. Il arrivait qu'un flic se prenne d'un intérêt particulier pour une fille particulière et qu'il finisse par la considérer comme sa propriété, comme s'il était son mac en uniforme. Junebug lui avait confié qu'elle en avait un, ce qui rendait encore plus curieux que l'enquête sur sa mort ait été bâclée de façon si flagrante. Je lui demandai si Giller pouvait être ce flic-mac, mais elle me répondit que non, la moustache de morse se faisait payer en liquide, pas en nature.

Et puis, elle me raconta la seconde chose. Le tatouage que je décrivais sur la cheville de l'homme qui avait tué ma mère était un tatouage de flic. La marque d'un gang, d'une fraternité de flics ripoux se protégeant les uns les autres.

L'assassin était un flic, ou un ex-flic.

Et c'est là que j'ai su qui avait tué ma mère.

90

Kondracky m'observe, mâchouillant son cure-dents à l'affût de ma réaction. Je lui retourne un regard le plus neutre possible, essayant de rester impassible.

Mais il a raison, évidemment. Ce n'est pas lui qu'ils essaient de tuer. C'est moi. Quelqu'un veut ma mort à tout prix. Et si je veux survivre, je dois trouver qui c'est, et pourquoi.

Mais d'abord, je dois tuer l'homme assis en face de moi.

Bien sûr, je pourrais me persuader que puisque Sixteen n'est pas la cible, on n'a pas besoin de s'entre-tuer. Mais c'est un raisonnement stupide, parce que c'est toujours la même chose : si je ne finis pas le boulot, tout le monde pensera que j'ai la trouille, et la chasse sera ouverte. Ça marche aussi pour Kondracky : j'ai essayé de le tuer, et s'il ne me rend pas la monnaie de ma pièce, ça ne s'arrêtera jamais pour lui non plus.

On pourrait se mettre d'accord pour partir chacun de son côté, mais on se mentirait l'un comme l'autre. Et on le sait très bien.

Je me contente de hausser les épaules. « Peut-être que tu

as raison. Mais je ne suis pas sûr que ça change quoi que ce soit.

— Pareil pour moi, dit Kondracky. Alors, on s'y met ? »

Le marché précisait que nous ne serions pas armés, mais je ne suis pas naïf au point de croire qu'il l'ait respecté. Et en tout cas, moi, j'ai un MP9 Brügger & Thomet niché dans le creux des reins et deux grenades Nammo, de chouettes petits jouets qui se clipsent l'une à l'autre comme des Lego. Notre pont des Espions est une zone démilitarisée, il faut donc qu'on s'accorde un délai supplémentaire pour déguerpir.

« De combien de temps tu as besoin ? je lui demande.

— Toi, il t'en faut combien ?

— Je pensais à vingt-quatre heures, je réponds, bien que je n'aie pas l'intention d'attendre aussi longtemps.

— Moi, je pensais à dix minutes, dit Kondracky avec exactement la même idée en tête.

— Et si on coupait la poire en deux ? Cinq minutes. »

91

Le type chargé de l'enquête était un flic des homicides nommé De Angelo. À en croire le dossier, il avait été le premier sur place après les flics du quartier. C'est lui qui aurait dû m'interroger. Pourtant, il envoya Giller à sa place, alors qu'il n'était même pas de la criminelle. Mais l'avocat qui m'avait récupéré le dossier et qui les connaissait tous les deux me raconta que De Angelo avait été promu des mœurs, où il avait été le partenaire de Giller.

De Angelo était encore vivant, mais il avait été muté à L.A. C'est là que je l'ai retrouvé dans un bureau de City of Industry, à l'est de la ville, à la retraite avec une grosse pension, et à la tête d'une société de sécurité privée de protection des personnalités. Je l'appelai à l'avance pour lui dire que j'arrivais par le vol de New York, que j'étais vice-président d'un label désireux d'amener un groupe de rap à accepter par écrit une rupture de contrat, et que, comme ça risquait d'être tendu, j'avais besoin d'un chauffeur et d'un garde du corps pour une semaine. J'ajoutai que, si ça se passait bien, il pourrait y avoir un contrat à la clé.

Il sauta sur l'occasion. Je le retrouvai à l'aéroport de L.A. et il me conduisit à Hollywood. Une fois dans mon hôtel, il en fit des tonnes, furetant partout comme s'il faisait partie des services secrets, et demanda à inspecter ma chambre en premier. Lorsqu'il rouvrit la porte pour m'affirmer que tout allait bien et que je pouvais entrer, je l'assommai d'un coup de crosse, le traînai à l'intérieur, le ligotai au lit et je lui scellai la bouche avec de l'adhésif.

En retroussant la jambe de son pantalon, je savais déjà ce que j'allais trouver.

Je ne suis pas fier de ce que j'ai fait ce jour-là. Mais il avait mérité chaque station de son chemin de croix. Avant de mourir, De Angelo m'avoua la vérité : ce jour-là, il avait vraiment eu peur que ma mère se taille pour de bon, qu'elle change et peut-être même qu'elle s'en sorte. Et que, prenant conscience des mauvais traitements qu'il lui avait fait endurer ainsi qu'à ses consœurs, elle ne décide de l'incriminer. Il voulait aussi envoyer un message aux autres filles sous sa « protection » : tant qu'elles étaient sous sa coupe, il n'y avait aucune issue.

De Angelo avait passé lui-même le coup de fil pour appeler la police. Il ignorait complètement qu'un témoin avait assisté au meurtre avant de parler avec les flics de quartier qui découvrirent le corps. J'imagine que s'il l'avait su, il m'aurait tué aussi. Et lorsqu'il apprit ma présence sur les lieux, ne pouvant assurer mon interrogatoire parce que je l'aurais reconnu, il envoya son pote Giller à sa place, qui ne prit même pas la peine de noter ma déposition.

J'ai souvent repensé à ce que De Angelo m'avoua ce jour-là, à ce qui motiva le meurtre de ma mère, et pourtant, ses raisons ne m'ont jamais paru suffisantes. Il se peut que je me raconte des histoires en essayant de donner à sa vie, et à sa mort, un poids qu'elles n'avaient pas, mais je continue à penser que ce qu'il ne m'a pas dit, c'est qu'il était amoureux d'elle. Et qu'il était furieux contre Junebug non seulement parce qu'elle voulait le quitter, mais aussi parce qu'elle ne l'aimait pas en retour et qu'elle avait le culot d'aspirer à une autre existence que celle d'une putain.

Je dis ça parce qu'en dépit de ses failles béantes ma mère était une personne pleine d'amour, mais qu'elle n'aurait jamais pu, ni voulu, aimer un animal comme De Angelo.

Après qu'il eut enfin poussé son dernier soupir, je marchai jusqu'à La Brea. C'était une de ces journées incroyablement lumineuses et limpides où, le smog se levant sur L.A., tu t'aperçois que tu peux voir plus loin et plus clair. À ma grande surprise, je me sentais différent. Au coin de La Brea, il y avait un 7-Eleven, où je m'arrêtai pour acheter un Slurpee et je le sirotai, portant un toast en l'honneur de Junebug.

Ce n'est que bien plus tard que je pris conscience que De Angelo et moi, nous avions les yeux de la même couleur.

92

On sort en même temps du *diner*, et chacun part de son côté, en reculant, les mains levées pour bien montrer qu'elles sont vides, jusqu'à ce que Kondracky disparaisse par une sortie du vieux centre commercial, et moi par l'autre.

La nuit dernière, pendant que Barb somnolait à l'arrière, j'ai étudié le plan du rez-de-chaussée ainsi que la topographie de Rapid City. Je présume qu'il a fait la même chose. Le centre commercial est de plain-pied – dans les années 70, les prix des terrains étaient si bas que ça coûtait moins cher de bâtir en largeur qu'en hauteur. Le petit *diner* est situé dans le patio central, et c'est le dernier espace de restauration encore ouvert – pas loin des escaliers, mais à bonne distance des entrées et du parking où nous attendent nos véhicules, et nos armes.

Je me suis garé près de l'entrée pour un accès rapide, mais c'était peut-être une erreur, car maintenant la Pontiac est une cible facile pour un tireur posté sur le toit. Une centaine de mètres plus loin, il y avait un vieux Trooper qui ressemblait pas mal à celui du motel. Je ne suis pas sûr que ce soit celui de Kat, mais si c'est le cas, un sprint de dix secondes suffira à Kondracky pour se mettre hors de portée en me laissant coincé et désarmé à l'intérieur.

Le toit est ma meilleure option – comme il n'y a pas d'étage, je l'atteindrai en un rien de temps —, mais si Kondracky a eu la même idée et y arrive avant moi ? Peut-être que je pourrais passer par le sous-sol, la zone de livraison et les quais de déchargement, attendre tranquillement mon heure, puis faire le tour par en dessous pour atteindre la voiture. Mais combien de temps Kondracky restera-t-il sur le toit. Et s'il décide plutôt d'aller vers le Trooper, je risque de le perdre complètement.

Comme si ça ne suffisait pas, une antenne de police est accolée au centre commercial. Les flics de province ne me font pas peur, mais aux premiers coups de feu, ils vont appeler des renforts, ce qui ne manquerait pas de compliquer les choses, et elles le sont déjà suffisamment.

C'est l'heure du choix. Au bout du couloir des toilettes se trouvent un monte-charge et une porte coupe-feu donnant sur un escalier. Je gravis les marches quatre à quatre jusqu'à une autre porte qui mène au toit. Il n'y a pas d'alarme et le verrou n'a pas l'air bien solide. Je l'ouvre d'un coup d'épaule, prêt à faire feu au cas où Kondracky serait passé par la porte de service opposée, à l'autre bout du centre commercial. Mais aucun signe de lui.

En progressant à couvert derrière les systèmes de climatisation installés sur le toit, j'atteins le coin nord-ouest et constate que le vieux Trooper est toujours à la même place. J'avance encore, sur le qui-vive. Putain, mais il est où ? Le toit n'est pas si haut – cinq ou six mètres. Si je saute, je pourrai arriver à la Pontiac et trouver des armes. Mais s'il m'attend près d'une des sorties, je suis foutu.

Je suis presque à l'autre bout quand j'aperçois la deuxième porte d'accès. Elle est ouverte et le verrou a été forcé.

Il est arrivé avant moi.

Un dixième de seconde plus tard, Kondracky ouvre le feu, à couvert derrière l'édicule couronnant l'escalier. D'un coup de pied réflexe, je lui claque la porte au nez et m'élance sur les marches. Je me reçois contre le mur du palier en bas des marches et pointe mon flingue vers la porte. Mais Kondracky n'apparaît pas. Peut-être qu'il a pris l'autre escalier, qu'il a sauté du toit, ou qu'il attend que je coure vers la Pontiac à découvert. Mais dans le poste de police, les flics ont dû entendre les détonations. Bientôt, ils vont monter sur le toit, donc lui, il doit être en train d'en descendre.

Je dévale les marches jusqu'aux portes vitrées d'un ancien grand magasin JC Penney reconverti en braderie. Une pancarte annonce OUVERT LES VENDREDIS 13-16 HEURES. J'explose la vitre avec la crosse du MP9. Elle vole en éclats, j'enjambe les débris et passe à l'intérieur. Tout en gardant l'entrée en ligne de mire, je cherche une autre sortie : la porte par où je suis entré est un goulot d'étranglement, il me faut une stratégie de repli. Les fenêtres ont été condamnées par des rayonnages sur lesquels sont exposés des vieilleries et des articles de consommation bon marché. Les portes donnant sur l'extérieur sont munies de barres antipanique, immobilisées par des chaînes.

La seule option, c'est un monte-charge. À l'instant où je presse le bouton, je sens qu'on jette quelque chose par la vitre éclatée. Je me retourne et suis violemment frappé par la déflagration et le souffle d'une grenade incapacitante. Aveuglé, les oreilles bourdonnantes, je me recroqueville derrière un présentoir de faux Tupperware, essayant de rester invisible jusqu'à ce que j'aie recouvré mes sens.

Quand ma vue s'éclaircit, je perçois un mouvement. Kondracky fait irruption dans la brocante en tirant au hasard pour couvrir son entrée. Des boules, des rennes et des anges explosent dans le rayon de décos de Noël au rabais. Je suis encore à moitié aveugle et pas en état de l'affronter, donc je lâche une rafale vers la porte, me précipite dans le monte-charge et martèle le bouton du sous-sol.

Les balles de Kondracky perforent les battants qui se referment.

Quand le monte-charge s'ébranle vers le bas, j'entends les sirènes. Les renforts pour les flics du centre commercial. Si on veut éviter le massacre, Kondracky et moi allons devoir trouver un autre champ de bataille.

Au sous-sol, les portes s'ouvrent en grinçant et je jaillis dehors, mon flingue pointé droit devant moi. À ma gauche, un escalier de secours que Kondracky aurait pu emprunter depuis le rez-de-chaussée. Mais dans ce cas, il serait déjà là. Ça veut dire que lui aussi a entendu les sirènes et, comme il ne m'avait plus dans les pattes, qu'il a dû tracer vers le Trooper.

Sur la droite s'étend un quai de chargement. Je soulève un volet métallique et remonte vers le parking en rasant les murs. Je fais une pause près de la sortie, prêt à sprinter vers la Pontiac.

Trop tard. À l'autre bout du parking, le Trooper fonce dans ma direction. Et de l'autre côté, deux voitures de patrouille, gyrophares allumés, stoppent dans des crissements de pneus devant le centre commercial. Des flics en jaillissent, sortent des gilets pare-balles et des armes de leurs coffres, et courent vers l'entrée. Je pourrais tenter de m'emparer d'un de leurs véhicules – les flics laissent toujours les clés sur le contact –, mais piquer une voiture avec un logo de la police risquerait de concentrer beaucoup trop d'attention sur ma petite personne.

Je m'apprête à battre en retraite vers le sous-sol quand je vois un gamin maigrichon en tenue de magasinier, dix-neuf ans au max, qui enfile un casque et enfourche une motocross. Il a des écouteurs et n'a pas entendu les flics arriver. Il la démarre au kick et s'éloigne du trottoir.

Je m'élance derrière lui, mais il accélère et vire entre deux rangées de voitures en stationnement, m'obligeant à corriger ma trajectoire. Je bondis sur le plateau d'un Ford Ranger rouillé, puis sur le toit de la cabine que j'utilise comme tremplin. Je fends l'air et percute le motard de plein fouet. Il va s'écraser sur le sol. Je redresse la moto et l'enfourche à mon tour. Le môme se relève, sonné et furieux. Il n'insiste pas quand il voit le pistolet. Derrière, le Trooper surgit sur les chapeaux de roue dans l'allée et manque de partir en tonneaux en heurtant le trottoir.

Je mets les gaz, le pneu arrière commence à fumer, la roue avant dérape, puis la moto part en roue arrière, à deux doigts de me désarçonner. Le garçon, dont ce n'est vraiment pas la journée, plonge pour éviter le Trooper au moment où je fais irruption sur la route, à la sortie du parking.

Quand je regarde derrière moi, Kondracky n'est qu'à quelques dizaines de mètres, et il gagne du terrain.

93

Aucune chance de le semer à moto, alors je bondis au-dessus du terre-plein central scindant la voie d'accès au centre commercial et me retrouve à contresens du trafic. Kondracky me colle aux basques, raclant son bas de caisse rouillé en rebondissant sur le remblai.

Je monte sur le trottoir, zigzague entre les réverbères et les parcmètres pour l'empêcher d'ajuster son tir. La voie se libère devant lui. Il accélère et lève le canon de son Glock. Je fais mine de tourner à droite mais vire sur la gauche dans une rue latérale, entre un garage et un marchand de jacuzzis.

Kondracky rate le virage. J'accélère à fond et passe en vrombissant devant une aire de stockage d'où une petite route part à l'assaut d'une colline couverte de broussailles. Kondracky déboule d'une rue transversale sur ma gauche, mais j'ai une centaine de mètres d'avance.

La chaussée forme une bosse à l'endroit où elle passe de l'asphalte à la terre, là où la pente devient plus raide. La Yamaha est sur son terrain à présent. Ses pneus à crampons mordent dans la terre, alors qu'avec ses amortisseurs usés et ses pneus lisses le Trooper chasse de l'arrière et dérape. Kondracky peine à le maintenir sur la route et il perd du terrain. Finalement, je me dis que j'ai peut-être une chance.

Plus loin, un virage à gauche en épingle à cheveux. Mais droit devant, un sentier caillouteux monte vers le haut de la colline à travers les broussailles. Je m'arrête un instant et m'y engage à fond la caisse, le guidon ondulant entre les arbres, projetant derrière moi un panache de cailloux, de terre et de gaz d'échappement.

En dessous, Kondracky n'a d'autre choix que de rester sur le chemin, dérapant dans les virages en essayant de garder le contact. Mais il perd sans arrêt du terrain.

Le sentier arrive au bord d'une ravine abrupte. Je mets plein gaz, je décolle et j'atterris au milieu des dinosaures.

94

Le brontosaure est le plus grand, répliqué à taille réelle au sommet de la colline, près d'un mât où flotte le drapeau américain. Une volée de marches mène au tyrannosaure et au stégosaure. Et encore en dessous, il y a un tricératops avec une seule corne. On les a récemment repeints en vert menthe à l'eau, mais leurs corps en béton datant du New Deal s'écaillent par endroits.

Rapid City s'étend à mes pieds. Le chemin redescend en lacets vers une autoroute à six voies, la principale artère de l'agglomération. Plus loin, j'aperçois des rails de chemin de fer et un ruban d'espaces verts au bord de la rivière qui coupe la ville en deux.

Et soudain, je sais comment je vais lui faire la peau.

Le Trooper émerge du chemin de terre qui se dédouble en voie de maintenance. J'attends d'être sûr que Kondracky m'a bien vu pour passer la première. Un groupe de scouts en villégiature s'éparpille quand je dévale les marches en béton vers l'entrée du parc.

Kondracky émerge derrière moi en dérapant sur le parking. Je pourrais le distancer en quittant à nouveau la chaussée, mais je n'essaie plus de le semer et je reste sur la route. Les pneus à crampons glissent sur l'asphalte. Il me colle toujours.

En bas de la colline, j'emprunte un sentier qui rejoint l'autoroute entre de rares arbres. Kondracky n'a d'autre choix que de bifurquer sur un chemin de terre vers une aire de stockage de matériaux de construction. Il ravage le grillage et l'entraîne derrière lui, à moitié enroulé autour du Trooper.

J'ai minuté ma descente et traverse en trombe les six voies de l'autoroute. Un Silverado manque de me percuter, mais freine assez violemment pour mettre sa remorque en portefeuille. Le bateau-maison qu'elle transporte se désintègre en une myriade de débris de contreplaqué et de fibre de verre.

Dans des gerbes d'étincelles provoquées par le frottement du grillage sur l'asphalte, Kondracky débouche de l'aire de stockage, fendant les débris de la maison-bateau, et zigzague sur les trois dernières voies à travers les voitures arrivant en sens inverse et les coups de klaxon.

Devant moi, légèrement surélevée, la voie de chemin de fer. J'utilise le remblai comme une rampe pour me catapulter au-dessus et atterris de l'autre côté. Kondracky remonte à ma hauteur. Les rails nous séparent. Il s'apprête à faire feu quand il aperçoit la même chose que moi : une double motrice diesel électrique orange vif qui roule droit sur nous, tractant un train de marchandises mixtes long de deux kilomètres.

Il se déporte sur sa droite pour éviter une collision frontale quand le mastodonte passe dans un bruit de tonnerre, s'élevant comme un mur entre nous. L'aspiration est à deux doigts de me faire tomber de selle. Entre chaque wagon qui défile dans un roulement de tambour – *bentonite*, *éthanol*, *éthanol*, *bentonite*, *grain* –, j'aperçois Kondracky, toujours à ma hauteur. Les morceaux de grillage se décrochent un à un, puis se détachent complètement.

Le train met presque une minute à passer. À peine le dernier wagon s'éloigne-t-il que Kondracky ouvre le feu. Mais je décroche à gauche sur le ruban de verdure qui plonge vers la rivière.

Kondracky propulse le Trooper au-dessus de la voie ferrée pour me suivre.

Bien. C'est la dernière ligne droite et il fait exactement ce que je voulais. Je passe en tout-terrain et m'enfonce dans la petite ravine herbeuse et boisée longeant le cours d'eau. Kondracky ne me lâche pas. Le Trooper glisse, parallèle à moi, sur le chemin qui traverse la prairie. Il cherche à m'acculer à la rivière.

Il pointe une nouvelle fois le Glock dans ma direction, mais j'utilise les arbres sur la rive comme écran, slalomant entre les troncs, enchaînant coups de frein et accélérations brutales, tout en me préparant. La vitre du côté conducteur est baissée, mais ce n'est pas ce que je veux. Je donne un coup de patin, le laisse me dépasser et remets les gaz à fond pour me positionner parallèlement à lui du côté passager.

Kondracky pense enfin tenir un angle de tir et fait feu, mais je freine à nouveau. Et sa deuxième balle explose sa vitre arrière.

Parfait. Il me mâche le travail.

J'attrape les deux grenades Nammo clipsées ensemble à ma ceinture. Je les dégoupille, accélère, et les lance par la vitre béante, puis vire vers le haut, hors de portée.

La grenade rebondit sur la banquette arrière et tombe sur le tapis de sol sous le siège de Kondracky. Il tâtonne frénétiquement pour la ramasser, à deux doigts de perdre le contrôle du véhicule, mais il n'y parvient pas.

Le temps de retard avant détonation est de quatre secondes et il en a déjà gâché trois. Il tire vivement sur la poignée pour ouvrir la portière et se jette hors du Trooper, roulant et culbutant dans la pente, emporté par son élan.

Une seconde plus tard, la grenade explose, soufflant vitres et portières. L'épave du Trooper cahote dans la pente, rebondissant de plus en plus en prenant de la vitesse et finit par s'encastrer dans un arbre. Le réservoir d'essence éclate sous le choc et il s'embrase en une boule de feu orange.

Kondracky se relève à grand-peine et se plaque derrière un arbre en essayant de me situer. Mais je dévale déjà la colline vers lui. J'ouvre le feu, mes balles s'enfoncent dans le tronc qui le protège, l'empêchant de bouger. S'il reste là, il est mort, alors il sprinte vers la rive, en essayant de se mettre à couvert derrière le rideau d'arbres.

Il arrivera bientôt à la rivière, et là, il sera piégé, et je l'achèverai. Je le vois haleter, à bout de souffle. Il a beau être bien conservé, il n'est plus de première jeunesse et n'en peut plus.

C'est alors qu'il repique sur sa droite et plonge dans le ravin escarpé.

J'ai pris trop de vitesse, je lui passe devant et le perds de vue une seconde.

Je pile.

Merde.

Si je le suis dans le ravin, je risque une embuscade.

Pourtant, je ne dois pas le laisser ressortir. Je trace à l'endroit de son plongeon pour essayer de le localiser. Mais je ne le vois nulle part. Plus loin, la rivière s'enfonce sous un pont, m'empêchant de le suivre. Je lance la Yamaha dans le vide et atterris sur la pente abrupte. La moto perd de l'adhérence. Je pars en dérapage incontrôlé sur une vingtaine de mètres avant de me stabiliser. Je fonce vers la rive et passe sous le pont, m'attendant à moitié à le trouver embusqué derrière une pile en béton. Mais aucun signe de lui. Il est parti.

Je fais demi-tour et parcours une centaine de mètres dans l'autre sens.

Rien.

Et je comprends ce qu'il a fait.

Au moment où je sautais dans le ravin, il est remonté derrière moi.

Et maintenant, il peut être n'importe où.

Je l'ai perdu.

95

Assis aux pieds du brontosaure d'où j'ai une vue à trois cent soixante degrés sur Rapid City et aucune embuscade à craindre, je regarde le soleil s'enfoncer à l'horizon.

Kondracky ne va pas abandonner. Mais ce n'est pas lui, le problème. Si quelqu'un veut ma mort, l'abattre sera au mieux une solution temporaire. Ils se contenteront d'en envoyer un autre, et un autre, et encore un autre.

Bien sûr, j'en buterai la plupart. Mais il faudra que je les tue tous, jusqu'au dernier. Et eux, ils n'auront besoin que d'un seul coup de chance.

Sans l'organisation de Handler derrière moi, je ne suis plus Seventeen.

Je suis un trophée de chasse, un massacre.

Tout conduit à Berlin. À la carte mémoire contenant la clé de chiffrement. Il me semble maintenant évident que le but réel de ma mission, c'était l'échange en coup de vent. Le contrat sur la tête du vieil homme plus tôt dans la journée ne servait qu'à me positionner au bon endroit à l'heure voulue, et à détourner suffisamment mon attention pour que j'enchaîne sur le boulot du

Tiergarten sans avoir le temps de réfléchir ou de poser des questions.

Une fois la carte mémoire interceptée, je n'étais plus seulement remplaçable, je devenais dangereux.

Kovacs n'avait pu apprendre où j'étais descendu et ce dont je m'étais emparé que si Handler était dans le coup depuis le début. Il m'a sacrifié. Pour quelle contrepartie? Je peux seulement l'imaginer. Peut-être pour obtenir le monopole sur les actions secrètes d'une agence de renseignements comme la DIA[1]. Il fallait que ce soit quelque chose d'aussi juteux pour que ça vaille la peine. Mais il a toujours été ambitieux.

Et quand Kovacs a raté son coup, il m'a lancé sur la piste de Sixteen.

Mais pourquoi est-ce si vital de me faire la peau?

Si brutale qu'elle ait été, l'opération berlinoise ne sortait pas de l'ordinaire. Des gens comme Moe se font tuer par des gens comme moi tous les jours. La mort, ça fait partie des risques du métier.

Il doit y avoir autre chose.

Un truc que je n'ai pas encore pris en compte.

L'ombre du tricératops avance lentement vers moi, de plus en plus longue à mesure que le soleil descend vers les immeubles de Rapid City.

Je me repasse encore le film des événements de ce jour-là.

Et je comprends qu'ils font tous sens.

1. DIA : Defense Intelligence Agency : agence du renseignement de la défense, agence américaine. *(N.d.T.)*

Tous, sauf un.

Les mots prononcés par Moe quand il reculait sur les rails, les yeux noyés de terreur.

Parachute, parachute, parachute.

Il essayait de me dire une chose d'une importance vitale.

Une chose qui justifiait qu'on envoie Kovacs me tuer, et qu'on m'envoie tuer Sixteen.

Parachute, parachute, parachute.

Je dois découvrir ce que ça signifie. Et il n'y a qu'un homme sur terre qui pourra me l'apprendre.

CINQUIÈME PARTIE

96

Avant mon vingt et unième anniversaire, j'avais tué deux personnes.

Je savais ce que je voulais faire de ma vie, mais j'étais encore un parfait amateur.

C'est le niveau qu'on peut atteindre en restant assis dans une bibliothèque. Ce dont j'avais besoin, c'étaient de professeurs. Je n'eus pas trop de mal à en trouver – les stages d'entraînement constituent de lucratives reconversions pour les anciens membres des forces spéciales et les agents à la retraite –, mais les vraiment bons coûtaient un max. Je les finançais avec l'argent que je volais, ou que je gagnais.

En l'espace de trois ans, j'appris à conduire, tirer, piloter un avion, sauter en parachute, me battre et escalader. Grâce à la communauté émigrée de Montréal, j'acquis assez de rudiments pour me faire comprendre en sept langues, et appris à en parler quatre autres couramment. Les cours du soir m'enseignèrent comment utiliser un tableur et interroger une base de données. Pour ce qui était de la résistance à la douleur, je n'eus pas besoin d'entraînement : David m'y avait préparé. J'assistai à des séminaires sur la sécurité où l'on me forma à pénétrer dans un bâtiment fermé sans laisser aucune trace, ou à utiliser la manipulation psychologique pour obtenir des informations dans presque n'importe quelle entreprise ou administration. Ainsi qu'à changer d'apparence, à tromper les outils biométriques et à contrefaire un passeport. Mes instructeurs étaient d'anciens agents du Mossad, de la CIA, du KGB et des services secrets sud-africains, et surtout un Estonien qui les éclipsait tous. Je me payai un billet « tour du monde » et me familiarisai avec toutes les capitales européennes, la plupart de celles du Moyen-Orient, Moscou, Saint-Pétersbourg, Pékin, Tokyo et une bonne partie de celles d'Amérique du Sud.

Je n'essayais pas de cacher ce que j'étais en train de faire. Au contraire, je faisais en sorte que mes instructeurs connaissent mes ambitions. Des hommes au visage fatigué, buvant sec sans jamais paraître bourrés, commencèrent à m'aborder dans les bars et à me sonder en douceur pour savoir si ça m'intéresserait de travailler pour le gouvernement.

Je les rembarrai tous parce que je n'étais pas encore prêt.

Mes formateurs étaient tous des ex-agents. Forcément, ils avaient gardé des contacts – dans le renseignement, on ne raccroche jamais tout à fait –, pourtant, ils faisaient attention à ce qu'ils racontaient à un jeune con comme moi. Ils voulaient bien me présenter du monde, or ce n'était pas de présentations dont j'avais besoin, mais de connaissance.

Je voulais savoir ce que je ne savais pas.

Je voulais savoir ce que ces gens ne m'apprendraient jamais.

Je n'avais plus besoin de professeurs.

Ce dont j'avais besoin, c'était un mentor.

Je le trouvai sur YouTube.

Tommy Humboldt avait cinquante-cinq ans, il était rond comme une barrique, et la vidéo qu'il avait publiée sur le Net était devenue virale. Son gros visage rougeaud d'alcoolique lorgnait méchamment vers l'objectif. Sa chevelure grise et grasse tombait sur son col froissé. Il était assis dans un appartement désert, sans autre meuble qu'un matelas et une télé à écran plat, et se plaignait de la manière dont la CIA le traitait. Il était tellement plein d'autoapitoiement qu'il se mit à pleurer plusieurs fois en débitant ses jérémiades.

Il partait complètement en vrille.

Je l'aimai sur-le-champ.

Tommy était de la CIA, mais pas un simple agent, un cadre. Officiellement au moins, il était encore le chef du bureau de Beyrouth. Avant, il avait été instructeur à Camp Peary, aussi appelé la Ferme, le camp d'entraînement de la CIA qui couvrait plus de trois hectares dans les environs de Williamsburg, où il avait formé des connards dans mon genre pendant une dizaine d'années. C'était un concentré d'ancienne école : il avait intégré l'Agence à la toute fin de la guerre froide, quand on pouvait encore considérer que c'était cool de glander tous les après-midi en exhalant l'alcool ingurgité au déjeuner, avant de recommencer à picoler après le dîner, ou plutôt à la place du dîner.

L'époque avait changé, mais pas pour Tommy. Il conduisait toujours en état d'ivresse, ses plaques diplomatiques lui assurant l'immunité, et les flics de Beyrouth le laissaient tranquille, allant même jusqu'à l'escorter pour le ramener chez lui sain et sauf. J'imagine qu'ils étaient grassement dédommagés pour leurs services par les fonds de la CIA, dont Tommy disposait sans vergogne. Il détournait aussi les planques de l'Agence, qu'il utilisait comme baisodromes pour recevoir une flopée de maîtresses, parmi lesquelles ses subalternes, ses contacts et même son homologue dans une agence de renseignements rivale.

Tommy était une bombe à retardement sur pattes et une menace pour la sécurité, mais s'en débarrasser s'était révélé très difficile. D'abord parce que son entraînement et des années de frustration professionnelle lui permettaient de se jouer avec brio du détecteur de mensonge. Ensuite, parce qu'il faisait extrêmement bien son travail et que ses méthodes, quoique peu orthodoxes, fonctionnaient à merveille. Et troisièmement, parce qu'il était éminemment sympathique. Quelques semaines après que j'eus découvert la vidéo, alors que nous pénétrions dans un hôtel milanais où nous devions rencontrer un officier traitant, il s'approcha de la réception et demanda d'une voix tonitruante au concierge «*dov'è la fornicazione ?*». Ce qui était en fait plutôt habile, parce que quelqu'un sous couverture, ce qui était notre cas, ne se comporterait jamais comme ça.

C'est Tommy qui m'a enseigné qu'on est d'autant plus en sécurité qu'on a l'air complètement barré.

97

Le car Greyhound pue. Quelqu'un a dû vomir sur un siège et la tentative de nettoyage s'est révélée modérément efficace, de sorte qu'un léger relent de dégueulis et de désinfectant plane à l'intérieur, auquel viennent s'ajouter les odeurs émanant des autres passagers. Près des toilettes, un type aux cheveux sales et au jean maculé d'huile semble évanoui, à cheval sur deux sièges, obligeant les autres passagers à l'enjamber pour aller se soulager.

Barb et Kat sont assises côte à côte. Le car est assez rempli pour qu'elles chuchotent.

« C'est n'importe quoi, dit Kat, encore en rage. Enfoirés de mecs.

— Certains sont des femmes, précise Barb.

— Quoi ?

— Parmi ceux qui font ce boulot, il y a des femmes. Jeunes, pour certaines. Des jeunes filles même. Je dis juste que ce n'est pas seulement un truc de mecs.

— Tu as déjà tué quelqu'un ? demande Kat, soudain prise de soupçons.

— Bon sang, non, répond Barb. Et pourtant, j'aurais eu des raisons. »

Kat garde le silence un moment, absorbée par le tissu du siège devant elle, usé jusqu'à la corde à l'endroit où des passagers endormis ont appuyé leur front.

« Moi, j'ai essayé », finit-elle par dire.

Barb la dévisage, interloquée.

« C'était Mack. Hier. J'avais un fusil. Il ne pensait pas que je presserais la détente. Mais je l'ai fait. D'où sa blessure à l'oreille… » Elle lève la main vers sa propre oreille et claque des doigts. « Sauf que ce n'était pas son oreille que je visais. »

Une ombre passe sur le visage de la femme assise à côté d'elle.

« J'ai pensé que c'était lui ou moi.

— Tu n'as pas besoin de te justifier, dit Barb. Mais lui n'aurait jamais tiré.

— Pourquoi ?

— À cause de ta mère. »

Kat éclate de rire. « Tu crois qu'il m'aurait laissé la vie sauve parce qu'il avait le béguin pour ma mère ? Tu es sérieuse ?

— Ce n'est pas ce que je suis en train de dire, répond Barb. Il n'avait pas seulement le béguin pour ta mère. J'imagine qu'elle ne t'en a pas parlé, mais ils se connaissaient depuis longtemps. Depuis *très* longtemps. Ils s'étaient rencontrés avant ta naissance. Juste avant. »

Kat la regarde fixement.

Barb reprend d'une voix douce : « Je t'explique seulement que si tu as été capable de presser la détente, c'est qu'il y avait peut-être une raison. »

Muette de stupéfaction, Kat n'ouvre plus la bouche pendant une vingtaine de kilomètres, fouillant dans sa mémoire à la recherche de bribes de passé, de souvenirs oubliés, de moments, d'envies, de choses qu'elle avait ressenties, d'autres qu'elle avait faites, ou presque. Et tout se recoupe.

« Ça va aller, mon chou ? demande Barb.

— Je crois, répond Kat. C'est juste que… ça fait beaucoup.

— C'est vrai, dit Barb. Ça fait beaucoup. »

98

Le soleil disparaît derrière l'horizon. Je file à travers les broussailles en faisant vrombir la motocross, toutes lumières éteintes, en direction du HLM que j'ai aperçu depuis mon belvédère au milieu des dinosaures.

À l'heure qu'il est, les forces de l'ordre doivent avoir recueilli les témoignages du garçon à qui j'ai volé la moto, de la serveuse à l'appareil dentaire et du pauvre type dont le bateau-maison est éparpillé sur les six voies de l'autoroute. En plus, ils ont dû tirer un cliché haute résolution à partir des bandes de vidéosurveillance du centre commercial. Et enfin, l'accès à la Pontiac est sûrement rendu impossible par un cordon d'hommes en uniforme et l'équipe de la police scientifique vêtue de combinaisons de Tyvek qui relève les empreintes. Les flics de l'État, les fédéraux et la brigade antiterroriste sont aussi en chemin. Tout ça mis bout à bout suggère que je suis devenu la cible principale des forces de l'ordre du Dakota du Sud, et qu'il est temps d'amorcer une manœuvre d'évitement.

C'est un immeuble de logements sociaux, le genre où il n'y a pas grand-chose à voler et où on ne pose pas trop de questions, histoire de ne pas être interrogé en retour. Pour entrer, il m'a suffi de tenir la porte à un vieux type au chapeau de feutre taché, qui sortait fumer une clope en traînant les pieds, plié en deux sur son déambulateur et sa bouteille d'oxygène.

Une fois à l'intérieur, je descends vers la buanderie au sous-sol où, comme toujours, il y a une lessive de linge propre que personne n'est venu rechercher et qu'une autre locataire sort en râlant de la machine. Je ramasse le panier à linge en m'excusant auprès de la femme aux multiples piercings vêtue d'un débardeur affichant l'inscription 100 % SALOPE, et le porte dans la cage d'escalier. J'échange mes vêtements contre un jogging Nike encore humide et trop large pour moi d'une dizaine de centimètres.

C'est une contrefaçon, mais ça fera l'affaire.

Je ressors à l'arrière, vers le parking. J'ai besoin d'une voiture qui ne va manquer à personne, au moins dans un premier temps. La plupart ont l'air d'avoir été utilisées récemment, mais dans un coin, je repère une Oldsmobile dont le capot et le pare-brise sont jonchés de feuilles mortes et de débris tombés de l'érable miteux sous lequel elle est garée. Il est évident qu'elle n'a pas roulé depuis des mois, mais elle semble en plutôt bonne condition. Vu le modèle, je parie qu'elle appartient au vieux type en train d'inhaler de la nicotine de l'autre côté de l'immeuble, qui n'est manifestement plus en état de la conduire.

Cinq minutes plus tard, je suis au volant d'une Cutlass Suprem rouge vif de 94 dotée d'un intérieur velours, d'un cendrier rempli de mégots, d'un CD d'Aerosmith et d'un autocollant KLAXONNE SI ÇA T'EXCITE.

Il faut reconnaître que le vieux type avait du savoir-vivre.

99

Six semaines avant sa vidéo sur YouTube, ça avait merdé grave. Tommy avait encastré sa Merco aux plaques diplomatiques dans un réverbère et failli tuer un lycéen libanais qui se trouvait être le neveu du ministre de la Justice. Un scandale diplomatique éclata et Tommy fut rappelé aux États-Unis, ce qui signifiait la fin de sa carrière et sa mise au rebut contre l'assurance de ne pas être poursuivi pour avoir détourné les fonds de la CIA.

Mais Tommy n'était pas du genre à partir sans faire de vagues.

Il ne prit pas l'avion pour rentrer au pays et, quand il réapparut, c'était sur YouTube dans un appartement anonyme, ivre mort devant une caméra, en train de déblatérer sur les défaillances de l'Agence, l'iniquité de la manière dont on l'avait traité, ses brillants états de service, la taille de son pénis et les petits défauts de ses supérieurs hiérarchiques.

Une fois ou deux fois pendant sa longue diatribe, il fit une pause pour aller remplir son verre à la bouteille de scotch hors de prix qui était à l'évidence sa petite amie préférée, laissant voir au passage qu'il ne portait pas de pantalon.

Il m'était de plus en plus sympathique.

Tommy avait beau être bourré, il n'était pas stupide. Il savait exactement ce qu'il faisait. La vidéo était une demande publique de rançon qui s'achevait à la fois par une exigence et par une menace. Tout ce qu'il demandait, c'était de garder son travail. Ou au moins un travail. Il estimait, sans doute à juste titre, avoir donné sa vie pour la CIA. Partir en retraite, pour lui, équivalait à se faire euthanasier, et il ne voulait pas en entendre parler.

La menace, quant à elle, était plutôt brutale. Si l'Agence ne le réintégrait pas, il irait proposer ses services à quelqu'un d'autre. Peut-être le Hezbollah. Ou les Russes. Ou les Chinois. Il s'en foutait. Et il partagerait avec eux tout ce qu'il savait, y compris l'identité des centaines d'officiers traitants de la CIA et d'agents clandestins qu'il avait entraînés pendant toutes ces années, ainsi que les détails de toutes les opérations dont il avait eu connaissance.

Il donnait deux semaines à l'Agence pour publier une contre-proposition intéressante. En attendant, il sous-entendait clairement qu'il était ouvert aux offres des parties adverses.

Tommy Humboldt valait de l'or.

En général, la CIA répugne à assassiner ses propres agents, mais il avait dépassé les bornes. Ils mirent une prime substantielle sur sa tête – ce que, dans le jargon, on appelle un « contrat ouvert ». Quiconque le retrouvait et lui réglait son compte empocherait le pactole.

Tommy incarnait ce que j'avais toujours espéré.

Il me restait deux semaines pour le retrouver, et j'allais me mesurer aux meilleurs.

Les seuls indices dont je disposais étaient dans la vidéo. Il ne devait pas avoir quitté le Liban parce que la CIA avait fourni aux autorités locales toutes les identités figurant sur ses faux passeports. Il ne pouvait pas franchir une frontière sans se faire repérer, pas plus qu'il ne pouvait risquer de payer un passeur qui le vendrait au plus offrant. Donc, il était sûrement encore à Beyrouth, ville qu'il connaissait bien et où il conservait de bons contacts.

Il n'y avait pas de timecode sur la vidéo, mais au bout de trois minutes, on entendait un bruit de réacteurs à l'approche. En zoomant sur l'écran plat derrière lui, je repérai le reflet flou d'un avion au train d'atterrissage sorti, visiblement en phase de descente. C'était un bimoteur à turbopropulsion que j'identifiai, au vu de son profil unique, comme étant un Swearingen Metroliner SA-227. Cela voulait dire qu'il s'agissait probablement d'un vol court-courrier et presque à tous les coups d'un charter. Mon hypothèse, c'était que Tommy, ivre et furieux, avait posté sa vidéo peu de temps après l'avoir tournée. Je me basai donc sur l'heure et la date de mise en ligne pour parcourir la liste des avions ayant atterri à Beyrouth sur un site de pistage des vols en temps réel. Il n'y avait eu qu'un seul atterrissage de SA-227 ce jour-là, en provenance d'Erbil. Cela me fournit l'heure d'arrivée. Ensuite, je téléchargeai le fichier KML de son approche sur Google Earth, puis avançai en lecture rapide jusqu'à l'altitude approximative de l'avion sur la vidéo, soit environ 1 200 pieds. Enfin, je fis pivoter l'image jusqu'à obtenir une perspective identique à celle qui se reflétait sur l'écran de la télé de Tommy.

Ça me donna un azimut, une direction au-dessus de Beyrouth, mais il me manquait encore la distance. Je fis une capture d'écran, la chargeai dans Photoshop et zoomai au maximum. Puis j'utilisai l'outil règle pour compter les pixels, mesurant les largeurs respectives de l'avion, de la fenêtre et de la télé. À partir de là, il suffisait d'un niveau bac en géométrie pour localiser l'immeuble entre 2 500 et 4 000 mètres de la trajectoire du vol.

Deux kilomètres, c'était encore comme chercher une aiguille dans une botte de foin. Mais dans le reflet, sous l'avion, on apercevait la cime d'un grand cèdre et un petit bout d'horizon. Ce qui situait Tommy entre le troisième et le quatrième étage. Ça me permit de réduire le champ de mes recherches à cinq immeubles d'habitation, dont un seul reflétait l'horizon.

Et comme l'avion passait à l'ouest de l'immeuble, il ne me resta que huit appartements possibles.

Tout ça me prit un peu moins de quatre heures, et sans bouger de ma chaise.

Le soir même, j'étais dans un avion pour Beyrouth.

100

Je n'en ai pas tout à fait fini avec Rapid City.

Le premier magasin d'alcool que je croise ne m'est d'aucune utilité – rien que de la gnôle au rabais, des cigarettes au menthol et de la bière américaine. Mais à l'intérieur, derrière le comptoir, une télé diffuse un flash d'info sur les événements du jour : un montage serré de gyrophares et de combinaisons Tyvek suivi par une interview du jeunot à la motocross pendant que ma photo, extraite des bandes de vidéosurveillance, apparaît en incrustation sur l'écran. Ma passe d'armes avec Kondracky est évidemment la plus grosse actualité à frapper la ville depuis des années. Et peu importe que j'aie changé de vêtements, si j'entre dans cette boutique ou dans n'importe quelle autre de Rapid City, je serai grillé en quelques minutes.

Dehors, il y a un type qui fait la manche, tête basse, en tenant une pancarte : J'AI FAIT LA GUERRE – J'AI FAIM. Le gars n'a probablement même pas quarante ans, mais en paraît deux fois plus. Je me dis que la rue fait des ravages. Je donne un coup de klaxon, qui sonne faiblement. Le type lève les yeux. Baissant ma vitre, je l'invite à s'approcher et lui fais une proposition qu'il n'est pas en état de refuser. Il monte à mes côtés dans l'Oldsmobile. Il s'appelle Fred et, malgré sa puanteur agressive, il est sympa et beaucoup plus vif d'esprit qu'il n'en a l'air – il m'explique qu'après avoir quitté l'armée il a été maquignon. Puis il déblatère contre un producteur de Nashville bien connu qui lui aurait volé le morceau de country dont il était l'auteur. Mais surtout, il m'affirme que s'il y a une chose qu'il connaît à fond, c'est bien les magasins de spiritueux.

Quelques minutes plus tard, nous sommes garés devant la Maison des alcools et sa vitrine surchargée de bouteilles hors de prix.

Le vétéran pose un regard émerveillé sur le paquet de billets que je sors de ma poche. Il m'écoute attentivement, puis hoche la tête et se dirige vers la boutique. Comme dans un film muet, je vois la vendeuse à l'intérieur qui essaie de le virer d'entrée, avant qu'il ne lui agite les billets sous le nez et qu'elle change radicalement d'attitude.

Une fois la transaction effectuée, il revient vers la Olds avec deux sacs en papier kraft et m'en tend un par la vitre ouverte. Je vérifie le contenu.

« C'est bon ? demande-t-il.

— C'est bon.

— Alors, c'est toi le jeune type ? dit-il.

— Quel jeune type ?

— Celui qui a défouraillé dans le centre commercial et détruit une remorque près de la rivière. J'ai vu ta tronche à la télé du magasin où tu m'as ramassé.

— Je ne vois pas de quoi tu parles. »

Fred m'offre un sourire édenté. « Moi non plus, mon

bonhomme. Mais juste au cas, je te garderai ta place au chaud en enfer. »

Il se tapote le nez pour montrer qu'il a du flair, me salue de la main et retourne vers le magasin de spiritueux. Là, il se colle au mur, cale le sac entre ses genoux et débouche la première de ses primes liquides.

101

Le Liban est un pays où les jeunes célèbrent leur réussite à un examen en tirant en l'air des rafales d'AK-47, et où, avec une mention, on peut exiger un lance-roquettes. M'équiper ne prit qu'une petite partie de la matinée et un trajet fastidieux dans les imprévisibles banlieues du sud de la ville.

Après m'être introduit dans l'immeuble de Tommy, je commençai par le troisième étage, restreignant mes recherches à quatre appartements non traversants, comme dans la vidéo. Je sonnai à une première porte, personne ne répondit. Une jeune femme avec un bébé m'ouvrit à la deuxième. Elle m'expliqua qu'une de ses amies, qui vivait à côté, s'était plainte du voisin du dessus qui passait sans arrêt du Led Zeppelin à fond. Et que ça avait brusquement cessé cinq jours plus tôt.

Le jour où la vidéo de Tommy avait été postée sur YouTube.

L'appartement était vide, ce qui ne me surprit pas. Tommy était un vieux de la vieille, il connaissait la musique. Si j'étais parvenu à le retrouver à partir d'un reflet sur l'écran de sa télé, les petites mains de Langley pouvaient en faire autant.

La seule raison pour laquelle j'étais arrivé avant eux, c'est que je n'avais pas besoin de soumettre le plan de ma mission à toute la chaîne de décision de services secrets composés d'hommes et de femmes de l'ombre dont l'intérêt principal consistait à couvrir leurs arrières.

Mais Tommy demeurait un ivrogne, et les ivrognes ont tendance à se montrer négligents. L'appartement était dégueulasse, couvert de cartons et d'emballage de livraisons à domicile, mais il manquait quelque chose. Sur la vidéo, Tommy éclusait du scotch comme si c'était de l'eau, et on entendait un tintement quand il lançait la bouteille vide hors champ, à l'évidence sur un tas de ses semblables. Or il avait jugé bon de les faire disparaître avant de disparaître à son tour. Ce qui me suggérait qu'elles étaient importantes. Je n'imaginais pas Tommy en fuite avec une valise bourrée de bouteilles vides, je me dirigeai donc vers le lieu le plus susceptible d'en abriter. Chaque étage était équipé d'un vide-ordures qui descendait directement au sous-sol. De là, les poubelles finissaient dans une benne à l'arrière de l'immeuble. Enfoncé jusqu'à la taille dans les couches usagées et des restes de *shawarma* d'agneau en putréfaction, je finis par comprendre pourquoi il ne voulait pas qu'on les retrouve.

Le whisky qu'il buvait était un Hakushu single malt de douze ans d'âge qui coûtait environ deux cent cinquante dollars la bouteille. L'important, ce n'était pas le prix, mais le fait qu'il était incroyablement difficile de s'en procurer, surtout dans un endroit comme Beyrouth, et que Tommy était complètement accro à ce produit.

Je laissai la plupart des bouteilles dans la benne, n'en

prélevant qu'une seule que je reposai, après l'avoir soigneusement nettoyée, dans l'appartement où Tommy avait enregistré la vidéo. Pour que le prochain qui viendrait à passer ne puisse pas la manquer.

102

Pendant une heure, Kat rumine sur ce qu'elle vient d'apprendre en regardant défiler le paysage. Puis une pensée la traverse.

« Et toi et Mack ? C'est quoi l'histoire ?

Barb hausse les épaules.

« Allons, continue Kat. Tu ne savais peut-être pas précisément qui il était, mais tu ne pouvais ignorer que c'était un tueur. Tu ne l'as probablement pas compris tout de suite, mais à un moment, ça a dû te sauter aux yeux. Et pourtant, tu es restée avec lui. Comment ça se fait ? »

À son tour, Barb regarde un moment par la fenêtre.

« Tu ne crois pas que je me suis posé la même question ?

— Bien sûr que si, répond Kat. Et tu as trouvé une réponse ? »

Silence.

« Voyons les choses autrement. Tu es pratiquement ma belle-mère. Tu ne penses pas que tu me dois une explication ? »

Barb soupire. « Quand j'étais petite, j'étais maigre comme un clou, dit-elle. Un vrai garçon manqué. Mais durant les deux dernières années du lycée, j'ai pris des formes et les garçons ont commencé à s'intéresser à moi. Sauf que moi, ils ne m'intéressaient pas. Je voulais quelque chose de différent, une grande histoire d'amour comme dans les livres. Après, je suis partie à Saint Louis et j'ai trouvé un boulot de serveuse et je me suis si bien débrouillée, notamment avec la batte de base-ball sous le comptoir, qu'ils ont fini par me laisser gérer le bar toute seule. Et un jour, ma grande histoire d'amour a fait son entrée. Il avait des pommettes saillantes et un déhanchement de danseur, avait lu tous les livres du monde et rencontré des gens célèbres et il pouvait parler pendant des heures de n'importe quel sujet, avec une telle éloquence que tu aurais payé rien que pour l'écouter. J'en tombai violemment amoureuse. Pendant six mois environ, ça a été magique, tout en fleurs et en arc-en-ciel. Et puis, j'ai commencé à piger que tout ça ce n'était que du pipeau. Il n'avait jamais rencontré ces célébrités. Il n'y connaissait rien en philosophie ou en poésie. Il se contentait d'accumuler les mots jusqu'à ce que ça sonne bien. Il m'a fallu deux ans pour m'en débarrasser. Dans l'intervalle, il m'a piqué mon argent et m'a fait prendre des trucs que je n'aurais jamais dû m'enfiler dans les veines. Il m'a tapé dessus. Il m'a mise en cloque deux fois. Mais malgré tout ça, je n'arrivais pas à rompre, parce que la vérité, c'est que je ne voulais pas renoncer à ma grande histoire d'amour.

— Et alors, comment ça s'est fini ?

— Quand il a voulu me faire tapiner pour se payer sa came.

— Bordel de merde.

— Le soir où je suis partie, il était dans les vapes sur le canapé. Et tout ce que j'avais dans la tête, c'était à quel point ce serait facile de le tuer. De l'étouffer sous un coussin. Ou de lui planter une seringue dans le bras pour provoquer une overdose.

— Qu'est-ce qui t'a retenue ?

— Même si c'était l'enfer d'être avec lui, ça devait être encore pire *d'être lui*. Pourquoi soulager les souffrances de ce salaud ? Qu'il continue à en baver. »

Kat renifle. Le regard de Barb est beaucoup trop lointain pour croiser ses yeux.

« Et alors, Mack… ?

— Lui, il ne m'a jamais menti. Il ne m'a jamais insultée ni frappée. Il ne m'a jamais rien promis qu'il ne pouvait m'offrir. Quand je viens, il fait le ménage. Il fait à dîner. Pas une fois, il ne m'a dit ce que je devrais faire ou pas, comment je devrais m'habiller, ou ce qu'il fallait penser. Peut-être que j'en suis arrivée à mettre la barre trop bas, mais je préfère ça de loin à tous les déhanchements et les pipeaux du monde.

— Et ce qu'il fait pour gagner sa vie, ça ne te dérange pas ?

— Ce qu'il faisait, mon chou.

— Là tout de suite, il n'a pas l'air d'être à la retraite.

— Seulement parce que ton petit ami s'est pointé et a fait ressortir le fantôme du placard.

— Ce n'est pas mon petit ami. C'est pas parce que j'ai… parce qu'on a…

— Bien sûr que si. Sinon, pourquoi tu le défendrais ?

— Mais je ne le déf… » Elle s'interrompt, parce qu'elle sait que c'est exactement ce qu'elle est en train de faire.

103

Pas question que Tommy prenne le risque d'aller acheter son whisky lui-même. Et il n'était pas non plus assez stupide pour se faire livrer, ce qui aurait révélé l'adresse de sa planque. Non, il devait envoyer quelqu'un à sa place, et pour lui confier une mission aussi importante, il fallait que ce soit une personne de confiance.

Ce qui excluait qu'elle travaille dans le renseignement, puisque la base du renseignement, c'est la trahison. Une maîtresse était la seule possibilité réaliste. Et pas le genre qu'on paie et qui risque de céder à une offre plus alléchante.

Le type derrière le comptoir avait une quarantaine d'années. Selon moi, Humboldt était un client régulier avant d'entrer dans la clandestinité. Ça signifiait que le vendeur savait sûrement à qui étaient destinées les bouteilles qu'il vendait.

Tommy avait la cinquantaine usée par une vie de bâton de chaise, de sorte qu'il y avait peu de chances que celle qui assure la livraison ait moins de trente-cinq ans. Mais il appartenait à cette génération qui change pour un modèle plus récent quand leur régulière prend de l'âge. J'attribuai donc à l'élue de son cœur une quarantaine d'années au maximum.

L'unique boutique qui vendait du Hakushu était située dans la rue Saoud. En face, il y avait un café où les chauffeurs de taxi s'asseyaient pour cancaner entre deux courses. Je m'installai à une table, ouvris un guide de voyage, commandai des litres de café épais et très sucré, et attendis.

Trois jours plus tard, elle apparut. Elle était plus âgée que je m'y attendais, mais svelte et habillée avec goût, et elle arborait sous son foulard un maquillage impeccable. Avant d'entrer dans la boutique, elle jeta un coup d'œil de part et d'autre pour s'assurer qu'elle n'était pas suivie, laissant transparaître à la fois son inquiétude et son amateurisme, puisqu'un pro ne regarde jamais derrière lui.

Le Hakushu et les autres single malt japonais haut de gamme étaient rangés sur une étagère à gauche au-dessus du comptoir. Je n'eus aucun mal à repérer le vendeur qui en saisissait une, puis une deuxième, et encore une autre.

Elle ressortit de la boutique avec les bouteilles dans des sacs en papier kraft, jeta encore le même regard inquiet autour d'elle, héla un taxi et entreprit de « nettoyer » une éventuelle filature avec un professionnalisme étonnant, empruntant un parcours sinueux pour brouiller les pistes, changeant deux fois de taxi avant de prendre un bus roulant en sens inverse, puis un Uber qui finit par la déposer devant le portail du jardin de Sioufi, qu'elle traversa à pied.

J'abandonnai la mobylette de location qui m'avait permis de la suivre incognito, et lui emboîtai le pas dans le jardin public jusqu'à une villa chic près du palais de justice, dans laquelle elle entra après un dernier coup d'œil derrière elle.

À l'arrière, la villa était ceinte d'un haut mur, mais je pouvais apercevoir une chambre à l'étage, dont les volets étaient clos, alors qu'elle était orientée au nord et ne recevait jamais le soleil.

Une poubelle à roulettes en plastique noir traînait là. Je la poussai contre le mur, et le tintement à l'intérieur m'indiqua sans doute possible ce qu'elle contenait. Je m'en servis pour escalader le mur, atterris dans un élégant petit patio et m'introduisis dans la maison par une porte-fenêtre qui n'était pas verrouillée.

Je montai à l'étage, vers la chambre aux volets clos. Les voix de Tommy et de la femme me parvenaient par la porte entrouverte. Ils parlaient en français, et elle le suppliait d'aller se rendre. Tommy semblait remarquablement sobre, mais irréductible. Elle commença à pleurer, puis il y eut quelques éclats de voix.

Au moment où elle quittait la chambre de Tommy, je me réfugiai dans une salle de bains située juste en face. Mais au lieu de descendre, elle y entra à son tour. Je retins mon souffle, caché derrière la porte, pendant qu'elle aspergeait son visage baigné de larmes et se séchait avec une serviette. Elle finit par sortir après avoir vérifié son apparence dans le miroir.

J'attendis sans bouger jusqu'à ce que me parviennent des bruits de casserole dans la cuisine, puis je pris le Beretta que j'avais acheté quatre jours plus tôt, et enfonçai la porte de la chambre.

Assis sur le lit, Tommy était en train de se servir un grand verre de Hakushu douze ans d'âge. Il se retourna vivement, lâchant son verre pour chercher à attraper le pistolet sous son oreiller. Mais il était lent, ivre, et je l'avais pris complètement à l'improviste.

J'aurais pu le tuer sans problème, et sa tête mise à prix aurait fait de moi un homme riche, et connu dans le métier de surcroît.

Mais je n'étais pas là pour le tuer.

J'étais venu pour le sauver.

104

Tommy était mon ticket d'entrée dans le monde où je voulais vivre.

Mais d'abord, je devais le convaincre de coopérer.

C'est pour ça que j'avais laissé une bouteille dans la planque qu'il avait abandonnée. J'étais arrivé le premier, mais d'autres n'allaient pas tarder à suivre. Le premier trouverait la bouteille et, comme je l'avais fait moi-même, il remonterait la piste jusqu'à la boutique de spiritueux. Il prendrait lui aussi la femme au foulard en filature – elle s'appelait Hayat et ils s'étaient connus parce qu'elle faisait partie des avocats qui facilitaient l'obtention de visas pour les diplomates américains – et elle le conduirait jusqu'à la villa chic. Ensuite, il ou elle repérerait la chambre aux volets clos, escaladerait le mur, s'introduirait à l'intérieur par la porte-fenêtre et se cacherait dans la salle de bains. Et quand Tommy serait endormi, ou bourré, ou en train de chier, il ou elle lui collerait une balle dans la tête.

Par contre, s'il décidait de coopérer avec moi, je le protégerais.

Tommy n'était pas content qu'on lui force la main. Vraiment furax. Il ragea et tempêta, mais il ne lui restait plus que trois bouteilles de Hakushu en réserve, et à la vitesse où il les séchait, il aurait besoin de refaire le plein pour le week-end. Et grâce à celle laissée dans son appartement, il ne pouvait plus se ravitailler sans conduire un assassin à la porte de sa chambre à coucher.

Il décida donc de coopérer.

En l'espace de trois jours, le temps de vider ses dernières bouteilles, Tommy m'expliqua comment ça marchait. Comment la CIA et tous les autres services de renseignements majeurs gardaient les mains propres en sous-traitant leurs contrats les plus dégueulasses à des indépendants qui gagnaient beaucoup plus d'argent que n'importe quel agent ne s'en ferait jamais à la Compagnie, et étaient libres d'ignorer la bureaucratie habituelle et les contraintes de la loi et de la morale du moment qu'ils obtenaient des résultats, assumaient tous les risques et gardaient un silence complet et définitif.

Il me détailla la galaxie d'officiers traitants, courtiers en mort violente et en trahison, chacun avec son écurie de stars et d'intermittents, ainsi que la hiérarchie et le moyen de gravir les échelons en se débarrassant de ses supérieurs. Il me raconta où les missions étaient proposées, comment on pouvait postuler et qui décidait de leur attribution. Il me parla de Handler, d'Osterman et de tous les autres, de leurs rivalités et de leur concurrence pour remporter les appels d'offres et recruter les agents. Enfin, il évoqua Sixteen et sa réputation, et m'apprit que s'il n'y avait qu'une seule règle que je devais respecter, c'était ne jamais, au grand jamais, me mesurer à lui, dans n'importe quelle circonstance.

L'après-midi du troisième jour, on envoya Hayat racheter

du Hakushu, en lui précisant de suivre exactement le même itinéraire que d'habitude. On lui expliqua qu'elle serait prise en filature, mais qu'elle ne verrait jamais celui qui la suivait. On s'assura que la poubelle était toujours à la même place près du mur, et remplie de bouteilles vides. Deux heures plus tard, on entendit Hayat rentrer par la grande porte. Elle monta dans la chambre du premier étage avec son joli sac rempli d'alcool hors de prix. Ils s'engueulèrent, elle se mit à pleurer, puis elle passa dans la salle de bains pour se refaire une beauté et redescendit dans la cuisine où elle remua des casseroles.

Quand la porte s'ouvrit à la volée, je vidai le chargeur du Beretta dans le corps de l'homme qui se tenait sur le seuil.

Je ne pense pas avoir jamais vu quelqu'un d'aussi surpris.

105

En quittant Rapid City, je trace plein sud vers le Wyoming, où d'immenses éclairs illuminent le ciel noir et la prairie sans fin.

Une fois franchie la frontière de l'État, je me détends un peu. Mais pas trop parce que je ne serais absolument pas surpris que Kondracky surgisse de l'obscurité et fonde sur moi telle une banshee vengeresse. Je surveille sans arrêt mes arrières, mais il n'y a aucun signe de lui.

Je ne saurais dire si ça devrait m'inquiéter. Je suppose que oui.

J'arrive à Denver peu après minuit. Je passe à la consigne de l'aéroport pour changer de vêtements et de papiers d'identité, et largue l'Oldsmobile dans un parking longue durée où personne ne la remarquera avant plusieurs semaines. Puis je prends la navette qui me dépose devant un loueur de voitures ouvert vingt-quatre heures sur vingt-quatre et présente à la fille sikh derrière le guichet un permis de conduire du Nouveau-Mexique presque entièrement authentique en lui expliquant que je viens de débarquer du dernier vol d'Albuquerque.

J'ai l'impression qu'elle me fixe un peu plus longtemps

que nécessaire, du coup je me demande si elle m'a reconnu sur une photo diffusée par la police, ou si un programme de reconnaissance faciale ou biométrique a matché. Mais la télé dans la zone d'attente diffuse CNN et sa fixette sur l'Iran, et quelque chose me dit qu'ils ne vont pas changer de sujet pour quelques pétards dans le Dakota du Sud.

« Vous êtes en voyage d'affaires ? » demande-t-elle, et je comprends qu'elle essaie d'évaluer la hauteur de mes notes de frais.

Je hoche la tête et lui souris. « Immobilier commercial. Plusieurs sites à visiter. »

Elle essaie de me refiler une Mercedes Classe S Cabriolet, mais, si tentant que puisse être un véhicule ayant un minimum d'allure, il me faut quelque chose d'un peu plus polyvalent. Je lui explique que certains sites sont encore en construction et penche pour une Jeep Gladiator 4 × 4 dotée d'un V8 capable de déraciner des souches et d'assez d'espace pour ce qui reste de mon chargement. Comme la fille a l'air contrariée, je souscris à l'assurance collision sans franchise avec tous les suppléments, parce que ça gonflera ses indicateurs de performance bien mieux que la Merco. Elle me retourne un sourire plein de sympathie, et, pour être honnête, je vais sûrement en avoir besoin.

106

Tommy reconnut le tueur mort en deux secondes, et je vis bien que ça lui mettait un coup. Il s'appelait Zhuk et avait été formé par le renseignement militaire russe avant de faire cavalier seul. C'était la meilleure gâchette de Handler, et celui qui se rapprochait le plus d'un rival de Sixteen.

Que la mise à prix sur sa tête soit suffisante pour attirer un homme du calibre de Zhuk montrait clairement que la CIA était très, très sérieuse, dans son désir de voir Tommy passer de vie à trépas. Je pense que ce fut à ce moment-là qu'il comprit pour la première fois que, sans moi, il était un cadavre en sursis. Mais il y avait aussi autre chose.

« Tu sais ce que ça veut dire ? demanda-t-il en tapotant du pied le cadavre de Zhuk, dont le sang continuait de suinter de la jolie grappe d'impacts groupés sur sa poitrine.

— Non.

— Ça veut dire que tu as pris la tête du peloton. »

Avoir flirté avec la mort personnifiée par Zhuk suffit à convaincre Tommy qu'il était temps de négocier. Par l'intermédiaire de Hayat, on parvint à conclure un accord avec la CIA. Il acceptait de rentrer aux États-Unis et de prendre sa retraite à taux plein grâce à une libération pour raisons médicales qui dépeignait l'incident de YouTube comme une dépression psychotique temporaire occasionnée par le stress professionnel, ce qui était plus proche de la vérité que personne ne voulait bien l'admettre.

Pendant les trois mois nécessaires à la Maison-Blanche pour entériner l'accord, on passa sans arrêt de planque en motel, voyageant dans différents pays sous des noms d'emprunt à l'aide de faux passeports. Tout au long de ce périple, il consigna le contenu du cours qu'il dispensait à la Ferme, lors de sessions durant parfois vingt-quatre heures facilitées par un flot ininterrompu de whisky japonais.

Avant de quitter le Liban, on abandonna le cadavre de Zhuk dans une ruelle des quartiers sud de Beyrouth, pas loin de l'aéroport. Je laissai dans sa poche une carte mentionnant le numéro d'un portable prépayé que je n'activai pas avant que Hayat m'ait confirmé que Humboldt était rentré aux États-Unis sain et sauf, et en homme libre.

Quand je l'activai, il y avait un message de Handler sur la boîte vocale.

Et une semaine plus tard, j'avais pris la place de Zhuk.

107

Le silence règne dans le car, seulement troublé par le roulement des pneus, les ronflements du type au jean maculé d'huile, le grésillement énervant d'une paire d'écouteurs, le froissement d'emballages de fast-food et l'engueulade qui couve entre un jeune couple deux rangées de sièges plus loin. Soudain, un autre bruit fait se redresser d'un coup la moitié des passagers. Le type en jean crasseux sort du coma, se retourne vers l'arrière et découvre le pare-buffle d'une voiture de la police de la route du Dakota du Sud en mode poursuite, qui file à toute allure sur la voie extérieure.

S'il espère qu'elle va les dépasser, il doit être déçu parce que la voiture de patrouille colle au cul du car, gyrophare allumé.

Le Greyhound ralentit et se gare sur le bas-côté.

« Te bile pas, mon chou, dit Barb. On n'a rien fait de mal. La moitié de nos compagnons de voyage ont plus de souci à se faire que toi et moi réunies. »

Kat tend le cou au-dessus du siège devant elle et aperçoit un policier en uniforme qui monte dans le car en rajustant son chapeau. Il porte son arme dans un holster, mais elle perçoit qu'il y a quelque chose d'étrange dans son attitude, sans parvenir à mettre le doigt dessus. Il échange quelques paroles inaudibles avec le chauffeur, qui hoche la tête et fait un geste vers le fond.

Le policier s'adresse aux passagers, debout dans l'allée centrale, avec un sourire amical. « Rien qu'un contrôle de routine, messieurs-dames, ne vous inquiétez pas. Je dois vérifier vos pièces d'identité. »

Il commence à descendre l'allée, poli comme pas possible. « Merci monsieur... Je vous suis très reconnaissant, m'dame... Passez une excellente journée. »

Le type au jean sale se tortille pour voir s'il n'y aurait pas moyen de s'échapper par l'issue de secours sans se faire remarquer, à la manière d'un pilier de bar qui cherche à fuir par la porte de derrière quand un flic fait son entrée. Mais le policier ne lui accorde même pas un regard. Kat remarque qu'il contrôle avec plus d'attention les papiers des femmes, prenant le temps de bien comparer la photo au visage de chacune, et qu'il s'arrête à peine sur les passagers masculins.

Quand il arrive à leur hauteur, à la moitié du car, Kat comprend ce qui cloche chez lui. Ses cheveux sont trop longs d'un bon centimètre, il a une barbe de trois jours, un pantalon d'une taille trop large dont le bas s'avachit autour de bottes de combat qui ne sont pas raccord avec son uniforme. Kat jette un coup d'œil à Barb et comprend qu'elle partage la même impression. Par la vitre, elle remarque une deuxième silhouette qui sort de la voiture de patrouille. Une femme en civil. Elle a les cheveux coupés en une brosse à ras et porte un pantalon de treillis noir, un blouson sans insigne et sous l'aisselle, à moitié dissimulé par le blouson, un Remington automatique à canon court. Elle balaie la route du regard, comme une sentinelle aux aguets.

« Mesdames ? demande le flic en souriant, tendant vers elles une main aux gros doigts.

— On est obligées de vous montrer que dalle », dit Kat en croisant son regard.

La main du patrouilleur glisse vers son arme. Les autres passagers dressent la tête. Le type au jean huileux se penche en avant, intéressé par leur échange.

« Présentez-moi vos putains de papiers, dit le policier.

— Si vous présentez les vôtres d'abord, répond Kat.

— Et ça, c'est quoi à votre avis ? » demande le patrouilleur en désignant son insigne portant le sceau du Dakota du Nord qui proclame SOUS LE COMMANDEMENT DE DIEU, LE PEUPLE.

« Une pièce d'identité avec photo, dit Barb. Sinon, qu'est-ce qui nous dit que vous n'êtes pas juste un connard qui a emprunté un uniforme et une voiture ?

— M'dame, répond le policier. Je n'ai pas à vous montrer mes papiers.

— Alors, nous non plus », rétorque Kat.

Un passager commence à frapper dans ses mains, et c'est bientôt une vague d'applaudissements qui déferle tout le long du car. Jean Sale sourit et participe au tumulte en tapant des pieds pour que ça ne s'arrête pas.

Par la fenêtre, Patrouilleur jette un coup d'œil à sa collègue Boule à Z, qui lui renvoie un regard explicite : *Magne-toi le cul, bordel.*

« OK, dit-il. Vous descendez, toutes les deux. Et gardez

vos mains en évidence que je puisse les voir. » Il tâtonne pour libérer la courroie de son holster.

« Le truc, dit Kat, c'est que je crois que vous n'êtes pas un vrai flic. À dix contre un, je parie que même si vous avez une pièce d'identité, la photo ne vous ressemble pas. Vous n'êtes visiblement pas capable de déboucler un holster et votre copine, dehors, elle a l'air carrément louche. Je me dis que certains de nos compagnons de voyage pourraient avoir envie d'appeler le 911 à tout hasard. À moins que vous ne préfériez le faire vous-même pour demander des renforts, si vous êtes bien celui que vous prétendez être. »

Plusieurs passagers se sont mis à filmer la scène avec leur téléphone. Quelques rangées derrière nous, une grosse femme noire tape un numéro à trois chiffres.

« M'dame, ce n'est pas nécessaire… »

Elle brandit son portable branché sur haut-parleur dans sa direction.

« 911. Quelle est votre urgence ? » demande une voix dans le téléphone.

Le flic avance vers elle et le lui arrache des mains. « Aucune urgence. Officier Nyquist, du SDHP, en intervention. » Il raccroche, sort son arme et tire une balle dans la tête de la femme, éclaboussant la vitre d'un mélange de sang et de matière cervicale.

Des hurlements fusent dans le car tandis que les passagers plongent sous les sièges. Jean Sale tire la manette de l'ouverture de secours à l'arrière. Le patrouilleur l'abat alors qu'il n'est même pas à moitié dehors. Le chauffeur veut sauter de son siège, mais Boule à Z le repousse violemment en montant à bord.

« Ces deux-là », hurle Patrouilleur. Il saisit Kat par les cheveux et la traîne vers Boule à Z, qui lui plante son Uzi dans les côtes pour l'obliger à descendre du car. Puis il se tourne vers Barb, qui lève les mains et se laisse entraîner dehors, sans lui donner la satisfaction de faire usage de la force sur elle.

Boule à Z propulse Kat à l'arrière grillagé du véhicule de patrouille. Patrouilleur suit avec Barb. Kat regarde le Greyhound une dernière fois et voit le cadavre de Jean Sale dont la moitié pend par l'ouverture de secours. Puis elle et Barb se retrouvent plaquées contre le dossier de la banquette quand Boule à Z démarre sur les chapeaux de roue, sirène hurlante, faisant fumer les pneus dans les flashs du gyrophare.

108

Je file vers l'ouest dans la nuit, shooté au café et aux muffins au chocolat rassis que j'ai avalés dans des routiers pour rester éveillé. J'ai du speed dans un sachet à l'arrière, mais je ne peux risquer une crise de parano, ni les sursauts d'angoisse qu'ils me procurent parfois. La Jeep Gladiator est aussi maniable qu'une camionnette, mais ça fait du bien de conduire une voiture construite au XXIe siècle.

Je regrette presque la Bugatti Veyron.

Presque.

Je ne suis pas d'humeur à écouter de la musique, par contre, je suis curieux d'en savoir plus sur ce que j'ai entrevu sur CNN. Alors je balaie la bande AM et passe d'un flash d'info à l'autre dès qu'il y a trop de parasites.

Les nouvelles sont mauvaises d'où qu'elles viennent. Avec la Sixième Flotte qui fait route vers le golfe d'Oman, le bordel prend forme. Lors d'une assemblée de l'ONU, la Chine et la Russie ont mesquinement mis leur veto à une résolution appuyée par les États-Unis. En réponse, les Américains ont déclaré qu'ils n'avaient d'autre option que de lancer un ultimatum unilatéral afin de contraindre l'Iran à cesser toute activité nucléaire, ce que les mollahs n'accepteront jamais avec l'État surarmé d'Israël à leur porte. Khameini, le Guide suprême, a fait des déclarations belliqueuses, assimilant la flotte en approche à une provocation et jurant de défendre la souveraineté iranienne jusqu'à la dernière goutte de sang. L'ultimatum américain expire dans deux jours. Ensuite, le président des États-Unis promet un déluge de feu qui fera passer l'opération « Choc et Effroi » de 2003 contre Bagdad pour un spectacle pyrotechnique.

Il est plus de trois heures du matin. L'autoroute est déserte. Sur le volant, mes mains brillent dans la lueur de pleine lune qui tombe vers l'horizon. Je les ai si souvent nettoyées qu'elles ne portent plus aucune trace du sang de Moe. En tout cas, il ne devrait plus y en avoir. Pourtant, la vérité, c'est que depuis Berlin, je n'ai plus senti que j'avais les mains propres. Et je me demande si ça reviendra un jour.

Ce n'est pas ton problème, je me dis.

Ça sert à rien de discuter avec des cons.

Ils se seraient fait la guerre de toute façon.

Tu ne pouvais pas savoir.

On ne peut pas t'en vouloir.

Je fais tourner ces phrases dans ma tête comme des mantras.

Et pourtant, et pourtant.

Le monde s'achemine vers un conflit planétaire et sans doute nucléaire. Personne ne semble avoir la moindre idée sur la façon d'arrêter ça, même pas le Canada. Nous voilà retournés en 1914.

En plein Sarajevo, l'archiduc François-Ferdinand s'était pris dans la jugulaire une balle de Browning issue de la Fabrique nationale belge. Mais cette fois, ce n'était pas Gavrilo Princip qui avait pressé la détente.

C'était moi, à Berlin.

109

Après que j'ai pris la place de Zhuk, pendant plusieurs mois, il m'a fallu faire mes preuves.

Je passai une semaine à ramper dans la forêt vierge congolaise, parcourant moins de deux kilomètres par jour au milieu des serpents et des fourmis légionnaires, dans le but de faire un carton de sniper à plus de mille mètres sur un seigneur de guerre maï, soutenu par le Rwanda, qui réduisait des enfants soldats en esclavage. À Reykjavik, en me faisant passer pour un connard en année sabbatique, j'éliminai toute une équipe de tueurs biélorusses, dont je jetai le dernier membre dans un geyser volcanique. Et en Syrie, où j'entrai en tant que steward turc pour une compagnie aérienne, j'infiltrai et sabotai un centre de production d'armes chimiques dirigé par des Russes dont les Syriens niaient jusqu'à l'existence, et que l'Occident ne pouvait bombarder sans risquer des dommages collatéraux pour la population civile, ou des accusations d'acte de guerre de la part de Moscou.

En parallèle, je dus aussi me défendre contre les nombreuses attaques de challengers qui se disaient que la mort de Zhuk de la main d'un inconnu ne pouvait être que le résultat d'un coup de chance, et que je constituais une cible facile qui allait *leur* permettre à leur tour de prendre la tête du peloton.

Autrefois, on plantait les têtes des traîtres sur des piques aux portes des villes, ou on mettait en guise d'avertissement les corps des pirates dans des cages suspendues à l'entrée des ports. J'adoptai une stratégie similaire. Le message dut être entendu parce que les attaques se raréfièrent.

Et un jour, Handler m'annonça l'incroyable nouvelle.

Sixteen était parti. Il avait tout simplement disparu.

Puisque j'avais descendu Zhuk, son plus proche rival, j'étais devenu le jeune prétendant au trône. J'avais le choix : soit me glisser dans sa coquille abandonnée, soit la laisser vacante pour qu'un autre truc visqueux se l'approprie.

« C'est toi qui vois », dit Handler. Nous étions sur la terrasse d'observation du Rockefeller Center ; Manhattan s'étendait à nos pieds comme une nappe de pique-nique et l'Empire State Building brillait de mille feux sous le soleil de cette fin d'après-midi. Ça ne m'aurait pas surpris que Handler se prît pour Satan en train d'offrir au Christ tous les royaumes du monde, et la gloire qui va avec. Et d'une certaine manière, c'est bien ce qu'il était

« C'est une grande décision, dit-il. Cela mérite réflexion. »

Je quittai Handler et redescendis en ascenseur au milieu d'une bande de touristes du Kansas qui avaient des billets pour assister au Saturday Night Live. Derrière eux, la fameuse photo des monteurs de charpentes métalliques pendant la construction du gratte-ciel du 30 Rockefeller Plaza. Onze hommes assis côte à côte sur une poutre en acier, perchés soixante-neuf étages au-dessus de Manhattan, sans rien d'autre que du vide entre le sol et eux.

Chaque année, deux pour cent de ces charpentiers allaient perdre la vie, et deux autres finiraient infirmes à vie. Leur slogan syndical résumait ça de façon abrupte : « On ne perd pas la vie. On nous la vole. »

Ils y allaient parce qu'ils n'avaient pas le choix. L'automne 1932 marqua le pire de la Grande Dépression, et s'ils se tuaient en tombant, des centaines d'autres attendaient de les remplacer. Le destin, ou les circonstances, les avait conduits à un point où risquer sa vie à plus de deux cents mètres du sol n'était pas seulement un choix rationnel, c'était le *seul* choix possible.

Je n'avais pas de famille à nourrir, et je n'étais pas écrasé par une crise économique. Mais chaque événement de ma vie m'avait conduit à cet instant-là.

Bien sûr, il y aurait de l'argent, des bolides, du sexe et du parkour. Je ne suis pas fier.

Mais plus que tout, devenir Seventeen serait le doigt d'honneur suprême adressé à tous ceux qui nous avaient pris, Junebug ou moi, pour des victimes. Plus personne ne pourrait jamais me forcer à faire quelque chose contre ma volonté. Il n'y aurait plus d'autres David. Ni d'autres De Angelo.

Je serais Lee Marvin.

J'appelai Handler. Puis je filai chez Tiffany, où j'achetai une chevalière en argent. À l'intérieur, je fis graver l'inscription :

On ne perd pas la vie. On nous la vole.

110

Bien que mis au rebut de la CIA, Tommy Humboldt n'en avait pas fini avec le monde.

Dans le cadre de sa révocation pour raison médicale, on lui proposa de suivre la cure de désintoxication de son choix. Comme la plupart des boomers, Humboldt était resté un hippie dans l'âme. Durant sa deuxième année en tant que chef d'antenne à Beyrouth, il avait réussi à se faire expédier un buggy par avion-cargo de Californie, et passait ses week-ends à parcourir les plages du nord de la ville en passant à fond du Jefferson Airplane pour le bénéfice des autochtones médusés.

En conséquence, il opta pour une version bizarre des douze étapes des Alcooliques Anonymes professée dans le désert de l'Arizona par un homme qui se prétendait à la fois chaman et navajo, mais n'était sûrement ni l'un ni l'autre. En plus, Humboldt participa à un programme annexe qui prévoyait de jeûner pendant huit jours, de monter au sommet d'une montagne et d'absorber une concoction semi-létale d'herbes et de peyotl qui, selon le faux chaman, devait le reconnecter à Dieu.

Et pour le coup, ce n'est rien de le dire, Humboldt entra en relation directe avec Dieu.

Quand il finit par redescendre, il encaissa sa pension de la CIA, acheta un vieux bus scolaire sur lequel il peignit des arcs-en-ciel, se fit ordonner prêtre par correspondance et prit la route vers l'Utah, où il établit un ministère consacré à sauver les jeunes filles des griffes de sectes polygames qui les mariaient à l'âge de douze, treize ans avec des hommes beaucoup plus âgés.

Et je suis sûr que tu l'as déjà compris, c'est là que je me dirige en ce moment.

111

Je m'octroie deux heures de sommeil au pied de Factory Butte, ce piton de grès au sommet érodé qui s'élève au-dessus du désert de l'Utah. Le soleil me réveille en surgissant de l'horizon, saupoudrant le parc national de Capitol Reef et les Badlands d'une couche d'orange vif.

Tout ce que je sais de l'Église fondée par Humboldt, c'est qu'elle est située près de la Route 24 dans les environs de Caineville, mais je n'ai aucun mal à le trouver grâce aux arcs-en-ciel qui décorent le bus garé devant le bâtiment en adobe délabré, une roue posée sur une cale.

Je quitte la Jeep et m'avance, un pistolet fiché dans le creux de mes reins et un sac de courses à la main. Autour de moi, le désert est parfaitement plat dans toutes les directions, sans la moindre cachette possible pour Sixteen. Je suis sûr qu'il connaît l'histoire qui me lie à Humboldt – Zhuk était son grand rival à l'époque et il a forcément eu vent de la manière dont j'ai refroidi le Russe. Mais il n'a aucun moyen de savoir que je suis ici et, même s'il le savait, il n'a pas pu y arriver avant moi.

Je la remarque alors que je m'approche du porche de l'église. Une jeune fille blonde d'une quinzaine d'années, qui nettoie le sol de l'entrée avec un balai à l'ancienne. Elle est vêtue de blanc, d'un blanc presque nuptial, et lève vers moi des yeux apeurés.

« Tout va bien, lui dis-je. Je ne suis pas comme eux. Je ne suis pas polygame. Tu viens de chez eux, n'est-ce pas ? »

Elle hoche la tête.

« Il est là ?

— Vous voulez dire, le père Thomas ?

— C'est comme ça qu'il se fait appeler, maintenant ? »

Nouveau hochement de tête. Elle me fait signe d'entrer. Mais m'arrête quand je passe devant elle : « Attendez. Pas d'armes.

— Qu'est-ce qui te fait croire que j'en ai une ?

— Rien. C'est juste le règlement. Parfois les vieux, les polygames, ils viennent ici. Ils ont des armes. Mais ils respectent l'église comme un lieu sacré. C'est pour ça qu'on y est en sécurité. Le père Thomas dit que si on fait une exception pour une seule personne, il faudra faire la même chose pour tout le monde. Et qu'alors, on ne sera plus en sécurité. »

Elle me sourit, d'un sourire parfaitement rayonnant et innocent. Dieu seul sait ce qu'elle a enduré avec les polygames, et les véritables motifs qui ont poussé Humboldt à fonder une Église dans le désert pour secourir des adolescentes, mais dans la lumière de cette matinée sous le ciel bleu de l'Utah, visiblement, ça lui a fait du bien.

« Qui est-ce, Dinah ? » demande une voix d'homme.

Je me retourne vers Humboldt. Il n'a pas changé et pourtant il est différent. Plus mince, le teint hâlé, rasé de près. Il a toujours les cheveux longs, mais ils ont complètement blanchi et paraissent assortis à sa tunique immaculée, comme à celle de Dinah. Je me rends compte qu'il doit s'agir d'une sorte de défroque propre à son petit culte.

Son visage se ferme dès qu'il me voit.

« Tu n'es pas le bienvenu ici.

— C'est une église. Tu n'es pas censé accueillir tout le monde ?

— Que sais-tu du sacré ?

— À peu près autant que toi, j'imagine. En plus, je suis venu avec une offrande. » Je sors une bouteille de mon sac. Ce n'est pas du Hakushu mais du Makoto, âgé non pas de douze, mais de vingt-trois ans d'âge. Un peu moins de six cents dollars le flacon, dégoté grâce à Fred et au goût croissant de Rapid City pour les alcools de bourges.

« Je ne bois plus, dit-il, mais un coup d'œil à Dinah me persuade qu'il s'agit d'une protestation de principe.

— C'est bon, lui dis-je. Tu peux me regarder. »

Il secoue la tête. « Si tu es venu jusqu'ici, c'est que tu as des ennuis. Et je ne veux même pas en entendre parler.

— Plus vite tu m'aideras, plus vite je serai parti. Et plus vite tu pourras retourner à… » Je jette un œil vers Dinah, parfaite dans la lumière. « À tout ce qui t'occupe dans le coin.

— Très bien. Mais elle t'a prévenu. Pas d'armes. Ce lieu est un sanctuaire.

— Pas de problème, on n'a qu'à rester dehors. »

Humboldt me regarde sans rien ajouter et recule dans l'ombre, à l'intérieur de l'église en adobe. Je lui emboîte le pas, mais Dinah s'interpose d'autorité entre nous, la main tendue vers moi.

J'ai beau être un enfoiré de première, un des pires, je

rechigne à me disputer avec une jeune fille de quinze ans au teint de rose et victime de polygames.

« OK, Dinah », lui dis-je en sortant le pistolet du creux de mes reins. Je le lui tends par le canon. « Tu me le gardes bien au chaud, d'accord ? »

Elle manque de le laisser tomber en l'attrapant. À l'évidence, elle n'est pas habituée au poids d'une arme. Toujours un souci en moins.

Je pénètre dans la fraîcheur du bâtiment. Humboldt fait un signe à Dinah, qui ressort, emportant mon flingue dans la lumière blanche.

À peine est-elle partie que Humboldt m'arrache la bouteille des mains.

112

« Parachute. Qu'est-ce que ça veut dire ? »

Nous sommes assis dans son bureau à l'arrière. Dans le corps principal de l'église, de jolis petits lits ont été disposés pour les filles. Apparemment, elles séjournent là pendant quelques semaines, le temps que Humboldt leur trouve un lieu d'accueil. En plus de Dinah, il y a deux autres filles en ce moment, mais elles se sont absentées pour assister à un genre de séance de déprogrammation mentale. Humboldt fait tourner le liquide ambré dans son verre avant de le porter à son nez.

« Le contexte ? demande-t-il avant de boire la première gorgée.

— Le contexte, c'est que Sixteen cherche à me buter. »

Humboldt avale et me dévisage. « Oh, putain.

— Je pense exactement la même chose.

— Je croyais qu'il avait pris sa retraite.

— Eh bien, faut croire qu'il en est sorti.

— Pourquoi ?

— Parce que j'ai essayé de le tuer.

— Pourquoi tu aurais fait un truc aussi débile ?

— Parce qu'on m'a payé pour le faire, en me précisant que je n'avais pas le choix.

— On a toujours le choix, dit Humboldt, replongeant le nez dans son verre.

— Sauf qu'en fait ce n'était pas lui la cible. Quelqu'un a décidé me faire la peau et s'est dit qu'il n'y avait que lui qui était capable d'y parvenir. Et que le seul moyen de le faire sortir de sa retraite, c'était de m'envoyer le tuer. »

Humboldt sourit. « Il faut admettre que c'est une solution élégante.

— Ça n'a pas été franchement élégant jusqu'ici.

— Bon, alors qui est ce "on" et pourquoi veut-il ta mort ?

— Je compte sur toi pour me l'apprendre. »

Humboldt hoche la tête et se resserre une dose.

« Et… "Parachute", reprend-il. D'où ça vient ?

— D'un type que j'étais sur le point d'abattre. Il a répété ça plusieurs fois avant de mourir. Comme si ça voulait dire quelque chose. *Parachute, parachute, parachute.* Ça te parle ? »

Humboldt hésite, baisse la tête. « D'abord, j'ai besoin de savoir quelque chose.

— Quoi ?

— Comment peux-tu imaginer que je vais lever le petit doigt pour toi ?

— Parce que si je n'avais pas été là, Zhuk t'aurait collé une balle entre les deux yeux et que tu ne serais pas assis ici dans ta robe de Jésus à jouer les saint François d'Assise en te branlant sur des adolescentes traumatisées par des polygames.

— Seigneur, dit-il, sincèrement peiné. Tu n'as pas changé, n'est-ce pas ?

— Je t'ai sauvé la vie.

— J'ai largement payé ma dette. Et maintenant tu te pointes parce que tu as essayé de tuer un type et qu'il veut te tuer en retour. Si je t'aide, tu parviendras sans doute à l'avoir. Et ensuite, tu continueras à en tuer d'autres. Auxquels on peut ajouter tous ceux que tu as fait passer de vie à trépas depuis Zhuk. Tu peux te moquer de tout ce que je fais ici. Mais moi, je redonne de la vie à ces filles, et toi, tu ôtes la vie. Au niveau du bilan karmique, ton solde net est négatif. Ces dernières années, je suis redevenu créditeur. Mais si je t'aide, je retourne dans le rouge à mon tour. Tu vois le problème ?

— Et si je te disais qu'après ce coup-ci j'arrête ?

— Les types comme toi ne s'arrêtent jamais.

— Très bien. Alors, je te propose un truc. Je te raconte toute l'histoire. Tu fais ton bilan karmique à la con. S'il y a moyen de faire pencher la balance du bon côté, tu m'aides. Sinon, tant pis. C'est marre. Je m'en vais. Tu ne me dois rien. Et en plus, pendant que tu m'écouteras, tu pourras finir le flacon. »

Humboldt hume son verre vide et jette un coup d'œil à la bouteille de Makoto, encore aux trois quarts pleine.

« Vas-y, dit-il. Envoie. »

113

Je lui raconte Berlin.

Le contrat.

L'échange.

La carte mémoire.

Le type à la coupe au bol.

Kovacs.

Le meurtre du passeur.

L'opération Sixteen.

Vilmos.

Les clés de chiffrement.

Quand j'aborde le volet iranien, il se penche en avant, l'air surpris.

« C'est ce qu'ils vont faire ?

— Tu n'as pas vu les infos ?

— Je n'ai pas la télé, dit-il. Ni Internet. Je ne lis pas les journaux. Je n'écoute même pas la radio. Toute cette merde, j'en ai ma claque. Je n'ai pas besoin de tout ce tapage. Et les filles non plus. »

Je lui annonce les mauvaises nouvelles.

« Quelle farce, dit Humboldt. Ça fait des années qu'ils s'excitent sur l'Iran. Tu te souviens de McCain en train de chanter : “Bombardons, bombardons l’Iran” ? On était dans la pièce quand l’état-major interarmées a planifié tout ça. La seule chose qui les avait arrêtés, c’était la menace de bombes nucléaires lancées ici ou là. Parce que ce genre de conflit a tendance à dégénérer rapidement. Qu’est-ce qu’ils ont trouvé comme *casus belli*, cette fois ?

— L’Iran est censé avoir soutenu un complot terroriste nucléaire.

— Et ils ont trouvé ça comment ?

— En interceptant des communications. Cryptées.

— Et les clés cryptos sur la carte mémoire servaient à les déchiffrer ?

— Exact. »

Humboldt réfléchit un moment. Soudain, il se redresse dans sa chaise et se sert deux gros doigts de whisky qu’il avale cul sec, sans le moindre respect pour un single malt japonais de vingt-trois ans d’âge. Son teint d’habitude coloré est étrangement pâle.

« Seigneur Dieu, dit-il en repoussant les cheveux blancs qui tombent devant ses yeux. Pas étonnant qu’ils veuillent avoir ta peau.

— Tu sais ce que ça veut dire ? “Parachute” ? »

Il hoche la tête.

« Et tu vas me l’expliquer ? »

Il reste assis sans rien dire un moment. À l’évidence, il est en plein calcul karmique.

Et finalement, il hoche à nouveau la tête. « C’est un code d’alerte.

— Quel genre de sécurité.

— Un code de la CIA. Seulement fourni aux agents

clandestins, et à n'utiliser que dans des circonstances très précises, en gros une menace de mort imminente.

— Et ça signifie quoi ?

— Ça signifie : "Je suis un agent de la CIA sous couverture. Ne me tue pas."

— Tu veux dire...

— Que l'homme que tu as tué n'était pas membre du Hezbollah, ni des services secrets iraniens. Il appartenait à la CIA. Il ne pouvait pas le dire franco parce qu'il n'était pas sûr de qui tu étais. Si toi, tu ne faisais pas partie de l'Agence, il risquait de planter toute l'opération. C'est à ça que servait le code de sécurité. Si tu n'étais pas du bon côté, ça ne t'aurait rien dit. Mais dans le cas contraire, tu aurais su que tu t'apprêtais à tuer un type de ta propre équipe. »

Mon cerveau rattrape peu à peu son retard.

« Attends ! Tu es en train de me dire que le type que j'ai tué – que j'ai ouvert en deux – était de la CIA ? Un agent double ? »

Humboldt acquiesce. « Il espérait que tu étais dans son camp. Il te suppliait de lui laisser la vie. »

Soudain, je me sens mal.

« Mais pourquoi les Américains m'enverraient tuer un des leurs ? Il avait déjà récupéré les clés de chiffrement. Il n'avait plus qu'à les livrer. Tout ça n'a aucun sens, à moins que... »

Je m'arrête.

« Oh, putain. »

114

Un an avant sa mort, Junebug m'acheta un Rubik's Cube. Je m'entraînai à le résoudre durant les heures passées près de la machine à glace. La première face était facile. La deuxième, plus difficile, mais j'ai vite trouvé comment aligner les carrés. Par contre, la face du dessous me résista pendant des jours. Des semaines même. Et quand parfois j'arrivais à la compléter, c'était pour me rendre compte que j'avais niqué une autre face, ou les deux. J'en arrivais à me demander si le cube n'était pas détraqué, ou si je l'avais mélangé d'une manière magique qui le rendait impossible à résoudre.

Et un jour, le dernier carré de couleur se mit en place.

J'étais si fier de moi. Je le montrai à Junebug. Je me souviens qu'elle le fit tourner dans la lumière entre ses doigts fins, comme si c'était un bijou.

« C'est très beau », dit-elle, et c'était vrai.

Et maintenant, c'est un autre casse-tête que je viens de résoudre.

Berlin était un coup monté, une opération qui semblait avoir été menée par un camp, mais qui en fait était conduite par un autre.

La Maison-Blanche voulait la guerre. Il y avait peut-être une bonne raison, une crainte réelle que l'Iran attaque Israël ou fasse péter une bombe nucléaire sur le territoire américain. Peut-être avaient-ils vraiment des renseignements qu'ils ne pouvaient pas partager sans griller des sources qu'ils rechignaient à sacrifier, ou qui pourraient les embarrasser. Ou bordel, si ça se trouve, le président des États-Unis anticipait simplement l'année des élections et avait besoin de remonter de dix points dans les sondages.

N'empêche, quelles que soient les raisons, ils n'avaient pas de preuves. Et sans preuves des objectifs de l'Iran, pas moyen de réunir la coalition internationale indispensable. Depuis le fiasco des armes de destruction massive en Irak déclenché par la démonstration absurde et mensongère de Colin Powell à la tribune des Nations unies en 2003, la seule parole des États-Unis ne suffisait plus.

La solution était évidente : il suffisait de *fabriquer* la preuve nécessaire, et de déterminer son origine de manière indéniable afin de persuader même leurs alliés les plus sceptiques.

Voilà comment ça se passe.

Les États-Unis prétendent avoir intercepté des communications chiffrées entre l'Iran et ses agents en Occident. Elles ont été créées de toutes pièces, mais une fois décryptées, elles fourniront une justification à la guerre. Ils pourraient se contenter d'annoncer qu'ils ont réussi à casser l'algorithme de cryptage avec l'aide de la NSA, mais ça paraîtrait un peu gros. Alors, ils mettent en scène un petit *soap opera* bien vicieux. Ils montent une opération sous fausse bannière à Berlin en utilisant deux de leurs agents – Coupe au Bol et T-shirt BÉBÉ – qui ont pour instruction de se transmettre une carte mémoire dans le Tiergarten. Et par l'intermédiaire de Handler, ils m'envoient court-circuiter l'échange et récupérer la carte.

Les seuls qui savent que Coupe au Bol et T-shirt BÉBÉ sont de la CIA, c'est la CIA. Pour le reste du monde, ce sont d'authentiques agents du renseignement iranien, ce qui authentifie du même coup les clés de chiffrement et, une fois déchiffrées, les communications qu'elles recèlent.

Et le tour est joué, l'origine est confirmée et le flux de communications fournit toutes les preuves que les États-Unis, et surtout leurs alliés, réclament.

Sauf que tout ça, c'est du Kabuki, du théâtre. À tous les coups, le passeur et le receveur n'étaient pas plus conscients que moi du rôle qu'ils jouaient dans la pièce, ni du camp auquel chacun appartenait vraiment. Toute l'opération avait dû être complètement cloisonnée, connue seulement d'une petite poignée de hauts responsables. Peut-être avaient-ils même court-circuité l'étage des directeurs.

Il n'y a qu'un seul problème. Si le bruit venait à courir que les clés cryptographiques, et par conséquent le flux de communications, étaient des faux, ça chierait dans la colle de toutes les manières imaginables ou pas. Et il n'y a que trois témoins gênants qui pourraient mettre en doute leur provenance : Coupe au Bol, T-shirt BÉBÉ et moi.

C'est merveilleux. C'est démoniaque. C'est merveilleusement démoniaque.

« Oh putain, je répète.

— Exactement. »

Et c'est là que j'entends quelque chose.

Le murmure caractéristique d'un V8 à l'approche.

Humboldt croise mon regard. Nous connaissons tous deux celui qui vient.

Il n'a absolument pas l'air surpris.

« Tu l'as prévenu ? je demande.

— Comment j'aurais pu le prévenir ? Je ne savais pas que tu venais.

— Alors, c'est lui qui t'a prévenu. Il t'a appelé. Il t'a dit de m'embobiner. De t'assurer que j'étais désarmé.

— Je t'ai déjà dit que je n'avais pas de téléphone.

— Alors comment savais-tu qu'il allait se pointer ?

— Parce qu'il finit toujours par se pointer, répond Humboldt. Parce que tu n'as pas suivi le putain de conseil vital que je t'ai donné il y a des années, qui était de ne jamais, au grand jamais, déconner avec Sixteen. Tu as joué au con. Et maintenant, tu l'as conduit vers moi.

— Est-ce que ça suffira ? je demande.

— Quoi ?

— Tout ça. Pour que tu m'aides. »

Humboldt a le regard vague. Ça fait un moment qu'il n'a plus touché la bouteille. Mais il sait ce que je lui demande. Sur son bureau de style mission, il triture nerveusement un trousseau de clés.

« Toutes ces filles que tu sauves. Ça ne suffira jamais à effacer ton nom dans le livre noir de l'univers. Mais… si ce que tu dis est vrai ? Cent mille vies sauvées. Peut-être plus. Beaucoup plus. Là, ça pourrait être suffisant. »

Les clés cliquettent.

« Tu crois que tu peux arrêter ça ?

— Aucune idée.

— Mais tu vas essayer ? »

Je fais oui de la tête. Et je suis sérieux.

Le cliquetis cesse.

« Prends tout ce qu'il te faut », dit-il.

Il se lève et retourne vers l'entrée. L'espace d'une seconde, j'ai un aperçu de l'homme que Tommy a dû être autrefois, avant que la gnôle, les femmes et les trahisons ne le démolissent.

Peut-être qu'après tout le chaman était bien un Navajo.

115

Humboldt se dresse sur le pas de la porte. Du bureau, je l'aperçois en contre-jour. Plus loin, dans l'éclat aveuglant du soleil, Kondracky est debout devant un Ford F150 SVT Lightning rouge avec rehausse et pneus tout-terrain. Un des pick-up les plus rapides jamais fabriqués. Trop daté pour être un véhicule de location, probablement payé en cash via une petite annonce avant qu'on se retrouve. Ce qui expliquerait pourquoi le Trooper était si léger, puisqu'il en avait déjà transféré le chargement.

Dinah apparaît sur un côté. Elle a l'air inquiète. Elle a toujours mon flingue à la main. Elle interroge Tommy du regard, il lui fait non de la tête et un signe du menton vers ma Jeep.

Elle s'élance, saute à l'intérieur, démarre et s'éloigne.

Maintenant, je suis coincé, piégé et désarmé.

Tout ce qui me sépare encore de la mort, c'est un vieil alcoolique à moitié dingue, ex-agent secret en toge blanche, debout, les bras écartés sur le seuil de la porte, comme un crucifié.

Quelque chose me dit que le symbolisme n'est pas là par hasard.

« Passe ton chemin, dit-il.

— Je ne peux pas faire ça, répond Kondracky.

— Il a demandé asile à l'Église.

— Ça n'existe pas.

— Je suis un homme de paix à présent, dit Humboldt, tout bouffi de sa propre divinité. Mais je ne te laisserai pas entrer. Si tu veux cet homme, il faudra me passer sur le corps.

— Très bien », dit Kondracky. Il retourne vers son pick-up, ouvre le hayon et fouille dans son coffre.

Quand il se retourne, je découvre qu'il tient un lance-roquettes RPG7 chargé.

Il l'épaule et le pointe droit sur Tommy.

« Tu veux la jouer comme ça, Jones ? crie-t-il à mon intention. Tu veux te cacher dans les jupes d'un vieil homme ? Je pensais que tu avais plus de tripes.

— C'est la main qui presse la détente qui est couverte de sang », dit Humboldt. Pour une raison obscure, cela semble ébranler quelque peu Kondracky. Une ombre que j'ai déjà vue sur son visage me dit qu'au fond de lui il reste encore une étincelle de conscience morale.

Mais pas quand il s'agit de moi.

Humboldt doit bien savoir que Kondracky ne va pas s'en aller. Il gagne du temps. *Prends tout ce qu'il te faut.* Il essayait sans doute de me dire quelque chose. Je regarde autour de moi. La bouteille de whisky, à moitié vide. Une étagère de livres – rien que des conneries de hippie, Carlos Castaneda et Erich von Daniken, plus deux ou trois bouquins sur la scientologie.

Si Tommy est en train de fonder une nouvelle religion, je devrais peut-être lui adresser une prière.

C'est là que je les vois.

Les clés qu'il faisait cliqueter dans sa main. Grandes, rouillées, anciennes. Et au milieu d'elles, un reflet argenté.

Une clé de voiture, pas récente et usée, gravée du sigle VW.

Évidemment. Pour se nourrir, Humboldt est quand même obligé d'aller faire des courses et doit avoir un véhicule quelque part. Mais où ? Il n'y a pas de garage, et sur le parking, rien que le vieux bus posé sur parpaings.

Je suis encore en train d'y réfléchir quand Kondracky tire une roquette.

116

La roquette passe en sifflant tout près de l'oreille droite de Humboldt, traverse le corridor et fuse dans le bureau. Elle explose contre le mur du fond, éventrant les adobes. Le souffle me jette par terre. La pièce se charge de particules en suspension, de débris et de fumée.

Je me relève en chancelant, les oreilles hurlantes d'arias wagnériennes, et à travers la poussière et le trou percé dans le mur, je découvre dans le soleil à quoi sert la clé de voiture.

C'est le buggy de plage que Humboldt, piochant toujours plus loin dans sa réserve de culot, avait réussi à inclure dans sa négo avec la CIA et à faire rapatrier de Beyrouth. À l'évidence, Tommy n'y connaît rien en mécanique, parce que le joujou de quarante ans au bas mots ressemble à une épave.

Mais putain, c'est quand même une voiture.

Je me retourne pour attraper les clés sur le bureau, mais elles ont disparu, soufflées par l'explosion. Je me jette à genoux, fouille frénétiquement les débris. Pendant ce temps, Humboldt s'élance vers Sixteen et le RPG-7 encore fumant. Tommy manque un peu d'entraînement, mais il est encore plutôt baraqué et j'imagine que Kondracky ne s'attendait pas à se faire percuter violemment, décoller de terre et plaquer au sol comme par un linebacker.

Enfin, un bout de métal dans les décombres ! J'attrape le trousseau et me précipite vers le trou dans le mur explosé. Dehors, Kondracky repousse Humboldt et se relève péniblement. Il sort son pistolet, hésite à lui loger une balle dans la tête, mais préfère lui faire sauter la rotule. Puis il s'élance vers l'église en tirant.

J'ai une centaine de mètres d'avance. Au début, la chance me sourit. Mais quand j'atteins le buggy, une balle me déchire le flanc droit. Je regarde ma main couverte de sang. Kondracky émerge à son tour du bâtiment obscur par le mur éventré. Le soleil l'aveugle un instant. Je me jette au volant, démarre et accélère à fond pour faire pivoter le buggy et positionner la turbine de refroidissement à l'arrière. Ses balles claquent contre le bloc-moteur.

Le buggy glisse et rebondit sur le sol désertique. Ce n'est qu'au moment où je jette un coup d'œil à Sixteen qui court vers son pick-up que la douleur me transperce. J'appuie ma paume sur la blessure pour faire un point de compression. Je pilote et passe les vitesses avec l'autre main. Ce n'est pas le moment de tourner de l'œil.

La jauge d'essence indique un tiers de plein. Douze litres avec un peu de chance. Ce qui me donne une centaine de kilomètres, à condition de pouvoir garder une longueur d'avance sur Kondracky.

Derrière moi, j'entends ses pneus qui dérapent sur le parking et le sifflement du Ford SVT qui accélère à fond sur la route à ma gauche.

Je ne sais pas si la balle a juste traversé des muscles et de la chair, ou quelque chose de plus vital, mais je commence à claquer des dents. *Fait chier.* Je risque l'état de choc.

Je prends la tangente en plein désert. Kondracky quitte la route et s'engage sur une piste labourée de traces de 4 × 4, parallèle à moi. Il essaie de passer par une bande caillouteuse pour me couper la route, mais même avec ses suspensions pneumatiques, le terrain est trop accidenté et il est obligé de regagner la piste pour éviter de casser un essieu.

J'ai de plus en plus mal, je tremble, je suis en sueur. Et pour tout arranger, l'aiguille de la jauge d'essence indique un quart de plein et continue de baisser. Kondracky a dû perforer le réservoir d'essence. Ce qui me laisse une autonomie d'une vingtaine de kilomètres, trente si j'ai de la chance.

J'écrase le champignon, parviens à le distancer. Le buggy prend l'air, semblant voler au-dessus des rochers et des broussailles. Chaque heurt me déchire le flanc. Plus loin, des falaises de grès et des cheminées de fée aux formes extraterrestres sculptées par l'érosion surgissent du sol du désert.

Derrière moi, Kondracky n'a d'autre choix que de quitter la piste. Je creuse l'écart, mais je dois avoir suffisamment d'avance avant de tomber en panne sèche.

Devant, un sentier rocailleux escarpé, creusé d'ornières, s'enfonce dans le paysage lunaire qui s'ouvre devant moi. Si j'ai de la chance, il conduit quelque part. Et sinon… je préfère ne pas y penser.

117

Les Badlands sont à la fois sinistres et magnifiques. Le chemin monte en lacets entre des strates géologiques mises à nu comme des tranches de mille-feuilles et soulevées dans des angles impossibles.

Au sommet de la première côte, là où la piste vire en épingle à cheveux vers l'horizon désertique, je me retourne et aperçois le Ford qui s'arrête. Kondracky en descend, évalue le chemin devant lui et ses chances de le gravir. Pendant une seconde, j'espère qu'il va faire demi-tour. Mais il s'accroupit et ramasse sur le sol quelque chose qu'il roule entre ses doigts et porte à son nez.

Je saisis qu'il s'agit soit de sang, soit d'essence.

Dans les deux cas, il sait que je suis foutu.

Le buggy toussote et tombe en panne sèche huit kilomètres plus loin, à l'endroit où le sentier débouche sur un plateau poussiéreux cerné sur trois côtés par des crêtes échancrées, le dernier ouvrant sur un canyon.

Le plateau est totalement plat, à l'exception d'une cabane en ruine à la porte enfoncée et au toit effondré en un V désolé. Une cabane, ici ? D'abord, ça n'a aucun sens. Puis je comprends qu'il s'agit d'un repaire d'ermite. J'ai déjà entendu parler de ces retraites, certaines en bois comme celle-ci, d'autres littéralement creusées dans la roche ou limitées à un simple trou dans le sol. Toutes sont isolées, solitaires, construites le plus à l'écart possible du commerce des hommes par des individus qui avaient au choix trouvé la foi, perdu la tête, été déçus par l'amour ou par l'existence, ou étaient simplement en rupture avec la loi.

Je jette un coup d'œil au bord du canyon. La première pente est très raide, et même si je parvenais à descendre, me tirer dessus serait un jeu d'enfant pour Kondracky. J'observe les parois de grès rouge orangé qui m'entourent, mais je ne suis pas en état d'escalader quoi que ce soit.

Ce qui ne laisse que la cabane.

Je pousse la porte, qui se dégonde.

À l'intérieur, tout est recouvert d'une épaisse couche de poussière. Aux murs, quelques graffitis foireux et, par terre, des débris de meubles fracassés et une espèce de carpette rongée par les rats. Dans la cheminée, des pieds de chaise carbonisés et un tisonnier. Et près de la porte, suspendus à un crochet, deux courroies de ventilateur râpeuses et des Sandows en caoutchouc épais.

Je me retourne vers le seuil. Le soleil décroît, poursuit sa chute inexorable.

La douleur à mon flanc me tiraille sans répit.

Je suis épuisé, affaibli à cause du sang que j'ai perdu, et complètement désarmé.

Je suis littéralement au bout du chemin.

Et d'ici trente minutes, peut-être moins, il sera là.

Je me laisse tomber sur une chaise délabrée. Pour attendre.

118

Parfois, j'essaie de me rappeler comment c'était quand je n'avais encore tué personne. Je repense à cette nuit où tout a basculé, à ce petit garçon terrifié, et au chaos qui a suivi.

Que serait devenu ce petit garçon si rien de tout ça ne s'était passé ? Qui serait-il aujourd'hui ? À quoi ressemblerait sa vie ?

J'aimerais bien pouvoir le rencontrer. En fait, non, parce que je ne voudrais pas qu'il rencontre quelqu'un comme moi. Mais l'observer, peut-être d'une voiture, quand il pousse son fils sur une balançoire ou un caddie dans les allées d'un supermarché en consultant sa liste de courses. *Lait, Cheerios, dentifrice, litière pour chat.* Ou le voir descendre d'une Corolla achetée trois ans plus tôt qu'il vient de garer devant un pavillon, les épaules voûtées par la fatigue, prêt à se faire chauffer une pizza surgelée, à s'ouvrir une bière et à se goinfrer d'une saison complète de *Top Model USA.*

Et imaginer comment ce serait merveilleux et complètement génial d'être sans intérêt.

Le soleil disparaît sous l'horizon, ultime perle de feu achevant de se consumer.

Je pense à Kat, à son corps près du mien dans l'obscurité de la chambre du motel.

Je me revois frappant à la porte du bureau dans la pénombre. Qu'aurais-je fait si elle avait ouvert ? Qu'est-ce que je lui aurais dit ?

Et si je ne l'avais pas abandonnée à la station-service ? Quelle aurait pu être la suite ?

Et si, et si, et si.

Je chasse ces pensées. Où qu'elle puisse être et où qu'elle se dirige, elle est bien mieux sans moi. Être la fille de Kondracky, c'est déjà un fardeau assez lourd à supporter.

Je devrais peut-être me contenter de rester assis en attendant que Kondracky se pointe. Et le laisser abattre sa proie. Barb avait raison. Le monde n'en serait que meilleur.

Et pourtant, si j'abandonne maintenant, ce sont tous les autres qui gagnent. Pas seulement Kondracky, tous. Handler, et les vampires qui ont décidé que ça valait la peine de sacrifier deux des leurs, en plus de moi et d'une centaine de milliers d'âmes innocentes, pour pouvoir déclarer la guerre qu'ils fomentaient au Moyen-Orient.

Tommy Humboldt avait beau être dingue, il s'était mis sur la trajectoire d'une roquette qui m'était destinée, pas parce qu'il me devait quoi que ce soit, ni par souci de mon bien-être, mais parce que je lui avais promis que j'essaierais d'arrêter tout ce cirque.

Et je me rends compte que je ne suis pas prêt à mourir. Pas encore. Pas si je peux l'éviter.

119

Je sens le pick-up avant même de l'entendre, d'abord un frémissement, puis une vibration, et enfin le souffle familier du V8. Je peux imaginer le panache de poussière qui retombe derrière lui dans les derniers rayons de soleil quand il aperçoit le buggy abandonné, s'arrête et coupe le moteur.

À nouveau, le silence. Il s'assied un moment pour réfléchir. Désormais, il sait que je ne suis plus une menace. Rien qu'un insecte à écraser, un rat à prendre au piège, un chien errant à abattre.

Puis j'entends s'ouvrir la portière du pick-up et le martèlement de ses semelles sur le sol qui contournent le buggy. Ensuite, plus rien lorsqu'il s'accroupit pour tremper son doigt dans une traînée de sang. Le bruit de ses pas s'éloigne enfin quand il suit les traces jusqu'au bord du canyon avant de revenir. Nouveau silence. Il s'arrête, évaluant l'endroit où mènent mes traces de sang.

Le hayon qui bascule en grinçant. Le cliquetis d'un couvercle en métal qui se soulève. Le claquement sec d'une cartouche qu'on insère. Le clic de la culasse qui se bloque. Le bruit mat d'une roquette qui glisse dans le tube. Une brève pause, le temps d'épauler le lanceur et de verrouiller la cible, sans se presser.

Et c'est parti : d'abord la détonation de la charge de mise à feu et, une fraction de seconde plus tard, l'explosion de la roquette. L'onde de choc est aussi brutale qu'une secousse tellurique. Un nuage de poussière s'abat sur mon visage et une pluie de débris de bois, de métal et de brique tombe sur des dizaines de mètres autour de ce qu'il reste de la cabane.

Le fracas finit par s'estomper. Son écho résonne encore dans le lointain. Je retiens mon souffle. Il va ranger le RPG dans le pick-up. J'épie ses pas dans les décombres. Il tâte du pied les gravats et les fondations. Il me cherche. Moi, ou ce qu'il en reste.

Puis le bruit cesse.

Je peux quasiment l'entendre réfléchir.

Enfin, il parle, assez fort pour être entendu à cinq cents mètres à la ronde :

« Tu as encore merdé, Jones. Tu devrais être en morceaux et je ne vois aucun morceau. »

120

Il marche, encore et encore. Il ne fait que marcher. Ses pas s'éloignent ou se rapprochent, plus ou moins sonores. Je finis par comprendre ce qu'il fabrique. Il quadrille la zone. Fouille littéralement chaque mètre carré autour de la bicoque. De temps en temps, il fredonne un morceau de Johnny Cash. Il chante faux. Ou bien il marmonne des mots que je n'arrive pas à saisir, comme s'il s'adressait à une personne absente. Enfin, il se tait. J'entends une nouvelle fois le grincement du hayon qui se rabat, puis il gratte une allumette. Je l'imagine en train de cogiter, fumant une cigarette, assis sur le plateau, essayant de comprendre où je suis passé.

Ça lui prend cinq minutes pour finir sa clope. Puis à nouveau, le hayon qui grince et claque. Enfin il reprend, de la même voix de stentor :

« Hé, Jones, dit-il. J'ai compris. Tu l'as joué fine, mais j'ai fini par trouver. »

Ses pas se rapprochent. Il écarte du pied les gravats, les bouts de bois et les morceaux de verre. Par le trou minuscule d'un nœud dans la planche qui me recouvre, j'aperçois un instant les étoiles. Puis la lumière aveuglante d'une lampe torche projette un million de candelas dans ma cachette.

« Eh bien, eh bien, dit Kondracky. Qu'est-ce que nous avons là ? »

Le vide sanitaire aménagé sous la cabane servait à stocker des tubercules, probablement le seul moyen de subsistance pour l'ermite pendant les mois d'hiver. Et la trappe était cachée sous la carpette mitée. Quand la roquette a frappé, toute la structure de la cabane a éclaté comme un ballon. Plusieurs heures plus tard, mes oreilles continuent de bourdonner et je me sens encore commotionné. Mais les vieilles planches de bois dur, équarries à la main et épaisses comme du cuir d'éléphant, ont encaissé l'explosion, comme tout le reste depuis plus de cent ans, et le résultat, c'est que je suis toujours vivant.

Le faisceau aveuglant de la torche s'éteint. J'ai les rétines en feu. Puis je perçois un nouveau son. La glissière d'une fermeture éclair qui descend. S'ensuit un bruit d'éclaboussures. Un flot de liquide brûlant gicle sur mon visage par le trou du plancher.

L'enfoiré est en train de me pisser sur la gueule et je ne peux strictement rien faire.

Ça s'arrête enfin.

« Ça t'a plu, Jones ? Je me suis retenu pour toi toute la journée. »

Il ricane et reprend, comme pour lui-même.

« Je me disais qu'on pourrait faire un petit feu de camp. »

121

Il prépare un feu dans ce qui reste de l'âtre. Je l'entends déplier une chaise de jardin, et s'y affaler lourdement, comme les vieux qui veulent se détendre les pieds. Il dévisse un bouchon, me propose de boire un coup et fait couler un filet de Jack Daniels dans mon trou. Même mélangé à de la pisse, ça fait du bien. Il dépose le fusil à ses pieds dans un bruit mat, en prenant le soin d'ôter la sécurité au cas improbable où je tenterais quelque chose.

En sourdine, l'autoradio du pick-up diffuse la même country que Barb affectionne.

« Alors, Jones, reprend-il. Tu as enfin pigé ? Pourquoi ils voulaient te buter ? »

Je reste silencieux.

Il martèle le plancher à coups de talon. Une nouvelle couche de poussière me tombe sur le visage.

Je finis par répondre. « Qu'est-ce que ça peut te foutre ?

— Comme je t'ai dit, si je dois tuer quelqu'un, j'aime bien savoir pourquoi. C'est pour ça que tu es allé voir Tommy, exact ? Parce que tu te disais qu'il pourrait t'éclairer sur le contexte. Il t'a appris quelque chose ?

— Ouais.

— Et alors ? »

Je lui raconte tout. Et il écoute en silence, poussant juste un grognement de temps à autre pour exprimer sa surprise ou son dégoût. À la fin, il déclare : « Bande d'enculés. Ils t'ont vendu. Comme ils font chaque fois. » Sa voix s'est teintée d'une noirceur gutturale, d'une colère qui réveille une vieille blessure, toujours pas cicatrisée, qui annonce une histoire tue depuis trop longtemps.

À ce stade, chaque minute est un bonus. Je recrache la poussière de ma bouche et propose : « Tu veux m'en parler ? »

Il hésite. Peut-être est-ce l'effet du Jack, ou juste parce que ça fait des années que ça le titille, mais il reverse une rasade de whisky dans mon trou d'aération et entame un récit plein de vengeance et de trahison, dont il est le héros, et qui mettrait la honte au *Point de non-retour*.

Un jour, peut-être, je te le raconterai à mon tour.

Mais ce n'est pas le sujet. Ce qui compte, pendant qu'il cause près du feu en balançant sa chaise sous les étoiles tout en sirotant du Jack dont il m'accorde quelques gouttes de temps à autre, c'est que j'ai enfin trouvé son point faible.

Ces vieux types, ils *adorent* causer.

122

Alors, je le laisse causer. Et quand sa longue histoire se termine enfin, je dis :

« Hé, Kondracky, écoute. J'ai une proposition à te faire. »

Il glousse. « Il vaudrait mieux pour toi que ce soit une sacrée proposition parce que tu n'es carrément pas en mesure de négocier.

— Qu'est-ce que tu en sauras si tu ne m'écoutes pas ? »

Il soupire. « OK. Je t'écoute. »

J'inspire profondément. « Et si on s'associait ?

— Et puis quoi encore ?

— On attaque tous les deux. Toi et moi contre tous les autres. Tu sais que je suis bon. Et tout le monde sait à quel point toi, tu es fort. Ensemble, rien ne peut nous arrêter. L'équipe de choc.

— Tu oublies que j'ai pris ma retraite.

— Si tu avais vraiment pris ta retraite, tu ne serais pas assis là. Tu sais aussi bien que moi que tu t'ennuies à mourir sur ta petite colline. C'est pour ça que tu écris tes romans merdiques, parce que cette vie te manque, et que ce qui s'en rapproche le plus, c'est de revivre tes jours de gloire. Regarde les choses en face, Mack : je suis ce qui t'est arrivé de mieux depuis des lustres. Ces trois derniers jours, tu as vécu avec une intensité que tu avais oubliée. Je le sais parce que j'ai ressenti la même chose. Allez, tu en dis quoi ?

— Ce que j'en dis ? »

Sa voix s'éloigne. J'entends la chaise craquer sous son poids quand il se balance en arrière. Une autre gorgée de Jack.

Il réfléchit sérieusement à ma proposition.

Il rebascule vers l'avant dans un nouveau craquement.

« J'en dis que premièrement, je suis trop vieux pour toutes ces conneries. Deuxièmement, je suis BEAUCOUP trop vieux pour me laisser avoir par les jappements d'un chiot qui pense qu'une fin de partie gagnante consiste à s'enterrer dans un trou. Troisièmement, qu'est-ce qui me dit que si on fait un bout de route ensemble, on ne va pas essayer de s'entre-tuer à la première occasion ? Bien sûr, on aura une petite lune de miel, mais l'un de nous finira par regarder l'autre en chien de faïence et, sans lui laisser le temps de réagir, le poignardera à mort dès que possible. Quatrièmement, peut-être que tu avais raison, que je ne t'ai pas tout dit et que tu n'as pas la moindre idée de ce qui m'a poussé à raccrocher. Et cinquièmement… »

Il fait une pause. Il se lève et s'éloigne lentement. À nouveau, le grincement du hayon qu'il abaisse, puis un raclement de métal. Il revient et, à sa démarche laborieuse, je déduis qu'il porte une lourde charge. Il se déleste de son fardeau qui tombe avec un bruit mat sur le plancher. Alors, j'entends se dévisser un bouchon métallique.

« Et cinquièmement… » Sa voix se fait sombre, trempée dans le vitriol. « *Cinquièmement*, mes romans ne sont pas merdiques. »

Il se met à verser un autre liquide dans le trou du plancher. Il ne s'agit pas de pisse cette fois, ni de Jack Daniels. Mais d'essence, dont il asperge mon visage. Les vapeurs me font suffoquer tandis qu'elle s'infiltre dans mes vêtements, dans la terre et même dans ma gorge. Je ferme les yeux, je tousse, je m'étouffe.

Au-dessus de moi, je reconnais le claquement caractéristique d'un Zippo.

« C'est fini, Jones. Ou tu sors de là et tu meurs comme un homme, ou je fais griller ton cul dans ton sous-sol. »

Je crache : « D'accord, vieil enfoiré. Je sors. »

Je dégage les grosses poutres à coups de pied. Kondracky les éloigne, et dans l'espace qui s'ouvre, je découvre sa silhouette de cul-terreux massif qui agite son Zippo en l'air.

Il écarquille les yeux en voyant ce que j'ai dans la main.

123

Il n'y avait pas grand-chose dans la cabane, mais ça suffisait.

Le Sandow accroché près de la porte était constitué d'une liane de gros caoutchouc muni d'esses en acier à chaque extrémité. Le tisonnier en fonte de la cheminée disposait d'un manche robuste, d'un bout pointu et était assez lourd pour provoquer de gros dégâts à grande vitesse. J'ai embarqué les deux dans mon cercueil de fortune sous le plancher. En tâtonnant dans l'obscurité, j'ai trouvé une pierre plate et dure qui m'a servi à aiguiser grossièrement le tisonnier pendant que Kondracky causait à n'en plus finir, comptant sur ses oreilles de vieil homme assourdi par les coups de feu pour étouffer le bruit.

Il me découvre allongé sous la lumière de la lune et des étoiles, un crochet du Sandow accroché à chaque pied, et la liane de caoutchouc bandée en arc entre les deux. Je tends la tige de fer comme une flèche, concentrant toutes les forces qui me restent dans ce tir, en tâchant d'ignorer la sensation de déchirure dans ma blessure, et je vise droit au cœur. Une arbalète humaine.

Enfin, je décoche le tisonnier, qui fuse dans l'air avec une force et une vitesse ahurissantes. J'ai bien visé, mais Kondracky plonge déjà vers son arme, de sorte qu'au lieu de se planter dans son ventre le dard en fonte se fiche dans son épaule gauche, à quelques centimètres de l'aisselle. La force du trait le décolle du sol, la main toujours tendue vers son flingue, et l'envoie s'écraser sur un tas de gravats.

La douleur est ardente quand je me hisse hors du vide sanitaire et me jette sur son Glock, mais Kondracky ne s'avoue pas encore battu. Il parvient à se remettre debout, le tisonnier toujours planté dans son épaule, allume son Zippo et le jette dans ma direction.

Les vapeurs d'essence s'embrasent, provoquant une explosion aérosol qui me projette en arrière. Je m'embrase comme une torche humaine. Je me roule par terre pour étouffer le feu. Je suis une bombe H de douleur. Mais l'essence se consume rapidement et je parviens à éteindre mes vêtements. Je me redresse tant bien que mal et découvre Kondracky, toujours empalé, qui trébuche vers son arme.

Nous la saisissons en même temps.

Kondracky s'empare de la crosse avec la main gauche. J'attrape son poignet d'une main et le canon de l'autre. Son flanc gauche est affaibli par le tisonnier, et j'ai presque réussi à lui arracher le flingue quand je me souviens que *Kondracky est droitier.*

Ça fait un bruit de succion horrible quand il arrache le tisonnier et le lance sur moi. Je ne peux pas me protéger sans lâcher l'arme, alors je le prends en pleine face. Aveuglé par le sang, je chancelle en arrière. Kondracky se remet sur pied. Du sang coule de sa blessure. Il essaie de redresser le pistolet. Je le charge, l'épaule en avant, l'entraînant dans ma course.

On s'écrase par terre. Avec l'énergie du désespoir, je lui envoie un coup de genou dans les couilles.

Qui semblent être en béton, parce qu'il ne lâche pas le flingue.

On continue de lutter, chacun couvert du sang de l'autre. Je sens son haleine de vieil homme, mais ses muscles sont durs comme des filins d'acier. Face à face, on met nos dernières forces dans la bataille, repoussant les limites de la douleur, conscients tous les deux qu'un de nous deux va rester sur le carreau.

Mais Kondracky, c'est quand même Kondracky, alias Sixteen. Au sommet de sa forme, il devait être imbattable. Par contre, sa blessure est vilaine et, faute de mieux, j'ai la jeunesse de mon côté. Il refuse de lâcher le pistolet. J'arrive pourtant à le faire pivoter, centimètre par centimètre, jusqu'à ce que le canon soit pointé sur son visage.

Et encore une fois, il écarquille les yeux.

Un instant, je me dis qu'il est en train de faire un AVC, une crise cardiaque, ou un autre de ces accidents médicaux cataclysmiques qui surviennent avec l'âge.

Mais il ne dit qu'un mot : « MERDE ! »

Ses yeux sont fixés derrière moi.

Est-il *vraiment* sérieux ?

« Laisse tomber, Mack, lui dis-je, le souffle court, en m'efforçant de garder l'arme pointée dans sa direction. Je suis sûr que tu peux trouver mieux que ça. »

Je lui écrase les doigts et commence à presser la détente.

Et là, je les entends.

Des pales d'hélicoptère.

124

C'est un hélicoptère d'attaque léger, un Boeing AH-6 Little Bird sans numéro d'identification qui descend de l'éperon rocheux derrière lequel il se dissimulait. Des roquettes Hydra fusent des nacelles latérales. Il est encore à quatre cents mètres, ce qui me laisse le temps d'entraîner Kondracky avec moi dans le vide sanitaire. Les roquettes ne tombent pas loin, projetant des quantités de terre, de cailloux et de flammes au-dessus de nos têtes, mais notre terrier nous protège.

Kondracky roule sur le dos et ouvre le feu avec le Glock quand l'hélico passe à la verticale au-dessus de nous et vire violemment pour effectuer un nouveau passage.

Il se tourne vers moi en hurlant. « Pick-up ! » Je sais exactement ce qu'il a en tête. On s'extirpe de notre cache et on sprinte vers le SVT. L'hélico ouvre à nouveau le feu, mais cette fois avec la mitrailleuse rotative fixée entre les patins. Les balles tracent un sillon dans le sol, soulevant des nuées de poussière comme un ver de sable mortel sinuant dans notre direction sous la terre du désert. On se sépare, pour dissocier les cibles. Kondracky me lance le flingue. Je loge suffisamment de balles dans la vitre du cockpit pour aveugler momentanément le pilote et plonge sur le côté pour esquiver les crochets du ver de sable qui passent près de moi et poursuivent leur course souterraine vers le pick-up de Kondracky, étoilant l'acier rouge de la carrosserie d'une bande d'impacts groupés.

Le AH-6 passe en grondant au-dessus de nous et entreprend un nouveau virage serré. Il lui reste une nacelle pleine de roquettes. Kondracky m'envoie un propulseur et une roquette, puis saisit le RPG sur le plateau. Je visse le propulseur sur la grenade, efface la sécurité, et l'enfonce dans le tube. Lui se positionne derrière le pick-up, utilise le capot pour stabiliser sa visée. Je m'élance sur le côté pour faire diversion, zigzaguant comme un dément.

« Qu'est-ce que t'attends ? je lui crie. Tire, bordel ! »

Le AH-6 lâche une salve de roquettes. Je cours en louvoyant vers l'hélico. Ses projectiles me dépassent et frappent des rochers derrière moi. Sous l'effet du souffle, je me retrouve projeté six mètres plus loin. Je me réceptionne en roulade, les oreilles sifflantes. Je n'ai plus d'air dans les poumons.

Je me mets péniblement à genoux, mais je suis à bout de forces. L'hélico plonge vers moi et ouvre le feu avec sa mitrailleuse, éventrant le désert des balles qu'il me destine. Je n'ai plus rien à faire, aucun moyen d'éviter une mort certaine.

Kondracky tire enfin sa roquette.

C'est un tir d'école. L'hélicoptère explose et tombe en tournoyant comme un énorme shuriken. Il s'écrase sur le sol et rebondit devant moi, avant de s'écraser contre les rochers telle une balle de base-ball dans un gant de receveur, et de se désintégrer.

Je reste allongé, la tête dans la terre et la bouche grande

ouverte pour essayer de recouvrer mon souffle, dans la chaleur de l'épave du Boeing en flammes. Mes pulsations cardiaques mettent une bonne minute à redescendre à un rythme acceptable. Quand j'entends un bruit de pas derrière moi. Je roule sur le dos et découvre Kondracky qui me domine, couvert de sang et de poussière. Il a toujours le lance-roquettes calé sur son épaule.

« Alors là, dit-il, on s'est bien éclatés. »

Il me tend la main pour m'aider à me relever.

SIXIÈME PARTIE

125

Hormis les infimes rayons de lumière filtrant par les bouches d'aération, tout en haut, le container est plongé dans le noir. Menottées au sol, de part et d'autre des parois métalliques, Barb et Kat ne peuvent pas se lever, et encore moins s'approcher des portes par ailleurs dépourvues de poignées intérieures. On ne leur a donné qu'une bouteille d'eau qu'elles se passent après chaque gorgée.

Ça fait des heures qu'ils roulent, depuis qu'ils ont abandonné et incendié la voiture de patrouille sur un terrain vague où attendait le container de transport, chargé sur un camion à plateau.

Quand ils arrivent à destination, un nouveau jour s'est levé. Les portes s'ouvrent, un flot de lumière s'engouffre à l'intérieur du container. Les filles n'ont pas le temps de s'y habituer que le faux patrouilleur, désormais vêtu d'un pantalon de travail, d'une chemise en jean et d'un vieux chapeau de cow-boy, monte et leur enfile une cagoule sur la tête. Ensuite, avec l'aide de Boule à Z, il détache leurs menottes des parois métalliques et les fait sortir.

Elles sentent un sol en terre sous leurs pieds. L'air semble différent, plus frais et presque parfumé. La lumière que Kat devine sous la cagoule est à la fois plus chaude et plus intense.

« Où sommes-nous ? » demande-t-elle. Pour toute réponse, elle se prend une bourrade. Menottées dans le dos, un pistolet enfoncé dans leurs flancs, Barb et elle sont poussées sur un chemin de terre. Le soleil réchauffe leur peau. Au loin, des voix d'hommes qui parlent espagnol.

Elles entendent une porte coulisser et passent de la chaleur du jour à la fraîcheur d'une pièce obscure qui sent le bois, le béton et le métal. La porte se referme. Un déclic d'interrupteur active le ronronnement d'un moteur électrique. Cliquetis d'un volet roulant qui se lève. On les pousse dans un deuxième espace, beaucoup plus froid que le précédent. Le volet se referme. On leur retire les cagoules d'un seul coup.

Elles sont dans une vaste pièce presque vide et très peu éclairée qui ressemble à un grand cube aux parois lisses de vingt mètres de côté. Rien de notable à part trois ventilateurs géants en haut du mur du fond et des canalisations sous pression qui serpentent jusqu'à la charpente métallique supportant le plafond, lui aussi métallique.

Et rien d'autre que des palettes empilées dans un coin.

Kat se sent soudain glacée, en manque d'air. Boule à Z déverrouille un de ses bracelets, mais quand elle veut se frictionner, l'autre la tire violemment vers la canalisation. Puis, avec l'aide de Patrouilleur, elle menotte les deux femmes ensemble en faisant passer la chaîne derrière le gros tuyau, ce qui leur interdit pratiquement tout mouvement.

Patrouilleur leur jette une autre bouteille d'eau que Kat attrape au vol de sa main libre. Il fait remonter le volet roulant et va chercher une chaise pliante à l'extérieur, ainsi qu'une parka Canada Goose qu'il tend à sa complice. Après quoi, il sort en refermant le rideau métallique derrière lui.

Boule à Z s'assied sur la chaise, son Uzi à côté d'elle, et démarre un jeu sur son téléphone. Kat reconnaît les effets sonores de Bejeweled.

« On a froid, dit Kat. On ne peut pas avoir quelque chose pour se réchauffer ? »

Boule à Z l'ignore.

« Qu'est-ce que vous nous voulez ? »

Toujours pas de réponse.

« Ne leur fais pas ce plaisir, mon chou », dit tranquillement Barb. Laisse-leur croire qu'ils ont gagné. On va leur montrer. »

Boule à Z lève les yeux. « *Pas de bavardage* !* »

Elle retourne à son jeu.

126

L'aube s'est levée. Mes blessures et celles de Kondracky sont plus ou moins pansées grâce à la trousse de premiers secours du pick-up. Il tousse de temps à autre, ce qui m'inquiète un peu. Nous avons passé la nuit dans les collines, sur nos gardes au cas où des renforts se pointeraient, mais rien n'est venu. Les débris de l'hélico ne nous ont rien appris, et le cadavre calciné du pilote était dans un état qui excluait toute possibilité d'identification. Malgré la ceinture d'impacts autour de l'habitacle, le pick-up de Kondracky roulait toujours, et nous avons pu rallier Salt Lake City en milieu de matinée pour que je me ravitaille dans une de mes planques d'urgence. À présent, on trace vers l'ouest, sans autre motif valable que de rester en mouvement.

Je ne suis pas sûr que nous soyons déjà alliés, peut-être poursuivons-nous seulement un objectif commun, parce que Kondracky n'arrête pas de ruminer, ses mains osseuses serrant le volant bien plus fort que nécessaire.

« Tu ferais mieux de me dire ce qui ne va pas, je lance. Quoi que ce soit, crache le morceau. Sers-toi de tes mots. »

Il tourne vers moi son visage renfrogné. « Mes romans ne sont pas merdiques.

— Il n'y a que la vérité qui blesse. »

En guise de réponse, il balance un coup de poing dans l'autoradio, déclenchant un déferlement de musique issue d'une autre ère géologique. Peut-être AC/DC ou Scorpion. Je tends la main pour baisser le son, mais me retrouve avec le canon de son arme pointé sur le visage.

« Ma caisse, Jones. C'est moi qui décide. »

Je me renfonce dans mon siège. « Il me semble que tu pourrais quand même admettre que tu t'es planté.

— À quel sujet ?

— La véritable cible. Ce n'était pas juste moi. Ni toi. Ils voulaient nous buter tous les deux. »

Il me fixe de ses yeux bleus délavés.

J'enfonce le clou. « Ils m'ont lâché après toi et ils ont assisté au spectacle. Ça faisait d'une pierre deux coups. Quel que soit le vainqueur, il en sortait à poil, perturbé, vulnérable. Comme si après douze rounds contre Frazier, Ali avait dû se coltiner un Liston en pleine forme. Il se serait pris un K-O. »

Il ronge son frein un moment, mais l'expression de son visage indique qu'il sait que j'ai raison. À la fin, il émet un petit rire.

« On peut pas leur en vouloir. Tu imagines le nombre de coups tordus qu'on connaît, tous les deux ? »

Il pianote un moment sur le volant, puis il se tourne à nouveau vers moi.

« Ta proposition tient toujours ? »

On scelle notre accord en se serrant la main, parce que c'est le genre de truc que font des types old school comme nous, mais sa poigne est franche, et j'ai l'impression qu'il est sincère. Et bizarrement, ça me fait quelque chose. Je mets un moment à comprendre pourquoi. La trahison est la pierre angulaire de tout travail de renseignement opérationnel. Gagner la confiance afin de mieux la tromper. Prétendre être celui qu'on n'est pas. Toutes les alliances ne sont pas seulement temporaires, elles sont aussi soit transactionnelles, soit performatives. Soit les deux. Ou tu cherches à obtenir quelque chose de l'autre partie, ou tu veux les persuader d'un truc factice. La confiance, c'est du pipeau. On vit et on crève tous tout seuls.

Et pourtant, quelque chose dans cette poignée de main me donne envie de lui faire confiance.

Peut-être que Handler avait raison, que j'ai perdu la main. Ou que c'était Kat qui était dans le vrai quand elle disait que j'étais romantique. Et peut-être que Kondracky fera exactement ce qu'il m'a promis, à savoir me planter un couteau dans le dos à la première occasion. Mais étrangement, je ne crois pas qu'il le fera. Probablement parce que nous sommes les deux seules personnes sur terre qui pouvons comprendre à quoi ça ressemble d'être l'autre. Risquer la mort à chaque seconde, ciblé par une armada d'ambitieux épiant ta moindre faiblesse telles des guêpes sur une prune trop mûre.

Et ça me fait quelque chose, car depuis le jour où, de l'intérieur d'une penderie d'un motel de Stockton, j'ai regardé Junebug disparaître de ma vie, je n'ai plus jamais senti que j'avais un véritable allié.

127

« Alors, c'est quoi notre prochain coup ? » demande Kondracky.

Je suis encore rongé par la promesse que j'ai faite à Humboldt, mais Kondracky n'a rien à voir là-dedans. Alors je dis : « La bonne question, c'est quel est leur prochain coup, à eux ? »

Le visage de Kondracky s'assombrit.

« Et s'ils l'avaient déjà joué ?

— Qu'est-ce que tu veux dire ?

— Ils nous ont pistés grâce à nos portables, d'accord ?

— Je le crois. » C'est d'ailleurs la raison pour laquelle mon iPhone est désormais éteint et enfermé dans une boîte à munitions hermétique aux fréquences radio.

« Alors peut-être que ce n'était pas uniquement *nos* téléphones qu'ils suivaient à la trace. Appelle les filles.

— Dès l'instant où je rallumerai le mien, on réapparaîtra sur leurs radars.

— Prends un des portables prépayés dans le matos. Celui-là, ils ne pourront pas le repérer. »

Dans la consigne de Salt Lake City, il y avait deux téléphones inutilisés. On n'en a jamais trop.

« Mais s'ils surveillent aussi *leurs* portables, ça reviendra au même. Dès qu'on les appellera, ils auront le numéro de notre carte SIM et pourront nous suivre à la trace.

— Il faut en sacrifier un des deux. Comme ça, ils n'auront qu'un simple ping. Allez, fais-le. »

Je lorgne le dos de ma main où j'ai recopié le numéro de Kat avant de mettre mon appareil dans la boîte de munitions. Sur le coup, je ne savais pas vraiment pourquoi, mais maintenant, je sais.

Je compose le numéro. La boîte vocale se déclenche immédiatement.

« Et merde ! éructe Kondracky.

— Ça ne veut rien dire. Peut-être qu'elle n'a plus de batterie. Ou alors… »

Je ne termine pas ma phrase, car le portable prépayé se met à sonner. NUMÉRO INCONNU.

Je le montre à Kondracky. Il hoche la tête. *Réponds.*

Je pose l'appareil sur le tableau de bord et il se gare sur le bas-côté pour écouter. Autour de nous, une plaine herbeuse à l'infini où la route s'étire vers l'horizon dans les deux directions. Au moins, on n'a pas d'embuscade à craindre. Je prends l'appel.

« Salut, champion. »

C'est la voix de Handler. Je réponds :

« Qu'est-ce que tu veux ?

— Je viens aux nouvelles. Pour voir comment ça se passe.

— Comment as-tu eu ce numéro ?

— À ton avis ? »

Alors, c'est vrai.

« Va te faire foutre, Handler. Je sais ce que tu as fait. Berlin, la totale. Tu m'as vendu.

— Erreur, tu t'es vendu tout seul, quand tu t'es mis à avoir une conscience. Tu n'es pas le premier à qui ça arrive. Mais chaque fois, ça se termine pareil.

— Où tu veux en venir, enfoiré ? » éructe Kondracky.

Handler éclate de rire. « Est-ce bien qui je pense ? C'est quoi tout ça ? Une histoire de figure paternelle ? Ou vous vous êtes mariés, tous les deux ?

— Arrête tes conneries, Handler, aboie Kondracky. Qu'est-ce que tu veux ?

— La bonne question, c'est ce que tu veux, toi. Hier, Dykstra et Bernier ont récupéré deux femmes dans un car Greyhound, à deux heures de route vers l'est de Rapid City. Il y en a une qui ressemble à une Dolly Parton au rabais, et l'autre qui a des yeux verts et un putain de caractère. Pour l'instant, elles vont bien. Mais la situation est sujette à des changements rapides. »

J'échange un regard avec Kondracky. « Tu crois vraiment qu'on va se sacrifier pour elles ?

— Non, répond Handler. Vous allez mourir de toute façon. Et perso, ces filles, je n'en ai rien à foutre. Elles ne sont qu'un moyen d'accélérer le processus. De quoi tu as traité Dykstra, Jones ? De boucher ? Et loin de moi l'idée de te contredire. Et Bernier est encore pire. Alors garde ça en tête. »

Kondracky s'empare du téléphone.

« Tu veux qu'on fasse quoi, précisément ?

— Je vais vous donner des coordonnées GPS, dit Handler. Notez-les bien. »

Le marché est d'une cruelle simplicité : demain, à six heures du soir, nous devrons nous trouver à un endroit que Handler nous a indiqué, une adresse dans une zone industrielle de Detroit, probablement une friche entourée de squelettes d'usines délabrées et d'abattoirs. Et là, nous sortirons du pick-up, les mains bien visibles. Handler est resté vague concernant la suite, mais une fois qu'on sera « hors jeu » selon ses termes, Barb et Kat seront libres. Si nous ne venons pas au rendez-vous, si nous essayons de libérer ou même de localiser les otages, leurs geôliers ont reçu l'ordre explicite et irrévocable de les liquider.

« On y sera », dit Kondracky. Et il raccroche.

128

J'attrape le téléphone et l'éteins complètement.

« Pourquoi tu ne me dis pas ce que tu as dans le crâne ?

— Il a raison, dit Kondracky. Cette fois, on ne peut pas gagner.

— Qu'est-ce que tu déconnes ? Sixteen, Seventeen. L'équipe de choc. C'est ça qui compte.

— Tu parles d'une équipe, ironise-t-il. Tu as pris une balle dans le flanc. Et ton putain de tisonnier ne s'est pas contenté de me dézinguer l'épaule. J'ai l'impression qu'il m'a perforé le poumon. »

Alors, c'est ça qui le fait tousser.

« Je m'en tape. On peut les avoir. Tu sais qu'on peut y arriver.

— Réfléchis deux secondes, Jones. Ils nous ont envoyé un hélico sans marquage, ce qui veut dire qu'ils avaient une autorisation de vol de la FAA[1]. Ils ont pisté nos téléphones. Et quand tu as appelé les filles, ils ont mis dix secondes à repérer le portable prépayé. Handler ne fait

1. La Federal Aviation Administration contrôle et réglemente l'aviation civile aux États-Unis. *(N.d.É.)*

pas cavalier seul dans cette affaire. Il a le soutien d'une agence, peut-être de plusieurs. Tu sais ce que ça veut dire. »

Il a raison, je le sais.

Comme j'ai déjà dit, si toi, tout seul, tu te mesures aux services secrets d'un État, que ce soit le Mossad, le MI6, la CIA, le GRU ou un autre, tu vas forcément perdre. Parce qu'ils disposent de millions de dollars, de ressources réellement illimitées, des meilleurs cerveaux de leur génération, et d'une technologie qui a dix ans d'avance sur tout ce que tu pourras te procurer dans le commerce. Ça veut aussi dire qu'ils n'en ont plus rien à foutre de devoir fournir des explications. Et qu'ils continueront à injecter des ressources jusqu'à ce que le problème soit réglé.

Ce n'est pas un combat inégal, ce n'est même pas un combat.

Je regarde les coordonnées GPS que j'ai inscrites sur un reçu de station-service.

« Alors quoi ? On va vraiment se laisser faire ? »

Kondracky redémarre le pick-up.

« Bien sûr que non. »

On reprend la route.

Je garde les yeux fixés sur lui. « Comment ? Je croyais que tu avais dit que…

— Il bluffe au sujet des filles, m'interrompt Kondracky en changeant de vitesse.

— Il ne les a pas enlevées ?

— Bien sûr qu'il les a enlevées. Mais il ne va pas les tuer, parce que sinon, on n'aurait plus rien à perdre, et que cette perspective lui fout la trouille à juste titre.

— Très bien. Il ne les tue pas. Mais Dykstra, ce type est un psychopathe. Et Bernier, j'ai aussi entendu parler d'elle. »

Il médite là-dessus un moment. « Écoute, dit-il enfin. Tu les connais. Ce sont des survivantes. »

Encore ce mot.

« C'est tout ? Ce sont des survivantes, donc elles vont tenir le coup ?

— Écoute-moi, petit, répond-il. Tu crois vraiment que si on se rend, il va les laisser partir ? Dès qu'il nous aura tués, il les fera exécuter dans la foulée. Donc oui, elles vont tenir. Et nous, on a jusqu'à demain, six heures.

— Tu as un plan ? »

Il réfléchit, puis montre du doigt le second téléphone. Je le lui tends. Il compose un numéro de mémoire et colle l'appareil à son oreille. Une voix répond. Je n'entends pas ce qui se dit, mais j'ai l'impression que c'est une voix féminine.

« C'est moi, dit Kondracky. Je me disais bien que tu aurais toujours le même numéro. »

La voix de femme lui répond durement.

« Ouais, bref, dit Kondracky. Tu te sers toujours du Château de sable ? »

129

Le Château de sable est un aérodrome désaffecté à une quinzaine de kilomètres de l'autoroute, près de Wamsutter, Wyoming. Les bâtiments sont envahis par la végétation, la piste couverte d'ornières, d'herbes folles et de traces de pneus laissées par les courses de dragsters que des jeunes y organisent. Le jour tire à sa fin quand Kondracky se gare près d'un hangar rouillé, où une aire de trafic au béton craquelé a été transformée en un ersatz de skatepark. Il consulte sa montre et regarde le ciel.

« Tu es sûr que c'est une bonne idée ?

— Pas du tout, répond-il.

Trente minutes plus tard, nous percevons le bruit d'un rotor d'hélico. Je me raidis, mais cette fois, il s'agit juste d'un hélicoptère de transport classique, un Airbus muni d'un numéro d'enregistrement privé. Il se pose sur l'aire de trafic au ciment fissuré en envoyant valdinguer les canettes et les emballages de chips abandonnés par les skaters. Le vrombissement des pales s'atténue peu à peu, la portière s'ouvre et un petit escalier se déploie jusqu'au sol. Un homme tout en noir descend, un pistolet-mitrailleur à la main. Kondracky ouvre son blouson pour signifier qu'il n'est pas armé. Je fais de même. Le garde fait un signe de tête en direction de la cabine et une femme blanche d'au moins soixante-dix ans apparaît. Il l'aide à descendre, elle avance droit sur nous. Elle s'appuie sur une canne, à cause d'une jambe beaucoup plus faible que l'autre lui donnant une démarche étrange, déhanchée, qui semble douloureuse mais ne l'est probablement pas. Ses cheveux gris cendré sont coupés au carré, elle porte d'élégants vêtements – qui proviennent sans doute d'une maison de couture française – et des lunettes noires impénétrables. Elle ressemble à Marianne Faithfull, en beaucoup plus vieille. Malgré les rides sur son visage, elle reste incontestablement très belle.

« Tu veux bien me dire qui c'est, bordel ? »

Kondracky me regarde, amusé. « Tu n'as pas deviné ? »

La femme arrive à notre hauteur.

« Bonjour Nicole », dit-il.

Elle ôte ses lunettes de soleil et pose sur nous ses yeux bleus perçants, incisifs comme des rasoirs.

« Eh bien, dit-elle, aurai-je au moins droit à une explication ? »

Kondracky sourit. Je sens que ces deux-là ont derrière eux une histoire longue et compliquée. De fesses, peut-être, d'amour, pourquoi pas, de boulot, c'est sûr.

« Quand on en aura fini, cette fois, je te le promets. »

J'interviens. « Quelqu'un pourrait-il me dire ce qui se passe ici ? »

Elle pose sur moi ses incroyables yeux bleus.

« Nicole, je te présente…

— Je sais très bien qui c'est, répond-elle en me tendant une main glacée, et un peu molle. Nicole Osterman, se présente-t-elle. Vous avez tué mon meilleur agent. »

130

Osterman est une femme. Elle a dû naître juste après guerre, dans un monde où on considérait encore les femmes comme le sexe faible, même si beaucoup d'entre elles avaient compté parmi les espions les plus mortifères de la Seconde Guerre mondiale. Dans les rangs de la direction des opérations spéciales britanniques, on en comptait trente-neuf. Odette Sansom, par exemple, laissa ses trois filles dans sa maison du Somerset pour aller mobiliser la Résistance en France occupée. Elle fut capturée par la Gestapo, privée de nourriture et rouée de coups. Elle eut les reins brisés, les ongles arrachés et des brûlures sur tout le corps, et non seulement elle ne parla pas, mais elle survécut pour témoigner contre le commandant du camp de Ravensbrück, qui fut en conséquence pendu.

Le handicap d'Osterman – Kondracky me raconta plus tard qu'une infection infantile avait détruit ses muscles – lui avait interdit d'être un agent opérationnel efficace, mais ça ne l'avait pas arrêtée. À la place, elle devint le prototype de Handler. Sixteen avait été son protégé comme j'étais celui de Handler. Et, comme je l'appris au fil de leur conversation, cela explique sa monumentale colère quand il avait disparu du jour au lendemain.

« Tu as trahi ma confiance », crache-t-elle en pointant sur lui un doigt manucuré, près de la queue de l'hélico où nous nous étions isolés pour parler.

— J'avais mes raisons, se contente de répondre Kondracky, sur la défensive.

— Lesquelles ?

— Tu sais très bien ce qu'elles étaient, répond-il, avant de se corriger dans la foulée. Ce qu'elles sont.

— Tu aurais pu les battre. Je te l'avais dit. Si tu avais juste…

— Si j'avais juste quoi ? »

Elle pousse un soupir. « Je ne sais pas. »

Je n'ai pas la moindre idée de ce dont ils parlent, mais je vois dans les yeux de Kondracky que quelque chose le tourmente. Et je me rends compte que je ne m'étais pas trompé. Il a peur. Pas d'elle, pas de moi, pas de Handler ni de quoi que ce soit dont j'aurais connaissance. C'est autre chose qui l'effraie : une chose qui n'a pas de nom, obscure et très étrange.

« Disparaître sans un mot d'explication. Sans me laisser le moindre moyen de te joindre. Tu sais ce que ça m'a fait ? Ça m'a bousillée. Complètement foutue en l'air. » Sa colère reprend le dessus. « Handler, cette espèce de… Bon Dieu, je n'ai même pas les mots pour le décrire. Tu es un homme à lui, n'est-ce pas ? demande-t-elle d'un ton accusateur en se tournant vers moi.

— Je l'étais.

— Oui, parce que maintenant il est en train de te trahir. Comme à son habitude. Tu sais que c'est lui qui m'a conseillé de t'envoyer Kovacs? »

Ainsi, c'était bien Handler. Depuis le début.

« On est peut-être tous comme ça, au fond.

— Non, répond-elle. Lui, il n'était pas comme ça. » Elle parle de Kondracky. « C'est pourquoi ce qu'il m'a fait était tellement… brutal.

— Allons, dit Kondracky. Soyons honnêtes. Si tu avais su où j'étais, tu aurais envoyé quelqu'un pour me tuer. Et ainsi, tu te serais offert les services de ton propre Seventeen à la place de Handler. »

Nicole rayonne. « Mais bien sûr, mon chéri. En amour comme à la guerre, tous les coups sont permis. »

Elle allume une cigarette et s'adosse à la portière ouverte de l'hélicoptère. « Maintenant, dis-moi ce que je fais ici.

— Ça te plairait de faire tomber Handler ? demande Kondracky.

— Tu ne crois pas que je l'aurais déjà fait, si j'avais pu ?

— Mais tu ne pouvais pas, parce qu'il avait dans sa manche M. Jones, alias Seventeen ici présent. Et que personne ne voulait s'y frotter. Mais c'est terminé, il ne peut plus compter sur lui. Je te propose qu'on se mette tous les deux temporairement à ton service. Aide-nous à supprimer Handler, et tu retrouveras la place que tu n'aurais jamais dû quitter. Au sommet. Prends ça comme ma façon de rembourser ma dette.

— Ce n'est pas si simple, répond-elle. Le gamin est très fort, je dois le reconnaître. » Elle souffle la fumée. Elle doit parler de moi. « Mais ce n'est pas à cause de lui que personne n'ose bouger le petit doigt contre Handler.

— Pourquoi, alors ? demande Kondracky.

Nicole écrase sa cigarette sur la portière de l'hélico. « La vraie raison, c'est qu'il dispose d'un dispositif homme mort. »

131

Le Royaume-Uni possède une flotte de quatre sous-marins nucléaires lanceurs d'engins de classe Vanguard, chacun équipé de seize missiles nucléaires Trident II. Ils composent la force de dissuasion britannique. En cas de conflit nucléaire, il y a tout une série complexe de procédures de validation qui se répercutent sur toute la chaîne de commandement, depuis le Premier ministre jusqu'aux pauvres connards chargés de la mise à feu.

Mais qu'adviendrait-il si le gouvernement britannique était anéanti par une frappe nucléaire préventive ? Les deux seules personnes qui peuvent, selon la loi, déclencher une attaque nucléaire sont le Premier ministre et celui qu'on appelle la « seconde personne », en général, le vice-Premier ministre. Si les deux sont morts, la chaîne de commandement est décapitée. Que se passe-t-il dans ce cas-là ?

Réponse : chaque sous-marin transporte une lettre manuscrite du Premier ministre – la fameuse « lettre de dernier recours » qui donne au commandant du submersible des instructions sur la marche à suivre. Les instructions sont secrètes, et les lettres sont détruites sans être lues le jour où le Premier ministre quitte son poste. Elles ne sont décachetées qu'en cas d'attaque nucléaire manifeste, ou si les émissions navales britanniques ont cessé pendant quatre heures.

On dit qu'il y a alors quatre options possibles : se placer sous le commandement des États-Unis ; faire route vers l'Australie ; agir en représailles ; ou faire appel à son propre jugement.

Ces lettres constituent ce qu'on appelle un « dispositif homme mort ».

132

« Tout est numérisé, dit Nicole. Il a des archives de toutes les opérations auxquelles il a pris part. Qui était le commanditaire, quelle était la cible, comment ça s'est déroulé, pour quel résultat, combien ça a coûté, d'où venaient les fonds, tout. Enregistrements vidéo, audio, tableaux Excel, photographies, fais ton choix. Ça tient sur une cinquantaine de gigaoctets. Il a crypté l'ensemble, puis l'a téléchargé dans le darkweb. Tout le monde sait que c'est là. Non seulement les services de renseignements, mais aussi les journalistes, WikiLeaks, les Anonymous et même de simples citoyens. Pour la plupart, ils ne savent pas que ça vient de lui, ni de quoi il s'agit, mais tous savent qu'il y a quelque chose.

— Et s'il vient à mourir, dis-je, la clé de chiffrement est automatiquement publiée.

— Exactement. Après quoi, toutes les agences de renseignements, les plus grandes et les moins importantes, se retrouveront dans la merde. Et avec elles, tous les politiciens qui ont ordonné les opérations. Celles que vous avez menées, mais aussi celles de tous les autres agents que Handler a chapeautés. Le but étant de rappeler…

— … que tout le monde a intérêt à ce qu'il reste en vie, dit Kondracky.

— Exact. Les Russes adoreraient connaître toutes les manigances auxquelles sont mêlés les Chinois, mais pas si ça implique que leurs propres coups tordus soient révélés au grand jour.

— Donc, si quelqu'un l'attaque, Handler peut en appeler au soutien… du monde entier. »

Nicole hoche la tête. « Ce que je dis, c'est qu'à vous deux vous êtes bons. Mais que personne n'est *assez* bon. »

Je prends le temps de digérer tout ça. « Je ne comprends pas. Comment sait-on qu'il est mort ? Qui rend la clé publique ? Et si quelqu'un d'autre s'en empare et décide de la diffuser ? Tout système de sécurité comporte des failles, et les agents de tous les pays doivent les chercher.

— Je ne connais pas les détails, dit Nicole. C'est un système biométrique. Complètement automatisé.

— Est-ce seulement possible ? » demande Kondracky.

Je réfléchis à voix haute. « Il a dû se faire implanter une puce qui envoie de temps en temps une requête ping sur un serveur avec ses données biométriques. Si le serveur ne reçoit pas ce qui est attendu, à savoir la confirmation qu'il est vivant et bien portant, la clé de chiffrement s'affiche et le bordel commence. Je sais que ça a l'air dingue, mais avec Handler, tout est possible. »

Kondracky secoue la tête. « Moi, je crois que c'est un gros tas de conneries.

— Peut-être, dis-je, mais au fond ça n'a pas grande importance. »

Nicole se penche vers moi, intéressée. « Que voulez-vous dire ?

— Ce qui compte, c'est qu'on croie la chose possible. On s'en fout de savoir si c'est vrai ou pas. Une *possibilité* est un risque qu'ils ne peuvent pas prendre. Les fichiers cryptés pourraient très bien n'être qu'un leurre. Peut-être qu'il n'y a pas de puce, pas de données biométriques, pas de serveur. Rien. Mais tant qu'il reste une possibilité qu'ils soient réels, tous ceux qui pourraient y perdre des plumes vont envoyer la cavalerie pour le sauver. »

On reste là, sans solution, pendant un moment. Soudain, Kondracky relève vivement la tête.

« Je sais comment on va s'y prendre. »

133

Dans un monde où les gens surveillent toujours leurs arrières, Handler lui a toujours regardé derrière l'épaule des autres. Et maintenant, je sais pourquoi : il se pensait intouchable.

Ça valait aussi pour son lieu de vie. Il ne m'a jamais dit précisément où était situé son domicile, mais il en parlait avec un tel enthousiasme et une telle débauche de détails que je me le figurais parfaitement : les sept chambres et les quatorze salles de bains, les deux piscines bleu lagon avec décor de rochers et plusieurs cascades, dont l'une dissimulait un bar à alcools, la palette de couleurs d'inspiration Art déco, les couloirs tapissés de miroirs, la fausse entrée de cinéma illuminée de néons aux murs en pierre des champs, flanquée de deux antiques dragons chinois, le pavillon de détente, la sculpture de yoni, le garage de vingt places abritant des voitures de rêve, l'enceinte de trois mètres d'épaisseur et les portes blindées en acier. Le moment le plus cool de toute sa vie fut probablement le jour où un marchand d'armes milliardaire lui lâcha le nom de l'architecte star qu'il avait engagé pour dessiner sa propre demeure.

« Je lui ai juste demandé de me faire un pool-house », m'avait raconté nonchalamment Handler.

L'hélico d'Osterman s'éloigne dans un fracas de pales. Kondracky change son pansement. Il tousse de plus en plus souvent. Sa respiration sifflante laisse entendre qu'il a du sang dans les poumons. J'essaie de ne pas y penser et utilise le dernier mobile prépayé pour googliser l'architecte qui a conçu l'abri de piscine de Handler. Son nom me conduit à une liste de bâtisseurs haut de gamme publiée par le *New York Times Magazine* (« Qui sont les Frank Lloyd-Wright d'aujourd'hui ? »). Après quoi, grâce à une recherche d'images sur chacun des noms, je touche le gros lot et découvre ce qui est sans aucun doute la demeure de Handler, dans toute sa criarde splendeur. Elle ressemble à s'y méprendre à un centre commercial de Miami dans les années 80. Il n'y manque qu'une de ces boutiques de lunettes de soleil qui florissaient à l'époque. Les photos sont tirées d'une double page d'*AD Magazine* où Handler est décrit comme un « discret marchand d'art », ce qui peut être exact si l'on considère que la mort est un art.

L'affreux palais de Handler est situé à Indian Wells, Californie, une enclave gagnée sur le désert au pied des montagnes, comportant deux parcours de golf de classe internationale et un aérodrome. Parmi ses voisins, on compte Bill Gates et Charles Koch. Un ancien chef des services secrets est chargé de la sécurité de cette zone de deux cent quatre-vingts hectares, mais Handler dispose en plus de sa propre équipe de protection.

L'image est de qualité suffisante pour qu'on puisse esquisser un plan sommaire du rez-de-chaussée. Kondracky s'y emploie pendant que je conduis. Les photos ne montrent pas tout, mais Google Maps permet de délimiter les contours du bâtiment et la superposition des deux nous en fournit une topographie. Mais il y a une chose que les photos ne montrent pas et que Handler ne voulait absolument pas voir étalé sur les pages du magazine. Il s'agit du vide aménagé entre la chambre du maître de maison – j'avais raison de parler de miroirs au plafond – et le bureau, dont tout un mur est décoré de faux livres peints.

C'est ce vide qui nous tracasse. Ce pourrait n'être qu'un placard ou une salle de bains. Mais vu son emplacement, il pourrait aussi s'agir d'une *panic room*, une pièce sécurisée aux parois métalliques, dotée d'équipements de communication et d'assez de provisions pour que Handler puisse y tenir des jours, et au moins jusqu'à l'arrivée de la cavalerie.

Avec Kondracky, nous élaborons un plan d'attaque. C'est bizarre de le faire ensemble, mais, curieusement aussi, réconfortant. Les probabilités de réussir semblent minimes au point que c'en est presque risible. Une fois que nous serons à découvert, en plus des agents chargés de la sécurité de l'enclave, des gardes de Handler, ou de sa grande famille d'enfoirés d'élite dans mon genre, nous devrons aussi affronter les forces cumulées de toutes les agences de renseignements occidentales. Pour l'emporter, il nous faudra tout exécuter à la perfection, et aussi avoir la chance de notre côté.

Mais je crois qu'on peut y arriver.

134

Nous roulons en silence pendant des heures. Ma blessure me torture, et à la manière dont Kondracky tourne le volant dans les virages à gauche, il est clair que son épaule lui fait souffrir le martyre. En plus, sa toux empire, bien qu'il essaie de n'en rien laisser paraître.

La nuit tombe. Dans la lueur verdâtre du tableau de bord, il a soudain l'air vieux, vulnérable même.

Pour une raison que j'ignore, il n'arrête pas de regarder dans le rétroviseur. Je me retourne plusieurs fois, mais il n'y a rien à voir derrière nous, ni aucune raison pour qu'on soit suivis. Je mets ça sur le compte de sa profonde connaissance de la situation, l'habituelle boucle « observer, orienter, décider et agir » qui tourne sans cesse dans nos têtes. Pourtant, sa manière de scruter constamment le rétro me suggère qu'il y a autre chose. Une chose liée à la noirceur que j'ai déjà remarquée chez lui.

Je me dis que si je ne pose pas la question maintenant, je ne le saurai jamais.

« Hé, Kondracky. »

Il se tourne vers moi, surpris, ou peut-être soulagé que je brise le silence.

« Tu veux bien m'expliquer ce qui t'a poussé à démissionner ? La *vraie* raison, je veux dire. »

Il fixe la route devant nous. Une bonne minute s'écoule avant qu'il me réponde.

« J'ai conclu un marché, dit-il enfin.

— Avec qui ? Le diable ? »

C'est une blague, mais il me regarde droit dans les yeux, et ma parole, ça me fait froid dans le dos.

« Avec les fantômes.

— Les fantômes ? Comment ça ? Tu veux dire que ta conscience…

— Non, m'interrompt-il. Des vrais putains de fantômes. »

Nouveau coup d'œil au rétroviseur. « Au début, ce n'était pas grand-chose. Quelques petits détails que je n'arrivais pas à me sortir de la tête. Un visage, une odeur, un son. Ça t'est déjà arrivé ? »

Le visage d'une femme déformé par la haine.

Un homme aux tripes à l'air sur une voie de métro.

Un doigt à l'ongle cassé sur le rebord d'une baignoire.

« Bien sûr. Je crois que ça arrive à tout le monde.

— C'est ce que je me suis dit. Ensuite, de temps en temps, j'ai commencé à avoir peur. J'étais convaincu qu'on me suivait. Comme si, partout où j'allais, il y avait toujours quelqu'un derrière moi. Sauf que, quand je me retournais, il n'y avait personne. Et puis, je les ai vus. Juste aperçus d'abord, du coin de l'œil ou dans le reflet d'une vitre. Ensuite, ils sont devenus plus audacieux et, en plein milieu d'une mission, peu importe la cible que je devais descendre, j'en découvrais soudain un dans la pièce avec moi. Puis deux. Puis trois. »

La bouche sèche, il est obligé de faire une pause.

« Le pire, c'était quand je tuais quelqu'un. Chaque fois que j'avais honoré un contrat, quand je prenais la tangente, j'en trouvais un à côté de moi, assis comme toi à la place du mort, et le type que je venais de tuer était installé à l'arrière. Encore en train de saigner, les tripes à l'air, la totale. Et la nuit qui suivait, ils se pointaient en nombre et se rassemblaient autour de moi. C'était tellement terrifiant que j'ai pensé à me mettre une balle dans la tête, rien que pour que ça s'arrête.

— Pourquoi tu ne l'as pas fait ?

— Parce que c'était ce qu'ils voulaient. Ils m'attendaient, m'observaient en attendant un faux pas, une erreur ou que je décide d'en finir. Pour que je devienne un des leurs. »

J'ai froid d'un coup, je me couvre avec mon blouson. Il débloque mais ici, dans le noir, avec la perspective de ce qui nous attend, le vieux salopard commence à me flanquer la trouille.

« Mais tu savais bien qu'ils n'étaient pas réels, exact ? »

Il se tourne vers moi, le regard ardent. « Bien sûr qu'ils étaient réels. »

Il reporte ses yeux sur la route.

« Tu les vois toujours ? »

Il secoue la tête. « C'était ça le marché. Le dernier contrat que j'ai exécuté, c'était à Ankara, en Turquie. »

Je connais cette histoire par cœur. « Le tortionnaire qui avait fait ses armes sur la population de Bachar Al-Assad ?

— C'est ça, confirme Kondracky. Un type énorme. Je l'ai coincé dans un ascenseur, mais il s'est sacrément débattu. La nuit suivante, ils sont venus me chercher dans ma chambre d'hôtel. Toute la bande. Et je n'en pouvais plus. Je leur ai dit : "Si vous me laissez tranquille, j'arrête. Je ne tirerai plus jamais sur personne. Et vous pourrez m'avoir après ma mort. Et faire de moi ce que vous voudrez. Mais d'ici là..."

— Et c'est pourquoi tu devais disparaître. Parce que sinon...

— Un enfoiré dans ton genre se serait pointé et j'aurais dû rompre le marché. »

Je repense aux événements récents. « C'est aussi pour ça que tu as manqué Tommy avec le RPG et que tu lui as mis une balle dans le genou plutôt que dans le crâne. »

Kondracky hoche la tête, le regard hanté. Il jette encore un coup d'œil dans le rétroviseur. Et soudain, je percute.

« Nom de Dieu. Mais tu l'as rompu, le contrat, n'est-ce pas ? Le pilote de l'hélico. »

Une fois encore, il hoche la tête et regarde dans le rétro.

« À ton avis, qui est assis sur la banquette arrière ? »

135

Indian Wells forme un patchwork démesuré et obscène de parcours de golfs et de country clubs grouillants de polices privées, de caméras de surveillance et de flics grassement payés. Sur une photo satellite chargée sur Google Maps, la résidence sécurisée de Handler, la plus luxueuse de toutes, est cernée de murs sur trois côtés. Le dernier est fermé par les contreforts du mont Eisenhower, ce drôle de sommet arrondi situé à la jonction des montagnes de San Jacinto et de la chaîne de Santa Rosa. C'est par là que nous comptons entrer.

Nous arrivons vers trois heures du matin. De la route, nous bifurquons sur un chemin pare-feu qui s'élève sur le versant arrière du mont Eisenhower, puis nous nous engageons sur une espèce de piste. Notre seul atout étant la surprise, il est hors de question d'allumer nos lampes torches, mais j'ai dans mon matériel des lunettes infrarouges qui semblent impressionner Kondracky. Je les lui passe et le suis vers la crête. Quand nous atteignons le sommet, il les enlève pour regarder scintiller la Voie lactée au-dessus de nous, et Indian Wells dessous.

Je sors de mon sac à dos un minidrone commandé par

un casque de réalité virtuelle. Les images satellite de Google fournissent un niveau de détail suffisant, mais les données datent de trois ans, et nous devons être absolument certains de l'endroit où nous mettons les pieds.

Kondracky s'assied sur un rocher pour prendre un peu de repos pendant que j'ajuste le casque. Notre duel l'a épuisé. Sa respiration sifflante, l'angle de ses épaules et ses coudes plantés sur ses genoux me confirment qu'il est à bout de forces.

J'espère de tout mon cœur qu'il lui en reste assez, parce que nous savons tous les deux que je ne peux pas opérer seul.

Je mets sous tension le petit drone noir, la lunette du casque s'illumine. Les moteurs Brushless sont quasi silencieux et les hélices effilées comme des lames conçues pour fendre l'air en créant le moins de turbulences possible. Le casque HD reçoit le signal vidéo haute puissance sécurisé par cryptage et sauts de fréquence de la caméra à vision nocturne. Mais tout cela a un prix : le temps de vol est limité à une dizaine de minutes et le palais de Handler est au moins à trois kilomètres de distance.

Le drone décolle et s'éloigne. Soudain, je deviens un oiseau, un aigle plongeant au-dessus des rochers, du lit des ruisseaux et des ravines. Je plane à l'aplomb de la route et de la haute clôture grillagée qui entourent le domaine. Enfin je dépasse les bâtiments de maintenance et l'extrémité la plus méridionale du terrain de golf pour survoler le palais de Handler situé au fond d'une impasse.

« Qu'est-ce que tu vois ? demande Kondracky.

— Des murs de plus de trois mètres de haut. Des caméras tous les huit ou dix mètres. Un portail métallique à l'avant, et une entrée de service à l'arrière.

— Des gardes ?

— Un seul, équipé d'un pistolet-mitrailleur MP5. Non, attends, deux. Un autre vient de sortir d'une guérite. Le PC sécurité, j'imagine. Il doit y en avoir au moins encore deux à l'intérieur de la maison.

— Tu peux faire un zoom ?

— C'est un objectif à focale fixe.

— Alors va plus près.

— S'ils repèrent le drone, on l'a dans l'os.

— Il faut qu'on sache ce qu'il y a dans ce vide. »

J'approche de l'arrière de la maison en vol circulaire, vers l'entrée de service, et longe les murs en stuc rose jusqu'au coin du palais situé entre la chambre et le bureau.

« Je suis à l'angle nord-est.

— Qu'est-ce que tu vois ?

— Rien. Pas de fenêtre, ni d'un côté ni de l'autre.

— Et le toit ?

— Rien.

— Merde, dit Kondracky. C'est une pièce de survie. Il a dû installer un recycleur d'air. Pas moyen de l'enfumer pour le faire sortir. Notre seule chance est de le choper avant qu'il puisse y entrer.

— Il doit y avoir un accès direct de la chambre et du bureau. Si on force le passage, il aura largement le temps de s'y enfermer.

— Passe-moi le casque, dit Kondracky.

— Il reste à peine une minute de batterie.

— Alors passe-le-moi vite. »

Je stabilise le drone, enlève le casque et en coiffe le crâne dégarni de Kondracky.

« Putain, dit-il, soudain transporté dans les airs. C'est du délire.

— Une minute, je lui rappelle.

— OK, va sur la gauche. Encore. Non, pas trop. Maintenant encore à gauche. Continue. Stop.

— Trente secondes.

— Ça bugue.

— La batterie est presque morte.

— Fais un trois cent soixante.

— Il faut sortir le drone de là avant qu'il s'écrase.

— UN TROIS CENT SOIXANTE. »

J'opère un panoramique complet.

« Encore une fois.

— Trop tard. » Je tire le joystick droit vers moi et pousse le gauche vers l'avant, reprends de l'altitude et ramène le drone dans notre direction en utilisant la toute dernière réserve de batterie. Quelques secondes plus tard, il s'écrase dans les broussailles, de l'autre côté de la clôture.

Kondracky enlève le casque.

« Qu'est-ce qu'il nous reste comme plastic ? »

136

Le soleil est encore une quinzaine de degrés au-dessous de l'horizon, mais les étoiles s'estompent déjà. Il faut absolument qu'on y soit avant l'aube. Nous enfilons des vêtements sombres, enduisons nos mains et nos visages de peinture noire et remplissons nos sacs à dos avec le restant de C4, des échelles de corde ultralégères, des grappins, des armes automatiques et autant de munitions que nous pouvons en emporter. Nous remontons sur la crête, puis redescendons vers la vallée. On progresse lentement – il n'y a pas de sentier et, par deux fois, on se retrouve sur des corniches, contraints de rebrousser chemin pour trouver une autre voie. Une heure plus tard, on atteint le fond de la vallée. Kondracky avance de moins en moins vite.

« Tu veux faire une pause ?

— Il a pris ma fille en otage, putain. Non, je ne veux pas faire de pause. »

Nous cisaillons la clôture de grillage avec les pinces coupantes et dissimulons l'ouverture sous des broussailles. À peine avons-nous pénétré dans l'enceinte que des phares déchirent la pénombre bleutée d'avant l'aube. Le pick-up des gardiens.

« Détecteurs de vibrations sur la clôture », dit Kondracky.

On se jette à plat ventre, immobiles, tête baissée. Les gardes descendent du pick-up et éclairent le grillage avec des lampes torches tactiques.

« Je vois rien, et toi ? demande le premier.

— Non, répond l'autre. Sûrement encore un coup des coyotes. Déjà deux fois qu'ils creusent des trous pour passer par en dessous. »

Le faisceau d'une torche balaie la zone et se fige un moment juste à côté de nous.

« Tu vois quelque chose ? »

Nous retenons notre souffle. La lumière s'éloigne enfin.

« Non. Marque l'endroit et on reviendra dans une heure, quand il fera jour. »

Un des gardes avance vers la clôture et passe si près que je pourrais attraper ses chevilles. Il utilise une bombe de peinture orange pour marquer un repère à quelques mètres à peine de l'endroit où on a cisaillé le grillage. Puis les deux hommes regagnent le pick-up en causant d'une de leurs collègues qu'ils aimeraient bien baiser l'un comme l'autre. Et ils repartent.

On recommence à respirer.

À partir de la clôture d'enceinte, nous longeons l'entrepôt de matériel, la zone de déchargement et l'installation de traitement des eaux jusqu'au bord du onzième trou du parcours de golf. Ensuite, nous remontons sur le côté du fairway, à couvert sous les arbres qui nous procurent un semblant de protection dans l'aurore qui point. Un déclic soudain nous renvoie à plat ventre, mais il ne s'agit que du système d'arrosage qui s'enclenche automatiquement.

Après le green du 9, nous traversons une mince bande boisée jusqu'à l'endroit où un escarpement artificiel s'élève vers le mur de la propriété de Handler.

Dans quinze minutes, le jour sera levé. Kondracky est épuisé. Il a le teint livide et les traits tirés par la douleur. Je ne suis pas non plus en grande forme, mais je le cache autant que possible. Je le laisse reprendre son souffle, appuyé contre le mur, et sors le C4 du sac à dos. Je le pétris entre mes doigts pour lui donner la forme d'un cylindre grossier et creuse un trou dans une des bases où j'enfonce un détonateur à retardement.

« Trois minutes, d'accord ? »

Il hoche la tête, et je me demande s'il va y arriver. Mais il n'y a qu'un seul moyen de le savoir. Nous réglons les chronomètres de nos montres. « Et… c'est parti. »

Trois minutes. Je le laisse et m'élance vers l'entrée principale. Une unique caméra de surveillance couvre le devant du portail, mais le gros objectif convexe indique qu'il s'agit probablement d'un grand-angle, qui m'interdit d'approcher plus loin que la saillie du mur. Une deuxième caméra est braquée sur le chemin d'accès, mais son champ optique est plus serré. À une distance d'une vingtaine de mètres avec un fusil, ce serait un coup facile. Peut-être même avec le MP9, si je le bascule au coup par coup, cependant nous sommes encore en mode furtif et je ne peux compter que sur mon fidèle Welrod.

Deux minutes. Je vise, calme mon rythme cardiaque, commence à presser la détente… et m'arrête. J'ai les mains moites, je sens la nervosité m'envahir. J'essuie ma paume sur ma jambe de pantalon et vise à nouveau. Cette fois-ci, je tire. La détonation du Welrod n'est pas plus forte qu'un claquement de mains. L'objectif arrondi vole en éclats et la caméra vacille sur son support.

Cette fois, c'est vraiment parti.

Quatre-vingt-dix secondes.

Je cours vers le portail métallique, en restant hors du champ de la deuxième caméra. Je fixe le C4 dans l'interstice entre les deux battants, puis continue à longer le mur jusqu'à me retrouver à l'exact opposé de l'endroit où j'ai laissé Kondracky.

Une minute. Je lance un grappin auquel est attachée une échelle de corde ultralégère. Après deux essais, il s'accroche solidement. Je commence à grimper, serrant les dents à cause de la douleur de mes côtes cassées et de la plaie sur mon flanc droit qui commence à se rouvrir. Je sens le muscle se déchirer. Mais plus moyen de revenir en arrière, et l'état de Kondracky est bien pire que le mien.

Trente secondes. Je me hisse sur le faîte du mur. En bas, un garde sort de la guérite, gesticulant vers ses collègues en râlant dans un talkie-walkie. « Je viens de perdre la caméra 4. Non, aucun signe d'intrusion. Rien sur la 5, mais on est en train de vérifier. Je t'avais dit qu'on aurait dû prendre le système de surveillance allemand. »

Quinze secondes. Les deux sentinelles encadrent leur chef et le couvrent avec leur arme pendant qu'il avance vers le portail principal. Je jette un coup d'œil vers l'autre côté. Où est passé Kondracky ? Enfin, je l'aperçois, qui parvient tant bien que mal en haut du mur

Il lève la main, fait le décompte avec ses doigts, en silence comme un régisseur sur un plateau télé.

Trois.
Le garde de tête colle son oreille au portail.
Deux.
« Je n'entends rien », dit-il en se retournant.
Un.

137

La déflagration de la charge creuse fracasse l'aurore en deux. Les oiseaux s'envolent des arbres en criaillant. Le portail métallique est éventré. Je ne vais pas te raconter ce qu'il en est du chef des gardes, parce que je ne veux pas t'empêcher de dormir. Les deux autres se relèvent, commotionnés et couverts de sang, et se positionnent contre ce qu'ils pensent être une attaque venue de l'extérieur. Un autre fait irruption du bâtiment principal, et un quatrième surgit de la guérite.

Leur attention est tellement captivée par le trou fumant dans le portail qu'ils nous ratent complètement. De chaque côté, nous poursuivons notre avancée sur la muraille épaisse comme une passerelle et contournons la maison vers l'arrière, où les piscines éclairées et la pool-house brillent dans le demi-jour.

Je saute du mur dans le bassin le plus proche, profond d'un mètre environ, tandis que Kondracky se laisse glisser dans l'eau en se servant des rochers artificiels comme d'un toboggan. Il se reçoit lourdement, la tête la première, et je vois qu'il serre son épaule en se remettant sur pied. On s'élance vers la maison en se couvrant à tour de rôle, passant devant les palmiers illuminés, la sculpture de yoni d'un mètre cinquante de haut, le bar et la cuisine extérieurs. À l'intérieur, une sirène d'alarme retentit dans des flashs lumineux.

Un autre garde sort en courant. On se plaque contre le mur. Il passe devant nous. On reprend notre avancée en se repérant sur le plan du rez-de-chaussée que Kondracky a dessiné dans le pick-up. Nous arrivons à l'angle nord-est, là où la chambre à coucher et le bureau encadrent ce qui pourrait être une pièce de survie. Mais quand on remonte un couloir aux cloisons rose vif ornées de miroirs Art déco à lisérés dorés, la chance tourne.

Je tombe sur Handler, en peignoir de tissu éponge. Il nous dévisage, ahuri. Un garde en short surgit d'une porte ouverte derrière lui et ouvre le feu. À l'évidence, il est plus décoratif qu'efficace parce qu'il vise mal et tire de la hanche, mort de trouille. Handler en profite pour courir vers la porte.

Kondracky riposte et descend le garde en short d'une seule rafale. Handler se prend les pieds dans la ceinture de son peignoir. Je plonge et en attrape un pan. Il s'en débarrasse et se précipite, complètement nu, vers une pièce sans fenêtres. J'ai le temps d'entrevoir un lit, un bureau, des toilettes et un écran plat, avant que la porte blindée en métal ne se referme en claquant.

Et nous nous retrouvons piégés comme deux tranches de viande dans un sandwich, parce que les gardes de Handler se sont mis à nous canarder et reviennent vers la maison en hurlant dans leurs talkies. D'un même mouvement, on pivote et on les arrose en retour. Les balles pleuvent, à travers les murs et les fenêtres, dans les meubles, les œuvres d'art, les tapis et les boiseries. Finalement, les gardes battent en retraite en tirant deux blessés derrière eux.

On souffle un instant. Le sol est jonché de douilles, l'air chargé de fumée et d'odeur de cordite. La pièce est complètement ravagée. Kondracky a le visage grisâtre et les yeux cernés. Il inspire à fond plusieurs fois comme s'il n'arrivait pas à stocker assez d'air.

Quand il se ressaisit un peu, il désigne la pièce de survie. « Il faut qu'on entre là-dedans.

– Comment ? S'il a installé un recycleur d'air, on ne peut même pas l'enfumer. Et d'ici une heure, c'est tout le 7e de cavalerie qui va se pointer, sans parler des flics et des gardes de la propriété.

« C4 », lâche Kondracky en réprimant une quinte de toux.

A-t-il perdu la boule ? « J'ai tout utilisé pour le portail.

— Nous on le sait, dit-il. Mais *lui* pas. »

138

Kondracky lâche une rafale de temps à autre pour maintenir les gorilles de Handler à distance. Je retourne vers la pièce de sécurité et martèle à coups de poing l'épais panneau en acier. Je crie : « Handler, écoute-moi bien. Je suis en train de pétrir cinq cents grammes de C4 et je vais les coller contre la porte. »

Je tends l'oreille. Rien. Je frappe à nouveau.

« Je sais que tu m'entends, alors voilà. Je ne sais pas si ça va transpercer l'acier ou non. Si ça perce, tu es mort. Et si ça ne perce pas, c'est pire. D'abord, l'onde de pression va se propager à l'intérieur. Elle te causera une perforation des tympans et un éclatement des poumons, et compressera chaque microbulle de gaz dans ton sang. Ensuite, quand l'onde de décompression te frappera, toutes ces petites bulles exploseront à l'intérieur de ton corps. Tu te rappelles la scène dans *Total Recall* ? »

J'entends un grésillement. La voix de Handler résonne dans un haut-parleur.

« Tu inventes toutes ces conneries, Jones. »

Nouvel échange de tirs entre Kondracky et les gardes qui tentent une percée. Il ne va pas pouvoir les contenir éternellement.

« Maintenant, j'installe le détonateur.

— Si tu fais ça, les filles vont mourir, et toi avec.

— Je vais me mettre à couvert, Handler. Détonation dans cinq, quatre… » Je recule, élevant la voix. « Trois, deux… » S'il ne tombe pas dans le panneau, Handler a raison, nous sommes morts tous les quatre.

Mais quand j'en suis à « un », le panneau de la porte commence à pivoter. Nu comme un ver, Handler met un temps à comprendre qu'il s'est fait berner, mais c'est suffisant pour que je lui assène une manchette dans le nez et le repousse d'un coup d'épaule.

Je hurle à l'intention de Kondracky. « C'est bon. Rapplique ! » Il arrose une dernière fois les gardes de Handler qui tentent une nouvelle avancée. Puis il bat en retraite et plonge à l'intérieur. Je claque la porte. Une seconde plus tard, des balles martèlent le panneau d'acier, mais c'est trop tard. Handler est pris au piège, avec nous, dans sa pièce blindée.

Kondracky ouvre un tiroir qui contient des T-shirts et des caleçons. Il en jette deux vers Handler, recroquevillé sur un banc, une main devant sa queue, l'autre essayant d'endiguer le sang qui coule de son nez. « Habille-toi, par pitié ! »

Handler fait ce qu'on lui ordonne. Des cris à l'extérieur, des coups contre la porte. Une caméra de surveillance filme la scène. Les gardes sont désorientés, ils ne savent plus quoi faire.

« Vous croyez que ça va se finir comment ? demande Handler en enfilant le caleçon sur ses jambes blanches et maigres. Vous n'imaginez pas le bordel que vous venez de déclencher.

— On compte dessus, je lui dis. Maintenant, tu vas nous dire où sont les femmes. »

Handler éclate de rire. « Alors tout ça pour ça ? Lancelot et Galahad, les deux chevaliers blancs qui viennent sauver les damoiselles ? Ce n'est pas sérieux. »

Kondracky le frappe avec la crosse de son Glock. Handler s'écrase contre le mur et s'affale sur le banc, la pommette fracturée et la vue brouillée.

Sur l'écran de surveillance, on voit un des gardes survivants s'approcher à petits pas, effrayé, de l'autre côté de la porte.

« Patron, dit-il. Qu'est-ce qui se passe ? Parlez-nous. »

Kondracky se penche vers Handler. « Tu vas leur dire que tu vas bien et de foutre le camp en attendant les ordres. Et aussi que quelqu'un va bientôt sortir de cette pièce et qu'ils devront le laisser partir. Et surtout tu vas leur dire que si quelqu'un tire un coup de feu ou tente la moindre embrouille, on te bute. »

Handler enfile le T-shirt, le maculant de sang au passage. Il tremble. Il ne fait plus le fier. Comme disait Mike Tyson, tout le monde a un plan jusqu'au premier bourre-pif. Il obéit, répétant mot pour mot les instructions de Kondracky.

Sur l'écran, les gardes battent en retraite.

« Bien, reprend Kondracky. Maintenant, les filles. »

Handler lui oppose un silence têtu.

C'est à mon tour d'intervenir. « Très bien, je vais te raconter ce qu'on sait. On est au courant de ton dispositif homme mort. Et aussi du transfert des données biométriques. Et, on l'a bien compris, tu crois que la Septième Cavalerie va venir sauver ton cul et qu'il te suffit de tenir le coup assez longtemps pour t'en tirer. Mais il y a juste un petit souci. Ton dispositif homme mort fait de toi un otage idéal. Parce que la seule chose qui intéresse tes supposés libérateurs, c'est que tu restes en vie afin que leurs secrets restent secrets. Ce qui signifie que Kondracky peut te faire tout ce qu'il veut. Du moment que ton cœur bat encore, ils n'en ont rien à foutre. »

Un voile d'inquiétude tombe sur les yeux de Handler.

« Alors soit tu nous dis où elles sont maintenant, soit tu nous le diras plus tard. Mais une chose est sûre : tu finiras par cracher le morceau. »

Je tends à Kondracky le téléphone prépayé qu'ils ont déjà repéré. « Le numéro est en mémoire.

— Bonne chance, dit-il en croisant mon regard.

— Ouais. » Je m'arrête une seconde. On a échafaudé un scénario, cependant on n'est pas sûrs qu'il va se dérouler jusqu'au bout comme prévu. « On se revoit de l'autre côté. »

Kondracky a un drôle de rictus. « D'une manière ou d'une autre. »

Je pointe mon flingue sur Handler. « Ouvre la porte. »

Il tend une main tremblante vers un bouton. Le mécanisme d'ouverture se déclenche et le panneau pivote. Je sors. Kondracky referme la porte derrière moi.

Je me dirige vers le sous-sol. À mi-chemin, j'entends les premiers cris.

139

Pour une fois, la Bugatti Veyron n'est pas de trop.

D'un beau rouge cramoisi, c'est une des raretés qu'abrite l'immense garage souterrain de Handler. Juste à côté, il y avait aussi une Porsche 901 jaune canari de 1964, mais je n'ai pas eu le cœur de prendre le risque de la démolir, ou qu'elle coule une bielle sur l'autoroute.

Je ne sais pas encore où je vais, sinon que je m'éloigne du palais. L'idée de Kondracky était brillante : garder Handler en otage et occuper tous les renforts à venir en utilisant la menace du dispositif homme mort pour les tenir à distance et les distraire de nos intentions réelles.

Je n'ai aucune idée de l'endroit où Barb et Kat sont retenues prisonnières, ni par conséquent du temps qu'il me faudra pour m'y rendre. Mais la pièce de sécurité de Handler est prévue pour une longue occupation, avec de la nourriture, du matériel médical, de l'eau et un recycleur d'air alimenté par une réserve d'oxygène stockée à l'intérieur. En principe, Kondracky a au moins de quoi tenir une semaine, et personne ne va tenter un assaut, parce que si Handler est tué, le ciel tombera sur la tête de tout le monde.

Comme il faut bien que je me dirige quelque part, je trace

vers le nord par l'Interstate 395, la vieille route des chercheurs d'or qui file entre les sierras où Steven Spielberg a filmé *Duel*. Vu le timing, Dykstra et Bernier n'ont pas pu aller plus loin que Palm Desert vers le sud, ce qui me laissera l'option de bifurquer soit vers l'est, soit vers l'ouest une fois que je saurai où les filles sont retenues.

Une demi-heure plus tard, le portable prépayé sonne enfin. C'est Kondracky.

« Il a parlé ?

— À la fin.

— Qu'est-ce que tu lui as fait ?

— Tu ne tiens pas vraiment à le savoir. » Il semble épuisé.

« Mais il respire encore ?

— Écoute par toi-même. »

Je perçois un gémissement quand il approche le téléphone de la bouche de Handler.

« Et du côté des renforts ?

— Toute une chiée de sirènes. J'imagine qu'ils ont bloqué le périmètre et que l'infanterie poireaute en attendant que les huiles se sortent la tête du cul et décident quoi faire. »

J'entends un bruit qui ressemble au démarreur d'un vieux tacot et me rends compte que c'est Kondracky qui ricane. On dirait que ses poumons sont congestionnés. Je ne sais pas ce qu'il a fait à Handler, mais ça a dû lui demander un gros effort.

« Mack, ça va ? Tu n'as pas l'air bien.

— Je me suis jamais senti aussi en forme.

— Il faut que tu tiennes le coup. Le seul moyen de les garder à distance, c'est qu'ils pensent que tu es toujours une menace.

— Qui a jamais dit que je n'étais plus une menace ?
— Alors, où elles sont ?
— Sonoma. »
Bordel, bien sûr.
Sonoma, là où Handler possède quatre cents hectares de vignoble bio.
Kondracky me donne l'adresse d'un ensemble d'entrepôts à atmosphère contrôlée pour stocker le raisin, comme il y en a des centaines dans une région vinicole. Un autre pan de l'empire de Handler. Chaque entrepôt est divisé en compartiments numérotés. Je lui demande le numéro, mais je connais déjà la réponse.
Dix-sept.
« Et Dykstra et Bernier ? Il leur a donné un contrordre ?
— Ça, c'est la mauvaise nouvelle, dit Kondracky. Il ne peut pas les arrêter.
— Ça veut dire quoi, il ne peut pas ?
— Les filles ne seront relâchées qu'une fois qu'ils auront reçu une preuve visuelle que nous sommes tous les deux morts et que Handler lui-même l'aura confirmé de vive voix. Ses ordres ne peuvent pas être annulés. J'imagine qu'il avait imaginé qu'on risquait d'essayer de le faire changer d'avis.
— Alors je vais les buter tous les deux.
— Ce n'était pas la seule consigne.
— Continue.
— S'ils sont attaqués, leur premier devoir est d'exécuter les otages. »

140

Barb et Kat sont transies de froid.

Sur le mur, un thermomètre à cadran blanc indique que la température voisine avec le point de gel. Pas vêtues pour une température pareille, elles doivent se serrer l'une contre l'autre et se frictionner mutuellement avec leur main libre pour s'empêcher de grelotter de manière incontrôlable. Elles ont essayé d'appeler Bernier en hurlant, mais l'autre, assise près de la porte en train de jouer à Bejeweled sur son smartphone, s'est contentée de mettre ses écouteurs et les a ignorées, son Uzi posé à côté d'elle.

Elles n'ont pas pu fermer l'œil. Dykstra a remplacé Bernier vers onze heures pour le quart de nuit, et ils ont de nouveau permuté à l'aube, quand la structure métallique des entrepôts a commencé d'émettre des craquements aigus dus aux premiers rayons du soleil. Lors de la relève, elles ont saisi quelques bribes de conversation, et des regards sur elles qui ont donné à Kat le sentiment d'être évaluée comme une pièce de viande, une carcasse qu'il faudrait peut-être dépecer.

Leurs ravisseurs leur ont tout pris : montres, téléphones, bagues. Barb portait une alliance en or massif qui avait appartenu à sa mère, et qu'elle n'avait pas enlevée depuis plus de dix ans. Elle a tenté de se rebeller quand Bernier a voulu la lui arracher de force et s'est pris un coup de poing dans la figure, qui lui a laissé un coquard et une lèvre tuméfiée.

Kat se fait du souci pour Barb : elle joue les dures, porte toujours en elle les stigmates de la jeune fille qui avait fui à Saint Louis pour bosser dans un bar avant de s'enticher d'un junky toxique avec qui elle était restée beaucoup trop longtemps. Elle a l'impression étrange et tenace que Barb est encore attachée à ce type sans le dire et que ce n'est pas le côté sérieux de Mack qui l'a attirée, mais le danger qu'il représente.

Elles ont faim et soif, mais n'ont eu droit jusqu'à présent qu'à une seule bouteille d'eau supplémentaire. Pour Kat, c'est un signe de plus que, pour le moment, on les garde en vie comme des langoustes aux pinces entravées par du ruban adhésif dans un aquarium de poissonnier, en attendant de les plonger dans un fait-tout écumant et de les ébouillanter vivantes.

Et Kat n'a pas l'intention d'être ébouillantée. Depuis des heures, elle essaie de faire glisser son fin poignet hors du bracelet de la menotte qui les entrave à la canalisation. Les yeux fermés, elle cherche à déboîter son pouce du reste de sa main. À force, sa peau est devenue écarlate et sa main a gonflé. Barb sent le moindre de ses mouvements et son regard croise ceux de Kat qui tord et tire imperceptiblement sur son poignet. On dirait qu'elle essaie de lui expliquer quelque chose en silence, car elles ne peuvent pas parler tant que Bernier ou Dykstra sont dans la pièce.

On les a autorisées à aller une fois aux toilettes. Kat a

l'impression que Dykstra et Bernier les auraient laissées se pisser dessus, si on ne leur en avait pas donné l'ordre. Bernier leur renfile donc leur cagoule et les conduit, à tour de rôle et de mauvaise grâce, vers les toilettes situées de l'autre côté de la grande porte. Une fois à l'intérieur, elle les détache et les regarde se soulager et s'essuyer, sans jamais cesser de pointer son arme sur elles. Puis elle les menotte à nouveau, avant de les repousser dans la grande pièce glacée. À l'évidence, Dykstra et Bernier sont des pros, et au fil des heures, Kat sent que le fait-tout rempli d'eau où on va les plonger arrive à ébullition.

141

La Bugatti monte tranquillement à l'assaut des sierras.

Que suis-je vraiment en train de faire ?

S'il y a une seule chance que notre sacrifice à tous les deux puisse conduire à libérer les filles, est-ce qu'on ne devrait pas la saisir ? Elles n'ont aucune raison d'être mêlées à tout ça. Si Kondracky et moi n'avions jamais mis les pieds à Milton, rien ne serait arrivé.

Les types comme nous sont des agents du chaos. Où qu'on aille, on laisse des décombres toxiques dans notre sillage, et puis on se sauve, en s'en remettant au destin pour ne jamais repasser dans le coin. Au fond, nous sommes des lâches. Et quand un jour, par un caprice de ce même destin, on se retrouve confrontés à nos actes, comment on réagit ? On essaie de réparer. Est-ce que dans l'immédiat, ça arrangerait les choses si on se rendait ?

Non. Manifestement, on créerait encore plus de chaos, d'autres décombres, en essayant de tout rafistoler et de se racheter en prétendant être des héros, quand la vérité, c'est qu'il y a belle lurette qu'on a dépassé le stade de la rédemption.

J'ai envie de rappeler Kondracky pour lui parler de tout ça.

Mais je me souviens que Handler n'est qu'un enfoiré de menteur, sournois et égocentré, qui n'a probablement aucune intention de relâcher Barb et Kat, même si Mack et moi, nous lui livrons nos têtes sur un plateau. Se rendre maintenant ne servira strictement à rien. On n'en est plus là.

Il y a quatre, cinq heures de route jusqu'à Sonoma. Je voudrais être sûr que Kondracky va tenir jusque-là. Un peu plus loin, j'aperçois un panneau indiquant la direction de Deadman Summit. J'accélère.

Les seize cylindres de la Bugatti me plaquent contre le dossier.

142

Kondracky se rassied sur le banc. Handler s'est montré plus résistant qu'il ne l'aurait cru, fort de sa certitude qu'on ne pouvait pas l'abattre. Tous les doigts de sa main droite sont à présent brisés, et il a trois dents de moins qu'au début de la journée. Il a aussi reçu une balle dans la rotule gauche. Pourtant, il a fallu que Kondracky sorte son poignard et le menace de lui découper le visage en lanières pour que Handler finisse par céder.

La vérité, c'est que Kondracky est arrivé au bout de ses forces. Déjà qu'en temps normal, vieillir, ce n'est pas génial, quand tu as une plaie ouverte et infectée, et un poumon perforé par-dessus le marché, c'est carrément l'enfer. Il tousse, et une mousse sanglante lui remonte dans la bouche. Il sait que c'est grave, et Handler l'a vu aussi, du seul œil qu'il peut encore *ouvrir.*

Vanité des vanités, dit l'Ecclésiaste,
Vanité des vanités ! Tout est vanité.
Il n'y a pas de souvenir d'autrefois,
et même pour ceux des temps futurs :
il n'y aura d'eux aucun souvenir
auprès de ceux qui les suivront.

Kondracky s'aperçoit trop tard qu'il récite à voix haute les versets de l'Ecclésiaste, dodelinant de la tête dans un demi-délire, à deux doigts de lâcher la crosse de son arme. Si Handler n'était pas tellement amoché, il l'aurait tué sur-le-champ, mais dans son état, il se contente de l'observer de son œil valide, et Kondracky sait qu'il attend son heure.

Des coups contre la porte. Kondracky regarde l'écran de surveillance et découvre un groupe d'hommes en tenue blindée noire de commando, mais sans marque d'identification. À vue de nez, ça ressemble aux forces spéciales de la CIA.

Il presse le bouton de l'interphone. « Barrez-vous ou je le flingue.

— On veut une preuve qu'il est vivant. »

Kondracky envoie un coup de pied dans le genou explosé de Handler, qui pousse un hurlement.

« Ça ira comme ça ?

— Quelles sont vos exigences ? demande l'homme en noir.

— J'exige que vous vous cassiez, dit Kondracky. Si j'ai le moindre soupçon que vous tentez quelque chose, je lui fais sauter la cervelle. Il n'y aura pas de sommation. Vous pigez ? Vous serez les premiers informés de toute évolution, s'il y en a une. »

Il prend soin de couper le son de l'interphone avant de se mettre à tousser. Inutile de les informer sur son état physique.

Handler se redresse un peu sur le lit aux draps imprégnés de sang. Il grimace de douleur.

« C'est quoi, le but du jeu ?

— Quand Jones me donnera le feu vert, dit Kondracky, tu partiras de ton côté, et moi du mien. »

Handler parvient presque à rire.

« Tu crois qu'ils vont te laisser partir comme ça ? »

Kondracky se décale, essayant de trouver une position supportable. « C'est entre moi et eux.

— Tu n'as pas compris qu'il t'a baisé ? demande Handler.

— T'as trouvé ça tout seul ?

— Il t'a laissé avec le bébé sur les bras pendant qu'il se barrait. Il va peut-être récupérer les filles, ou pas. Dans tous les cas, tu dois te démerder pour trouver une porte de sortie. »

Kondracky tousse encore. La vague de sang mousseux reflue à nouveau vers sa bouche.

« La vérité, continue Handler, c'est que tu ne lui dois rien.

— On dirait que tu essaies de me faire une proposition.

— Peut-être. »

Handler interprète son silence comme une invitation à poursuivre.

« Allez, Kondracky. Tu connais la musique. Il a pris ta place. Mais il ne l'a jamais gagnée. Tu as fait un break – tu avais tes raisons. Mais tu es de retour. Toujours aussi fort. Ce que je veux dire, c'est qu'il aille se faire foutre. Rien à carrer de Seventeen. Reprends les rênes, reprends ce qui t'appartient. Reviens travailler pour moi. Regarde-toi, tu es salement amoché. Tu ne vas pas t'en tirer comme ça. Mais si tu ouvres cette porte, on te remettra en état. Tu deviendras le putain d'homme qui valait trois milliards. Plus efficace, plus fort, plus rapide. Hein Kondracky ? Qu'est-ce que t'en dis ? »

Kondracky crache du sang sur le sol. Ses respirations sont

brèves et saccadées, il s'affaiblit de minute en minute. Il laisse aller sa tête contre la cloison en métal.

« J'en dis que tu devrais t'arrêter de causer avant que je ne te fasse encore plus mal. »

143

Le vignoble est situé au bout d'une longue route pittoresque serpentant entre les collines séparant les vallées de Napa et de Sonoma. Il est constitué d'anciens domaines familiaux ayant été rachetés et réunis à l'empire viticole de Handler. L'entrée principale est flanquée de hauts piliers en brique et équipée de caméras de sécurité, mais j'espère que les vignobles satellites ne sont pas aussi bien surveillés.

J'abandonne sans regret la Bugatti sur le bas-côté de la route. Je déteste toujours autant ces putains de caisses. Je passe mon sac à dos, chargé de munitions pour le MP9, saute une clôture et progresse, plié en deux entre les rangs de vignes pour ne pas être repéré par les vendangeurs mexicains qui s'affairent deux parcelles plus loin, en direction du bâtiment principal que m'indique Google Maps.

Les unités de stockage ne sont pas visibles de la route pour préserver l'image pittoresque qui a transformé toute la région viticole en piège à touristes. Ici, rien de pittoresque : trois trémies métalliques grises en métal, hautes de trois étages et larges comme un pâté de maisons. En face, deux camions à plateaux garés sur l'aire de stationnement, ainsi qu'un chariot élévateur et quelques piles de palettes. Plus loin se dressent les cuves d'azote sous pression dont les conduites d'alimentation sont raccordées à chaque unité de réfrigération. Le toit plat est parsemé de gros groupes frigorifiques, de ventilateurs et de compresseurs ronronnant.

J'avance le long des grandes portes, dépasse les réservoirs d'eau et les cuves de carburant destinés à l'arrosage automatique et aux tracteurs. Aucun garde en vue. Ils ont sûrement reçu l'ordre de se montrer discrets.

Ou peut-être que Handler a menti.

Au total, il y a vingt unités de réfrigération. La 17 se trouve tout au bout. J'aperçois un autre camion à plateau chargé d'un container de transport en acier sur le plateau. Alors que les autres plaques d'immatriculation étaient californiennes, celle-ci indique Minnesota, la terre aux 10 000 lacs. Pas trop loin du Dakota du Sud. Les portes sont ouvertes, le container ne contient qu'une bouteille vide.

Handler ne mentait pas.

Je pourrais appeler Kondracky sur-le-champ pour discuter de la tactique à suivre, mais s'il y avait du nouveau, il m'aurait appelé, et nous avons tous les deux assez d'expérience pour ne pas déranger l'autre. C'est à moi de jouer. Kondracky a assez à faire de son côté.

Je me mets à courir, toujours courbé en deux. L'imposant portail fait environ six mètres de haut, mais il y a une petite porte et une fenêtre sur le côté. L'intérieur est éclairé. Je détecte une deuxième porte équipée d'un volet roulant qui doit donner sur la partie de stockage sous atmosphère contrôlée. Le rideau métallique est baissé, et rien n'indique qu'il y a quelqu'un derrière.

J'hésite. Les filles sont là – le container de transport en

témoigne. Et pourtant, mon instinct me dit que quelque chose cloche. Si Barb et Kat sont à l'intérieur, il y aura Bernier ou Dykstra avec elles. Dans ce cas, où est l'autre ? Il devrait monter la garde, mais je ne le vois nulle part.

Où sont-ils ? Partis pisser ? Boire un café ? Malgré leur piètre réputation, ils sont quand même trop pros pour ça.

Ça n'a pas de sens.

Je cherche à repérer des voix, mais le ronronnement des groupes frigorifiques sur le toit m'en empêche.

Pas le choix. Le doigt sur la détente, une balle dans la chambre et le chargeur plein, j'ouvre la porte sans bruit et me glisse à l'intérieur. J'avance à pas de loup vers le volet roulant donnant sur le compartiment intérieur.

Il y a un bouton rouge pour actionner l'ouverture.

Une fois encore, je guette un son. Mais rien.

Détendre mes épaules. Respirer profondément. Me mettre à couvert près du montant de la porte, prêt à me jeter à l'intérieur en ouvrant le feu.

Je presse le bouton. Et là, tout part en vrille.

144

L'explosion réveille Barb d'un coup et fait sursauter Kat qui s'écorche un peu plus le poignet. Les parois métalliques grincent et vacillent, réverbérant le son bien après la déflagration. Bernier bondit sur ses pieds, envoyant valdinguer sa chaise derrière elle. Dans le même mouvement, elle attrape son Uzi, efface la sureté et le bascule en mode automatique. Elle hurle sur Dykstra et martèle la porte, qui finit par s'ouvrir. Il apparaît, braquant son fusil Steyr devant lui. Il crie « Go, go, go ! ». Bernier marque un temps d'hésitation et se retourne vers les filles.

« Tu sais quoi faire », lui crie Dykstra. Kat remarque qu'il pose une main sur l'épaule de Bernier : un geste d'intimité étrange laissant entendre une relation pas uniquement professionnelle. Bernier hoche la tête. Ils sortent. La porte claque, le verrou tourne.

Un peu plus tard, dans l'unité de stockage plongée dans le noir, un moteur se déclenche au-dessus d'elles. Kat reconnaît immédiatement le bruit d'une soufflerie réglée au maximum. Les canalisations auxquelles elles sont attachées deviennent glacées d'un coup.

Seule source d'éclairage, une veilleuse rouge indiquant

SORTIE DE SECOURS au-dessus de la porte qu'elles ne peuvent pas atteindre. Kat se tourne vers Barb. « C'est quoi, ça ? Qu'est-ce qui se passe ?

— Il se passe qu'ils essaient de nous tuer », répond Barb.

145

Je suis un pantin entre les mains d'un enfant géant, projeté par sa fureur puérile contre le mur derrière moi. L'arrière de mon crâne va heurter violemment un poteau métallique quand la furieuse déflagration éventre la grande porte, me perfore les tympans, me brûle les mains et le visage, souffle la façade de l'unité de stockage, puis me plaque brutalement, tête la première, sur le sol en ciment.

Quand j'émerge, le monde n'est plus le même. L'unité de stockage est dévastée, des débris brûlent un peu partout. Le toit s'affaisse par endroits. Je crache une dent, j'ai le nez cassé, une pommette aussi, peut-être, et je ressens une douleur fulgurante dans l'abdomen et dans la cuisse, là où se sont plantés des éclats métalliques de trente centimètres, arrachés par le souffle. Je ne peux pas vraiment ramper, du coup je me traîne vers ce qu'il reste d'un mur extérieur, où une trémie pour produits chimiques, à présent couchée sur le flanc, offre un semblant de couverture.

Je tente le coup, ferme les yeux, et arrache la longue écharde de métal plantée dans mon abdomen. La douleur est foudroyante, mais je ne pense pas qu'elle ait causé de lésion interne. Je la jette par terre et compresse la plaie avec ma main gauche dans l'espoir de stopper l'hémorragie.

Le second éclat dans ma jambe pose plus de problèmes, car il pourrait avoir sectionné, ou au moins entaillé, l'artère fémorale. Le sang ne gicle pas, donc pour l'instant j'ai une chance de rester en vie. Mais si je l'extrais, ou si je la tire dans le mauvais sens, ça pourrait tout changer et je risque de me vider de mon sang en moins de quatre minutes.

Je me débarrasse de mon sac à dos. J'y trouve ce qu'il me faut : un garrot tourniquet muni d'une sangle pour entourer le membre et d'une poignée de torsion pour serrer et couper l'afflux sanguin. Une fois que je l'aurai fixé, je pourrai extraire l'éclat et, si je suis chanceux, regagner un peu de mobilité.

Je commence à peine à le sangler à ma cuisse quand j'aperçois Dykstra qui jaillit d'une autre unité de stockage située tout au bout, et je comprends, consterné, que ce roublard de Handler avait prévu tout ça et fait piéger le bâtiment au cas où ils devraient l'abandonner. Bernier surgit à son tour, moins de cent mètres derrière lui, et ils sprintent tous les deux vers le trou aux pourtours déchirés que l'explosion a découpé dans la façade. Je ne peux pas les laisser constater mon état, par conséquent – la vue encore dédoublée par la commotion – je lève le canon du MP9 au-dessus de la trémie et ouvre le feu.

Dykstra s'accroupit derrière le camion à plateau chargé du container et Bernier fonce derrière le mur des unités de stockage, où elle disparaît à ma vue. J'avance l'automatique aussi loin que possible et canarde à l'aveugle pour l'obliger à rester à couvert. Dykstra en profite pour sprinter entre le container et les citernes d'eau.

Impossible d'en coincer un sans laisser l'autre s'approcher.

Je ne suis pas encore mort, mais ça ne va pas tarder.

146

« On est dans une chambre froide. Mon cousin a un verger. Il stocke ses pommes dans des endroits comme celui-ci. Ils peuvent vider l'air et le remplacer par autre chose. De l'azote, par exemple. Ça conserve les pommes. Le souci, c'est que s'ils font ça, toi, tu ne peux plus respirer. »

Les crépitements d'une fusillade retentissent à l'extérieur.

« C'est peut-être eux, dit Kat. Mack et Jones. »

Kat sent sa respiration qui s'affole. Elle tord rageusement son poignet, essaie encore une fois de le libérer de l'étau métallique.

« Arrête, dit Barb.

— J'y suis presque. Si je pouvais passer mon pouce en dessous… »

Elle tire et tord son poignet de plus belle, le métal mord la peau de son poignet à vif. Du sang coule à présent.

« Je suis sérieuse, dit Barb. ARRÊTE. »

Bien qu'aiguë, sa voix s'éraille et se voile. Elle aussi peine à respirer.

« Ça va pas ? demande Kat.

— Calme-toi et arrête de tirer sur ces menottes. »

Quelque chose dans son ton indique que Barb sait parfaitement ce qu'elle fait. Kat relâche la tension.

« Maintenant, tiens-toi tranquille. Ne bouge plus. »

Dehors, la fusillade est sans répit. Kat essaie de ne pas y penser. Elle soutient son poignet avec son autre main pendant que Barb retire quelque chose de ses cheveux.

« Cette conne l'a laissée passer parce que je lui ai pris la tête avec ma bague », dit-elle.

Une barrette à cheveux. Barb la déplie et arrache la couverture en plastique avec ses dents. Ensuite, elle l'entortille de manière à lui donner la forme d'un S et l'enfonce, non pas dans la serrure des menottes, mais dans un tout petit trou situé de l'autre côté.

« Ce connard, à Saint Louis, le seul cadeau qu'il m'ait jamais fait, c'était de m'apprendre à ouvrir des menottes. » Elle doit faire une pause. Ses lèvres ont changé de couleur, elles semblent plus foncées. Dans la lueur rougeâtre, Kat se dit qu'elles sont en train de devenir bleues.

« Tu vois, il y a un double verrouillage. Tout le monde pense qu'il faut passer par le trou de la serrure, mais d'abord, c'est ça qu'il faut faire, parce que ça permet de débloquer l'autre côté. Mais celles-ci sont particulièrement coriaces, parce qu'il y a un ressort. Et merde. »

La barrette plie sous la pression. Elle doit la redresser.

« Les bouts sont un peu émoussés. »

Le souffle de Barb devient court et superficiel. Kat ressent aussi cette torpeur qui s'insinue en elle, et le danger qu'elle représente. La pince à cheveux se tord encore une fois. « Bordel de merde !

— Continue, dit Kat en stabilisant son poignet. Tu sais le faire. Tu vas y arriver.

— Je n'arrive plus à respirer, dit Barb. Je n'y vois même plus clair. »

Elle prend deux amples goulées d'air, cligne des yeux et enfonce une nouvelle fois la pince dans le petit orifice.

Kat entend un petit déclic.

« Ça y est, dit Barb. C'est la première étape. Maintenant, tourne ta main dans l'autre sens. »

Dehors, ça continue à tirailler.

Kat retourne sa main et Barb insère la pince à cheveux dans la serrure des menottes. Ses lèvres semblent vraiment noires à présent, et son visage cendreux. Kat a mal à la tête. Elle se souvient de ces récits d'alpinistes sur le mont Everest, de ce mal d'altitude qui leur donnait juste envie de s'allonger et de s'endormir dans la neige. Ça devait ressembler à ça.

À cet instant, la pince échappe aux doigts de Barb et tombe par terre.

Barb baisse les bras. « Je n'y arrive pas, mon chou. Ma tête… Je ne vois rien… Je n'arrive pas à respirer… Je suis désolée.

— Laisse-moi essayer », dit Kat. Elle se penche, entravée par la main à la tuyauterie, et cherche la pince à tâtons. Ses doigts grattent le ciment et finissent par attraper quelque chose… mais ce n'est qu'un petit morceau de bois de charpente. Elle recommence et finit par la localiser, coincée derrière le gros tuyau.

« Barb », dit-elle. Barb rouvre les yeux, la tête posée contre le conduit, au seuil de l'inconscience. « Barb, dis-moi ce que je dois faire.

— Ça ne sert à rien, répond Barb. Il faut de l'entraînement. Ça m'a pris une semaine la première fois.

— Explique-moi quand même.

— Tu enfonces la tige et tu pousses en même temps, comme si tu étais la clé. Mais tu dois tourner dans le bon sens.

— Tu veux dire quoi, le bon sens ? » insiste Kat, mais Barb ne répond pas. Sa tête bascule.

147

Dykstra et Bernier ne sont pas pressés : ils savent qu'ils ont l'avantage. J'ai l'impression qu'on se canarde sporadiquement depuis une heure, mais ça n'a probablement pas duré plus de dix minutes. Ils ont développé une routine : Dykstra tire pour couvrir Bernier depuis sa position derrière la citerne d'eau et elle en profite pour se rapprocher, collée contre le mur, hors de ma vue et de ma ligne de tir.

L'unité désaffectée qu'ils avaient piégée est complètement en flammes, les palettes en bois sec empilées à l'intérieur forment une colonne de feu dont je sens la chaleur sur mon visage. Mais ce qui m'inquiète le plus, c'est le toit métallique, qui commence à ployer sous le poids des groupes frigorifiques et des ventilateurs.

Il faut que je sorte d'ici. Mais je suis cloué sur place par leurs tirs et, bien que j'aie fini par fixer le garrot tourniquet autour de ma cuisse, dès que je m'affaire à resserrer la sangle, Bernier avance encore d'un cran.

Et si je bouge sans le tourniquet, l'artère endommagée signera mon arrêt de mort.

Je me souviens alors qu'il reste encore une dernière petite grenade Nammo dans mon sac à dos. Une seule ne va pas faire beaucoup de dégâts. Mais en regardant où Dykstra est planqué, je me dis qu'il y a peut-être un amplificateur de force potentiel.

Les cuves de carburant. L'une est équipée d'une pompe jaune, ce qui indique du diesel qui brûle si lentement qu'on dirait de l'huile végétale. Mais s'il y a de l'essence dans l'autre, j'ai une chance.

J'engage un chargeur neuf. Le dernier là aussi, or je vais avoir besoin de beaucoup de balles. Je tire deux coups dans le mur près de Bernier pour la forcer à rester en retrait et me retourne vers Dykstra. À sa gauche, le diesel. Deux balles dans la cuve. Puis quatre autres dans sa jumelle, en priant pour qu'elle soit pleine. C'est le cas. Du liquide s'en échappe, mais lequel ?

Dykstra jette un coup d'œil à la citerne d'essence. Je pense qu'il a compris ce que ça signifie.

Bien. Je compte dessus. Je manque de me casser une dent en enlevant la goupille de la Nammo et la maintiens bloquée, de même que j'essaie de bloquer la douleur et les divagations de mon cerveau. Au-dessus de moi, le toit s'affaisse et tremble. Dans mon dos, le feu progresse doucement vers moi.

Dykstra échange un regard avec Bernier, toujours en dehors de ma ligne de mire. Il hoche la tête et je vois ses lèvres articuler quelque chose. Trois, deux...

À trois je lâche la cuillère de la grenade.

Dyskstra s'élance en courant vers Bernier.

Bernier se détache du mur pour le couvrir, lâche une rafale dans ma direction.

Et moi, je balance la grenade.

148

Kat triture la serrure avec la barrette, en essayant de sentir le mécanisme de verrouillage. Elle a l'impression que quelque chose bouge à l'intérieur, mais n'arrive pas à la crocheter. Barb est à présent inconsciente. Pas moyen de la réveiller. Qu'est-ce qu'elle a dit ? « Tu dois tourner dans le bon sens. » Elle inspire plusieurs fois, essayant de faire le vide, et insère la barrette dans l'autre direction. Le mécanisme réagit différemment sous ses doigts : elle sent une espèce de gorge où la pince vient s'engager. Mais ça ne bouge toujours pas. C'est alors qu'elle remarque que son poignet tire très fort sur le bracelet. Elle le relâche. Cette fois, la serrure tourne et la menotte s'ouvre.

Son poignet est libre.

Elle titube vers la porte. Un bouton rouge commande l'ouverture de secours. Elle tape dessus, le moteur électrique se met à ronronner. La porte coulisse de quelques centimètres avant de s'immobiliser. Le moteur s'épuise, puis s'arrête complètement. Elle appuie une nouvelle fois, mais elle a dû déclencher un disjoncteur.

Un rai de lumière se propage par le petit interstice sous la porte. Kat y passe les doigts mais n'arrive pas à la soulever.

Elle examine la pièce. *Il y a forcément un truc que je pourrais utiliser.* La chaise pliante, renversée, à plat sur le dos. Quelques caisses sur des palettes empilées dans un coin. Les ventilateurs au plafond. Peut-être pourrait-elle les atteindre ? Mais ils n'ouvrent pas sur l'extérieur. Enfin, elle aperçoit un reflet brillant près des palettes, qui renvoie la lumière s'infiltrant sous la porte.

Elle est prise de vertige, mais s'en approche tant bien que mal en s'aidant de la main. Et derrière, elle découvre un transpalette électrique qui ressemble à un chariot élévateur miniature.

La clé est sur le contact. Elle la tourne, le tableau de bord s'allume, le voyant de batterie indique qu'elle est pratiquement vide. Ce sera peut-être suffisant. Il ne lui faut que quelques secondes pour en comprendre le fonctionnement, toutes les commandes ne sont régies que par un unique joystick. Elle le tire vers elle, et le chariot recule, la fourche s'enfonçant sous la pile de palettes.

Dehors, la fusillade continue de plus belle. Les rafales sont comme des coups de marteau piqueur entre ses tempes migraineuses. Elle positionne le chariot devant la porte et pousse le minimanche vers l'avant. La fourche frappe violemment la paroi de métal, qui se déforme mais ne cède pas.

Elle recule et recommence. Même résultat.

Au troisième impact, elle ne relâche pas aussitôt le joystick. Les pneus patinent sur le sol lisse en béton, cependant la fine feuille de métal finit par céder et la fourche le traverse.

Elle actionne la commande de levage. La fourche se relève, plissant les dernières lattes métalliques vers le haut sur une trentaine de centimètres. Elle essaie à nouveau. Le transpalette émet un son lugubre et s'arrête complètement, la batterie à plat.

Kat saute à terre et se précipite vers Barb. De violentes douleurs lui déchirent la poitrine. Ça ne l'empêche pas de la saisir sous les aisselles et de la traîner vers la porte. Elle l'allonge doucement près de l'ouverture et se faufile de l'autre côté.

La vive lumière du jour lui fait mal aux yeux, cependant l'air chaud dont elle remplit ses poumons lui éclaircit les idées. Elle parvient à se relever et constate que la porte a été bloquée par un pied-de-biche. Elle le dégage et martèle le bouton d'ouverture. Le coupe-circuit est toujours enclenché. Elle s'agenouille, envisage de tirer Barb par l'interstice, mais se rend compte qu'elle-même a tout juste réussi à passer parce qu'elle est très menue. Alors, elle essaie de soulever la porte avec tout ce qu'il lui reste de force.

Les lattes se replient sur une trentaine de centimètres supplémentaires. C'est suffisant. Elle traîne Barb à la lumière et à l'air libre.

« Barb. Vas-y, réveille-toi, dit Kat en frictionnant ses mains glacées dont les doigts sont aussi bleus que ses lèvres. VAS-Y ! »

Barb revient à la vie, ses yeux s'ouvrent d'un coup à sa première goulée d'oxygène.

« Tout va bien. Respire juste un bon coup. À fond. »

149

C'est un lancer à l'aveugle, et il me prend mes dernières forces. Au moment où la grenade quitte ma main, je suis comme foudroyé. J'entends une bête qui gémit de douleur. Ce n'est que moi. Je ne sais pas ce qui vient de se produire, mais ça n'annonce rien de bon.

La grenade décrit un arc de cercle en hauteur, rebondit une ou deux fois et explose juste à côté de la citerne. Il s'agit bien d'essence. Le sol s'embrase avant que la citerne à moitié pleine n'explose et que Dykstra ne soit englouti dans une boule de feu. Il titube, torche humaine, vers l'avant. C'est une cible facile, je le descends d'une brève rafale. Il est encore en train de brûler lorsqu'il s'effondre.

Et là, je me rends compte de ce qu'était la foudre.

L'effort déployé pour lancer la grenade m'a sectionné l'artère fémorale. Le sang rouge vif gicle de ma blessure. Dans trente secondes, je vais défaillir. Dans trois minutes, je serai mort. Je me sens déjà au bord de l'évanouissement. Je lâche mon arme, saisis à deux mains la poignée de torsion du tourniquet et commence à tourner.

Soudain un craquement retentit. La poutre principale de la charpente, affaiblie par les flammes, s'effondre sous le poids d'un groupe frigorifique. Elle tombe vers moi sur environ cinq mètres et se coince miraculeusement. Mais elle va finir par chuter jusqu'en bas d'une seconde à l'autre.

Et ce n'est pas le pire.

Bernier s'agenouille près du cadavre encore fumant de Dykstra. Et quand elle se relève, je vois sur son visage la même haine et la même fureur que sur celui de la femme au téléphone, à Berlin. Et je comprends : je viens de tuer l'homme qu'elle aimait.

Elle redresse son Uzi et marche droit sur moi, sans plus se soucier d'être vivante ou morte.

Je lâche le tourniquet, qui se desserre. Le sang jaillit à nouveau. Je ramasse mon arme, les mains gluantes de mon propre sang, et je tire.

Mais le chargeur est vide. Je n'ai plus de munitions.

Bernier affiche une espèce de sourire.

Elle s'arrête à deux mètres de moi et pointe son arme vers mon visage.

150

Une nouvelle explosion retentit, suivie par un hurlement de douleur inhumain. Une voix d'homme, Kat la reconnaît immédiatement.

Ça la bouleverse complètement. Elle ressent une émotion qu'elle n'a ressentie qu'une seule fois.

La grande porte est ouverte sur l'aire de chargement. Contre le mur sont entassés les outils utilisés pour tailler et entretenir les vignes, ainsi que des casques orange à visière, des protections pour les oreilles et des jambières en Kevlar.

Des casques orange. Des jambières en Kevlar.

Elle sait à quoi ils servent. Et aussi qu'il doit y avoir autre chose pas loin.

151

Bernier entend d'abord un bruit de petit moteur deux-temps, puis un hurlement derrière elle. Elle pivote et se retrouve face à Kat qui fonce vers elle en brandissant une tronçonneuse Stihl.

Elle essaie de tirer, mais c'est trop tard. Kat est trop près, elle va trop vite. Elle abat la tronçonneuse de toutes ses forces sur l'épaule de Bernier. La lame décrit un arc de cercle, entraînée par son propre poids autant que par la force de la jeune femme, et arrache tout sur une trentaine de centimètres, ses vêtements, sa peau, ses muscles et ses os. Kat laisse tomber la tronçonneuse comme si elle était chauffée à blanc et se recule, horrifiée et éclaboussée de sang comme dans un tableau de Jackson Pollock. Bernier tombe à genoux, puis s'effondre en avant dans les claquements de son Uzi, dont les balles fusent sur l'aire de chargement jusqu'à ce que le chargeur soit vide.

Kat reste sans bouger, sous le choc, tandis que la tronçonneuse continue de tressaillir sur le sol, près du corps de Bernier. J'entends toujours le métal craquer au-dessus de moi, et le toit finit par s'écrouler pour de bon. Je me rue vers elle, la vue brouillée par la perte de sang. Elle aussi court à ma rencontre et me traîne sur les derniers mètres. Une seconde plus tard, un bloc frigorifique s'écrase juste à l'endroit où je me trouvais, auréolée par le bûcher funéraire qui se déchaîne dans la chambre froide.

Je roule sur le dos et ouvre la bouche pour lui parler du tourniquet, mais le monde vire au noir avant que j'aie pu dire un mot.

152

De temps en temps, une silhouette apparaît sur l'écran de télésurveillance et propose de négocier mais, chaque fois, Kondracky lui répond la même chose. Cassez-vous ou je le bute. Chaque fois, sa voix est un peu moins ferme mais leur terreur que les fichiers cryptés de Handler puissent sortir au grand jour les maintient à distance.

Kondracky n'y connaît que dalle en numérique. Sa décision de demeurer à l'analogique était vraiment un choix. Il sait que des escadrons de pirates d'élite de la NSA, du Mossad et de la GRU doivent être en train d'élaborer un plan B. Un protocole d'urgence utilisant un malware d'interception en sommeil et à usage unique dans les routeurs et les commutateurs sur les plateformes réseau, des empoisonnements du cache DNS, des portes dérobées intégrées dans chaque appareil mobile et dans le système d'exploitation à l'échelle du globe. Si nécessaire, ils mettront en panne toute l'infrastructure du réseau, l'Internet même, sans se soucier des conséquences.

Mais tout cela prend du temps.

Et donc, pour le moment, ils le laissent tranquille. Le lit de camp de Handler est maintenant couvert du sang coagulé qui a coulé de ses blessures. Kondracky s'adosse au mur, le visage livide. Il n'est plus que l'ombre de cet homme impitoyable que rien ne pouvait arrêter. Un vieillard avec un poumon perforé, au seuil de la septicémie.

Une fois ou deux, Handler pense qu'il l'a vu dodeliner de la tête. Mais à peine ébauche-t-il un geste vers le pistolet que l'autre ouvre grand les yeux. Handler sait que Kondracky ne peut pas le tuer sans se sacrifier du même coup, mais il se dit que ses deux pommettes botoxées sont encore intactes, et il a envie qu'elles le restent.

Alors, ils attendent en silence, comme deux rois en fin de partie quand il n'y a plus qu'un pion sur l'échiquier.

Le téléphone prépayé se met à sonner.

Kondracky se réveille brusquement. Sans quitter Handler des yeux, le doigt sur la détente, il répond : « Jones ?

— C'est fait », lui dis-je.

Je suis dans un camion. Kat a resserré le tourniquet sans avoir eu besoin d'instructions, parce que apparemment les accidents corporels sont assez fréquents dans un endroit comme Milton et tous les péquenauds savent stopper une hémorragie artérielle. C'est elle qui a trouvé les clés du camion dans la poche de Bernier, et c'est elle qui conduit. Je suis étendu sur la banquette arrière. Près de moi, Barb se charge de serrer le garrot. J'ai indiqué à Kat la route du Château de sable. Et dans la mémoire de mon téléphone, il y a le numéro d'Osterman.

« Elles sont en sécurité ? demande Kondracky. Les filles ?

— Pas grâce à Handler, je réponds.

— Qu'est-ce qui s'est passé ?

— Une bombe. J'ai failli y passer. S'il n'y avait pas eu Kat…

— Qu'est-ce qu'elle a fait, exactement ?

— Disons qu'elle tient de son père. »

J'imagine le visage de Kondracky qui se fend d'une ombre de sourire.

« Et toi, tu tiens ? je demande.

— Tout va bien, dit Kondracky.

— Tu vas faire ce qu'on avait prévu, hein ? Utiliser Handler pour te tailler ? »

Kondracky ne répond pas.

« Mack, j'insiste. On a passé un marché.

— C'est vrai, mon gars, répond-il. Tu as passé ton marché, et moi un autre. »

153

Kondracky loge une balle dans la tête de Handler.

Handler s'effondre, mort.

Kondracky reste assis un moment. Puis il vérifie son chargeur, l'insère dans l'arme et fait une chose bizarre. Il tire une balle dans le matelas.

Et puis il tape à la porte et prévient les forces spéciales, positionnées hors de vue depuis le début, qu'il va sortir. Il ouvre la porte et franchit le seuil, parfaitement calme, les mains en l'air et l'arme bien visible pointée vers le plafond.

Les hommes protégés par des gilets pare-balles – que j'imagine appartenir à la CIA bien qu'ils ne portent pas d'insigne – jaillissent de partout, un debout de chaque côté de la porte et deux à genoux, en lui hurlant de s'allonger par terre, de lâcher son arme et de garder ses mains à un endroit où ils peuvent les voir.

Mais Kondracky n'obéit pas. Il abaisse son arme et les quatre types lui tirent dessus.

154

J'ai vu beaucoup de personnes tuées, mais je n'arrive toujours pas à regarder cette partie de la vidéo.

Le reste, tout le reste après mon départ de la pièce sécurisée, je me le suis passé et repassé à l'envi. C'est la caméra de surveillance de Handler qui a tout filmé. Tout était sur l'iPad que Nicole m'a fait parvenir après que le chirurgien envoyé par ses soins en hélicoptère au Château de sable m'avait rafistolé avant de me souhaiter bon vent.

Je ne lui ai pas demandé comment elle s'est procuré la bande, mais Nicole Osterman est une femme pleine de ressources.

La balle dans le matelas m'a déconcerté au début, mais j'ai fini par comprendre. Quand il a vérifié son chargeur, il a constaté qu'il restait une munition dans la chambre. Alors il l'a tirée dans le matelas pour s'en débarrasser.

Il voulait être sûr que son arme soit vide.

C'était sa manière de dire que, cette fois, il en avait fini avec les meurtres. Que Handler était sa dernière victime. Que c'était finalement terminé. Pour lui en tout cas. Et qu'il était prêt à affronter les fantômes.

SEPTIÈME PARTIE

155

Chaque matin, après avoir pris mon café, je lance les dés.

Si le un sort, je fais des œufs.

Si c'est le deux, j'emmène les chiens en balade dans les bois. Je sais où vit la mère ourse aujourd'hui, et elle s'est habituée à moi et aux chiens : nous observons une distance respectueuse. Si ça tombe sur le trois, je vérifie tous les points d'observation sur la route qui descend vers la ville, à la recherche de caméras, de traces de présence humaine, et m'assure que les broussailles sont bien dégagées autour des trois premiers virages.

Si c'est un quatre, je nettoie mes armes.

Le cinq me rajoute dix bornes sur le tapis de course.

Et si c'est le six qui sort, je charge les chiens à l'arrière du pick-up, accroche un fusil dans le râtelier et descends à la station-service pour acheter le journal.

Vern a pris sa retraite, mais je continue à le payer pour qu'il garde ses oreilles ouvertes. Son réseau de vieux retraités fatigués et leurs épouses – maman te fait une coiffure et papa répare la tondeuse à gazon – est sans égal : rien ni personne n'échappe à leur vigilance. C'est Barb qui tient le motel à présent : elle a fait quelques changements et l'a débarrassé du fantôme de la mère de Kat. Elle m'appelle tous les jours du téléphone filaire pour me donner des détails sur chaque client qu'elle ne connaît pas personnellement, et j'ai un passe pour toutes les chambres. Elle a arrêté de fumer, en grande partie.

Pour m'appeler, Barb utilise le téléphone fixe parce que je n'ai plus ni smartphone ni connexion Internet. Ça ne me manque pas. Je fais doucement mon chemin dans la collection de vinyles étonnamment variée de Kondracky et j'ai peut-être bien commencé à développer un goût pour Nilsson et Cheap Trick. Je continue à penser que Steely Dan est inaudible, mais j'y travaille et ça peut encore évoluer. Sous le canapé, j'ai découvert une mine de cassettes VHS et de DVD. J'adore les premiers films d'Alan J. Pakula, et les premiers dessins animés de Spiderman.

Aujourd'hui, c'est le six qui sort, alors les chiens sautent à l'arrière du pick-up, le portail électrique s'ouvre en coulissant, et je prends la route de la station-service. En passant le quatrième virage, à l'endroit où j'ai laissé pousser la végétation pour me ménager un abri naturel, je baisse la tête.

Vern est toujours le proprio de la station-service, mais c'est Kat qui la fait tourner. Entre les clients, elle travaille sur une espèce de roman graphique inspiré de ses relations avec sa mère et de son enfance sans père passée dans un motel. Les illustrations sont à son image – agressives, excentriques et tour à tour à l'eau de rose ou venimeuses. Je ne sais pas encore où elle compte s'arrêter, ni si j'apparaîtrai dans son histoire, mais dans ce cas, j'espère que j'y serai montré à mon avantage.

Quand elle est lasse de dessiner, elle va s'entraîner au stand de tir de fortune qu'elle a aménagé à l'arrière. Les impacts des balles sont plus regroupés chaque jour. C'est bien la fille de Kondracky. Comme je dis souvent, la première fois que l'on tue quelqu'un, on tue aussi la personne qu'on était jusque-là. Ça a été le cas pour moi avec David, et ça s'est vérifié pour Kat avec Bernier. Mais elle a un avantage sur lui et moi : elle n'est pas sentimentale, ni liée à l'idée que les choses auraient pu se passer différemment. C'est peut-être la personne la moins romantique que j'aie jamais rencontrée.

Elle est comme une flèche en plein vol qui file vers une cible encore indéterminée. J'ai bien une idée de sa destination, mais je garde ça pour moi.

Parfois, elle passe la nuit à la maison. Le lendemain, je ne jette pas les dés : je fais scrupuleusement disparaître toute trace de son passage, allant jusqu'à dévisser la grille d'évacuation de la douche pour récupérer d'éventuels poils ou cheveux.

On a envisagé l'idée de déménager. De disparaître, pour réapparaître ailleurs avec de nouveaux noms et une nouvelle apparence. Sur une plage au Mexique ou à Bali, en mode Jason Bourne dans *La Vengeance dans la peau*. Mais tout comme moi, Kat déteste les plages. Et de surcroît, je sais que c'est un mythe de penser qu'on peut disparaître. Il y a vingt ans, même dix, c'était encore possible, mais plus maintenant. Où qu'on aille, ils nous retrouveront. Donc, on reste là.

Elle m'a dit ce qui s'est passé avec Sixteen, et avec Dykstra et Bernier. J'ai le sentiment qu'elle a préféré taire certains détails mais je ne vais pas lui mettre la pression. Elle me dira le reste si elle en a envie. Il n'est pas nécessaire de tout raconter dans une histoire.

Je ne sais pas si Kat est amoureuse de moi. J'en doute. Je ne suis même pas sûr qu'elle m'aime bien. Et ce que je ressens pour elle n'a pas de nom, du moins dans aucune des langues que je connais. Nous sommes comme deux corps arrimés l'un à l'autre pour franchir les chutes du Niagara dans un tonneau. On a réussi à franchir les chutes, le tonneau s'est disloqué, et nous nous retrouvons à faire des ronds, collés ensemble dans les remous, mais toujours vivants.

Je m'arrête à la station-service. Les chiens se dressent sur le rebord du plateau du pick-up, excités comme toujours à l'idée de la voir. Elle leur donne des croquettes qu'elle garde dans un bocal près de la caisse, puis fait le plein d'essence. Il n'y en aura que pour quelques dollars : je ne vais jamais nulle part.

Par la vitre, je lui passe une épaisse enveloppe à bulles.

« C'est fini ? » demande-t-elle.

Je hoche la tête. Elle vérifie l'adresse.

Henry Chu, Friedman et Franklin, NY 10020.

« Il faut l'envoyer d'où ? »

Je lui tends un dé. « Il y a six États limitrophes. Le premier lancer te donne l'État. Au deuxième, le un correspond à la capitale, le deux à la deuxième plus grande ville. Et ainsi de suite.

— Tu es sûr de toi ?

— Je me dis que c'est ce qu'il aurait voulu.

— Et le titre ? »

On en a déjà parlé l'autre nuit. *Sixteen, le Seizième Homme* m'a paru un peu long.

« Je l'ai changé.

— En quoi ?

— *Sixteen.* »

Elle y réfléchit. Elle chasse d'un souffle une mèche de cheveux qui lui tombe dans les yeux.

« C'est mieux. Pas beaucoup, mais mieux. »

J'ai encore modifié deux, trois trucs, histoire de brouiller les pistes si quelqu'un se mettait dans la tête de le retrouver. Ou de me retrouver.

156

En fin de compte, Handler ne racontait pas de conneries. Le dossier numérique était aussi réel que le dispositif homme mort. Son décès déclencha bien la publication de la clé de chiffrement débloquant les archives et les rendant publiques. Les gouvernements tentèrent d'étouffer l'affaire, menaçant de poursuites, de mort et de choses encore pires les journalistes et tous ceux qui les téléchargeraient, les publieraient, les commenteraient ou répéteraient la moindre des « allégations » qui s'y trouvaient – je mets allégations entre guillemets parce que autant que je sache elles étaient toutes parfaitement fondées.

Ça ne servit à rien. L'information veut être libre et, aujourd'hui, tous les détails sont accessibles.

Des âmes innocentes ont pensé que ça changerait quelque chose. Que le grand jeu de l'espionnage, des meurtres sur commande et de la trahison en serait à jamais transformé, en mieux. Eh bien, ce ne fut pas le cas. On fit tomber quelques têtes, un petit nombre de politiciens furent contraints de démissionner dans la honte, les moins chanceux ou les plus impopulaires finirent à La Haye, ou mirent fin à leurs jours. Beaucoup de journalistes écrivirent des livres, tous mauvais sans exception. Chaque personne impliquée dans l'art obscur du renseignement prétendit être profondément indignée et retourna à ses occupations habituelles.

Nicole m'envoya tout ça sur l'iPad qui contenait la vidéo de Kondracky. Comme tous ceux du métier, je suis allé directement à l'index – Handler avait même créé un index – pour chercher mon propre nom. J'y figurais en tant que Jones alias SEVENTEEN, et tous mes contrats y étaient listés. Mais en jetant un coup d'œil, je me rendis compte qu'il leur manquait l'essentiel : le grondement d'une Bugatti Veyron, l'expression sur le visage de la femme quand elle me balançait son téléphone au visage, la sensation de plonger la main dans les entrailles encore chaudes d'un homme pour récupérer une carte mémoire, dans l'obscurité d'une station de métro d'un quartier peu branché de Berlin.

Quand je raconte ça à Kat, elle éclate de rire et me rétorque : « Peut-être que tu devrais écrire un livre. »

Eh bien, peut-être.

Un fantôme de plus attendait Kondracky de l'autre côté. Lorsqu'il avait tiré dans le genou de Tommy Humboldt pour épargner sa vie, la douleur avait provoqué un infarctus foudroyant. Une délégation de fidèles venus chercher la lumineuse Dinah le découvrirent inconscient, les lèvres et le bout des doigts tout bleus dans les décombres de l'église. Le massage cardiaque se révéla inefficace, et il fut déclaré mort avant son arrivée à l'hôpital.

Je me dis que Tommy était vraiment passé du côté des anges, parce que de l'avis général, lors de ses funérailles dans son église de l'Utah, il y avait de nombreuses jeunes filles qu'il avait secourues, dont certaines avaient fondé une famille.

Quoi qu'il en soit, il avait obtenu ce qu'il voulait : l'invasion de l'Iran n'eut pas lieu. Le contrat de Berlin, le faux échange destiné à authentifier la fausse info qui justifierait l'attaque était l'avant-dernière entrée dans le dossier de Handler. C'était une de celles qui contenaient le moins de détails sordides, alors personne n'y prêta trop attention. Mais une fois le *casus belli* complètement discrédité, la sixième flotte fit demi-tour et l'ultimatum des États-Unis expira tranquillement sans qu'aucun coup de feu, ni ogive nucléaire, n'ait été tiré.

Kondracky avait tué beaucoup de gens, mais en tirant la dernière cartouche sur Handler, il avait peut-être fini sans le savoir par sauver beaucoup plus de vies qu'il n'en avait jamais pris.

Il se peut que les fantômes lui fichent la paix grâce à ça.

En tout cas, il me plaît de le croire.

157

Je regagne la colline avec le plein d'essence, un exemplaire du *New York Times* et un de *USA Today* et un sac contenant du lait, des œufs et de la bière.

Je ne sais toujours pas si les grandes baies vitrées sont à l'épreuve des balles. Une part de moi préfère ne pas le savoir. Idem pour la forêt et la route qui surplombent la maison. Quand je l'ai vue la première fois, le jour de mon arrivée en ville, cela m'avait paru insensé. C'est ce que Handler aurait appelé un risque majeur.

Plus tard, lorsque je compris que Kondracky avait délibérément pratiqué un goulot d'étranglement dans le quatrième virage, ça me parut plus sensé. Mais cela demeurait une faille stratégique.

Encore plus tard, quand je découvris qui était la mère de Kat et ce qui avait poussé Kondracky à se retirer à Milton au début, cela prit encore plus de sens : il avait été limité dans son choix par sa volonté d'être aussi près d'elle que possible. J'avais présumé qu'il n'avait pas eu les moyens d'acheter la parcelle de forêt, et avait dû s'en accommoder.

Mais j'avais tort. Je trouvai les titres de propriété dans le coffre-fort, après avoir sué pendant trois heures pour le forcer, ainsi que les papiers qui m'étaient nécessaires pour agir en son nom. L'acte stipulait que la propriété de Kondracky incluait quatre hectares de forêt de l'autre côté de la route.

Il aurait pu débroussailler le sous-bois quand il voulait.

Kondracky avait pris la décision délibérée de s'exposer. Assis dans son fauteuil, en train d'écouter une neuvième fois *Countdown to Ectasy*, je commence à en saisir la raison. Quand tu as passé des années à vivre dans un état de conscience augmentée, tu finis par t'habituer. Alors, maintenir une fenêtre de vulnérabilité, ça t'évite un excès de confiance, qui est le plus grand des dangers qui te guettent.

Dans un des tiroirs, je découvris un paquet de Marlboro presque plein. Il ne manquait qu'une seule cigarette. Je sus dans la seconde ce que cela signifiait. À un moment, il avait dû décider de s'arrêter de fumer, s'était acheté son dernier paquet, avait fumé sa dernière clope et avait laissé les dix-neuf qui restaient dans le tiroir, simplement pour prouver qu'il pouvait s'en passer.

Dans le même tiroir, je trouvai un pistolet, une arme de service merdique datant de l'entre-deux-guerres qui n'avait pas l'air d'avoir été nettoyée depuis des années. J'étais perplexe : pourquoi un homme comme Kondracky, qui mettait un soin maniaque à entretenir son arsenal, aurait gardé un truc pareil ? Et quand je me rendis compte que le chargeur était vide, je compris encore moins. Puis je vis qu'il y avait une balle dans la chambre et que le percuteur était armé. Pas besoin d'être un génie pour comprendre à qui et à quoi il était destiné.

Je le laissai là. Ça me parut une sage précaution.

158

Les chiens endormis ronflent doucement dans la cuisine, battant nerveusement des pattes en poussant des jappements étouffés, alors qu'ils poursuivent en rêve des lapins imaginaires. Mais moi, j'ai du boulot.

Je m'assieds devant la machine à écrire. La chaise est rigide, sans pitié. Parfait.

J'insère une feuille de papier vierge dans la Remington.

Je connais déjà le titre, alors je le tape, le souligne et prends un peu de recul.

À l'horizon, des nuages d'orage se rassemblent : ça va être épique, ce soir, des rideaux de pluie vont remonter la colline à ma rencontre, et s'abattre vainement contre les vitres.

Un jour, quelqu'un va la remonter.

Quelqu'un comme moi.

Et je serai prêt à le recevoir.

REMERCIEMENTS

Comme dans le générique d'un film où le nom du réalisateur occulte parfois le travail et le talent des acteurs et de l'équipe technique, le nom de l'auteur sur la couverture d'un livre ne met pas en valeur le travail et les contributions de beaucoup de gens. Nombreux sont ceux qui ont joué un rôle dans la conception du présent roman, certains sans même s'en rendre compte, non seulement en y participant directement, mais aussi par leurs encouragements, leur confiance, leurs connaissances, leurs conseils, leurs références, leurs corrections, leur aide, leur soutien affectif, ou simplement par la chance qu'ils ont donnée à un écrivain en herbe qui avait encore ses preuves à faire.

Cette liste est loin d'être exhaustive, mais *L'agent Seventeen* n'existerait pas dans sa forme définitive, ou même peut-être pas du tout, sans les personnes suivantes : Roswell Angier, feu le révérend Ivon Baker, Giles Blunt, Robert Chandler, Jo Dickinson, Eve Hall, Sarah Lotz, Philippa Lowthorpe, Claudia Milne, Oli Munson, Jessica Sykes, feu le professeur Stephen Wall, et Caroline Wood.

Et surtout, je voudrais remercier ma famille : ma mère, Pat Young qui, pendant des années, a arrondi ses fins de mois en écrivant des articles et des nouvelles, sans demander la permission de quiconque, ou si elle y était contrainte, en n'en faisant qu'à sa tête quand on la lui refusait. Mes fils, Ted, Sam et Heath qui ont supporté les multiples versions de cette histoire au fil de son évolution.

Et enfin, mon adorable épouse, Heather Cole Brownlow, qui m'a soutenu inlassablement pendant plus de vingt ans tout en me laissant l'espace vital dont rêve tout écrivain plongé dans les affres d'un premier jet.

Déjà parus dans la même collection

Jacques Moulins, *Menaces italiennes*
Dror Mishani, *Un simple enquêteur*
DOA, *Rétiaire(s)*
Deon Meyer, *Cupidité*
Thomas Bronnec, *Collapsus*
Chang Kuo-li, *Le sniper, le président et la triade*
Jo Nesbø, *De la jalousie*
Horace McCoy, *Les rangers du ciel*
Sébastien Raizer, *Mécanique mort*
Jeff Lindsay, *Riley tente l'impossible*
Jørn Lier Horst, *La chambre du fils*
Audrey Gloaguen, *SEMIA*
Sébastien Gendron, *Chez Paradis*
Mike Nicol, *Infiltrée*
Danü Danquigny, Peter Punk au Pays des Merveilles
Chantal Pelletier, *Sens interdits*
J.P. Smith, *la médium*
Raf Vallet, *Mort d'un pourri*
Raf Vallet, *Adieu poulet!*
Jacques Moulins, *Retour à Berlin*
Jo Nesbø, *Leur domaine*
Chang Kuo-li, *Le sniper, son wok et son fusil*
Deon Meyer, *La femme au manteau bleu*
William Lindsay Gresham, *Nightmare Alley*
Jørn Lier Horst, *Le code de Katharina*
Olivier Barde-Cabuçon, *Le cercle des rêveurs éveillés*
Thomas Cantaloube, *Frakas*
Marin Ledun, *Leur âme au diable*

Jean-Bernard Pouy & Marc Villard, *La mère noire*
Parker Bilal, *Les divinités*
Pierre Pelot, *Les jardins d'Éden*
Dolorès Redondo, *La face nord du cœur*
Sébastien Raizer, *Les nuits rouges*
William R. Burnett, *Good-bye, Chicago 1928*
William R. Burnett, *Little Caesar*
Jacques Moulins, *Le réveil de la bête*
Deon Meyer, *La proie*
Jean-Patrick Manchette, *L'affaire N'Gustro*
Jørn Lier Horst, *Le disparu de Larvik*
J.-P Smith, *Noyade*
Dror Mishani, *Une Deux Trois*
Sébastien Gendron, *Fin de siècle*
Parker Bilal, *La cité des chacals*
Vlad Eisinger, *Du rififi à Wall Stree*t
Danü Danquigny, *Les aigles endormis*
Neely Tucker, *Seules les proies s'enfuient*
Marc Villard, *Barbès Trilogie*
Caryl Férey, *Paz*
Mike Nicol, *L'Agence*
Jo Nesbø, *Le Couteau*
Tom Piccirilli, *Dernier murmure dans le noir*
Bryan Reardon, *Le vrai Michael Swann*
Chantal Pelletier, *Nos derniers festins*
Marin Ledun, *La vie en rose*

Composition : APS-ie.
Achevé d'imprimer
sur Roto-Page
par l'Imprimerie Floch
à Mayenne, le 21 février 2023.
Dépôt légal : février 2023.
Numéro d'imprimeur : 102085.

ISBN 978-2-07-296870-9 / Imprimé en France.

403544